카라마조프가의 형제들 2

카라마조프가의 형제들 2

표도르 도스토옙스키 지음 | 장한 옮김

더클래식

차례

제2부

제4편 | 착란

1. 페라폰트 신부

이른 아침, 아직 날이 완전히 새기도 전에 알료샤는 일어나야 했다. 장로가 잠에서 깨어난 것이다. 그는 기력이 없으면서도 침대에서 일어나 안락의자에 앉고 싶다고 했다. 의식만은 아주 또렷해서 얼굴에는 피로의 빛이 짙게 드리워져 있었지만 표정은 밝아서 눈빛이 맑고 명랑해 보였다.

"어쩌면 오늘 하루를 넘길 것 같지 않구나."

장로가 알료샤에게 말했다. 그러고 나서 그는 곧 고해를 하고 성찬을 받고 싶다고 했다. 장로의 고해성사는 언제나 파이시 신부가 담당하고 있었다. 이 두 개의 의식이 끝난 뒤 병자성사(病者聖事)가 기행되었다. 수도사들이 모여들었고 암자는 곧 수도사들로 가득 찼다. 그러는 사이 해가 떠오르기 시작했다. 식이 끝나자 장로는 모든 사람들과 이별을 하고 싶다면서 한 사람 한 사람에게 입을 맞춰주었다. 장소가 좁아서 먼저 온 사람은 밖으로 나가 뒤에 온 사람에게 자리를 내주었다. 장로는 힘이 다할 때까지 설교를 계속했다. 그의 음성은 비록 약하긴 했으나 아주 단호했다.

"나는 여러 해 동안 여러분에게 설교를 해왔습니다. 너무 오랫동안 말을 해왔고 설교를 하는 것이 그만 습관처럼 굳어져버렸어요. 그래서 지금처럼 기운이 없을 때에도 입을 다물고 있는 것이 말을 하는 것보다 힘들 지경입니다."

그는 자기 주위에 있는 사람들을 정답게 둘러보면서 이렇게 농담조로 말했다.

이때 장로가 한 말 중의 어떤 것은 알료샤도 조금은 기억에 남았다. 어조도 정확하고 음성도 꽤 또렷했으나 이야기의 내용은 그렇게 논리적이지 않았다. 장로는 여러 가지 이야기를 했다. 생전에 못 다한 말을 임종을 앞두고 다시 한번 마음껏 얘기해두고 싶은 모양이었다. 그것도 단순히 교훈만을 위한 것이 아니라 자기의 환희와 법열을 모든 사람에게 나누고 살아 있는 동안 한 번 더 자기의 진정을 토로하고 싶었던 것 같았다.

"여러분, 서로 사랑하십시오."

장로는 설교를 시작했다(이 내용은 알료샤가 나중에 기억한 것이다).

"그리고 하느님의 백성들을 사랑하십시오. 우리가 여기, 이 울타리 안에 은둔해 있다고 해서 그것만으로 속세에 있는 사람들보다 더 신성하다고 할 수 없습니다. 아니, 오히려 여기 온 사람은 누구나 여기 왔다는 그것만으로도 자기가 속세의 누구보다도, 또 지구상의 누구보다도 못한 존재라는 것을 자각한 사람들이라고 볼 수 있습니다……. 그러니까 이 안에 있는 사람들은 이 울타리 안에서 오래 살면 살수록 이것을 더욱더 뼈저리게 자각해야 합니다. 그렇지 않다면 구태여 이런 곳에 올 필요가 어디 있겠습니까. 자기가 속세의 누구보다도 못하다는 것뿐 아니라 자기는 모든 사람들에 대해 책임이 있다는 것을 자각했을 때, 그제야 우리는 은둔 생활의 목적을 달성하는 것입니다. 왜냐하면 우리들 한 사람 한 사람은 이 지상에 사는 모든 사람에 대해 분명 죄가 있기 때문입니다. 그것은 보편적인 만큼 공통의 죄만이 아니라 우리들 각 개인이 이 지상에 사는 모든 사람에게 개인적인 죄를 짓고 있기 때문입니다. 이런 자각이야말로 수행을 하는 사람뿐만 아니라 지상의 모든 사람에게 있어 나아가야 할 길의 종착점이라 할 수 있습니다. 수도사라고 해서 무슨 특수한 존재가 아니라 다만 지상의 모든 사람이 당연히 그래야 하는 인간의 모습에 지나지 않는 것입니다. 그렇게 되어야만 비로소 우리의 마음은 싫증을 느낄 줄 모르는 우주처럼 넓은 사랑으로 충만하게 될 것입니다. 그때 비로소 우리 한 사람 한 사람은 사랑으로써 전 세계를 자기 것으로 얻을 수도 있을 것이고, 또한 그 눈물로써 세상의 죄악을 모두 씻어버릴 수도 있을 겁니다…….

　우리는 누구나 항상 자기의 마음을 감시하고 스스로 참회하기를 게을리해서는 안 됩니다. 자기의 죄를 두려워해서는 안 됩니다.

일단 죄를 자각했다면 다만 그것을 회개하기만 하면 되는 것이지, 결코 하느님 앞에 약속 같은 것을 해서는 안 됩니다. 다시 한번 말하거니와 반드시 교만을 버리시기 바랍니다. 작은 것에 대해서나 큰 것에 대해서나 오만하지 마십시오. 우리를 배척하는 자, 우리를 비방하는 자, 모욕하는 자 그리고 우리를 중상하는 자들을 미워해서는 안 됩니다. 무신론자, 악의 전도자, 유물론자들도 결코 증오해서는 안 됩니다. 특히 오늘과 같은 시대에는 그런 사람들 중에도 선량한 사람이 많이 있으니까요.

그런 사람들을 위해서는 이렇게 기도하십시오. '주여, 아무도 기도해줄 사람이 없는 모든 이들을 구해주옵소서. 주께 기도하기를 원하지 않는 이들도 모두 구원해주시옵소서.' 또 이렇게 기도하십시오. '주여, 제가 이런 기도를 드리는 것은 결코 교만해서가 아닙니다. 왜냐하면 저는 이 세상의 누구보다도 더러운 자이기 때문입니다'라고. 하느님의 백성인 사람들을 사랑하십시오. 순진한 그 양들을 침입자한테 빼앗겨서는 안 됩니다. 나태와 오만과 특히 정욕에 빠져 졸고 있다가는 순식간에 사방에서 이리 떼가 몰려와 양 떼를 가로채갈 것입니다. 아무쪼록 게으름을 피우지 말고 하느님의 복음을 민중에서 전하십시오. 결코 사람들에게서 재물을 빼앗지 마십시오. 금은보화를 사랑하여 그것을 모아두어서도 안 됩니다…… 오로지 하느님을 믿고, 신앙의 깃발을 꼭 붙잡고 그것을 높이 치켜드십시오……"

그러나 장로의 말은 여기에 적은 것보다, 즉 알료샤가 나중에 기

12

록한 것보다는 훨씬 단편적인 것이었다. 장로는 때때로 기운을 모으기 위해 말을 멈추고 가쁘게 숨을 몰아쉬곤 했지만 그래도 깊은 환희에 젖은 듯 보였다. 사람들은 모두 감격에 휩싸여 그의 말에 귀 기울이고 있었으나, 사람들 중에는 장로의 말에 놀란 표정을 짓는 사람이 적지 않았고 무슨 말인지 알아듣지 못하는 사람들도 있었다. 그리고 모두가 장로의 말뜻을 되새겨보게 된 것은 훨씬 뒤의 일이었다.

알료샤가 볼일이 있어서 잠깐 암자 밖으로 나왔을 때, 그는 암자 안팎에 모여 있는 수도사들이 누구나 흥분과 기대로 충만해 있는 것을 보고 깜짝 놀랐다. 그 기대는 어떤 이들에게는 거의 불안에 가까운 것이었으나 몇몇 이들에게는 지극히 엄숙한 것이었다. 이런 기대는 어떤 면에서 보면 경박한 생각에 가까웠지만 가장 엄격한 늙은 수도사까지도 그런 생각에서 벗어나지 못하고 있었으며 그중에서도 가장 엄숙한 얼굴을 하고 있는 것은 파이시 신부였다. 알료샤가 암자 밖으로 나온 것은 방금 시내에서 돌아온 라키친이 어느 수도사를 통해 그를 몰래 불러냈기 때문이었다. 라키친은 알료샤 앞으로 보내는 호흘라코바 부인의 이상한 편지를 가지고 왔다. 호흘라코바 부인은 알료샤에게 이런 경우에 꼭 들어맞는 흥미진진한 소식을 전해왔다. 그건 다름 아니라 어제 장로한테 축복을 받으러 왔던 신앙심 깊은 평민 여자들 가운데 하나이자 이 고을에 사는 하사관의 미망인에 대한 것이었다. 그 노파는 장로에게 자기 아들 바센카가 일 관계로 멀리 시베리아의 이르쿠츠크로 전속되어갔는데 벌써 1년 동안이나 소식이 없다며, 죽은 것으로 생각하고 교회에서 명복을 빌면 어떻겠느냐고 물었다. 그러자 장로가 엄격한 어조로 그런 건 미신과도 같은 짓이니 절대로 안 될 일이라고 대답했다. 그리고 노파가 그런 말을 한 것은 아무것도 몰라서 그런 것이니 더는 나무라지 않았고, 호흘라코바 부인의 편지에 따르면 '마치 미래의 일을 예견한 것처럼' 다음과 같은 말로 노파에게 위안의 말을 덧붙였다는 것이다.

"당신의 아들은 틀림없이 살아 있으니 곧 돌아오든지 편지라도 써 보낼 테니 걱정 말고 집에 돌아가 기다려보시오."
그런데 어떻게 됐는지 아세요? 예언은 말 그대로, 아니 그 이상으로 실현되었어요!

호흘라코바 부인은 몹시 감격한 투로 쓰고 있었다.
편지에 따르면 노파가 집으로 돌아가니 기다리고 기다리던 아들의 편지가 시베리아에서 와 있었다. 뿐만 아니라 자기가 지금 어떤 관리와 동행하여 러시아로 돌아가는 길이며, 여행 도중 예카테린부르크에서 이 편지를 어머니한테 보내고 있는데 편지가 도착한 뒤 3주일 정도 후면 '어머니를 껴안아드릴 수 있을 겁니다'라고 써 있었다. 호흘라코바 부인은 알료샤에게 이렇게 나타난 '예언의 기적'을 한시라도 빨리 수도원장을 비롯한 모든 이에게 전해달라고 간곡히 부탁하면서 '이건 모든 분이, 누구나가 다 알아야 하는 일이에요!'라는 감격의 말로 편지를 마쳤다. 그러나 알료샤는 수도사들에게 알릴 필요가 없었다. 이미 그 얘기를 모두 알고 있었기 때문이다.

라키친은 알료샤를 불러내달라고 부탁한 수도사에게 또 한 가지 이런 부탁을 했다.

"파이시 신부님께 제가 좀 전할 말이 있다고 해주세요. 이건 매우 중요한 일이어서 한시도 지체할 수가 없어요. 그리고 저의 이러한 무례한 청에 대해 거듭 용서를 빈다고도 전해주세요."

그런데 그 수도사는 알료샤를 불러내기 전에 먼저 파이시 신부에게 라키친의 말을 전했기 때문에 알료샤는 다시 방으로 돌아가 파이시 신부에게 편지가 왔노라고 보고하는 일이 남아 있었다. 그러나 좀처럼 남의 말을 믿지 않는 이 존엄한 신부도 미간을 찌푸리고 그 '기적'의 보고를 읽을 때, 자기 마음속에 솟구치는 그 어떤 감정을 억제할 수가 없었다. 그의 두 눈은 번쩍이고 입술에는 갑자기 엄숙하고도 의미심장한 미소가 떠올랐다.

"우리가 볼 기적이 이게 전부일 리는 없어."

갑자기 그의 입에서 이런 말이 터져 나왔다.

"그렇습니다. 우리는 그보다 더 큰 기적을 보게 될 겁니다."

주위에 둘러서 있던 수도사들도 맞장구를 쳤다. 그러나 파이시 신부는 다시 미간을 모으고 어쨌든 좀 더 확인될 때까지 이 일에 대해서 아무 말도 말아달라고 당부했다.

"왜냐하면 세상에는 무책임한 소문이 많은 데다 이 일은 그저 하나의 우연일지도 모르니까요."

이렇게 그는 마치 자기의 양심에 대해 변명이라도 하는 듯 덧붙였다. 그러나 사실 그 자신조차 이러한 변명을 거의 믿지 않는다는 것을 옆에서 듣고 있는 사람들도 뻔히 알고 있었다. 이 '기적'은 삽시간에 온 수도원에 퍼졌고 미사에 참여하려고 수도원에 온 많은 이들에게도 알려졌다. 그런데 이 기적의 실현에 누구보다도 충격을 받은 것은 어제 먼 북방 오브도르스크의 '성 실리베스트르 수도원'에서 온 수도사였다. 이 사람은 어제 호흘라코바 부인 옆에서 장로에게 인사를 드리고는 장로가 '병을 고쳐준' 부인의 딸을 가리키며, "어떻게 감히 그런 일을 하십니까?" 하고 장로에게 따지듯이 물었던 바로 그 수도사였다.

지금 그 수도사는 의혹에 빠져서 도대체 무엇을 믿어야 할지를 자기 자신도 알 수 없게 된 것이다. 어제저녁 그는 양봉장 뒤에 외따로 떨어진 암자로 페라폰트 신부를 방문하여 강한 인상을 받았다. 사실 이 만남은 그의 마음에 더할 나위 없는 강한 인상을 주었다. 이 수도원에서 가장 나이가 많은 페라폰트 신부는 금욕과 침묵의 위대한 수행자였다. 그는 앞에서도 말한 바와 같이 조시마 장로와 장로 제도의 반대자였는데, 그는 장로 제도가 유해하고도 경박한 제도라는 견해를 고집하고 있었다. 그는 침묵의 고행자였기에 거의 누구에게도 말을 하는 일이 없었으나 장로 제도의 반대자 중에서는 지극히 위험한 인물이었다. 그가 위험한 이유는 수도원을 방문하는 일반인들 중에 그의 동조자가 꽤 많았기 때문이다.

그들은 그가 이른바 '광신자'임에 틀림없다는 것을 인정하면서도 그를 위대한 의인으로서, 위대한 고행자로서 깊이 존경했다.

페라폰트 신부는 조시마 장로의 암자를 찾아간 적이 한 번도 없었다. 그는 같은 경내에 살고 있었지만 이곳의 규칙 같은 것에는 별로 구애받지 않았다. 왜냐하면 꼭 유로지비처럼 생활해왔기 때문이다. 그는 일흔다섯쯤 되어 보였는데, 수도원 양봉장 뒤쪽에 있는 허물어져가는 낡은 목조 암자에 기거하고 있었다. 그 암자는 먼 옛날, 다시 말해서 앞 세기에 백다섯 살까지 장수했다는, 역시 위대한 금욕과 침묵의 고행자였던 이오나 신부를 위해 만든 것이었다. 이오나 신부의 행적에 대해서는 아직까지도 이 수도원이나 인근 지방에 여러 가지 재미있는 일화들로 많이 전해지고 있었다.

페라폰트 신부가 오랫동안 염원하던 이 호젓한 암자에 들게 된 것은 약 7년 전이었다. 암자는 흔히 볼 수 있는 시골 오두막집과 다를 것이 없었지만, 그래도 어딘가 모르게 조그마한 예배당과 비슷한 데가 있었다. 그 안에는 신도들이 기증한 성상들이 즐비하게 안치되어 있었고, 그 앞에는 누군가 기증한 제단용 등불이 항상 꺼지지 않고 켜져 있었다. 그러니까 페라폰트 신부는 성상과 등불을 돌보는 지킴이로 임명된 셈이었다. 소문에 의하면(그것은 사실이었지만) 그는 사흘에 약 800g 정도의 빵밖에 먹지 않는다고 했다. 가까운 양봉장이가 사흘에 한 번씩 날라다주곤 했는데 그런 심부름을 하는 꿀벌지기들한테도 페라폰트 신부는 좀처럼 말을 하는 일이 없었다. 이렇게 날라다주는 빵과 일요일마다 저녁 미사 후에 수도원장이 규칙적으로 내주는 성찬용 떡만이 그가 일주일 동안 먹는 양식의 전부였다. 그러나 항아리에 물은 날마다 새롭게 갈아주고는 했다. 그는 기도식에도 거의 나가지 않았고, 때때로 방문객들은 그가 무릎을 꿇고 옆은 거들떠도 보지 않은 채 온종일 기도만 드리는 것을 보기도 했다. 어쩌다 방문객과 말을 주고받는 일이 있어도 그의 말은 매우 간단하고 단편적인 데다 기묘하고 매우 무뚝뚝하기까지 했다. 극히 드문 일이기는 했는데 방문객들과 오랫동안 이야기를 한 적도 가끔 있었다. 그러나 그런 경우에는 으레 상대방에게 수수께끼 같은 이상한 말을 한 마디씩 던지곤 했다. 그리고 나중에 아무리 간청을 해도 절대 그 뜻을 설명해주지 않았다. 그는 아무 직위도 없는 보통의 수도사에 지나지 않았다. 이것은 극히 무식한 사람들 사이에서만 통하는 소문이었지만, 참으로 기괴한 소문이 돌고 있었다. 다름 아니라 페라폰트 신부는 하늘의 정령과 소통하고 있기 때문에 지상의 인간들에게는 말을 하지 않는다는 것이었다.

오브도르스크에서 온 수도사는 양봉장에 도착한 뒤 역시 입이 무겁고 까다로운 성격의 꿀벌지기 수사한테 길을 알아내어 페라폰트 신부가 있는 암자의 담 모퉁이로 걸음을 옮겼다.

"어쩌면 먼 곳에서 오신 분이라 말을 하실지도 모르지만, 또 한마디도 하지 않으실 수도 있습니다."

꿀벌지기 수사는 그에게 미리 일러주었다. 후에 이 수도사가 전한 바에 따르면 자신은 굉장한 공포를 느끼며 조심조심 암자로 다가갔다고 한다. 이미 꽤 늦은 시간이었다. 페라폰트 신부는 마침 그때 암자 문 앞의 낮은 의자에 걸터앉아 있었다. 머리 위에는 커다란 느릅나무 고목이 가볍게 흔들리고 싸늘한 밤의 냉기가 감돌고 있었다. 오브도르스크의 수도사는 고행자의 발밑에 엎드려 축복을 청했다.

"자네는 나도 같이 엎드려 절하기를 바라는 건가?"

페라폰트 신부가 말했다.

"일어나게!"

수도사는 일어났다.

"서로 인사를 나누고 축복했으니 이리 와서 앉게. 그래, 어디서 왔는가?"

이 가련한 수도사를 무엇보다도 놀라게 한 것은 페라폰트 신부가 무척 고령에다 엄격한 금욕 생활 중인데도 겉보기에는 아직도 원기 왕성한 노인으로 보인다는 점이었다. 키도 크고 허리도 전혀 굽지 않았으며 여위기는 했으나 얼굴도 생기 있고 건강해 보였다. 그의 몸이 아직도 매우 건강하다는 것은 의심할 여지가 없었다. 체격 역시 장사처럼 늠름했다. 나이가 그토록 많은데도 머리카락은 아직 백발이 되지 않았고 여전히 그의 머리와 턱을 풍성하게 뒤덮고 있었다. 또한 커다란 잿빛 눈은 광채를 발하며 앞으로 툭 튀어나왔고 모음 'O'를 강하게 말하는 습관이 있었다. 예전에 죄수 옷감이라 통하던 올이 성긴 천으로 지은 길고 불그죽죽한 농부의 두루마기를 걸치고 굵은 새끼줄을 허리띠처럼 두르고 있었으며, 목

19

과 가슴은 그대로 노출되어 있었는데 몇 달째 갈아입지 않아서 새까맣게 때 묻은 두툼한 삼베 속옷이 두루마기 사이로 보였다. 소문에 따르면, 그는 두루마기 밑에 12km나 되는 쇳덩어리를 차고 있다고 했다. 발에는 낡을 대로 낡아 형체를 알 수 없는 신발을 걸치고 있었다.

"오브도르스크의 실리베스트르라는 작은 수도원에서 왔습니다."

수도사는 약간 겁먹은 듯한 그러나 호기심 어린 조그만 눈을 빛내며 은둔자의 모습을 살피면서 공손히 대답했다.

"나도 실리베스트르의 수도원에 가본 적이 있지. 얼마 동안 거기서 신세를 지기도 했으니까. 그래 실리베스트르는 잘 있나?"

수도사는 잠시 머뭇거렸다.

"내 말을 알아듣지 못하겠나! 그런데 단식일은 어떻게들 지키고 있지?"

"저희들의 식사는 옛날부터 내려오는 수도원의 관습을 그대로 지키고 있습니다. 사순절에는 월요일과 수요일, 금요일에는 전혀 식사를 하지 않습니다. 화요일과 목요일에는 흰 빵에 꿀을 바른 과일 절임, 산딸기, 배추 절임 그리고 귀리죽을 먹습니다! 토요일엔 흰 배춧국과 완두콩이 들어 있는 국수, 거기에 죽이 나오는데, 모두 식물성 기름이 들어 있습니다. 그리고 주일날에는 마른 생선과 죽이 곁들여 나옵니다. 신성주간(神聖週間)이 되면 월요일에서 토요일 밤까지 엿새 동안 물과 빵 그리고 채소 외에는 아무것도 먹을 수 없습니다. 제1주에 대해서 말씀드린 것처럼 그것도 제한이 있어서 날마다 먹을 수는 없습니다. 성금요일에는 단식을 하다가 오후 2시가 지난 다음에 비로소 약간의 물과 빵을 먹고 포도주를 한 잔 마십니다. 성목요일에는 기름을 쓰지 않은 요리에 포도주 한 잔, 이따금 마른 음식을 먹을 수 있습니다. 왜냐하면 라오디케아 종교 회의에서 '사순절 마지막 목요일을 성실히 지키지 아니하면 사순절 재계를 전혀 지키지 아니한 것과 같다'고 결정하셨기 때문 이지요. 이것이 저희들의 방법입니다. 그렇지만 신부님, 당신과 비 교하면 이런 것쯤은 아무것도 아닙니다."

수도사는 조금씩 원기를 되찾아 이렇게 덧붙였다.

"왜냐하면 신부님은 1년 내내, 심지어 부활절에도 빵과 물밖에 드시지 않으니까요. 게다가 저희들의 이틀분 빵은 당신의 일주일 양식이니 말입니다. 정말로 놀랍고 위대한 고행을 하고 계십니다."

"그러면 버섯은?"

페라폰트 신부가 갑자기 물었다. 그는 '버'의 발음을 마치 '허'처 럼 말했다.

"버섯 말씀이십니까?"

수도사는 놀라서 다시 물었다.

"그래, 버섯 말일세. 나한테 빵 같은 건 조금도 필요 없네. 그런 건 모두 외면해버리고 숲속에라도 들어가 버섯이나 산딸기를 먹 고 연명할 수 있는데도 여기 있는 자들은 아직도 빵에 미련을 가 지고 있어. 말하자면 악마에게서 손을 떼지 못하고 있는 게지. 요 즘은 더러운 녀석들이 나타나서 그렇게까지 금식을 할 필요가 없

다고 주둥이를 놀리고 있지만 그런 자들의 생각이야말로 오만불
손한 사고방식이 아닐 수 없네."

"예, 정말 옳으신 말씀입니다."

수도사는 맞장구를 치며 탄식했다.

"그자들한테서 마귀를 보았나?"

페라폰트 신부가 물었다.

"그자들이라니 누구 말씀이신지요?"

수도사가 겁에 질린 어조로 되물었다.

"나는 작년 오순절에 수도원장에게 간 이후 한 번도 가지 않았
네. 그때 나는 마귀를 보았지. 어떤 놈은 가슴팍에 들러붙어 법의
속에 숨어서 뿔만 내밀고 있는가 하면, 또 어떤 놈은 호주머니 속
에서 살그머니 내다보고 있더군. 그 녀석들은 나를 무서워하며 재
빨리 눈치를 보고 있지 않겠나. 어떤 놈은 그 더러운 뱃속에 아주
자리를 잡고 또 어떤 놈은 목을 휘감고 대롱대롱 매달려 있는데,
본인만 그걸 모르고 있더란 말일세."

"신부님 눈에는 그게 보이십니까?"

수도사가 물었다.

"보인다지 않나! 내 눈은 죄다 꿰뚫어볼 수 있지. 내가 원장실에
서 나오니까 마귀 한 마리가 나를 피해 얼른 문 뒤로 숨는 것이 보
이더군! 키가 1m는 족히 될 만큼 큼직한 놈이었어. 굵고 기다란
갈색 꼬리가 매달려 있었는데 마침 그 꼬리 끝이 문틈으로 삐죽
나와 있지 않겠나. 나도 그리 우둔한 인간은 아닌지라 갑자기 방문

을 쾅 닫아 그놈의 꼬리를 문틈에 끼워버렸지. 그러자 캥캥 비명을 지르며 빠져나가려고 버둥거리는데, 내가 십자가로 세 번 성호를 그으니까 당장 그 자리에서 짓밟힌 거미 새끼처럼 납작하게 죽어버리더군. 지금쯤 한쪽 구석에서 썩어 악취를 풍기고 있겠지만, 그 자들은 그걸 보지도 못하고 냄새도 맡지 못하더군. 그 후 1년이 넘도록 가지 않고 있다네. 자네가 멀리서 왔다고 하니까 자네한테만 하는 말일세."

"정말 무서운 말씀이십니다! 그건 그렇고 위대하신 신부님."

수도사는 점차 대담해져서 말했다.

"당신에 대한 놀라운 소문이 먼 지방까지 퍼져 있던데, 과연 그게 사실입니까? 당신은 언제나 정령과 소통을 하고 계신다던데요."

"날아온다네, 이따금."

"날아온다니요, 어떤 모습입니까?"

"새의 모습이지."

"정령은 비둘기 모습입니까?"

"정령이 날아올 때도 있고 천사가 올 때도 있지. 천사일 경우에는 다른 새의 모습으로 날아올 때도 있네. 어떤 때는 제비, 때로는 방울새의 모습으로."

"그 새를 보고 어떻게 천사인 줄 아십니까?"

"말을 전하니까."

"어떤 말을, 어떤 식으로 전하나요?"

"물론 사람의 말을 하지."

"그래 무슨 말을 하던가요?"

"오늘은 이런 말을 전해주더군. 이제 곧 어리석은 녀석이 찾아와서 어리석은 질문을 할 것이라고 말이야. 자네는 정말 많은 것을 알려고 하는군."

"위대하신 신부님, 실로 무서운 말씀이십니다."

수도사는 고개를 흔들었으나 그 겁먹은 눈에는 불신의 표정이 엿보였다.

"그건 그렇고 자네에겐 저 나무가 보이나?"

잠시 말을 멈췄다가 페라폰트 신부가 물었다.

"예, 보입니다. 신부님."

"자네 눈에는 느릅나무로 보일 테지만, 내 눈엔 전혀 다른 것으로 보인다네."

"그게 무엇입니까?"

수도사는 별 기대를 하지 않고 입을 다물고 기다렸다.

"이런 일은 대개 밤에 일어나지. 자, 저기 나뭇가지 두 개가 보이지. 밤이 되면 저 가지가 마치 그리스도께서 손을 벌리시고 그 손으로 나를 찾고 계신 것처럼 보인단 말일세. 어찌나 똑똑히 보이는지 몸이 후들후들 떨릴 지경이야. 두려워, 참으로 두려워."

"그게 정말이라면 두려워할 건 조금도 없지 않겠습니까?"

"나를 붙잡아 하늘로 데리고 가실 텐데도."

"산 채로 말입니까?"

"영혼과 엘리야의 영광 속에, 자네 그런 말을 들어본 적이 없나?

나를 팔에 껴안으시고 그대로 데리고 가실 텐데……."

오브도르스크의 수도사는 이런 이야기를 나누고 난 뒤 자기에게 지정된 방으로 돌아왔다. 그는 적잖은 의혹이 들기는 했지만 그래도 조시마 장로보다는 페라폰트 신부에게 마음이 더 기울어져 있었다. 오브도르스크의 수도사는 무엇보다도 금식이라는 것을 중요하게 생각하는 사람이었으므로, 페라폰트 신부와 같은 위대한 고행자가 '기적'을 직접 목격한다고 해도 특별하게 이상한 일로 여기지 않을 것이라고 생각했다. 신부의 말은 물론 터무니없이 여겨지긴 했지만 그래도 그 속에 어떤 오묘한 뜻이 숨어 있는지도 모를 일이었다. 게다가 신자들은 모두 그보다 훨씬 더 괴상한 언행을 하고 있지 않은가. 문에 꼬리가 끼인 악마 얘기 같은 것은 단순한 비유로서가 아니라 사실 그대로 오롯이 믿고 싶은 심정이었다. 뿐만 아니라 그는 이 수도원에 오기 훨씬 전부터 말로밖에 듣지 못했던 장로 제도에 대해 많은 편견을 품고 있었고 다른 사람들의 견해를 좇아 장로 제도의 폐지를 이로운 개혁이라고 단정하고 있었다. 이 수도원에서 하루를 머무는 동안 장로 제도를 반대하는 몇몇 경솔한 수도사들이 뒤에서 수군거리는 불평불만을 재빨리 알아챘던 것이다. 더욱이 그는 원래 모든 일에 호기심이 강해서 수도사이면서도 무슨 일에나 얼굴을 들이미는 성격이었다. 이런 연유로 조시마 장로가 새로운 '기적'을 행했다는 놀라운 소식에 그의 마음속에 격렬한 의혹이 일었다.

훗날 알료샤는 호기심 많은 오브도르스크의 수도사가 암자 주위에 모여든 수도사들 사이를 왔다 갔다 하며 여기저기 머리를 들이밀고 사람들이 하는 이야기에 귀를 기울이는가 하면 아무에게나 꼬치꼬치 질문을 하던 일이 생각났다. 그러나 당시에는 그런 수도사 따위에게 별로 관심을 기울일 여유가 없었다. 조시마 장로는 다시 피로를 느껴 침대에 돌아가 누웠으나 눈을 감으려다가 갑자기 생각난 듯 알료샤를 불러달라고 했다. 알료샤는 급히 달려갔다. 이때 장로 옆에는 파이시 신부와 이오시프 신부 그리고 견습 수도사인 포르피리밖에 없었다. 장로는 피로한 눈을 뜨고 물끄러미 알료샤의 얼굴을 바라보다가 불쑥 이렇게 물었다.

"가족들이 널 기다리고 있지?"

알료샤는 머뭇거렸다.

"가봐야 하지 않니? 오늘 가겠다고 약속을 했지?"

"약속했습니다. 아버지하고 형님들하고…… 그리고 또 다른 사람들과도."

"그것 봐라. 어서 가봐라. 슬퍼할 건 없단다. 알겠니, 알료샤? 나는 네가 있는 자리에서 이 세상에서의 마지막 말을 하고 난 후에야 죽어도 죽을 테니까. 나는 그 말을 너한테 하려는 거야, 내 유언을 너한테 남겨주려는 거다. 왜냐하면 너는 나를 그토록 사랑해주었으니까. 그렇지만 지금은 어서 약속한 사람들에게 다녀오너라."

그 자리를 떠나기가 괴로웠지만 알료샤는 곧 스승의 말에 복종했다. 장로가 이 세상에서의 마지막 말, 더욱이 자기에게 유언을 들려주겠다고 한 약속은 그의 마음을 환희에 떨게 했다. 알료샤는 시내에 나가 용무를 빨리 마치고 돌아와야겠다는 생각에 외출 준비를 서둘렀다. 그런데 바로 그때, 파이시 신부도 그에게 축복의 말을 해주었다. 그리고 그 말은 뜻하지 않게 알료샤에게 강렬한 감명을 주었다. 그것은 두 사람이 장로의 방을 나왔을 때였다.

"알료샤, 네가 깊이 명심해야 할 일이 있다."

파이시 신부는 바로 서두를 꺼냈다.

"꼭 명심해라. 속세의 과학은 커다란 세력으로 성장하여 현 세기에 이르러 성서에 약속된 모든 것을 재검토했다. 특히 속세의 학자들이 무자비하게 분석한 결과, 지금까지 신성불가침으로 여기던 모든 것이 그림자도 없이 소멸되고 말았어. 그러나 우리는 부분만을 검토하는 데 골몰하여 중요한 전체를 보지 못하고 말았다. 그맹점은 그야말로 놀라지 않을 수 없어. 그런데 그 전체로서의 완전한 모습은 과거와 마찬가지로 현재도 엄연히 버티고 있는 지옥의 문, 즉 죽음의 힘도 정복할 수 없는 거야. 과연 1900년이라는 오랜 세월 동안 존재해오지 않았을까. 그것은 과연 사람들의 정신 속에, 대중의 생활 속에 존재해오지 않았단 말인가. 아니야, 그것은 모든 것을 파괴하는 무신론자들의 마음속에 예나 지금이나 존재하고 있어. 왜냐하면 기독교를 부정하고 종교에 반기를 쳐든 사람들조차 그 본질에서는 자기 자신도 그리스도의 모습을 그대로 지니고 있기 때문이지. 그리고 그들은 지금도 역시 똑같은 모습을 그대로 보이고 있어. 그 증거로는 그들의 지혜도, 그들의 징열도, 일찍이 그리스도에 의해 제시된 이상을 제외하고는 인간과 그 덕성에 어울리는 최고의 모습을 창조하지 못했다는 거지. 비록 그런 시도가 있었다 해도 그 결과는 언제나 기형적인 모습에 지나지 않았어. 알료샤, 특히 넌 이 점을 잘 기억해두어야 한다. 너는 이제 곧 승천하시게 될 장로님의 분부에 따라 속세로 나가야 할 몸이니까 말이다. 앞으로 이 위대한 날을 떠올릴 때면 너를 떠나보내며 내가 너에게 마음으로부터 준 이 말을 기억해주리라 믿는다. 내가 이런 말을 하는 것은 너는 아직도 어린데 세상의 유혹은 너무나 강해서 네 힘만으로는 감당해내기 어렵지 않을까 근심스러워 그런단다. 자, 그럼, 알료샤, 잘 다녀오너라."

이렇게 말하며 파이시 신부는 알료샤를 축복했다. 수도원 문을 나서며 알료샤는 이 뜻하지 않은 축복을 다시 생각하며, 지금까지 자기에게 그처럼 냉정하고 엄격했던 이 신부가 실은 자기를 열렬히 사랑해주는 새로운 친구, 새로운 지도자라는 것을 문득 깨달았다. 혹시 조시마 장로가 죽음을 앞두고 이 사람에게 유언으로 자기를 부탁하지 않았나 하는 생각까지 들었다.

'어쩌면 두 분 사이에 그런 일이 있었을지도 모르지.'

알료샤는 문득 그렇게 생각했다. 방금 자기가 들은 뜻하지 않은 학문적 고찰, 바로 그 말이야말로 자기에 대한 파이시 신부의 뜨거운 애정을 증명하는 것이다. 그는 되도록 빨리 알료샤의 젊은 지성을 세상의 유혹과 싸울 수 있도록 무장시키고 장로의 유언에 따라 그에게 맡겨진 이 젊은 영혼을 위해 더 할 수 없이 견고한 방벽(防壁)을 둘러쳐주려는 것이 틀림없었다.

2. 아버지의 집에서

알료샤는 맨 먼저 아버지의 집으로 갔다. 집 근처에 왔을 때, 어제 아버지가 이반 모르게 살그머니 들어오라고 부탁한 말이 떠올랐다. '왜 그러셨을까?' 하고 알료샤는 이제야 갑자기 이상하다는 생각을 했다.

'아버지가 나한테만 하실 말씀이 있다고 해도 내가 몰래 들어가야 할 필요는 없을 텐데. 어제 무슨 다른 말을 하시려다가 너무 흥분해서 미처 못한 게 분명해.'

알료샤는 이렇게 단정했다. 그러나 마르파가 대문을 열어주며, (그리고리는 몸이 좋지 않아 별채에 누워 있었다) 이반 표도로비치는 벌써 2시간 전에 외출했다고 말하자 다행이라는 생각이 들었다.

"그럼, 아버지는?"

"일어나서 커피를 드시고 계십니다."

웬일인지 마르파가 딱딱한 어조로 대답했다.

알료샤는 안으로 들어갔다. 노인은 낡은 가운에 슬리퍼를 신고 혼자 식탁에 앉아서 별로 내키지 않는 얼굴로 무슨 장부를 들여다보고 있었다. 그 넓은 집에는 표도르 혼자뿐이었고 (스메르자코프도 점심 장을 보러 나가고 없었다) 장부에 집중하고 있지도 않았다. 그는 아침 일찍 침대에서 일어나 기력을 차렸지만 그래도 피곤에 지친 쇠약한 기색을 보였다. 이마에는 지난밤 사이에 생긴 커다란 자줏빛 멍이 들어 있었고 그곳에 붉은 천을 감고 있었다. 콧등 역시 하룻밤 사이에 무섭게 부어올라 그리 눈에 띌 만큼 과한 것은 아니었지만 조그마한 반점처럼 멍이 여기저기 들어 있었다. 그리고 그 멍들이 얼굴 전체에 무언가 심술궂고도 짜증스러운 표정을 만들어내고 있었다. 노인 자신도 이것을 알고 있었고 방으로 들어오는 알료샤를 못마땅한 눈초리로 흘끗 바라보았다.

"커피가 식었군. 그러나 너한테 굳이 권하지는 않겠다. 나는 오늘 금식을 하려고 생선 수프 한 가지만 먹기로 했어. 그래서 아무도 초대하지 않은 거야. 무슨 일로 왔니?"

노인이 퉁명스러운 목소리로 말했다.

"잠깐 아버지가 어떠신지 문안드리려고요."

알료샤가 대답했다.

"그래, 참, 어제 내가 너한테 집으로 오라고 했지. 그러나 그건 그냥 실없는 소리였어. 공연히 마음을 쓰게 했구나. 하긴 나도 네가 곧 찾아오리라고 생각하고 있었다만."

그는 노골적으로 못마땅하다는 표정을 지으며 말하더니, 이윽고 자리에서 일어나 거울에 비친 자기의 코를 들여다보았다(아침부터 벌써 마흔 번쯤은 살펴보았을 것이다). 그러고는 이마에 두른 붉은 천도 보기 좋게 고쳐 맸다.

"붉은 게 좋아. 하얀색은 병원 냄새가 나거든."

그는 약간 설교하는 말투로 이야기했다.

"그래 수도원은 별일 없니? 너희 장로는 좀 어떠냐?"

"아주 위독하세요. 어쩌면 오늘 운명하실지도 모르겠어요."

알료샤가 이렇게 대답했지만 아버지는 별로 귀담아듣지 않았다. 아니, 그뿐 아니라 자기가 물어본 것조차 금방 잊어버린 것 같았다.

"이반은 외출했다."

그는 불쑥 이렇게 말했다.

"그 녀석은 지금 있는 힘을 다해서 미차의 색시를 가로채보려고 애쓰고 있어. 그 녀석이 여기에 머무는 것도 사실은 그 때문이지."

그는 심통 사납게 이렇게 말하고는 입을 실룩거리며 알료샤의 얼굴을 바라보았다.

"이반 형이 그렇게 말하던가요?"

알료샤가 물었다.

"암, 벌써 오래전에 그렇게 말했지. 너는 어떻게 생각하니? 그런

31

말을 한 지가 벌써 3주일은 되었어. 설마 나를 몰래 죽이려고 그 녀석이 여기 이 집에 온 건 아니겠지? 그렇다면 대체 무엇 하러 왔을까?"

"아버지, 무슨 말씀을 그렇게 하세요."

알료샤는 몹시 당황했다.

"그 녀석은 나한테 돈을 달라고는 하지 않아. 어차피 나한테서 동전 한 닢도 긁어내지 못할 테니까. 난 말이다, 알료샤, 나는 되도록 오래오래 살고 싶단다. 이 점은 너도 명심해다오. 그래서 내게는 동전 한 푼이라도 소중한 거야. 오래 살면 살수록 돈이 중요하니까."

그는 누런 삼베로 만든 헐렁한 가운 호주머니에 두 손을 넣고, 방 안을 이리저리 다니며 말을 이어갔다.

"난 이제 쉰다섯밖에 안 되었으니까 아직 사내구실을 할 수 있어. 앞으로 20년은 남자로 우뚝 서 있고 싶은 거야. 하지만 나이를 먹으면 점점 꼬락서니가 초라해져서 계집들이 자진해서 달라붙지 않거든. 그때 필요한 게 바로 돈이야. 그래서 지금 되도록 많은 돈을 거둬 모으려고 하는 거야. 그러나 알료샤, 이건 어디까지나 나 혼자만을 위한 일이야. 알겠니? 왜냐하면 나는 끝까지 추악한 세계에서 살고 싶단 말이다. 이 점은 잘 기억해두는 게 좋을 거다. 추악하게 사는 편이 더 달콤하거든. 모두가 추악한 행동을 욕하고 있지만 실은 누구나 다 그 속에서 살고 있지 않느냐 말이다. 다만 딴 놈들은 몰래 그 짓을 하지만 나는 드러내놓고 한다는 게 다를 뿐이야. 그런데도 나의 이 솔직한 생활 태도에 대해서 그 더러운 놈들은 나를 공격하고 있지. 얘, 알료샤, 나는 천국 같은 건 가고 싶지도 않아. 이 점도 잘 기억해주렴. 그리고 설령 천국이 있다고 해도 의젓한 신사가 그런 데 간다는 건 격에 맞지 않지. 내 생각에는 일단 눈을 감으면 영원히 잠들어버리는 거야. 그것 이외에는 아무것도 없어. 내가 죽은 뒤 기어이 하고 싶다면 내 명복을 빌어줘도 좋아. 그러나 마음이 내키지 않는다면 안 해줘도 상관없어. 이것이 바로 내 인생관이야. 이반 녀석은 그저 콧대만 높을 뿐이지, 뭐 이렇다 할 학식이 있는 건 아니야. 그리고 특별히 교육을 받은 것도 아니고 그저 말없이 남의 얼굴을 바라보며 비웃고만 있지. 그게 바로 그 녀석의 수법이야."

알료샤는 말없이 듣고만 있었다.

"왜 그 녀석은 나하고는 말하려 들지 않을까? 어쩌다 말을 한다 해도 공연히 거드름만 피우거든. 비굴한 녀석 같으니라구! 나는 하려고만 하면 지금 당장에라도 그루셴카하고 결혼할 수 있어. 돈만 가지고 있으면 무엇이든 원하는 것을 가질 수 있으니까. 이반 녀석은 그게 두려워서 내가 결혼하지 못하도록 감시하고 있고 미차를 부추겨서 그루셴카와 결혼을 시키려고 하지. 그런 식으로 그루셴카를 나한테서 멀리 떼어놓으려는 속셈인 거야. 내가 그루셴카와 결혼하지 않으면 자기한테 돈이라도 남겨줄 것으로 아는 모양이지. 그리고 또 미차가 그루셴카와 결혼하면 돈 많은 형의 약혼녀를 자기가 차지하려는 속셈이야. 그놈이 노리는 것은 바로 그거란다. 이반은 네 형이지만 정말 비열하다니까."

"지금 아주 흥분하셨어요. 아마 어제 일 때문이겠죠. 가서 좀 누우시는 게 좋겠어요."

알료샤가 말했다.

"그래, 그런 말을 네가 하면 화가 나지 않는데 만약 이반이 했다면 틀림없이 괘씸하게 여겼을 게다. 내가 마음이 가라앉는 것은 너하고 함께 있을 때뿐이란다. 다른 때는 영락없이 구제불능의 불한당이 되어버리지."

이제야 비로소 떠오르기라도 한 것처럼 노인이 갑자기 이렇게 말했다.

"아버지는 못된 인간이 아닙니다. 그저 좀 비뚤어진 거죠."

알료샤가 살갑게 웃었다.

"헌데 알료샤, 나는 오늘 그 강도 놈, 미차 녀석을 감옥에 처넣어버릴까 생각을 했지만 아직 결정을 못 내렸단다. 그야말로 유행을 따라가는 요즘 세상에 부모 같은 것이야 미신 나부랭이로 여긴다고 하지만, 아무리 세상이 개화되었다고 해도 늙은 아비의 머리를 움켜쥐고 구둣발로 얼굴을 걷어차는 건 아니지. 그것도 다른 데가 아니라 지 아비의 집에서 말이다. 그러고도 다시 와서 아주 숨통을 끊어버리겠다고 모두가 지켜보는 앞에서 호언장담을 하니 기가 막힐 노릇이지. 내가 마음만 먹으면, 어제 일만 가지고도 당장 그 놈을 감옥에 처넣을 수 있다구."

"그럼 형을 고발하실 생각은 없단 말씀이군요. 그렇죠?"

"이반이 말리더구나. 하긴 이반의 설교 같은 건 아무것도 아니지만, 실은 내게도 생각이 있어서⋯⋯."

그는 알료샤에게 몸을 숙이고 무슨 비밀 이야기라도 하듯 속삭였다.

"만일 내가 그놈을 감옥에 처 넣겠다고 하면 소식을 들은 그 계집이 틀림없이 그놈에게 달려갈 거야. 그러나 그놈이 약한 노인을 마구 때려서 반쯤 죽여놓았다는 말을 들으면 아마 그년은 오늘이라도 나를 위로하러 오겠지. 인간은 누구나 다 뭐든지 반대로 하려는 성질이 있게 마련이거든. 코냑이라도 좀 마시지 않겠니? 차가운 커피에 코냑을 조금 타면 아주 별미거든."

"아니요, 괜찮습니다. 저는 이 빵이나 가져가겠습니다."

알료샤는 이렇게 말하고는 3코페이카짜리 프랑스빵을 집어 사제복 호주머니에 집어넣었다.

"아버지도 이제 술을 그만 드시는 게 좋을 텐데요."

알료샤는 노인의 얼굴을 들여다보면서 걱정스러운 어조로 충고했다.

"네 말이 맞다. 공연히 화만 나지 마음이 가라앉지 않는구나. 그래도 딱 한 잔만 하련다."

그는 열쇠로 찬장을 열더니 유리잔에 술을 따라 단숨에 들이켜고는 다시 찬장문을 잠그고 열쇠를 호주머니 속에 집어넣었다.

"이거면 됐어. 한 잔 했다고 해서 죽지는 않을 테니까."

"전보다 훨씬 마음이 편해 보이세요."

알료샤가 미소를 지었다.

"음! 나는 코냑을 안 마셔도 네가 좋단다. 그렇지만 상대방이 악당일 때는 나도 악당으로 변하지. 이반은 체르마쉬냐에 가려고 하지 않는데, 왜 그런지 아니? 그루센카가 여기 오면 내가 돈을 많이 내어줄까 봐 그걸 감시하려는 거야. 하나같이 모두가 악당이라니까! 정말이지 나는 그 녀석을 알 수가 없어. 도대체 어디서 그런 악당 놈들만 나왔을까! 그 녀석은 우리하고는 전혀 딴판이야. 그런데도 내가 무슨 유산이라도 남겨줄 줄 아는 모양이지. 나는 그런 유언 같은 건 아예 남기지 않을 작정이다. 너희 모두가 이 점을 알아두는 게 좋을 게다. 미차 같은 놈은 바퀴벌레처럼 밟아버려야 해! 나는 밤마다 곧잘 슬리퍼로 검은 바퀴벌레를 짓밟아 죽이곤 하는데, 발을 대기만 하면 부지직 소리를 내며 터져버리거든. 네형 미차도 곧 그런 소리를 낼 게다. 내가 지금 네 형이라고 한 것도 그나마 네가 그놈을 사랑하기 때문이야. 하지만 네가 그놈을 사랑한다 해도 나는 조금도 두렵지 않다. 대신 이반이 그놈을 사랑한다면 약간 불안하기는 하지만 이반은 누구도 사랑할 놈이 아니야. 우리하고 다른 놈이니까. 이반은 우리와는 다른 종류의, 말하자면 허공에 떠다니는 먼지야. 바람이 불면 사라져버리는 티끌 말이다. 실은 어제 내가 너더러 오늘 꼭 와달라고 한 건 바로 그때 문득 바보 같은 생각이 떠올랐기 때문이란다. 너를 통해 미차의 생각을 정탐하려 했던 거야. 만일 지금 그놈한테 1000이나 2000루블 정도를 주면 그 거지같이 염치없는 놈이 여기서 완전히 꺼져주지 않을까?

적어도 5년쯤, 아니 15년쯤이면 더 좋고……. 물론 그루센카는 두고 가야지. 그 계집과는 깨끗이 헤어져야 해. 어떠냐? 그놈이 들어줄 것 같니?"

"글쎄요. 제가 형한테 한번 물어보죠……. 3000루블을 주신다면 아마 형도……."

알료샤는 중얼거리듯 말했다.

"집어치워라. 이제 와서 그런 건 물어볼 필요도 없지. 물어보지 마! 이젠 나도 생각이 달라졌어. 어제 잠깐 그런 어리석은 생각이 떠올랐다는 것뿐이야. 그놈한테는 한 푼도 줄 수 없어. 돈은 내가 더 필요하다구."

노인은 손을 내저었다.

"어찌 됐든 나는 그놈을 벌레처럼 짓밟아주고 말 테니까. 그놈한텐 아무 말도 하지 마라. 괜히 말했다가 또 행여나 기대할지 모르니까. 그리고 너도 이제 여기 있어봐야 아무것도 할 일이 없으니어서 가봐라. 그런데 그놈의 약혼녀 카체리나 말이다. 그놈은 어떻게든 그 아가씨를 나한테 숨기려고 드는데 그 여자는 미차하고 결혼할 생각일까, 아닐까? 어제 너는 그 집에 갔다 오지 않았니?"

"그분은 절대로 형을 포기하지 않을 거예요."

"대체로 얌전한 아가씨들은 그 녀석 같은 건달 놈팡이를 좋아하지! 얼굴이 창백한 그런 종류의 아가씨들이란 모두 보잘것없는 존재야. 암, 그렇고말고. 에잇, 제기랄! 내가 만일 그놈만큼 젊고 그놈 나이 때의 내 얼굴이 있다면 (내가 스물여덟 살이었을 때는 훨씬 미남이었거든) 나도 그놈 못지않게 계집들을 울려줄 텐데. 망할 놈 같으니라구. 아무튼 그루센카에겐 절대로 손을 대지 못하게 할 테니까. 암, 절대로 안 되지. 안 돼. 내 그놈을 그냥 놔두진 않을 거야!"

이 마지막 말과 함께 그는 미친 사람처럼 격분하기 시작했다.

"너도 이제 가봐라. 오늘은 여기 있어봐야 아무 소용도 없으니."

노인은 퉁명스럽게 말했다.

알료샤는 작별 인사를 하려고 다가가서 아버지의 어깨에 입을 맞췄다.

"왜 이런 짓을 하는 거냐?"

노인은 조금 놀라는 기색이었다.

"이제 곧 만날 텐데. 아니면 다신 못 만날 것 같아서 그러느냐?"

"아니요, 그래서가 아니라 저도 모르게……."

"나도 별 뜻 없이 한 말이다. 나도 그만……."

노인은 물끄러미 알료샤를 바라보았다.

"얘, 알료샤!"

그는 아들의 등에 대고 소리쳤다.

"곧 다시 한번 오너라! 생선 수프를 먹으러. 오늘 먹은 것 같은 게 아니라 특별한 생선 수프 말이야. 꼭 와야 한다. 옳지, 내일이 좋겠구나. 꼭 오도록 해라!"

알료샤가 밖으로 나가자마자 그는 다시 찬장으로 달려가 코냑을 반쯤 따라 단숨에 마셨다.

"이제 그만해야겠군!"

노인은 이렇게 중얼거리며 꿀꺽 군침을 삼키고는 다시 찬장을 잠그고 열쇠를 호주머니 속에 넣었다. 그는 침실로 가서 맥없이 침대에 쓰러졌다. 그리고 바로 잠이 들었다.

3. 초등학생들과 함께

'아버지가 그루셴카 이야기를 묻지 않으신 게 천만다행이었어.'

알료샤는 아버지의 집을 나와 호흘라코바 부인 집을 향해 걸어가면서 마음을 쓸어내렸다.

'물으셨다면 어제 그루셴카와 만난 얘기를 어쩔 수 없이 해야 했을 텐데.'

알료샤는 두 사람의 적수가 밤새 새로 기운을 차려 날이 새자마자 또다시 돌처럼 마음이 굳어버린 게 가슴 아팠다.

'아버지는 짜증을 내며 적개심에 불타고 계셔. 뭔가에 사로잡혀서 그것에 골똘히 빠져 있는 게 분명해. 그러면 큰형은? 형도 역시 밤사이에 완전히 기력을 되찾아 증오심에 가득 차 있겠지. 그리고 속으로 뭔가를 생각하고 있겠지……. 아아, 무슨 일이 있어도 오늘

은 형님을 찾아내야만 하는데……'

그러나 알료샤는 이런 생각에 오래 골몰할 수 없었다. 가는 도중에 뜻하지 않은 사건이 일어났기 때문이다. 겉보기에는 별로 대수롭지 않은 일이었지만 그에게 큰 충격이었다. 작은 개울을 사이에 두고 큰 거리와 평행으로 나 있는 미하일로프 거리로 나가려고 광장을 지나 골목길로 들어섰을 때, 그는 조그만 다리 앞에서 무리지어 모여 있는 초등학교 학생들을 발견했다. 모두가 아홉 살에서 열두 살 정도로 보이는 어린애들로, 마침 학교에서 돌아오는 길이어서 등에 배낭 형태의 책가방을 멘 아이도 있고 가죽 가방을 어깨에 둘러맨 아이도 있었다. 짧은 재킷을 입은 아이도 있고 외투를 입은 아이도 있었으며, 무릎까지 오는 긴 장화를 신은 아이도 있었다. 이 한 무리의 아이들은 무엇을 논의하는지 열심히 재잘거리고 있었다.

알료샤는 언제나 어린아이들을 무심히 지나쳐버리지 못하는 성격이었다. 그것은 모스크바에 있을 때부터 그랬다. 그중에서도 특히 서너 살짜리 어린애를 제일 좋아했지만 열 살이나 열한 살짜리 아이들도 무척 좋아했다. 그래서 알료샤는 이번에도 여러 가지 걱정거리가 있었지만 아이들에게 다가가 그들과 이야기하고 싶었다. 가까이 가서 생기발랄한 장밋빛 얼굴을 들여다보다가 문득 아이들이 모두 돌을 하나씩 손에 쥐고 있는 것을 발견했다. 개중에는 두 개씩 들고 있는 아이들도 있었다. 작은 개울 뒤편에, 아이들이 있는 곳에서 30보가량 떨어진 울타리 옆에는 사내아이가 하나 서 있었다. 그 역시 책가방을 어깨에 멘 초등학생이었다. 키를 보아 열 살이 될까 말까 했는데, 병든 것처럼 창백한 얼굴에 새까만 눈동자만 이상하게 반짝거리고 있었다. 알료샤가 주의 깊게 살펴보니, 그들은 모두 같은 반 학생들로 방금 교문을 함께 나왔지만 지금은 서로 으르렁거리고 있는 모양이었다. 알료샤는 검은 재킷을 입은 혈색이 좋은 아이한테 다가가서 말을 걸어보았다. 곱슬곱슬한 금발의 소년이었다.

"내가 너희들처럼 그런 책가방을 메고 다닐 때는 모두 왼쪽에 메고 다녔지. 오른손으로 금방 책을 꺼낼 수 있도록 말이야. 그런데 너는 오른쪽에 가방을 멨는데 불편하지 않니?"

알료샤는 미리 생각해둔 말로 기교를 부리지 않고 일상적 화제를 불쑥 꺼내며 말을 걸었다. 하기는 어린애, 특히 여러 명의 어린이 모두에게 신뢰를 얻으려면 이런 방법 이외에 다른 도리가 없었다. 진지한 태도로 어디까지나 대등한 입장에서 시작하는 것이 무엇보다 필요했다. 알료샤는 본능적으로 그것을 이해하고 있었다.

"저 앤 왼손잡이예요."

활발하고 건강해 보이는, 열한 살쯤 되어 보이는 다른 애가 얼른 이렇게 대답했다. 나머지 아이들도 알료샤를 뚫어지게 바라보고 있었다.

"저 애는 돌을 던질 때도 왼손으로 던져요."

또 다른 소년이 덧붙였다. 바로 그때 돌멩이 하나가 날아와서 왼손잡이 소년을 살짝 스치며 옆으로 빗나갔다. 그러나 던지는 솜씨가 제법 능숙하고 힘이 있었다. 돌멩이는 개울 뒤쪽에 있는 소년이 던진 것이었다.

"얘, 스무로프, 한 대 맞혀. 패줘!"

소년들이 소리쳤다. 그러나 스무로프라고 불린 왼손잡이 소년은 그런 말을 듣기도 전에 벌써 응수를 한 뒤였다. 그는 개울 뒤쪽에 있는 소년을 겨누고 돌을 던졌으나 돌은 빗나가서 땅에 떨어졌다. 그러자 건너편 소년이 다시 이쪽을 향해 돌을 던졌다. 이번에는 꽤 아프게 알료샤의 어깨에 명중했다. 개울 건너편 소년의 호주머니에는 준비해둔 돌이 가득 있는 것 같았다. 외투 주머니가 불룩한 것이 30보가량 떨어진 이곳에서도 금방 알아볼 수 있었다.

"저 자식은 아저씨한테 던진 거예요. 일부러 아저씨를 겨누고 던진 거예요. 아저씨는 카라마조프니까요, 카라마조프!"

아이들이 깔깔거리면서 소리쳤다.

"자, 이번에는 한꺼번에 사격이다. 던져라!"

돌멩이 여섯 개가 한꺼번에 날아갔다. 그중 한 개가 저쪽 소년의 머리에 맞았다. 소년은 쓰러졌지만 곧 다시 벌떡 일어나서 열심히 돌을 던지기 시작했다. 양쪽에서 쉴 새 없이 돌팔매질이 계속 이어졌다. 이쪽에도 호주머니에 돌을 채워둔 아이가 많았다.

"얘들아, 이게 무슨 짓이냐! 부끄럽지도 않니! 여섯이서 하나와 싸우다니! 그러다간 저 애가 죽고 말겠다!"

알료샤가 고함을 치며 앞으로 달려 나가 날아오는 돌을 향해 방패처럼 막아섰다. 3~4명의 아이가 잠시 손을 멈췄다.

"저 녀석이 먼저 싸움을 시작했는데요!"

빨간 셔츠를 입은 소년이 흥분하여 외쳤다.

"저 자식은 아주 비겁한 놈이에요. 아까 크라소트킨을 칼로 찔러 피까지 나게 했어요. 크라소트킨은 선생님한테 고자질하기가 싫어서 그냥 뒀지만, 저런 놈은 단단히 혼을 내줘야 해요."

"이유가 뭔데? 너희들이 먼저 저 애를 놀린 모양이구나."

"저것 봐, 저 녀석이 또 아저씨 등에 돌을 던졌어요! 저 자식은 아저씨가 누군지 아는 거예요."

아이들이 소리쳤다.

"저 자식은 우리들이 아니라 아저씨한테 돌을 던지고 있어요. 하지만 아무래도 상관없어. 자, 다시 한번 공격하자. 스무로프, 이번엔 명중시켜야 해."

다시금 돌팔매질이 시작되었고 이번에는 싸움이 굉장히 거칠었다. 그러는 사이에 돌 하나가 저쪽 소년의 가슴팍에 명중했다. 소년은 비명을 지르고 울부짖으며 미하일로프 거리 쪽 언덕길을 달리기 시작했다. 그걸 보고 이쪽 아이들은 욕설을 퍼부었다.

"야아, 겁이 나서 도망가는구나. 병신 같은 자식!"

"카라마조프 아저씨, 저 자식이 얼마나 비겁한지 아저씨는 몰라요. 죽여도 시원찮을 거예요."

재킷을 입은 소년이 눈을 번쩍이며 말했다. 가장 나이가 많아 보이는 아이였다.

"도대체 어떤 아이길래!"

알료샤가 물었다.

"고자질이라도 한다는 거냐?"

소년들은 비웃기라도 하는 듯이 서로의 얼굴을 살폈다.

"아저씨도 미하일로프 거리 쪽으로 가는 길이죠? 그럼 어서 저 자식을 쫓아가보세요. 저것 봐, 저기 서서 기다리며 아저씨를 바라보고 있잖아요."

그 소년이 다시 말했다.

"그래, 아저씨를 보고 있어요."

다른 아이들도 맞장구를 쳤다.

"가서 저 자식한테 물어보세요. '너는 너덜너덜한 목욕탕 수세미를 좋아하니' 하고 말이에요. 그렇게 물어보세요. 꼭 그렇게 해야 해요."

아이들이 또 한바탕 폭소를 터뜨렸다. 알료샤는 아이들의 얼굴을 바라보고 아이들은 알료샤의 얼굴을 바라보았다.

"가지 마세요. 얻어맞을지도 몰라요."

스무로프가 경고하듯 말했다.

"얘들아, 나는 수세미에 대해선 묻지 않을 거다. 너희들이 그걸 가지고 저 애를 놀려주는 모양이니까. 그 대신 왜 너희들이 저 애를 그렇게 미워하는지 저 애한테 직접 알아봐야겠다."

"알아보세요. 알아보세요."

아이들이 또 웃어댔다. 알료샤는 다리를 건너 울타리 옆 언덕길을 따라 외톨이가 된 소년을 향해 곧장 걸어 올라갔다.

"조심하세요."

등 뒤에서 아이들이 경고했다.

"그 자식이 당신이라고 무서워할 줄 아세요! 몰래 칼을 꺼내 갑자기 공격할지도 몰라요. 크라소트킨에게 그런 것처럼."

소년은 그 자리에 꼼짝 않고 서서 알료샤가 가까이 오기를 기다리고 있었다. 가까이 다가가보니 겨우 아홉 살 정도밖에 안 된, 키가 작고 허약한 소년이었다. 여월 대로 여윈 갸름한 그 아이의 얼굴은 창백했다. 크고 검은 눈은 증오로 가득 차서 알료샤 쪽을 노려보고 있었다. 아이는 다 낡아빠진 매우 오래된 외투를 입고 있었는데 그 외투마저 몸에 맞지 않아서 이상한 모습이었다. 양쪽 소매 밑으로는 빨간 팔목이 드러났고 바지 오른쪽 무릎 위에는 커다란 헝겊조각을 덧대어 기워놓았다. 그리고 장화는 오른쪽 엄지발가락 근처에 구멍이 뚫려서 잉크로 칠한 흔적이 보였다. 불룩한 외투 양쪽 호주머니에는 돌이 가득 들어 있었다. 알료샤는 두어 걸음쯤 앞에 멈춰 서서 뭔가 묻고 싶은 얼굴로 소년을 바라보았다. 소년은 알료샤가 자기를 때리려는 게 아니라는 것을 눈치채고 조금 누그러진 태도로 먼저 입을 열었다.

"나는 혼자고 저 자식들은 여섯이나 되지만……, 나는 혼자서도 다 해치울 수 있어."

소년은 갑자기 눈을 번쩍이며 말했다.

"그렇지만 지금 세게 한 대 맞지 않았니? 몹시 아팠을 텐데."

알료샤가 말했다.

"나도 스무로프의 머리를 맞혔어요."

소년이 외쳤다.

"저 애들 말이, 네가 나를 알아보고 뭔가 이유가 있어서 나한테 일부러 돌을 던졌다고 하던데?"

소년은 가라앉은 표정으로 알료샤의 얼굴을 쳐다보았다.

"나는 너를 모르겠는데, 너는 정말 나를 알고 있니?"

알료샤가 다시 물었다.

"귀찮게 하지 마요!"

소년이 발끈 성을 내며 소리쳤다. 그러면서도 소년은 여전히 무언가를 기다리는 듯 그 자리에서 움직이지 않고 서서 다시금 적의에 찬 눈을 번득였다.

"그럼, 난 가마. 하지만 나는 네가 누군지도 모르고, 또 너를 놀리려는 것도 아니야. 저 애들은 너를 곯려주려고 하는 것 같던데, 난 조금도 그럴 생각이 없으니까, 그럼 잘 있거라!"

알료샤가 말했다.

"수도사라면서 비단 바지나 입고!"

소년은 여전히 적대적인 태도로 알료샤를 보면서 이렇게 외치고는 이번에는 틀림없이 알료샤가 달려들 거라고 생각했는지 얼른 방어 자세를 취했다. 그러나 알료샤는 몸을 돌려 소년 쪽을 한 번 바라보고는 그냥 앞으로 발걸음을 돌렸다. 그러나 세 걸음을 채 내딛기도 전에 소년이 던진 돌이 그의 등을 세차게 때렸다. 소년의 호주머니 속에 있는 돌 중에서 가장 큰 것이었다.

"뒤에서 이러는 법이 어디 있니? 저쪽 애들이 너를 보고 언제나 뒤에서 달려든다고 하더니, 그 말이 사실인가 보구나?"

알료샤가 뒤를 돌아보며 말했다. 그러나 소년은 악에 받쳐 또다시 돌을 던졌다. 이번에는 정통으로 얼굴을 겨누었으나 알료샤가 재빨리 피해서 팔꿈치에 맞았다.

"아니, 부끄럽지도 않니. 내가 너한테 무슨 잘못을 했다는 거니?"

알료샤가 큰 소리로 외쳤다. 소년은 이번에야말로 알료샤가 틀림없이 자기에게 덤벼들겠거니 생각하고 말없이 몸을 도사리고 있었다. 그러나 이번에도 알료샤가 달려들지 않자, 소년은 야수처럼 울분을 터뜨리며 자기 쪽에서 먼저 알료샤에게 달려들었다. 알료샤가 미처 몸을 피할 사이도 없이 두 손으로 알료샤의 왼손을 붙잡더니 가운뎃손가락을 으스러지게 깨문 채 10초 정도 놓아주지 않았다. 알료샤는 있는 힘을 다해 손가락을 빼려고 했지만 너무 아파서 그만 비명을 지르고 말았다. 마침내 소년은 손가락을 놓아주고 뒤로 물러나서 아까와 같은 간격을 두고 마주 섰다. 알료샤의 손가락은 손톱 바로 밑의 뼈가 이에 닿을 정도로 깊이 찍혀서 피가 줄줄 흘러내렸다. 알료샤는 손수건을 꺼내 상처를 꼭 동여맸다. 그러는 동안 거의 1분 가까이 지났지만 소년은 꼼짝도 하지 않고 서서 지켜만 봤다. 이윽고 알료샤는 부드러운 눈길로 시선을 들었다.

"자, 이제 됐다. 봐라, 지독하게 물었구나. 이젠 성이 좀 풀렸니? 그럼, 말해다오. 내가 너한테 무슨 짓을 했다는 거냐?"

알료샤는 말했다.

소년은 놀란 눈으로 알료샤를 올려다보았다.

"나는 네가 누군지도 모르고, 너를 만난 것도 오늘이 처음이야."

여전히 침착한 어조로 알료샤는 말을 계속했다.

"내가 아무래도 너한테 뭔가를 잘못했나 보구나. 그렇지 않고서야 이렇게 할 리가 없지. 그러니까 내가 무슨 짓을 했는지, 너한테 무슨 잘못을 저질렀는지 좀 알려다오."

대답 대신 소년은 별안간 큰 소리로 울음을 터뜨리더니 갑자기 알료샤에게서 도망쳐 달아났다. 알료샤는 그 뒤를 쫓아 미하일로프 거리 쪽으로 천천히 걸음을 옮겼다. 그리고 뒤도 돌아보지 않고 여전히 빠른 걸음으로 멀리 도망치고 있는 소년의 뒷모습을 오랫동안 지켜보았다. 아마 소년은 여전히 소리 내어 울고 있는 것 같았다. 알료샤는 반드시 시간이 나는 대로 소년을 찾아내서, 이 이상한 수수께끼를 꼭 풀어야겠다고 다짐했다. 그러나 지금은 그럴 시간이 없었다.

4. 호흘라코바 부인의 집에서

알료샤는 곧 호흘라코바 부인의 집에 다다랐다. 그 집은 부인의 소유로 이 지방에서도 호화주택에 속하는 아름다운 2층 석조 가옥이었다. 호흘라코바 부인은 다른 현에 있는 자기 영지와 모스크바의 본가에서 주로 살고 있었지만 이 지방에도 대대로 내려오는 자기 집을 가지고 있었다. 그런데 이 지방에 있는 영지가 세 군데의 영지 중에서 제일 컸지만 부인이 이곳을 찾아오는 것은 극히 드문 일이었다. 호흘라코바 부인은 문간방까지 달려 나와 알료샤를 맞아주었다.

"받으셨지요? 새로운 기적에 대해서 적어 보낸 내 편지 말이에요. 받으신 거죠?"

부인이 호들갑스럽게 말했다.

"예, 받았습니다!"

"모든 사람에게 알리고 모든 사람에게 보여주었나요? 장로님께서 어머니한테 아들을 돌려보내주셨어요!"

"장로님께서는 오늘 중으로 운명하실 겁니다."

알료샤가 말했다.

"네, 나도 들어서 알고 있어요. 아아, 나는 당신과 얼마나 얘기하고 싶었는지 몰라요. 당신이 아니면 누구에게라도 이 이야기는 꼭 하고 싶었어요. 아니, 당신하고 해야 해요. 꼭 당신하고요. 그런데 다시는 장로님을 뵐 수 없으니 정말 유감이에요. 온 마을이 흥분에 들떠 기적이 나타나기를 기다리고 있답니다. 그런데 지금…… 카체리나 이바노브나가 지금 여기 와 있는 걸 아세요?"

"마침 잘됐군요."

알료샤가 소리쳤다.

"그럼 댁에서 그분을 만나봐야겠습니다. 그분이 오늘 꼭 와달라고 어제 저한테 간곡하게 부탁했거든요."

"그건 나도 알고 있어요. 죄다 알고 있죠. 어제 그 집에서 일어난 일도 자세히 들었어요. 그리고 그 더러운 계집의 간사한 행동도 다 들었죠. 정말 비극이에요(C'est tragique)! 만약 내가 그런 꼴을 당했다면 정말이지 무슨 일을 저질렀을지도 몰라요! 하지만 당신 형님이 정말 너무했더군요! 어머나! 알렉세이 표도로비치, 내가 제정신이 아니군요. 지금 저 방에는 당신 형님이, 어제의 그 무서운 형님이 아니라 둘째 형님이 카체리나 이바노브나와 얘기를 하고 있어요. 그런데 무척 심각한 대화거든요. 지금 두 사람 사이에는 굉장한 일이 일어나고 있어요. 정말 무서운 일이에요. 그야말로 제정신이라고 할 수가 없어요. 절대로 믿을 수 없는 무서운 이야기라고 할까, 두 사람이 다 이유도 모른 채 스스로 파멸로 치닫고 있어요. 그들 자신도 그것을 잘 알고 있고 오히려 즐기고 있어요. 나는 당신을 얼마나 기다렸는지 몰라요. 정말 애타게 기다렸지요. 우선 무엇보다 나는 그런 일을 그냥 보아 넘길 수가 없거든요. 여기에 대해서는 나중에 자세히 말씀드리겠지만 지금은 다른 얘기부터 해야겠어요. 그것이 가장 중요한 얘기예요. 아아, 내 정신 좀 봐, 가장 중요한 얘기라는 것조차 깜빡 잊고 있으니! 좀 말씀해주세요. 도대체 무엇 때문에 우리 리즈는 히스테리만 부리는 걸까요? 당신이 오셨다는 말을 듣자마자 히스테리부터 부렸어요!"

"엄마, 지금 히스테리를 부리는 건 엄마지 내가 아니에요."

갑자기 옆방으로 통하는 문틈으로 리즈의 지저귀는 듯한 목소리가 들려왔다. 문틈은 아주 좁았으나 억지로 억누르는 듯한 목소리는 금방이라도 웃음이 터져 나오려는 것을 필사적으로 참고 있는 듯한 느낌이었다. 알료샤도 곧 그 문틈의 존재를 알아챘다. 리즈가 틀림없이 그 바퀴 달린 안락의자에서 몸을 내밀고 문틈으로 이쪽을 내다보고 있으리라 생각했지만 그것까지는 그도 확인할 방법이 없었다.

"당연한 거 아니겠니, 리즈야. 네가 그렇게 변덕을 부리는데 난들 어떻게 히스테리를 안 부릴 수 있겠니! 그렇지만 알렉세이 씨,

저 애는 또 몸이 좋지 않은가 봐요. 간밤에 내내 열이 높아서 환자처럼 신음을 하지 않겠어요. 빨리 날이 밝아 게르첸슈트베 선생이 와주기를 얼마나 기다렸는지 모른답니다. 그런데 그 의사가 말하기를 아직 원인을 알 수 없다면서 좀 더 경과를 두고 봐야겠다는 거예요. 그 의사 선생은 우리 집에 올 때마다 항상 진단을 내릴 수 없다고만 하죠. 글쎄 당신이 우리 집으로 가까이 다가오자마자 저 애가 막 고함을 지르며 발작을 일으키더군요. 그리고 전에 자기가 쓰던 저 방으로 의자를 옮겨달라고 그렇게 졸라댔어요."

"엄마, 난 알렉세이 씨가 우리 집에 올 거라는 건 전혀 모르고 있었어요. 내가 이 방으로 오고 싶어 한 건 그것과는 아무 관계가 없어요."

"또 거짓말을 하는구나, 리즈야. 율리야가 달려와서 이분이 이리 오고 있다고 너한테 알리지 않았니! 그 애를 감시인으로 세워둔 건 바로 너잖니."

"엄마는 왜 그런 실없는 소리만 하세요? 명예를 회복하기 위해서 뭐 좀 현명한 말을 하고 싶으시면 엄마, 지금 여기 계신 알렉세이 씨한테 이렇게 말하세요. '어제 그런 일이 있으신 후 모든 이의 조롱거리가 되신 후에도 아무렇지 않게 우리 집을 방문하기로 결심한 것만으로도 당신이 얼마나 생각 없이 사는 사람인지 알겠군요'라고요."

"리즈야, 말이 너무 지나치구나. 미리 말해두지만, 너 그러다가 혼날 줄 알아라. 대체 누가 이분을 조롱한다는 거냐? 나는 이분이

와주셔서 얼마나 기쁜지 모르겠다. 나한테는 이분이 필요해. 절대 없어서는 안 될 분이야. 아아, 알렉세이 씨, 나는 정말 불행한 여자예요!"

"엄마, 갑자기 그건 무슨 말씀이세요?"

"아아, 리즈야, 너의 변명과 그 들뜬 마음, 너의 질병과 밤새도록 계속된 그 무서운 고열 그리고 언제나 진단을 내리지 못하는 게르첸슈트베. 가장 견딜 수 없는 것은 아무리 해도 끝이 없다는 거야. 언제 끝날지 알 수가 없어. 게다가 또 모든 것이……. 그리고 마지막으로 그런 기적까지 일어났으니 말이야! 알렉세이 표도로비치, 그 기적이 얼마나 나를 놀라게 하고 감동시켰는지 모른답니다! 게다가 지금 저쪽 객실에서는 차마 눈 뜨고 볼 수 없는 비극이 생기고 있어요. 당신한테 미리 말씀드리지만, 나는 도저히 그것을 감당해낼 수가 없어요. 그러나 어쩌면 비극이 아니라 희극이 될지도 모르지요. 그건 그렇고 조시마 장로님은 내일까지 버티실 수 있을까요? 아아, 내가 정말 왜 이럴까요. 이렇게 눈만 감으면 모든 게 다 무의미하게 생각되니 말이에요."

"제게 한 가지 부탁이 있습니다만, 손가락을 싸맬 깨끗한 헝겊을 좀 주시면 고맙겠습니다. 손가락을 다쳤는데 자꾸 아파오네요."

갑자기 알료샤는 부인의 말을 가로채며 말했다. 알료샤는 아까 소년한테 물린 손가락을 끌러 보였다. 손수건에는 검붉은 피가 잔뜩 배어 있었다. 호흘라코바 부인은 비명을 지르며 눈을 질끈 내리감았다.

"어머, 이게 어디서 난 상처예요? 끔찍해라!"

그때 문틈으로 엿보고 있던 리즈가 알료샤의 손가락을 보자마자 문을 휘익 열어젖혔다.

"들어오세요. 이리 들어오세요."

리즈가 명령하는 듯한 어조로 소리쳤다.

"지금은 그런 쓸데없는 소리나 주고받을 때가 아니에요. 어머나! 아니, 이렇게 다치고서도 왜 아무 말도 않고 가만히 계셨어요. 하마터면 피를 많이 흘려 죽을 뻔했잖아요. 도대체 어디서 이런 상처를 입으셨어요? 그보다 먼저 물이 있어야겠어요. 물, 물을 가져와요! 상처를 싸매야 하니까. 아니, 그것보다 냉수에 가만히 손을 담그고 있는 편이 낫겠어요. 그렇게 하고 있으면 아픔이 가실 거예요. 엄마, 빨리 물을 가져다줘요. 엄마, 양치질용 컵에다 빨리 물을 가져다달라니까요."

리즈가 신경질적으로 외쳤다. 그녀는 공포에 질려 있었다. 알료샤의 상처에 몹시 충격을 받은 것이다.

"게르첸슈트베 선생을 부를까?"

호흘라코바 부인이 말했다.

"엄마는 나를 죽이려고 그러세요? 게르첸슈트베 선생이 온들 잘 모르겠다는 말밖에 더하겠어요. 그보다도 물, 물이 필요해요! 엄마, 제발 좀 가서 율리야를 재촉해주세요. 그 앤 언제나 꾸물거려서 빨리 오는 법이 없다니까요. 빨리요, 엄마! 그렇잖으면 난 죽어요……."

"아니에요. 별로 대수로운 상처가 아닙니다!"

알료샤는 두 모녀의 호들갑에 무척 당황하며 이렇게 소리쳤다. 율리야가 물을 떠가지고 뛰어왔다. 알료샤는 그 물에 손가락을 담갔다.

"엄마, 미안하지만 붕대 좀 가져다주세요. 그리고 상처에 바르는 그 걸쭉한 물약, 뭐라고 하더라? 냄새가 지독한 그 물약 말이에요. 아무튼 우리 집에 그 약이 있잖아요. 엄마는 그 약이 어디 있는지 아시죠? 엄마 침실 오른쪽 찬장, 거기에 그 약병과 붕대가 있어요."

"곧 가져올 테니 리즈야, 좀 진정해라. 그렇게까지 걱정할 건 없어. 알렉세이 씨는 저렇게 다치고도 꿈쩍 않고 참고 있지 않니? 그런데 어디서 이렇게 심하게 다쳤어요?"

호흘라코바 부인이 황급히 나갔다. 리즈는 그 순간만을 노리고 있었다.

"우선 이것부터 대답해주세요. 어디서 이렇게 다치셨죠? 그걸 먼저 들어야 당신한테 다른 얘기를 할 수 있을 거 같아요. 자, 어서요."

리즈는 재빨리 알료샤에게 말했다. 알료샤는 부인이 돌아올 때까지의 시간이 리즈에게 얼마나 귀중한지 본능적으로 알았다. 그래서 불필요한 얘기는 생략하고 아까 그 초등학생과의 수수께끼 같은 만남을 급히 서둘러 말했다. 얘기를 다 듣고 난 리즈는 손뼉을 딱 쳤다.

"아니, 그런 옷을 입고 있으면서 코흘리개 아이들과 어울려도 괜찮단 말이에요?"

리즈는 자기가 마치 알료사에 대해 무슨 권리라도 가지고 있는 것처럼 성난 목소리로 외쳤다.

"그런 짓을 하는 걸 보니 당신도 역시 어린애군요. 어쩌면 세상에서 가장 철없는 어린애일지도 몰라요! 그렇지만 그 괘씸한 꼬마 녀석은 무슨 일이 있어도 찾아내서 나한테 죄다 말해주셔야 해요. 거기엔 분명히 무슨 사정이 있을 테니까요. 자, 그럼 다음 얘기로 넘어가겠는데 그전에 하나 물어볼 말이 있어요. 알렉세이 표도로비치, 당신 상처가 아프셔도 나하고 이야기를 좀 나눌 수 있으시죠? 비록 쓸데없는 이야기로 들릴지 모르겠지만 나한테는 정말 중요한 이야기거든요."

"할 수 있고말고요. 지금은 그리 아픈 것 같지도 않습니다."

"그건 손가락을 찬물에 담그고 있어서 그래요. 이젠 물을 갈아야겠군요. 곧 미지근해지니까요. 율리야, 빨리 지하실에 가서 얼음을 꺼내서 다른 잔에 물과 함께 담아와. 이젠 저 애도 나가버렸으니 용건을 말씀드리죠. 알렉세이 표도로비치, 어제 내가 당신한테 보낸 그 편지를 지금 당장 돌려주세요. 빨리요. 엄마가 돌아오기 전에. 난……."

"지금은 그 편지를 가지고 있지 않은데요."

"거짓말 마세요. 가지고 계실 거예요. 나도 당신이 그렇게 대답하실 줄 알았어요. 그 호주머니 속에 가지고 계시죠? 이째서 그런 바보짓을 했을까 밤새도록 후회했어요. 자, 돌려주세요, 빨리 돌려

달라니까요."

"그 편지는 수도원에 두고 왔습니다."

"아마 당신은 그런 어리석은 편지를 읽고 나를 철없는 계집애라고, 아주 철없는 애라고 생각했을 거예요. 그런 바보짓을 한 건 당신에게 미안하지만 편지만은 꼭 돌려주셔야 해요. 정말 지금 안 가지고 계시면, 오늘 중으로 꼭 가져다주세요. 꼭 가져다주셔야 해요, 꼭!"

"오늘 중으로는 안 되겠는데요. 난 이제 수도원으로 돌아가면 앞으로 2~3일, 아니 나흘은 여기에 올 수 없을 겁니다. 조시마 장로님께서……."

"나흘이라니? 그걸 말이라고 하세요! 당신은 나를 무척 비웃으셨겠죠?"

"아니, 조금도 비웃지 않았습니다."

"그건 어째서죠?"

"당신의 말을 그대로 믿었기 때문입니다."

"나를 모욕하시는군요."

"천만에요. 나는 그 편지를 읽자마자 반드시 그렇게 되리라고 생각했습니다. 왜냐하면 조시마 장로님께서 운명하시면 나는 곧 수도원에서 나와야 하니까요. 거기서 나오면 나는 다시 공부를 계속하고 시험을 치를 계획입니다. 그리고 법정 연령이 되면 우리는 결혼하는 겁니다. 나는 언제까지나 당신을 사랑할 거예요. 아직 충분히 생각할 여유는 없었지만 나는 당신보다 더 좋은 아내를 얻을 수 있다고 여기지 않습니다. 그리고 조시마 장로님께서도 결혼하라고 분부하셨고……."

"그렇지만 나는 불구자예요. 의자에 앉아 이리저리 끌려 다니는 몸이란 말이죠."

리즈는 두 볼을 붉히며 웃었다.

"내 손으로 당신 의자를 밀고 다니겠습니다. 하지만 그때까지는 틀림없이 완쾌하리라 믿습니다."

"당신 머리가 어떻게 된 모양이군요."

리즈가 신경질적으로 말했다.

"그런 농담을 진심으로 알고, 그런 얼토당토않는 소리를 하니 말이에요! 아, 마침 엄마가 오시네요. 엄마는 언제나 왜 이렇게 동작이 느려요. 이렇게 꾸물거리면 어떡해요. 율리야는 벌써 얼음을 저렇게 가져오는데."

"얘, 리즈야, 제발 소리 좀 지르지 마라, 제발. 네 소리를 들으면 나는……. 어떻게 늦지 않을 수 있겠니? 네가 엉뚱한 데다 붕대를 넣어두었는데. 그걸 찾아내느라 얼마나 힘들었는 줄 아니? 아무래도 네가 일부러 숨겨둔 것 같구나."

"그렇지만 이분이 손가락을 물려서 오리라곤 전혀 몰랐죠. 하긴 그걸 미리 알았더라면 정말 일부러 그랬을지도 모르지만 말이에요. 엄마도 이젠 말솜씨가 보통이 아니군요."

"그래, 내 말솜씨가 보통이 아니라고 해두자. 그러나 리즈야, 알렉세이 씨의 손가락이나 다른 모든 일에 대해서나 너는 도대체 왜 그렇게 어쩔 줄 모르고 흥분하는 거니, 아아, 알렉세이 표도로비치, 나를 괴롭히는 것은 정말이지 한두 가지가 아니에요. 게르첸슈트베니 뭐니 하는 문제가 아니라 이것저것 모든 게 한꺼번에 합쳐져서, 모든 것이 함께 나를 괴롭히고 있어요. 정말 참을 수가 없어요!"

"그만하세요. 엄마, 그 의사 이야기는 듣기도 싫다니까요."

리즈가 명랑하게 웃었다.

"자, 빨리 붕대를 건네주세요. 물약도 같이요. 알렉세이 표도로비치, 이건 보통 초연수예요. 이제야 이름이 기억나네요. 그러나 아주 잘 듣는 약이에요. 그런데 엄마, 이분은 여기 오는 길에 어린애와 싸움을 하다가 손가락을 깨물렸대요. 그러니 이분도 똑같은 어린애인 게 맞죠. 그러면서도 결혼을 생각하고 있어요. 엄마, 한 번 생각해보세요. 이분이 남편 노릇을 하는 모습을요. 우습잖아요? 아니, 얼마나 끔찍하겠어요!"

리즈는 장난스러운 눈으로 알료샤를 바라보며 발작적으로 웃어 댔다.

"아니, 결혼이라니, 리즈야. 왜 그런 엉뚱한 소리를 하는 거냐! 그런 소리는 이 자리에 어울리지 않아……. 어쩌면 그 아이가 광견병에 걸렸을 수도 있잖니?"

"원 엄마두! 광견병에 걸린 아이가 어디 있어요?"

"왜 없다는 거니? 넌 내 말을 우습게 여기는구나! 만일 그 애가 미친개한테 물려 광견병에 걸렸다면 옆에 있는 사람을 닥치는 대로 물 게 아니니? 그건 그렇고, 알렉세이 표도로비치, 우리 리즈가 붕대를 감아드렸군요. 나도 그렇게 모양 있게 감아드리진 못할 거예요. 아직도 통증이 있나요?"

"이젠 그리 아프지 않습니다."

"혹시 물을 두려워하지 않으세요?"

리즈가 물었다.

"얘, 리즈야, 그만해두렴. 내가 엉겁결에 광견병 이야기를 했더니 너도 대뜸 그걸 가지고 수다를 떨고 있구나. 그보다 알렉세이 표도로비치, 카체리나 이바노브나는 당신이 여기 올 거라는 말을 듣자마자 나한테 와서 좀 전부터 당신을 기다리고 있어요."

"엄마도 참! 그 방에 가시려면 엄마 혼자 가세요. 이분은 지금 갈 수 없어요. 이렇게 손이 아픈데 어떻게 가겠어요."

"이젠 괜찮습니다. 지금이라도 갈 수 있어요."

알료샤가 말했다.

"어머, 가신다구요? 그럼 당신은?"

"왜 그러시죠? 거기서 볼일을 마치고 다시 이리로 돌아올 테니까 그때는 당신하고 얼마든지 얘기를 할 수 있을 겁니다. 나는 지금 카체리나 아가씨를 만나봐야 합니다. 오늘은 무슨 일이 있어서 수도원으로 돌아가야 하니까요."

"엄마, 빨리 이분을 데리고 가세요. 알렉세이 씨, 카체리나를 만난 후 나한테 일부러 올 필요 없어요. 곧바로 수도원으로 돌아가세요. 당신이 속한 곳은 거기니까요. 그것이 당신의 길이에요! 나는 잠을 좀 자야겠어요. 간밤에 한잠도 못 자서."

"얘, 리즈, 농담은 그만하려무나. 그건 그렇고 잠을 자는 게 좋겠다!"

호흘라코바 부인이 이렇게 외쳤다.

"어떻게 해야 할지 모르겠군요. 내가 뭘 잘못한 건지, 그럼 3분만 여기 더 있겠습니다. 아니 5분도 괜찮아요."

알료샤가 중얼거리듯 말했다.

"5분이라구요! 엄마, 빨리 이분을 데리고 가시라니까요. 이분은 악마예요. 악마!"

"리즈, 너 미친 거 아니니? 자, 갑시다, 알렉세이 표도로비치. 저 애가 오늘은 너무 변덕이 심하군요. 저 애의 신경을 자극할까 봐 무서워요. 신경과민의 여자를 상대하는 것은 정말 어려운 일이에요. 하지만 저 애는 당신하고 함께 있는 중에 정말로 졸음이 왔는지도 모르죠. 어쨌든 빨리 저 애를 졸리게 해줘서 고마울 뿐이에요."

"엄마도 이젠 제법 애교 있는 말을 하네요. 그런 뜻에서 엄마한테 키스를 해드리죠."

"그럼, 나도 너한테 키스를 해주마. 리즈야. 그런데 알렉세이 표도로비치."

알료샤와 함께 방을 나오며 부인은 무슨 대단한 비밀이라도 전하듯 빠른 소리로 소곤거렸다.

"나는 당신에게 암시를 주거나 내 손으로 비밀의 막을 올려서 보여주고 싶지는 않아요. 거기에 들어가시면 어떤 일이 벌어지고 있는지 당신 눈으로 직접 확인하실 수 있을 거예요. 정말 무서운 일이에요. 그야말로 어처구니없는 희극이죠. 그 아가씨는 당신의 둘째 형을 사랑하고 있으면서도 큰형 드미트리를 사랑하고 있다고 끝까지 우기고 있다니까요. 이건 보통일이 아니에요. 나도 당신과 함께 들어가서 쫓겨나지 않는 한 끝까지 지켜보겠어요."

5. 객실에서의 파국

　　그러나 객실에서의 대화는 거의 끝나가고 있었다. 카체리나는
결의에 찬 표정이었지만 몹시 흥분한 상태였다. 알료샤와 호흘라
코바 부인이 들어갔을 때, 이반은 막 돌아가려고 자리에서 일어서
는 중이었다. 그의 얼굴은 좀 창백해 보였다. 알료샤는 불안한 눈
길로 그를 바라보았다. 지금 알료샤에게는 한 가지 의혹이, 언제부
터인가 그를 괴롭혀온 한 가지 불안한 수수께끼가 풀리려 하고 있
기 때문이었다. 알료샤는 한 달 전부터 여러 사람들로부터 둘째 형
이반이 카체리나한테 반해서 드미트리로부터 그녀를 '가로채려
고' 한다는 소문을 여러 번 듣고 있었다. 그러나 바로 최근까지만
해도 알료샤에게 이 소문은 도저히 있을 수 없는 허무맹랑한 것이
었다. 그러나 몹시 불안했던 것은 사실이다. 알료샤는 두 형을 모

두 사랑했으므로 두 사람 사이의 이런 연적 관계가 견딜 수 없이 두려웠다.

그런데 어제 갑자기 드미트리가 자기는 오히려 이반의 경쟁을 기쁘게 생각하고, 그것이 여러 가지 면에서 본인에게 도움이 된다고 말했다. 어째서 도움이 된다는 걸까? 그루셴카와 결혼하는 데? 그러나 그것은 자포자기에서 오는 최후의 자학이라고밖에 생각되지 않았다. 뿐만 아니라 알료샤는 어젯밤까지만 해도 카체리나 역시 열정적이고 끈기 있게 큰형 드미트리를 사랑하고 있다고 굳게 믿고 있었다. 하기는 이런 신념도 어제저녁까지밖에 지속되지 않았지만 어찌되었든 그녀가 이반 같은 인물을 사랑할 리가 없다, 그녀가 드미트리를 사랑하는 것만은 틀림없다고 생각했던 것이다. 그랬던 것이 어제 그루셴카와의 장면을 목격하자 문득 다른 생각이 그의 마음속에 떠오르는 것이었다.

방금 호흘라코바 부인의 입에서 나온 '일종의 착란'이란 말은 그를 거의 전율케 했다. 바로 오늘 아침 새벽에 그는 저도 모르게 "착란이다! 착란!" 하고 소리 질렀던 것이다. 아마도 그는 꿈을 꾸면서 밤새도록 카체리나 집에서 벌어졌던 그 소동을 모두 다시 보았던 것이다. 그래서 지금 호흘라코바 부인이 자신 있게 딱 잘라서 한 말, 카체리나는 이반을 사랑하고 있으면서도 어떤 감정의 '착란' 때문에 일부러 자기 자신을 기만하고 있으며, 아버지의 명예를 구해준 데 대한 고마운 마음을 표명하려는 염원에서 형을 사랑하고 있는 듯이 가장하면서 스스로를 괴롭히고 있다는 말에 알료샤는 크게 놀랐다.

'그렇다, 어쩌면 그 말 속에 모든 진실이 포함되어 있는지도 모른다.'

알료샤는 이렇게 생각했다.

그러나 만일 그렇다면 이반의 처지는 어떻게 되는 것일까. 알료샤는 일종의 본능에 의해, 카체리나와 같은 성격의 여성은 상대방인 남성을 지배하지 않고는 못 배기며, 그러나 그녀가 지배할 수 있는 것은 드미트리와 같은 남성이지 결코 이반과 같은 부류의 남자는 아니라고 직감하고 있었다. 왜냐하면 (비록 오랜 시간이 소요될지라도) 드미트리 같으면 결국 여자에게 굴복해서 그것이 자신의 행복이라고 여길 수 있겠지만(이것이 알료샤가 원하는 바이기도 하지만), 이반의 경우 결코 그녀 앞에 굴복할 수도 없거니와 설사 굴복한다 하더라도 결코 행복하지 않을 것이다. 어째서인지 알료샤는 저도 모르게 이반에 대하여 이런 고정관념을 가지고 있었다. 그래서 지금 객실에 발을 들여놓은 순간, 이 모든 마음의 동요와 상상이 퍼뜩 그의 뇌리를 스치고 지나갔다. 그리고 또 한 가지다른 생각이 억제할 수 없는 힘으로 그의 머리에 떠올랐다.

'만일 이 여자가 두 형 가운데 어느 쪽도 사랑하고 있지 않다면 어떻게 되는 걸까?'

여기서 한 가지 지적해두지만, 알료샤는 자신의 이런 생각을 부끄럽게 여기고 지난 한 달 동안 이런 상념이 떠오를 때마다 자신을 꾸짖어왔다.

'나 같은 것이 사랑이니 여성이니 하는 것에 대해 어떻게 안단 말인가? 어떻게 내가 감히 이런 결론을 내릴 수 있겠는가?'

이렇게 알료샤는 이와 유사한 생각이나 추측을 하고 난 뒤에는 반드시 자기 자신을 책망하곤 했다. 하지만 그렇다고 해서 그 문제를 전혀 생각하지 않을 수도 없는 것이 지금의 심정이었다. 이제 두 형의 운명에서 이 연적관계는 너무나 중요한 문제여서, 그 해결 여하에 따라 너무나 많은 일이 달라진다는 것을 그는 본능적으로 알고 있었다.

"두 마리의 독사가 서로 잡아먹으려고 하는 거야."

어제 이반은 아버지와 드미트리를 두고 홧김에 이런 말까지 했다. 그러고 보면 이반의 눈으로 볼 때 드미트리는 독사였고 어쩌면 벌써 오래전부터 독사였는지도 모른다. 그것은 이반이 카체리나를 처음 알게 된 때부터가 아닐까? 물론 그것은 이반이 무심코 입 밖에 낸 것이겠지만 무심코 나온 말이기에 더욱 중대한 뜻을 지니고 있었다. 만일 그렇다면 이 경우, 평화란 존재할 수 없지 않은가! 오히려 한 집안에서 증오와 적대감의 새 불씨만 생기는 것이 아닌가!

그러나 알료샤에게 가장 절실한 것은 두 사람 중 도대체 누구를 동정해야 하는가, 두 형의 어떤 점들을 각각 동정해야 할 것인가의 문제였다. 그는 두 형을 똑같이 사랑하고 있었다. 그러나 이 무서운 모순 속에서 그들 각 개인을 위해 무엇을 바라는 게 좋단 말인가? 이리한 혼돈 속에 빠지면 누구든지 어찌할 바를 모르게 된다. 알료샤는 아무래도 이 어리둥절한 상태를 그냥 참고 견딜 수가 없었다. 그의 사랑은 항상 실천적인 성격을 띠고 있었기 때문이다. 그에게 소극적인 사랑은 불가능했다. 일단 누구를 사랑하게 되면 그는 지체 없이 구원의 손길을 내밀어야만 했다. 그러기 위해서는 확고부동한 목표를 설정하고 그들 각자에게 무엇이 옳은가를 정확히 알아야 했다. 그리하여 그 목표가 확실하다는 것에 자신이 생기면 비로소 어느 한쪽을 도와주어야 하는 것이다. 그런데 지금은 어떠한가? 확실한 목표는 고사하고 모든 것이 불확실하고 애매할 뿐이었다. 게다가 방금 '착란'이란 말이 나왔지만, 대체 이 말을 어떻게 이해하면 좋단 말인가. 이 혼돈의 미궁 속에서 그는 이 중요한 한 마디조차 이해할 수가 없었다.

카체리나는 알료샤가 들어온 것을 보자, 떠나려고 준비하며 자리에서 일어선 이반에게 기쁜 듯이 재빨리 말을 걸었다.

"잠깐만! 잠깐만 기다려주세요. 나는 진심으로 신뢰하고 있는 이분의 의견을 듣고 싶어요. 그리고 부인께서도 여기 그냥 남아 계세요."

그녀는 호흘라코바 부인을 향해 말했다. 그리고 알료샤를 자기 옆에 앉게 하였다. 호흘라코바 부인은 그 맞은편에 이반과 나란히 앉았다.

"이 자리에 계시는 분들은 모두 이 세상에 둘도 없는 나의 친구들입니다."

카체리나는 열띤 어조로 입을 열었다. 그녀의 목소리에서 성실한 고뇌의 눈물이 느껴졌기 때문에 알료샤의 마음은 또다시 그녀

쪽으로 쏠리지 않을 수 없었다.

"알렉세이 표도로비치, 당신은 어제 그 무서운 장면을 직접 목격하셨습니다. 그리고 그때의 내 처지에 대해서도 잘 알고 계실 거예요. 이반 표도로비치, 당신은 그걸 보지 못했지만 이분은 모두 다 보셨어요. 이분은 어제의 나를 어떻게 생각했는지 모르지만 다만 한 가지 분명한 것은 만약 오늘 지금 이 자리에서 그러한 일이 다시 되풀이된다 해도 나는 당연히 어제와 똑같은 행동을 했을 거라는 거예요. 당신은 내가 어제 취한 행동을 기억하시겠죠. 알렉세이 씨. 당신은 어제 나의 행동 중 하나를 극구 말리셨으니까요."

이렇게 말하면서 그녀는 얼굴을 붉히고 다시 두 눈은 눈물로 반짝거리기 시작했다.

"분명히 말씀드리지만 나는 무엇과도 타협할 수가 없어요. 알렉세이 씨, 나는 이렇게 된 지금 내가 그이를 정말 사랑하는지 어떤지, 그것조차 알 수가 없어요. 나는 그이가 불쌍해요. 이건 사랑의 증거로 좋지 않은 거겠지요……. 내가 그이를 사랑하고 있다면, 계속 사랑해왔다면 지금 그이를 불쌍히 여기기보다는 오히려 증오해야 할 테니까요."

그녀의 목소리가 떨리며, 속눈썹에서 눈물 한 방울이 스며 나오기 시작했다. 알료샤는 마음속으로 생각했다.

'이 아가씨는 정직하고 진실해. 그러나 이제 드미트리 형을 사랑하지 않는구나.'

"그래요! 바로 그거예요!"

호흘라코바 부인이 큰 소리로 말했다.

"잠깐만 기다려주세요. 부인. 나는 아직 중요한 것을 말하지 않았어요. 간밤에 결심한 것을 아직 다 말하지 못했어요. 어쩌면 나의 결심은 내게는 무서운 것일지도 모르지만 나는 무슨 일이 있어도 평생 이 결심만은 절대 바꾸지 않고 밀고 나갈 거예요. 이반 표도로비치는 친절하고 관대하고 언제나 변함없는 나의 친구이지만, 이분도 나의 생각에 전적으로 찬성하고 내 결심을 칭찬해주셨어요. 이분도 그걸 다 알고 계세요."

"그렇습니다. 나는 찬성합니다."

낮으면서도 확고한 목소리로 이반이 말했다.

"그렇지만 나는 알료샤한테도, 어머, 용서하세요. 알렉세이 표도로비치. 알료샤라고 막 불러서 죄송해요. 알렉세이 씨한테도 지금나의 두 친구가 있는 자리에서 내 생각이 어떤지 그 의견을 듣고싶어요. 이건 나의 본능적인 예감이지만 나의 사랑하는 동생 알료샤, 당신은 내 귀여운 동생인걸요."

그녀는 뜨겁게 달아오른 손으로 그의 싸늘한 손을 잡고 감격에찬 어조로 말을 이었다.

"나는 이렇게 괴로워하고 있지만 당신의 결정과 당신의 동의만있다면 내 마음도 풀릴 것 같은 예감이 드네요. 당신의 말을 듣고있노라면 내 마음도 가라앉아서 그대로 따르게 될 거예요. 나는 그런 예감이 들어요."

"나한테 무슨 말을 바라시는지 잘 모르겠습니다만."

알료샤는 얼굴을 붉히며 말했다. 그리고 무엇 때문인지 황급히 이렇게 덧붙였다.

"내가 당신을 사랑하고 있다는 것, 그리고 지금 이 순간, 나 자신보다 당신의 행복을 더 열망하고 있다는 것만은 나도 잘 알고 있습니다! 그렇지만 그런 문제에 대해서는 아무것도 모르기 때문에……."

"이 문제에서는요, 알렉세이 표도로비치, 이런 문제에서 지금 무엇보다도 중요한 것은 명예와 의무예요. 거기다 또 하나 뭐라고 말하면 좋을까요. 그래요, 더 고상한 것, 어쩌면 의무 그 자체보다도 좀 더 고상한 그 무엇이에요. 내 마음 자체가 그러한 억제할 수 없는 감정이 있다는 것을 속삭이고 그 감정이 나를 자꾸자꾸 끌고 가는 거예요. 그러나 이 모든 건 한두 마디로 요약할 수 있어요. 나는 이미 결심했으니까요. 비록 그이가 그 여자와……, 내 입장에서는 절대 용서할 수 없는 그 여자와 결혼하더라도 나는 여전히 그이를 버리지 않을 거예요! 오늘 이 순간부터 절대로 버리지 않을 생각이에요. 절대로!"

그녀는 이유는 알 수 없지만 착란을 일으킨 듯, 마지못해 기쁜 것처럼 창백한 표정으로 말했다.

"그렇다고 해서 그이를 쫓아다니면서 주변을 끊임없이 얼씬거리며 괴롭힐 마음은 없습니다. 천만에요. 그이가 원한다면 나는 어디든 다른 도시로 떠나겠습니다. 그 대신 한평생 죽는 날까지 그이를 주시할 거예요. 그리고 만일 그이가 그 여자하고 불행해진다면,

71

물론 내일이라도 당장 그렇게 되리라 믿지만, 그때는 나한테 오면 되는 거예요. 그때는 내가 정다운 친구, 진정한 누이동생으로 그이를 맞이할 테니까요……. 물론 그때는 어디까지나 그이의 누이동생에 지나지 않을 테지만, 그것은 영원히 변치 않을 거예요. 그러면 그이도 마침내는 그 누이동생이 진심으로 자신을 사랑하고 있다는 것을, 자기를 위해 평생을 희생한 사람이 바로 누이동생이라는 것을 깨닫게 되겠죠. 나는 반드시 이렇게 되도록 할 거예요. 그리하여 그이가 나의 인간됨을 인정하고 부끄럼 없이 모든 것을 나에게 드러내도록 만들겠어요!"

그녀는 극도로 흥분하여 소리쳤다.

"나는 그이의 신이 될 것이고, 그이는 나한테 기도를 드리게 될 거예요. 이것은 나에 대한 그이의 최소한의 대가니까요. 그이가 나를 배반했고 그래서 내가 어제 같은 일을 겪어야 했으니까요. 나는 그이에게 맹세한 이상 어디까지나 그 말을 지키며 한평생 충실히 그 약속을 이행하겠다고 마음먹고 있는데도, 그이는 신의를 외면하고 배신행위를 한 거예요. 나는 이 사실을 그이로 하여금 똑똑히 지켜보도록 할 작정이에요. 나는……, 그이의 행복의 수(아니, 뭐라고 하면 좋을까요), 어쨌든 그이의 행복의 도구가 되고 싶어요. 기계가 되겠어요. 죽을 때까지 한평생 이것은 변하지 않을 거예요. 나는 이것을 그이에게 평생을 통해 증명하고 싶어요! 이것이 내 결심의 전부입니다! 이반 표도로비치도 나의 이 결심에 적극 찬성해주셨습니다."

카체리나는 숨이 차 헐떡였다. 그녀로서는 좀 더 품위 있게, 좀 더 능숙하고 자연스럽게 자기 생각을 표현하려 했던 모양이지만, 결과는 너무 성급하고 너무나 노골적인 얘기가 되고 말았다. 젊은 혈기 때문에 감정에 치우친 느낌도 많았고, 어제의 분노가 아직도 엿보이는 듯한 느낌, 그리고 자존심을 유지하고 싶다는 바람도 많아 보였다. 그녀 자신도 그 점을 느끼고 있었다. 그녀의 얼굴이 갑자기 어두워지고 눈빛도 험악해졌다. 알료샤는 이 모든 것을 쉽게 알 수 있었다. 그러자 그의 마음속에는 그녀에 대한 동정이 뭉클 솟아올랐다. 바로 그때 그의 형 이반이 옆에서 불쑥 말을 시작했다.

"나는 내 생각을 이야기했을 뿐입니다. 다른 여성이 그렇게 말했다면 억지로 짜낸 병적인 것이 되고 말겠지만, 당신의 경우는 그렇지 않습니다. 다른 여자라면 거짓말이 되겠지만 당신의 경우는 정당한 것입니다. 그것을 어떻게 설명해야 좋을지 모르겠지만, 다만 당신이 어디까지나 매우 진지하다는 것, 따라서 정당하다는 것만은 나도 알고 있습니다."

그는 말했다.

"그렇지만 그것은 이 한순간만의 이야기가 아닐까요? 그렇다면 지금 이 순간이란 대체 무엇인가요? 모든 것은 어제의 모욕과 관련이 있어요. 이 순간은 바로 어제의 그 모욕이나 다름없어요!"

호흘라코바 부인이 참지 못하고 갑자기 끼어들었다. 그녀는 될 수 있는 대로 이 대화에 끼어들지 않기로 결심하고 있었던 모양이었으나, 끝내 참아낼 수가 없었던지 자기 나름대로 지극히 정당한 견해를 불쑥 나타낸 것이다.

"그렇습니다. 옳은 말씀이세요."

이반은 자기 말을 가로챈 데 기분이 상했는지 갑자기 퉁명스러운 어조로 부인의 말을 막았다.

"물론 다른 여자였다면 이 순간은 어제의 인상에 대한 연속이겠지만, 카체리나 씨와 같은 성격의 여성에게는 이 순간이 평생토록 계속될 겁니다. 즉, 다른 사람에게는 단순한 약속에 지나지 않는 것도 카체리나 이바노브나에게는, 비록 참을 수 없이 고통스러운 의무라 하더라도 영원불변의 의무가 되는 것입니다. 그리고 이분은 평생 그 의무를 다했다는 마음에서 만족을 느끼며 살아가겠지요. 카체리나 씨, 한동안은 자기의 감정, 자기의 헌신적인 행위, 자신의 비애에 대한 괴로운 의식의 연속이겠지만, 시간이 흐르면 그 고통도 가벼워지고 긍지 높은 확고한 목적을 영원히 달성했다는 감미로운 자각으로 변해갈 겁니다. 사실 그 목적이라는 것은 어떤 의미에서는 오만이라고 말할 수 있겠지요. 절망감에서 나온 것만은 틀림없습니다만, 그러나 당신은 그것을 정복했기 때문에 그러한 자각은 결국 당신에게 더는 바랄 수 없는 만족을 주어 그 밖의 모든 고통을 잊게 할 겁니다."

이반은 무언가에 오기를 품은 듯이 딱 잘라 단언했다. 어쩌면 그는 자신의 의도, 즉 일부러 냉소적인 의도로 말을 하려는 기분을 감출 생각을 하지 않았는지도 모른다.

"오, 그렇지 않아요. 그건 당치도 않아요!"

호흘라코바 부인이 또다시 큰 소리로 외쳤다.

"알렉세이 씨, 당신은 어떻게 생각하세요! 당신이 어떻게 말씀하실지 궁금하군요!"

카체리나는 이렇게 외치더니 갑자기 눈물을 주르륵 흘리기 시작했다. 알료샤는 소파에서 일어났다.

"아니, 아무것도 아니에요. 아무것도 아니에요."

울먹이는 소리로 그녀는 말을 이어갔다.

"어젯밤 일 때문에 머리가 좀 이상해졌나 봐요. 그렇지만 당신이나 당신의 형님 같은 이런 다정한 친구가 곁에 있어주시니 한결 마음이 든든하네요. 당신들 두 분은 결코 나를 저버리지 않으리라는 걸 나는 잘 알고 있답니다."

"유감스럽게도 나는 내일이라도 모스크바로 출발해야 할 것 같습니다. 당분간 당신을 뵙지 못할 것 같군요. 정말 유감스럽지만 이것은 바꿀 수 없기 때문에……."

갑자기 이반이 이렇게 말했다.

"아니, 내일 모스크바로 떠나신다고요?"

별안간 카체리나의 얼굴이 일그러졌다.

"하지만…… 마침 잘됐군요!"

순식간에 그녀는 완전히 달라진 목소리로 말했다. 그리고 어느새 눈물을 닦아버렸는지 그 얼굴에서 눈물이 흔적도 없이 사라졌다. 결국 눈 깜짝할 사이에 무서운 변화가 일어나 알료샤를 깜짝 놀라게 했다. 조금 전까지도 그 어떤 감정의 발작에 울고 있던 보기에도 가련한 소녀가 별안간 자기 자신을 회복하고, 마치 무슨 좋은 일이라도 생긴 듯 기뻐하는 여인으로 변한 것이다.

"아아, 당신과 헤어지는 것이 잘됐다는 건 아니에요. 물론 그런 뜻이 아니란 걸 잘 아시겠지만."

카체리나는 갑자기 사교적인 상냥한 미소를 띠고 자기 말을 정정하듯 이렇게 말했다.

"당신처럼 이해심 많은 친구가 그렇게 생각하실 리는 없겠지요. 그와 반대로 당신과 헤어지는 것은 나에게 더없는 불행이니까요."

그녀는 느닷없이 이반에게 달려들어 그의 손을 열정적으로 움켜쥐었다.

"내가 잘됐다고 한 것은 당신이 모스크바에 가시면 지금의 내 처지를, 이 불행한 처지를 우리 이모와 아가피야 언니에게 직접 전해주실 수 있을 것 같아서랍니다. 아가피야 언니에게는 사실 그대로 숨김없이 전해주시고, 이모님에게는 당신의 재량에 따라서 적당히 가감해주세요. 이 무서운 편지를 어떻게 써 보내야 하나 어젯밤부터 오늘 아침까지 얼마나 괴로웠는지 아마 당신은 상상도 못할 거예요. 원래 이런 건 편지로 써서 전할 수 있는 일이 아니거든요. 하지만 이제는 마음 놓고 쓸 수 있을 것 같아요. 당신이 그쪽에 가셔서 이모님과 언니에게 직접 설명해주실 테니까요. 정말 잘됐어요! 그렇지만 이건 어디까지나 지금 말한 그런 뜻에서 잘됐다는 것뿐이에요. 거듭 말씀드리지만 당신은 내게 누구와도 바꿀 수 없는 소중한 분이랍니다. 그럼, 난 이제 달려가서 편지를 써야 겠어요."

그녀는 갑자기 이렇게 말을 마치고 방에서 나가려고 발걸음을 옮겼다.

"그럼, 알료샤는요? 당신이 꼭 듣고 싶다던 알렉세이 표도로비치의 의견은 듣지도 않았어요!"

호흘라코바 부인이 큰 소리로 외쳤다. 그녀의 말투에는 어딘지 정곡을 찌르는 듯한 분노의 어조가 서려 있었다.

"그걸 잊은 게 아니에요."

카체리나가 갑자기 걸음을 멈췄다.

"그런데 부인께선 이런 때에 왜 그렇게 가시 돋친 듯이 말하시는 거죠?"

카체리나는 비통하고도 열띤 어조로 나무라듯이 쏘아붙였다.

"나는 내 입으로 말한 것은 반드시 지킵니다. 내게는 이분의 의견이 매우 중요해요. 아니, 그뿐만 아니라 이분이 말하는 대로 할 거예요. 내가 당신의 말을 얼마나 듣고 싶어 하는지 알고 계시죠. 그런데 알렉세이 씨, 왜 그러시죠?"

"나는 이런 건 한 번도 생각해보지 못했습니다. 상상도 할 수 없는 일이에요!"

갑자기 알료샤가 비통한 어조로 말했다.

"뭐가요? 도대체 무슨 말씀이시죠?"

"형님이 모스크바로 간다고 하시자 당신은 큰 소리로 잘됐다고

77

말했습니다. 그러나 당신은 일부러 그렇게 말을 한 겁니다! 그래서 곧 당신은 변명을 하셨지요. 친구를 잃는다는 것은 오히려 불행한 일이라고. 하지만 그건 당신이 일부러 연극을 하신 거예요……. 마치 무대에서 배우가 연극을 하는 것처럼요!"

"연극이라고요? 어째서요? 도대체 무슨 뜻이죠?"

카체리나는 얼굴을 붉히고 몹시 놀란 듯이 이렇게 소리쳤다.

"형님 같은 친구를 잃는 것은 유감이라고 말하면서도, 역시 형님이 이곳을 떠나서 기쁘다고 자신에게 주장하고 있어요."

알료샤는 숨을 헐떡이다시피 하며 이렇게 말했다. 그는 탁자 옆에 선 채 앉으려고 하지 않았다.

"무슨 말씀이신지 나는 도무지 모르겠군요."

"하긴 나 자신도 잘 모르겠습니다만……, 어쨌든 갑자기 머릿속이 환히 밝아진 것 같은 느낌이 드네요. 잘 표현할 수 있을지 잘 모르겠지만 그래도 해야 할 말은 하겠습니다."

알료샤는 여전히 떨리는 목소리로 띄엄띄엄 말을 이었다.

"나는 지금 머릿속이 환히 밝아진 것 같다고 말했습니다만, 그건 다름이 아니라, 당신은 드미트리 형님을…… 처음부터…… 전혀 사랑하지 않았는지도 모르고…… 또 형님 역시 당신을 사랑했던 것이 아니라, 그저 존경하고 있었을 뿐이라는 점을 똑똑히 깨달았기 때문입니다. 제가 지금 어떻게 감히 이런 대담한 말을 할 수 있는지 정말, 나 스스로도 이상할 지경입니다만, 그래도 누구든 한 사람쯤은 진실을 말해야 하지 않겠습니까. 왜냐하면 이곳에서는 아무도 진실을 말하려는 사람이 없으니까요."

"진실이라니, 그건 무슨 뜻이죠?"

카체리나는 소리쳤다. 그 목소리에는 히스테릭한 경련이 묻어나왔다.

"그럼 말씀드리죠."

알료샤는 마치 지붕 위에서 뛰어내리는 심정으로 입을 열었다.

"지금 드미트리 형님을 불러주십시오. 아니, 내가 찾아내겠습니다. 그리고 형님이 여기 오면, 우선 당신의 손을 잡게 하고, 그다음엔 이반 형의 손을 잡게 해서 서로 손을 맞잡게 하는 겁니다. 왜냐하면 당신은 이반 형님을 사랑하고 있으면서도 오히려 그에게 고통을 주고 있기 때문입니다. 드미트리 형에 대한 당신의 사랑은 일종의 착란입니다. 그것은 진정한 사랑이 아닙니다. 그래서 이반 형은 괴로워하는 겁니다. 당신은 억지로 당신을 설득하려 하기 때문에……."

알료샤는 여기서 말을 끊고 입을 다물었다.

"당신은…… 뭐랄까…… 그래요, 햇병아리 유로지비로군요. 그 이상의 아무것도 아니에요."

카체리나는 파랗게 질린 얼굴로 분노 때문에 입술을 일그러뜨린 채 말했다. 그때 이반이 갑자기 커다란 소리로 웃으며 자리에서 일어났다. 그의 손에는 모자가 쥐어져 있었다.

"틀렸어. 알료샤. 너는 잘못 생각하고 있어."

그는 지금까지 알료샤가 한 번도 본 적 없는 표정으로 말했다.

그것은 젊은이다운 성실함과 억제할 수 없는 강렬한 감정을 토로하는 것이었다.

"카체리나 이바노브나는 나를 한 번도 사랑한 일이 없어. 물론 내가 입 밖으로 내본 적은 한 번도 없지만 내가 사랑하고 있다는 것은 처음부터 잘 알고 있었지. 그걸 알고 있으면서도 나를 사랑할 수는 없었어. 아니, 도대체 나는 이 사람의 친구였던 적도 없었어. 자존심 강한 여성에게 나 같은 놈의 우정이 필요할 리가 없지. 이 사람이 나를 옆에 잡아두고 있었던 건 순전히 복수를 하기 위해서야. 이분은 드미트리 형과 처음 만났던 때부터 끊임없이 받아온 굴욕에 대한 모종의 분풀이를 나한테 하고 있는 거지. 사실 드미트리와 처음 만났다는 것 자체가 이분의 가슴속엔 모욕으로 남아 있으니까. 이분은 바로 그런 마음을 가진 사람이야. 나는 지금까지 형에 대한 사랑 얘기밖에는 아무것도 들은 것이 없었으니까. 카체리나 이바노브나, 나는 이곳을 떠나겠습니다. 당신이 정말 사랑하고 있는 것은 드미트리 형뿐입니다. 제발 이 점을 잊지 말아주십시오. 당신의 사랑은 형의 모욕이 심하면 심할수록 뜨거워질 뿐입니다. 바로 여기에 당신의 착란이 있어요. 당신은 지금 그대로의 형을 사랑하는 것이고 당신을 모욕하는 형을 사랑하고 있는 겁니다. 만일 형의 행실이 좋게 변한다면 당신의 애정은 바로 식어 형을 버리고 말 테죠. 당신에게 형이 필요한 것은, 당신이 항상 자신의 헌신적인 행위를 끊임없이 확인하고 형의 불성실을 책망하기 위해서입니다. 그리고 이것은 모두 당신의 자존심에서 생기는 겁니다. 물론 거기에는 많은 굴욕과 모욕 등 여러 가지가 있겠지만 어쨌든 이 모든 것은 자존심에서 나오는 것입니다.

나는 너무나 젊었고 또 너무도 당신을 사랑했습니다. 하긴 이런 말을 할 필요도 없이 그저 말없이 당신 곁을 떠나는 게 나의 품위도 보존하고 당신한테도 모욕을 주지 않게 된다는 것을 잘 알고 있습니다. 나는 멀리 떠나서 다시는 돌아오지 않을 생각입니다. 이것으로 당신과 영원히 이별하게 되겠지요. 나는 그러한 착란을 옆에서 보고 싶지 않습니다. 자, 이제 할 말은 다 했습니다. 그럼, 안녕히 계십시오. 카체리나 씨. 나는 당신보다 백 배 이상 혹독한 벌을 받았으니까 나한테 화를 내서는 안 됩니다. 당신을 만날 수 없다는 것만으로도 나에게는 가혹한 벌입니다. 안녕히 계십시오. 내겐 악수도 필요 없습니다. 당신은 너무나 의식적으로 나를 괴롭혔기 때문에 지금은 당신을 용서할 수가 없군요. 앞으로 용서할지는 몰라도 지금은 악수를 청하고 싶지 않습니다. 고맙습니다, 부인. 하지만 나는 아무런 감사를 바라지 않습니다!(Den Dank, Dame, begehr ich nicht)."

이반은 일그러진 미소를 지으면서 이렇게 덧붙였다. 이반은 그 한마디로 자신이 실러의 시를 암송할 정도로 책을 많이 읽었다는 뜻밖의 사실을 입증했다. 전 같으면 알료샤는 이반의 말을 절대 믿지 않았을 것이다. 하지만 이반은 집주인인 호흘라코바 부인한테조차 아무런 인사도 하지 않은 채 방에서 나가버렸다. 알료샤는 놀란 듯 두 손을 탁 쳤다.

"형님!"

그는 망연자실한 채 이반에게 소리쳤다.

"돌아와요, 형님! 아아, 안 돼, 형은 절대로 돌아오지 않을 거야."

그는 또다시 비통한 슬픔에 잠겨 소리쳤다.

"이건 내 잘못이야. 내가 공연한 얘길 해서……, 이반 형은 홧김에 그런 말을 한 거예요. 틀린 말이고 적절하지 못한 말이랍니다. 형은 다시 이리 돌아올 의무가 있습니다."

알료샤는 거의 반미치광이처럼 부르짖었다. 카체리나는 갑자기 옆방으로 나가버렸다.

"당신에겐 아무 잘못도 없어요. 당신은 천사처럼 훌륭한 행동을 하셨을 뿐이에요."

호흘라코바 부인이 슬픔에 잠긴 알료샤에게 빠르게 속삭였다.

"내가 어떻게 해서든지 이반 씨가 모스크바로 떠나지 않도록 해볼게요."

부인의 얼굴에 기쁜 표정이 넘치는 것을 보고 알료샤는 더욱 슬퍼졌다. 바로 그때 카체리나가 황급히 돌아왔다. 그녀의 손에는 무지갯빛 100루블짜리 지폐가 두 장 쥐어져 있었다.

"실은 당신한테 좀 어려운 부탁이 있어요. 알렉세이 씨."

그녀는 알료샤를 마주 보며 말했다. 마치 아무 일도 없었던 것처럼 침착한 어조였다.

"일주일쯤 전에, 아마 일주일이 되었을 거예요. 드미트리 표도로비치가 흥분한 끝에 아주 부당한 일을 저질렀답니다. 이 읍내엔 좋지 못한 술집이 한 군데 있는데, 거기서 그이가 어느 퇴역 장교를 만났다는 거예요. 언젠가 당신 아버님께서 무슨 사건과 관련해서 대리인으로 세웠던 그 퇴역 대위 말이에요. 그런데 무슨 이유에선지 그 이등 대위한테 화를 내며 많은 사람들이 보는 앞에서 그 사람의 턱수염을 움켜쥐고 한길로 끌고 나와 한참이나 그런 모욕적인 방법으로 끌고 다녔답니다. 그런데 소문을 들으니 그 대위에게는 이곳 초등학교에 다니는 어린 아들이 있는데, 이 애가 그 소동을 보고 아버지 곁에서 엉엉 울면서 대신 용서를 빌기도 하고, 주위 사람에게 아버지를 도와달라고 애걸하기도 했답니다. 그렇지만 모두 웃기만 하고 상대도 해주지 않았다고 해요. 미안한 일이지만 나는 그이가 저지른 추악한 행동을 생각할 때마다 분노가 치밀어요. 사실 그런 짓은 드미트리가 미칠 듯이 격분하지 않고서는 엄두도 낼 수 없는 잔인한 행동이지요. 나는 그에게 이런 얘기를 할 용기가 없어요. 말을 하려고 해도 적당한 말을 생각해낼 수가 없군요. 그래서 봉변을 당한 사람에 대해 알아봤더니 무척 가난한 사내더군요. 스네기료프라고 하는데 군대에서 무슨 잘못을 저질러 파면된 모양이지만 자세한 것은 나도 잘 모르겠어요. 어쨌든 그 사람은 지금 병든 아이들과 실성한 아내를 데리고 말할 수 없는 빈곤 속에서 허덕이고 있어요. 이 마을에 오래 살아서 어느 관청의 서기 일을 한 적도 있었다는데 요즘은 수입이 딱 끊어져버렸다는 거예요.

알렉세이 표도로비치, 그래서 나는 당신 생각을 떠올렸어요. 내가 생각하기에 당신은 친절한 분이니까, 그 사람을 찾아가서, 뭔가 적당한 이유를 대고 그 집에 들어가서 말이에요, 아, 내가 왜 이렇게 횡설수설하는 걸까요. 들어가면 상대의 기분을 상하지 않고 상냥하게—이건 당신이 아니면 안 되는 일이지만(이 말에 알료샤는 얼굴을 붉혔다)—이 돈을 그 사람에게 전해주면 좋겠어요. 여기 200루블이 있어요. 아마 받아줄 거라고 생각해요. 아니, 꼭 받도록 당신이 설득해주셔야 해요. 그래도 역시 받지 않는다면 어쩌면 좋을까요. 그렇지만 이건 고소를 하지 말라는 위로금은 아니에요. 그 사람은 고소를 제기할 모양이니까요. 그저 조그마한 성의 표시로 내가, 드미트리의 약혼녀인 내가 보내는 걸로 해주세요. 드미트리가 보내는 것은 아니니까요. 아무튼 당신은 이 일을 원만히 해낼 수 있을 거예요. 그 사람은 오조르나야 거리에 있는 칼므이코바라는 여자의 집에 세 들어 있다고 해요. 알렉세이 씨, 제발 부탁이니 나를 위해 이 일을 해주세요. 난 지금, 나는 지금…… 너무 피곤해서…… 그만 실례하겠어요."

카체리나는 몸을 획 돌려 재빨리 커튼 뒤로 사라져버렸기 때문에 알료샤는 하고 싶던 말을 결국 한 마디도 할 수가 없었다. 그는 자신을 꾸짖든 용서를 빌든, 가슴에 가득 찬 것을 몇 마디라도 하지 않으면 못 견딜 것만 같아서 그 방을 나가고 싶지 않았다. 그러나 호흘라코바 부인이 그의 손을 잡고 문밖으로 이끌었다. 현관으로 나오자 부인은 아까처럼 그를 다시 멈춰 세우고, "자존심이 강한 여자가 지금 자기 자신과 싸우고 있는 거예요. 그렇지만 친절하고 아름답고 너그러운 여자예요" 하고 반쯤 속삭이는 듯한 어조로 탄성의 말을 했다.

"나는 정말 저 아가씨가 좋아요. 어떨 땐 견딜 수 없을 만큼 좋다 니까요. 나는 지금 모든 것이 기뻐요! 알렉세이 표도로비치, 당신 은 모르시겠지만, 실은 우리 모두, 즉 나와 저 아가씨의 두 이모, 심 지어 우리 리즈까지 모두가 지난 한 달 동안 오직 한 가지 일만을 빌어왔어요. 저 아가씨가 당신의 형 드미트리 씨와 헤어지고 교양 있고 훌륭한 청년 신사인 이반 씨와 결혼하게 되기를 말이지요. 아 시다시피 드미트리는 그녀를 털끝만큼도 사랑하고 있지 않지만, 이반은 이 세상의 누구보다도 카체리나를 사랑하고 있으니 말이 에요. 우린 거기에 대해 완전히 생각이 같아요. 내가 계속 여기에 머무는 것도 실은 그 때문인지도 모르죠."

"그렇지만 카체리나 씨는 또다시 모욕을 받고 눈물을 흘리기까 지 했는데요!"

"여자의 눈물 같은 것은 믿지 마세요. 알렉세이 씨. 이런 경우 난 언제나 여자의 적이에요. 남자 편을 들기로 했어요."

"엄마, 그분에게 나쁜 것을 가르쳐서 타락시키려는군요!"

리즈의 가냘픈 목소리가 방문 뒤에서 들려왔다.

"아닙니다. 모든 원인은 내게 있습니다. 내가 정말 무서운 잘못 을 저지른 거예요!"

알료샤는 자기 행동에 수치심을 느끼며 두 손으로 얼굴을 가리 고 처량한 표정으로 이렇게 되풀이했다.

"아니요. 천만에요. 당신은 천사처럼 행동하셨어요. 그야말로 천사였어요. 나는 몇천 번, 몇만 번이라도 이 말을 되풀이할 용의가 있어요."

"엄마, 그분의 행동이 뭐가 천사와 같다는 거죠?"

리즈의 목소리가 또다시 들려왔다.

"나는 그 모든 것을 보고 어째선지 이런 생각이 들었습니다."

리즈의 목소리 따위는 귀에 들리지도 않는다는 듯이 호흘라코바 부인은 자기 말을 계속했다.

"그 아가씨는 이반을 사랑하고 있다고 말입니다. 그래서 그만 그런 어리석은 말을 했던 겁니다. 그렇지만 대체 앞으로 어떻게 될까요?"

"아니, 그건 누구 얘기예요, 누구 말씀이냔 말이에요. 엄마, 엄마는 날 말려 죽일 생각이세요? 아무리 물어도 대답을 안 하니……."

리즈가 외쳤다.

이때 하녀가 달려왔다.

"카체리나 아가씨가 편찮으신가 봐요……. 울고 계세요……. 히스테리 발작처럼 마구 몸부림을 치면서요."

"뭐라고?"

리즈는 몹시 걱정스러운 목소리로 이렇게 외쳤다.

"엄마, 히스테리는 그 여자가 아니라 내가 일으킬 것 같아요."

"리즈야, 제발 그렇게 소리 지르지 마라. 그 소리에 내가 먼저 저세상 사람이 될지도 모르겠구나. 너는 아직 어리니까 어른들의 일을 다 알 필요는 없어. 이제 곧 가서 네가 알아야 할 일들을 모두 이야기해줄 테니까. 아아, 정말 골치덩어리군! 그래, 간다, 가! 하지만 히스테리를 일으켰다는 건 좋은 징조예요. 알렉세이 표도로비치, 저 아가씨에게 히스테리가 일어난 건 참 다행한 일이에요. 꼭 그래야 하는 거니까요. 나는 이런 경우에 언제나 여성에게 반대의 입장을 취하죠. 그따위 히스테리니, 여자의 눈물이니 하는 건 질색이거든요. 얘, 율리야, 얼른 가서 내가 곧 간다고 전해라. 그건 그렇고 이반 씨가 아까 그런 식으로 나가버린 것은 카체리나 아가씨에게 잘못이 있어요. 그렇지만 이반 씨는 떠나지 않을 거예요. 리즈야, 제발 소리 좀 지르지 마라! 아니, 소리를 지른 건 네가 아니라 나였구나. 엄마를 용서하렴. 하지만 나는 너무 기뻐서 어쩌면 좋을지 모르겠구나. 알렉세이 표도로비치, 당신도 느끼셨는지 모르겠지만, 아까 이반 씨가 여기서 나갈 때 그 패기 넘치던 늠름한 태도, 모든 것을 다 고백하고 주저 없이 나가버린 그 태도는 정말 훌륭했어요. 나는 그저 유식한 학자라고만 생각했는데, 뜻밖에도 그처럼 열정적이고 솔직하고, 순진할 정도로 젊은이답게 행동하더군요! 그리고 독일 시 한 구절을 암송할 땐 정말 당신과 흡사했어요. 이젠 나도 가봐야겠어요. 서둘러야겠어요. 알렉세이 씨, 당신도 지금 부탁받은 일을 빨리 하시고 다시 곧 이리로 돌아오세요. 얘, 리즈야, 너 무슨 할 말 없니? 제발, 알렉세이 씨를 오래 붙잡지 마라. 1분도 지체해서는 안 돼. 이제 곧 돌아오실 테니까."

호흘라코바 부인은 그제야 겨우 카체리나에게 달려갔다. 알료샤는 떠나기 전에 리즈의 방문을 열려고 했다.

"절대 안 돼요! 지금은 절대로 안 돼요. 문밖에서 그냥 말하세요. 그런데 어떻게 했기에 당신은 천사란 말을 듣게 되었죠? 내가 알고 싶은 건 그것뿐이에요."

리즈가 소리쳤다.

"아주 바보 같은 짓을 했기 때문이죠. 그럼 안녕히 계십시오."

"그렇게 가시는 법이 어디 있어요!" 하고 리즈가 외쳤다.

"리즈, 지금 죽고 싶을 만큼 슬픈 일이 있어요! 곧 돌아오겠습니다만, 내게는 정말 슬픈 일이에요."

이렇게 말하고 알료샤는 밖으로 달려 나갔다.

6. 오두막에서의 착란

　사실 알료샤는 지금까지 느껴보지 못한 큰 슬픔을 느끼고 있었다. 쓸데없는 말을 꺼내서 '어리석은 짓'을 저지르고 만 것이다. 게다가 그것은 남녀 간의 사랑에 대한 문제가 아니었던가!

　'도대체 내가 그 문제에 대해 무엇을 알고 있단 말인가?'

　그는 얼굴을 붉히면서 마음속으로 백 번이나 되풀이하는 것이었다.

　'부끄러운 것쯤은 문제가 아니다. 그건 당연한 벌이니까. 문제는 나 때문에 새로운 불행이 일어날 것이라는 점이다. 장로님이 나를 내보내신 것은 우리 집안을 화해시키고 결합시키기 위한 것이었는데, 과연 이런 식의 결합이 어디 있겠는가?'

　여기서 문득 그는 자기가 두 사람의 손을 맞잡게 하려던 일을 떠올렸다. 또다시 부끄러운 생각이 들어 참을 수가 없었다.

'나로서는 이 모든 것을 진심으로 한 일이기는 하지만, 앞으로는 좀 더 현명하게 행동해야겠다.'

알료샤는 갑자기 그렇게 결심했다. 그러나 그 결심에 대해서도 만족의 미소를 지을 수가 없었다.

카체리나에게 부탁받은 곳은 오조르나야 거리였는데, 사실은 큰형 드미트리의 집도 그 근처에 있었다. 알료샤는 이등 대위의 집에 가기 전에 먼저 형한테 들러야겠다고 생각했으나, 어쩐지 형이 집에 없을 것 같은 예감이 들었다. 뿐만 아니라 어쩌면 형이 일부러 자리를 피할지도 모른다는 우려도 있었다. 그러나 무슨 일이 있어도 형을 찾아내야만 했다. 시간이 얼마 남지 않았다. 더욱이 임종을 앞둔 장로에 대한 걱정이 수도원을 나섰을 때부터 한시도 머리에서 떠나지 않고 있었다.

카체리나의 부탁 중 알료샤가 특별히 관심을 갖는 부분이 한 가지 있었다. 그것은 이등 대위의 아들인 초등학교 학생이 울부짖으며 자기 아버지 옆을 뛰어다녔다는 얘기였는데, 알료샤의 머리에 퍼뜩 어떤 생각이 떠올랐다. 그것은 다름 아니라 '내가 너한테 무슨 짓을 했다는 거냐'고 따져 물었을 때 갑자기 자기의 손가락을 깨문 아이가 바로 그 대위의 아들이 아닐까 하는 생각이었다. 어째서인지는 알 수 없어도 그 아이가 틀림없다는 확신이 들었다. 이렇게 딴 생각에 젖어 있으니 한결 마음이 가벼워졌다. 그래서 그는 방금 저지른 '잘못'만 뉘우치며 스스로를 괴롭히고 있을 게 아니

90

라 자기가 할 일만 하면 그만이라고 생각했다. 이렇게 생각하니 훨씬 기운이 나기 시작했다. 드미트리 형이 사는 뒷길로 접어들었을 때, 갑자기 허기가 느껴져 알료샤는 아까 아버지한테서 얻어온 빵을 호주머니에서 꺼내 먹으며 걸었다. 뱃속에서 기운이 솟아나는 것 같았다.

드미트리는 집에 없었다. 그 집 사람들, 즉 늙은 목수 부부와 그 아들이 이상한 눈초리로 알료샤를 훑어보았다.

"벌써 집을 비운 지 사흘쯤 됩니다. 어디로 갔는지 모른다오."

노인은 알료샤의 끈덕진 질문에 이렇게 대답했다. 알료샤는 노인이 이미 지시받은 대로 대답하고 있다는 것을 알아챘다.

"그럼, 그루첸카한테 간 게 아닐까요? 아니면 또 포마 씨 집에 숨어 있을지도 모르겠군요?"

일부러 알료샤가 직접적으로 물어보자, 이 집 사람들은 놀란 표정으로 알료샤를 바라보았다.

'그러고 보니 이 사람들도 형님을 좋아해서 형님 편을 들어주는 모양이군. 어쨌든 그건 좋은 일이야.'

알료샤는 생각했다.

마침내 그는 오조르나야에 있는 칼므이코바의 집을 찾아냈다. 그것은 한길 쪽으로 창문이 세 개밖에 없는, 다 쓰러져가는 오막살이집으로, 지저분한 뜰 한가운데 암소 한 마리가 쓸쓸히 서 있었다. 입구는 마당에서 현관으로 들어가는 구조로 되어 있었다. 현관으로 들어가면 왼쪽에는 주인 노파와 딸이 살고 있었는데, 딸 역시 이미 할머니가 다 된 여자였는데, 둘 다 귀가 멀어 소리를 못 듣는 것 같았다. 이등 대위에 대해 몇 번이나 되풀이해서 물었더니 한참 만에 그중 하나가 세 들어 사는 사람을 찾는가 보다고 눈치채고 현관 건너편의 초라한 문을 가리켰다. 실제로 이등 대위의 셋방도 그 오두막과 다를 바 없었다. 알료샤가 문을 열려고 쇠로 된 손잡이를 잡으려 했으나 이상하리만큼 고요한 방 안의 정적이 그를 놀라게 했다. 그는 카체리나의 말을 통해서 이등 대위가 처자를 거느리고 있다는 것을 알고 있었다.

'모두 자고 있는 걸까? 아니면 내가 온 소리를 듣고 문을 열기를 기다리고 있는지도 모르지. 어쨌든 우선 문을 두드리는 게 좋겠다.'

이렇게 생각하고 그는 문을 두드렸다. 안에서 한참 만에 대답하는 소리가 들렸다. 그것은 한 10초가량 지나서였다.

"거, 누구요!"

누군지는 모르지만 몹시 화난 듯한 소리가 들렸다. 알료샤는 문을 열고 안으로 들어섰다. 그가 들어간 곳은 생각보다 넓기는 했지만 너저분한 가재도구며 사람들로 꽉 차 있었다. 왼쪽에 커다란 페치카가 있고 그 페치카에서 왼쪽 창문까지 방 안을 가로질러 빨랫줄이 매여 있는데 그 줄에는 가지각색의 누더기가 걸려 있었다. 왼쪽과 오른쪽 벽 쪽에는 침대가 하나씩 놓여 있고 털실로 짠 이불이 덮여 있었다. 왼쪽 침대에는 옥양목을 씌운 베개 네 개가 크기에 따라 가지런히 놓여 있었으나, 오른쪽 침대에는 아주 조그만 베개가 한 개 놓여 있을 뿐이었다. 그리고 맞은편 구석에는 역시 엇 비슷이 매어놓은 줄에 커튼인지 홑이불인지 모를 천 자락으로 칸막이를 해놓은 곳이 있었다. 이 칸막이 뒤에도 벤치를 이어 붙여 만든 침대가 살짝 눈에 들어왔다. 아무 장식도 없는 볼품없는 네모난 나무 식탁은 원래 맞은편 구석에 있던 것을 창문 옆으로 옮겨놓은 것 같았다. 곰팡이가 슨 듯이 푸르스름한 유리를 넉 장씩 끼운 창문은 셋 다 뿌옇게 흐려 있는 데다 꽉 닫혀 있었기 때문에 방 안은 숨이 막힐 듯했고 그다지 밝지도 않았다. 식탁 위에는 먹다 남은 달걀부침이 들어 있는 프라이팬이며 먹다 만 빵조각이며 '지상의 행복'* 병까지 널려 있었다.

왼쪽 침대 옆 의자에는 포플린 원피스를 입은 어딘지 의젓해 보이는 부인이 앉아 있었다. 그 얼굴은 몹시 여위고 누렇게 떠 있었다. 이상하게도 푹 팬 두 볼은 첫눈에 그녀가 환자라는 것을 말해주고 있었다. 그러나 무엇보다도 알료샤의 마음에 충격을 준 것은 이 가련한 부인의 눈빛이었다. 그것은 무언가를 묻고 싶어 하면서도 거만하기 짝이 없는 교만한 모습이었다. 알료샤가 주인과 이야기하고 있을 동안 부인은 자기 쪽에서는 말을 시작하지 않은 채 두 사람을 그저 번갈아가며 바라보고 있었다. 이 부인 옆 왼쪽 창가에는 머리털이 불그죽죽하고 얼굴이 좀 못생긴 처녀가 있었는데 매우 가난해 보이기는 했으나 제법 깨끗한 옷차림을 하고 있었다. 그녀는 방 안에 들어선 알료샤를 비꼬는 듯한 눈길로 바라보았다. 오

---

* 보드카 상표이다.

른쪽에는 역시 침대 옆에 또 다른 여자가 앉아 있었다. 이 여자 또한 스무 살 안팎의 젊은 처녀로, 얼핏 보기에도 비참한 모습이었는데 후에 알료샤가 들은 바에 의하면 곱사등이에다 다리마저 못 쓰는 앉은뱅이라고 했다. 방 한쪽 구석, 침대와 벽 사이에 그녀의 목발이 세워져 있었다. 이 가엾은 처녀의 놀랄 정도로 아름답고 선량한 눈은 차분하고도 상냥한 빛을 띠고 알료샤를 바라보고 있었다. 그리고 마흔 대여섯가량 된 남자가 식탁에 앉아서 달걀부침을 먹고 있었다. 작은 키에 깡마르고 허약한 체격의 사내였는데 머리털도 붉고 턱수염도 붉은색이었으며 특히 숱이 적은 턱수염은 닳아 빠진 수세미를 연상시켰다. 나중에 깨달은 거지만 알료샤는 그 사내를 보자 수세미라는 말이 떠올랐다. 방 안에는 이 사람 말고는 남자가 없는 것으로 보아 방금 "거 누구요?"라고 소리친 것은 바로 그 사람이 분명했다. 그러나 알료샤가 방 안에 들어서자 그는 앉았던 자리에서 벌떡 튀어 일어나, 구멍투성이의 냅킨으로 황급히 입술을 닦으면서 알료샤 앞으로 달려 나왔다.

"수도사가 동냥하러 왔나 봐요. 번지수를 잘못 알았군요."

왼쪽 구석에 있던 처녀가 큰 소리로 말했다.

그러나 알료샤한테 달려 나온 남자는 그녀 쪽으로 홱 돌아서며 이상스레 흥분한 기색으로 말했다.

"아니야, 바르바라. 그건 네가 잘못 안 거야. 저, 제가 한마디 여쭈어보겠습니다만……."

그는 다시 알료샤한테 몸을 돌렸다.

"대관절 무슨 일 때문에 오셨습니까, 이런 누추하기 짝이 없는 곳에?"

알료샤는 주의 깊게 상대를 바라보았다. 처음으로 보는 사람이었다. 그에게는 어딘지 딱딱하고 성급하고 신경질적인 데가 있었다. 방금 술을 한 잔 마신 것은 틀림없으나 그렇다고 취해 있지는 않았다. 그 얼굴에는 어딘지 모르게 매우 뻔뻔스러우면서도 동시에(매우 기묘한 일이기는 했지만) 어딘지 겁먹은 듯한 표정이 서려 있었다. 이를테면 오랫동안 참고 견디며 복종만 해온 남자가 지금 갑자기 일어서서 자기의 존재감을 과시하려는 것만 같았다. 아니, 좀 더 적절히 표현하자면 상대를 실컷 패주고 싶지만 도리어 얻어맞지나 않을까 하고 몹시 전전긍긍하고 있는 사람처럼 보이기도 했다. 그가 하는 말투나 제법 날카로운 그 억양에서는 어딘가 미치광이 같은 유머가 느껴지긴 했지만, 그것이 때로는 심술궂고 때로는 겁먹은 듯이 어조가 자꾸만 바뀌곤 해서 도무지 갈피를 잡을 수가 없었다. '누추한 곳' 운운할 때도 그는 이상하게 몸을 떨며 알료샤에게 바싹 다가서는 바람에 알료샤는 무의식중에 한 걸음 뒤로 물러서지 않을 수 없었다. 그는 낡아빠진 검은 무명옷을 걸치고 있었는데, 더덕더덕 기운 데가 여기저기 얼룩져 있었다. 바지는 무척 밝은 색깔의 체크무늬 천으로 만든 것으로, 오래전에 유행하던 것이라 아마 요즘 세상에 그런 옷을 입고 다니는 사람은 아무도 없을 것이다. 게다가 바짓가랑이가 형편없이 구겨져 위로 끝이 말려 올라가서 어린애처럼 다리가 드러나 있었다.

"나는……, 알렉세이 카라마조프란 사람입니다……."

알료샤는 이렇게 말했다.

"그건 잘 알고 있습니다."

그는 새삼스레 그런 말은 필요 없다는 식으로 얼른 알료샤의 말을 가로챘다.

"저는 스네기료프 대위라고 합니다만, 그건 그렇고 제가 알고 싶은 것은 대체 무슨 일로 여기에 오셨는지……."

"그저 잠깐 들렀을 뿐입니다. 실은 당신에게 한 가지 드릴 말씀이 있는데……, 만약 괜찮으시다면……."

"그러시면 여기 의자가 있으니 자리를 잡으시기 바랍니다. 이건 옛날 희극에 자주 나오는 대사지요. '자리를 잡으시지요'라고 말입니다."

이렇게 말하며 이등 대위는 재빨리 빈 의자를 집어 들어(겉에 아무것도 씌우지 않은 딱딱한 나무 의자였다) 방 한가운데다 옮겨놓았다. 그러고 나서 자기 의자도 가져다놓고 알료샤와 마주 앉았는데, 이번에도 조금 전과 마찬가지로 너무 바싹 붙어 있었기에 무릎이 맞닿을 정도였다.

"니콜라이 스네기료프올시다. 러시아 보병 이등 대위, 비록 처신을 잘못해서 명예를 더럽히긴 했지만 이등 대위인 것만은 확실합니다. 그러나 스네기료프라기보다는 이등 대위 슬로보예르소프라고 하는 편이 더 적절할지도 모르지요. 왜냐하면 인생의 후반기에 접어들면서 나는 언제나 슬로보예르스*를 붙여 말하게 되었으

96

니까요. 이것은 비굴한 자들이 자주 쓰는 표현입지요."

"그렇겠군요."

알료샤는 쓴웃음을 지었다.

"그런데 그것은 무의식중에 그렇게 되는 겁니까, 아니면 의식적으로 그러는 겁니까?"

"솔직히 말씀드려서 무의식중에 그렇게 되는 겁니다. 한평생 슬로보예르스를 붙여서 말해본 일은 한 번도 없지만, 갑자기 몰락했다가 일어났더니 어느새 슬로보예르스가 입에 붙어버리더군요. 이건 인간의 힘으론 어쩔 수 없는 모양입니다. 보아하니 당신은 현재의 여러 문제에 관심이 많은가 보군요. 하지만 어떻게 저 같은 사람한테까지 관심을 두게 되셨지요? 손님 접대마저도 불가능한 환경에서 살고 있는 저 같은 놈에게 말입니다."

"다름 아니라, 나는……, 바로 그 일 때문에 찾아왔습니다."

"그 일 때문이라니요?"

이등 대위는 성급하게 말을 가로챘다.

"내 형인 드미트리와 당신이 만났던 일 말입니다."

알료샤가 민망한 표정으로 말했다.

"만났던 일이라니, 대체 무슨 말씀이신지, 그럼 그 사건을 두고 하시는 말씀인가요? 다시 말해서 그 수세미 사건, 목욕탕 수세미 사건 말인가요?"

---

* 러시아에서 경의를 표시하는 접미사 's'를 말한다. 그리고 슬로보예르소프는 '비굴한 사람'이라는 뜻이다.

그가 갑자기 앞으로 몸을 내미는 바람에 이번에는 실제로 무릎이 마주치고 말았다. 그러자 그의 입술이 한일자로 꼭 다물어졌다.

"아니, 수세미라니 무슨 말입니까?"

알료샤가 중얼거리듯이 물었다.

"아빠, 저 사람은 나를 일러바치려고 온 거예요!"

알료샤에게 이미 귀에 익은 아까 그 소년의 목소리가 칸막이 커튼 뒤에서 들려왔다.

"아까, 내가 저 사람의 손가락을 물어주었거든요!"

커튼이 걷혔다. 성상이 있는 방 한쪽 구석에 의자를 맞붙여 만든 침대 위에 그 소년이 누워 있었다. 소년은 아까 입었던 허름한 외투 위에 다시 낡은 솜이불을 덮고 누워 있었다. 그 충혈된 눈빛으로 보아 몹시 열이 높아 보였다. 아까와 달리 소년은 두려워하는 기색 없이 알료샤를 노려보았다. '여긴 우리 집이니 아무것도 두렵지 않다'는 태도였다.

"네가 손가락을 깨물었다고?"

이등 대위는 엉거주춤 의자에서 일어나며 말했다.

"그래, 저 애가 당신의 손가락을 깨물었습니까?"

"예, 그렇습니다. 아까 저 애가 한길에서 다른 아이들에게 돌을 던지고 있더군요. 상대는 여섯이고 저 애는 혼자였습니다. 그래서 내가 저 애한테 가까이 다가갔더니, 글쎄 나에게도 돌을 던지지 않겠습니까. 두 번째 돌은 제 머리에 맞았습니다. 그래서 내가 너한테 무슨 잘못을 했기에 그러느냐고 물어보았지요. 그랬더니 느닷없이 달려들어 내 손가락을 사정없이 깨물더군요. 나는 아직도 그 이유를 모르겠습니다."

"지금 곧 벌을 주겠습니다! 지금 당장!"

이등 대위는 벌떡 일어났다.

"아니에요. 나는 그걸 일러바치려고 온 것이 아닙니다. 그저 그런 일이 있었다는 걸 얘기했을 뿐입니다. 저 애가 그 일로 벌을 받는다면 내 마음이 편치 않을 거예요. 게다가 저 애는 몹시 아픈 것 같은데……."

"아니, 그럼 당신은 정말로 내가 저 애를 혼낼 줄 아셨습니까? 내가 저 아이를 당장 끌어내다가 당신 앞에서 당신을 만족시키기 위해 두들겨 팰 줄 아셨나요? 지금 당장 그렇게 하라는 말씀이십니까?"

갑자기 대위는 알료샤 쪽으로 몸을 돌리고 달려들기라도 할 듯이 소리쳤다.

"그야 물론 당신의 손가락에 대해서는 유감스럽게 생각합니다. 그러나 우리 아이를 패주기 전에 지금 당장 당신의 눈앞에서 당신이 충분히 만족하실 수 있도록 내 손가락 네 개를 몽땅 잘라버리면 어떻겠습니까. 여기 있는 이 칼로 말입니다. 손가락 네 개면 당신의 복수심도 충분히 만족하리라고 생각합니다만, 설마 마지막 남은 손가락까지 요구하지는 않겠지요?"

갑자기 그는 숨이 막히기라도 한 듯이 말을 끊고 헐떡거렸다. 그 얼굴은 근육 하나하나가 꿈틀거리며 경련을 일으키고 두 눈에는 도발의 기운이 엿보였다. 그는 극도의 흥분 상태인 것 같았다.

"이제야 모든 걸 알겠군요."

알료샤는 여전히 자리에 앉은 채 슬픔에 찬 조용한 어조로 답했다.

"결국 저 애는 착한 마음씨를 가지고 있군요. 아버지를 사랑하기에 아버지를 모욕한 원수의 동생이라며 나한테 달려들었던 겁니다. 이제야 비로소 알았습니다."

그는 생각에 잠기며 그렇게 되풀이해서 말했다.

"그러나 우리 형 드미트리는 자신이 저지른 일을 후회하고 있습니다. 나는 압니다. 형이 당신을 찾아올 수 있도록 허락해주신다면, 아니 그보다도 그때 그 장소에서 다시 당신을 만난다면, 형님은 모든 사람이 보는 앞에서 당신에게 용서를 빌 겁니다. 만일 당신이 그것을 원하신다면 말입니다."

"아니, 그러니까 남의 수염을 잡고 마구 끌고 다녔으면서도 나중에 용서만 빌면……, 그것으로 모든 것이 끝나고 상대의 마음도 풀릴 거라는 말씀인가요?"

"오, 천만의 말씀입니다. 그와는 반대로 형님은 당신이 원하신다면 무슨 일이든 다 할 겁니다!"

"그렇다면 내가 당신의 형님한테 바로 그 술집, '수도'라는 이름의 술집입니다만, 그곳에서든지 아니면 어느 광장에서 내 앞에서 무릎을 꿇으라고 하면 과연 그렇게 할까요?"

"예, 물론 그렇게 할 겁니다."

"오오, 감동했습니다. 너무 감동해서 눈물이 날 것 같군요. 이제는 당신 형님의 관대한 마음을 이해할 수 있을 것 같군요. 그러면 내 가족을 소개해드리겠습니다. 여기 있는 이들이 우리 가족입니다. 딸이 둘, 아들이 하나, 모두가 한 배에서 난 내 자식들입니다. 내가 죽으면 대체 누가 저 애들을 사랑해주겠습니까? 내가 살아 있는 동안 저 애들 말고 대체 누가 나 같은 너절한 인간을 사랑해주겠습니까. 사실 이것은 나 같은 인간들을 위해 하느님께서 정해주신 위대한 은총입니다. 사실 나 같은 인간도 누구 한 사람한테쯤은 사랑을 받아야 하니까요……."

"오오, 그야말로 옳은 말씀이십니다!"

알료샤가 말했다.

"이젠 제발 어릿광대짓은 그만하세요. 어디서 바보 같은 인간이 찾아오기만 하면 아버지는 저렇게 창피한 짓만 한다니까!"

갑자기 창가에 있던 처녀가 아버지한테 얼굴을 찡그리며 경멸의 표정으로 소리쳤다.

"잠깐만 기다려다오, 바르바라. 말을 이왕 시작했으니 마무리를 해야 할 게 아니냐?"

아버지가 소리쳤다. 비록 그것은 명령조이긴 했으나, 그 시선은 딸의 말이 옳다는 것을 시인하고 있었다.

"저 애는 원래 저런 성격이랍니다."

이렇게 말하고 그는 다시 알료샤 쪽으로 몸을 돌렸다.

이 세상 그 어느 것도
그의 눈에 든 것은 아무것도 없더라

"아니, 이건 주어를 여성형으로 고쳐야겠군요. 그녀의 눈에 든
것은 아무것도 없더라구요. 그건 그렇고 이번에는 나의 아내를 소
개하게 해주십시오. 여기는 내 아내 아리나 페트로브나인데 올해
마흔세 살로 다리가 불편합니다. 아니, 걷기는 좀 걷습니다만 조
금밖에 못 걸어요. 원래는 천민 출신이랍니다. 아리나 페트로브나,
자 얼굴을 좀 펴는 게 어때. 이분은 알렉세이 카라마조프 씨. 일어
나십시오. 알렉세이 씨."

그는 갑자기 알료샤의 팔을 잡더니 어디서 그런 힘이 솟아나는
지 뜻밖일 정도로 강한 힘으로 그를 일으켜 세웠다.

"당신은 부인을 소개받고 계시니까 일어나는 게 당연합니다. 이
분은 말이야. 여보, 나한테……, 그런 짓을 한, 그 카라마조프가 아
니라, 그분의 동생이 되는 분인데 아주 얌전하고 훌륭한 분이지.
그보다도 아리나, 우선 당신의 손에 입을 맞추게 해주구료."

그는 자못 경건하고 다정한 태도로 아내의 손에 입을 맞췄다. 창
가의 처녀는 화가 나서 등을 돌리고 말았다. 오만하고 무언가 미심
쩍어하던 부인의 얼굴에 갑자기 상냥한 표정이 떠올랐다.

"잘 오셨습니다. 체르노마조프* 씨, 앉으세요!"

---

* '얼굴빛이 검다'는 뜻이다.

그녀가 말했다.

"여보, 카라마조프라니까, 카라마조프라구! 저희는 본래 천민 출신이라서."

그는 또다시 속삭였다.

"카라마조프건 뭐건 아무려면 어떤가요. 아무튼 저는 체르노마 조프라고 하겠어요. 자, 앉으세요. 저 양반은 또 뭣 때문에 당신을 일으켜 세웠을까요? 저보고 다리를 못 쓰는 장애인이라고 했지만, 제 다리는 분명히 움직인답니다. 그저 다리가 술통처럼 퉁퉁 부어 오르고, 그 대신 몸은 빼빼 말랐을 뿐이지요. 그래도 전에는 살이 꽤 쪘었는데 지금은 보시다시피 바늘이라도 삼킨 사람처럼 이렇 게 말라버렸어요."

"우리는 천민 출신입니다. 천민 출신."

대위는 또다시 속삭였다.

"아빠, 아빠는 정말!"

지금까지 잠자코 의자에 앉아 있던 곱사등이 처녀가 이렇게 외 치며 손수건으로 얼굴을 가렸다.

"어릿광대!"

창가의 처녀가 내뱉듯 말했다.

"보십시오. 저희 집 상태는 이렇답니다."

어머니가 두 딸을 가리키며 질렸다는 듯이 말했다.

"마치 구름이 움직이는 것과 다름이 없어요. 구름이 지나가버리 면 또다시 입씨름이 시작되니까요. 전에 저이가 군인 생활을 할 때는 훌륭한 손님들이 많이 방문해주셨지요. 그렇다고 해서 지금과 비교하려는 것은 아닙니다만, 남한테서 사랑을 받으면 이쪽도 남을 사랑해야 하거든요. 그 당시 보제(補際)의 부인이 찾아와서 이런 말을 하더군요. '알렉산드르 알렉산드로비치는 아주 마음씨가 착한 분이지만, 나스타샤 페트로브나는 보기만 해도 역겹다니까' 그래서 저는 이렇게 대꾸했지요. '그야 사람마다 서로 좋아하는 사람이 다르게 마련이지만, 당신은 언제나 썩은 냄새를 풍기고 다니잖아요.' 그랬더니 '너 같은 여자는 꼼짝 못하게 버릇을 가르쳐줘야 해'라고 하질 않겠어요. '무슨 소리야, 이 악마 같은 년아, 넌 누굴 설교하러 왔느냐' 하고 저도 대들었어요. 그랬더니 이번에는 '나는 깨끗한 공기를 마시고 있지만, 너는 불결한 공기를 마시고 있지 않느냐?'라는 거예요. 그래서 저는 이렇게 응수했지요. '그럼 어느 장교건 붙잡고 물어봐, 내 몸 안에 불결한 공기가 들어 있는지, 아닌지.' 그 후부터 왜 그런지 그 생각이 마음에 걸려 견딜 수가 없었어요. 그런데 얼마 전에 제가 지금처럼 여기 앉아 있으니까, 진짜 장군께서 찾아오시지 않겠어요. 그래서 저는 '각하, 어엿한 귀부인이 바깥 공기를 마셔도 괜찮을까요?' 하고 물어보았지요. 그랬더니 '그렇소. 창문이나 방문을 좀 열어놓든지 해야겠군요. 댁의 공기가 신선한 것 같지 않으니까'라고 대답하시더군요. 글쎄 누구나 다 똑같은 대답이라니까요! 어째서 모두들 저희 집 공기에 신경을 쓰는 걸까요? 송장 냄새보다 더 지독하다는 거예요. 그래서 저는 항상 이렇게 말하지요. '당신네들의 공기를 더 이상 더럽

히고 싶지 않으니까, 신발을 맞춰 신고 어디 먼 데로 가버리겠다'
고요. 얘들아, 제발 이 어미를 나무라지 말아다오. 니콜라이 일리
치, 당신은 내가 마음에 들지 않나요? 하지만 저한텐 일류센카라
는 아들이 있어요. 이 아이가 학교에서 돌아와서 위로해주는 것이
제 유일한 기쁨이랍니다. 어제도 사과를 하나 가져다주더군요. 얘
들아, 이 어미를 용서해다오. 이 외롭고 쓸쓸한 어미를 용서해다
오. 그런데 왜 모두들 내 공기를 그처럼 싫어하게 되었을까요!"

가련한 부인은 갑자기 소리 내어 울기 시작했다. 눈물이 끝도 없
이 쏟아져 내렸다. 이등 대위는 황급히 아내 쪽으로 달려갔다.

"여보, 마누라, 이제 그만해둬요, 그만 울라니까. 당신은 혼자가
아니야. 모두 당신을 사랑하고 있어. 그리고 존경하고 있다니까!"

그는 또다시 아내의 손에 입을 맞추고는 손바닥으로 부드럽게
아내의 얼굴을 쓰다듬어주었다. 그러고 나서 냅킨을 집어 눈물을
닦아주었다. 알료샤가 보기에 이등 대위의 눈에서도 눈물이 반짝
이는 것 같았다.

"자, 어떻습니까? 잘 보셨습니까? 잘 들으셨지요?"

그는 불쌍하게 실성한 여인을 가리키며 격분한 표정으로 알료
샤에게 몸을 돌렸다.

"보았습니다. 그리고 들었습니다."

알료샤는 중얼거렸다.

"아빠, 저런 사람은 상대하지 마세요!"

소년이 침대 위에서 벌떡 일어나 앉아서 타는 듯한 눈초리로 아

버지를 쏘아보며 소리쳤다.

"아빠, 그런 광대짓은 그만하시라고요. 그런 어리석은 짓은 아무 소용도 없어요."

화가 머리끝까지 치민 바르바라는 여전히 한쪽 구석에서 발을 구르며 외쳐댔다.

"그래, 바르바라, 네가 그렇게 성을 내는 건 당연한 일이다. 그럼, 곧 네 말대로 따르마. 자, 알렉세이 표도로비치, 당신도 모자를 쓰십시오. 저도 이렇게 모자를 쓰고…… 우리 밖으로 나갑시다. 당신한테 꼭 드릴 말씀이 있는데 여기서는 안 되겠군요. 아참, 여기 앉아 있는 아이가 우리 딸 니나입니다. 소개하는 걸 깜빡했군요. 이 애는 인간 세계에 내려온……, 인간의 모습을 한 천사입니다. 내 말뜻을 이해하실지는 모르겠습니다만……."

"보세요. 갑자기 경련이라도 일으키는 것처럼 온몸을 떨고 있잖아요."

바르바라가 여전히 성난 어조로 소리쳤다.

"그리고 바로 이 애, 방금 발을 구르며 나더러 어릿광대라고 쏘아붙인 저 애도 역시 인간의 모습을 한 천사입니다. 그러니 나더러 어릿광대라 부르는 것도 당연한 일이지요. 자, 이제 나갑시다. 어쨌든 결론을 내야 하니까요."

7. 신선한 공기 속에서

"공기가 신선하군요. 우리 집 안의 공기는 어느 의미로 보아서
건 공기가 신선하다고 할 수 없지요? 천천히 걷기로 하지요. 실은
당신에게 한 가지 흥미로운 얘기를 들려드리고 싶은데!"

"나도 한 가지 중요한 용건이 있습니다만……. 하지만 어떻게
얘기를 시작해야 할지 모르겠군요."

알료샤가 말을 받아 말했다.

"나한테 용건이 있다는 건 잘 알고 있습니다. 용건이 없다면야
무슨 일로 우리 집 같은 데를 들르시겠습니까? 그보다 정말로 우
리 아이의 일 때문에 오신 건 아닙니까? 아무래도 그런 것 같지는
않군요. 그건 그렇고 말이 나온 김에 그 애 얘기를 좀 하지요. 집에
서는 모든 것을 설명할 수가 없었지만, 여기서는 그때의 광경을 자

세히 말씀드릴 수 있습니다. 보십시오. 사실 이 수세미는 하루 전만 해도 숱이 많았습니다. 제 수염에는 수세미란 별명이 붙어 있습니다만, 주로 초등학생들이 그렇게 움켜쥐고 끌고 다녔던 겁니다. 제게 잘못이 있다면 당신 형님이 격분해 있는 그 순간에 재수 없게도 내가 나타났다는 것뿐입니다. 내가 수염을 잡혀 술집 바깥으로 끌려 나갔을 때, 마침 초등학생들이 학교에서 돌아오고 있었지요. 그 무리에 우리 일류샤가 있었어요. 제가 그런 꼴을 당하고 있는 것을 보자, 그 애는 저한테 달려와서 '아빠, 아빠!' 하고 울부짖으며 저를 부둥켜안고는 어떻게 해서든 저를 떼어놓으려고 몸부림을 쳤어요. 그러면서 제 수염을 잡고 있는 형님에게 소리쳤습니다. '놓아주세요! 놓아주세요! 이분은 제 아버지예요. 용서해주세요!'라고 외쳤습니다. 정말입니다. 그 애는 분명히 '용서해주세요'라고 소리쳤어요. 그리고 당신 형님에게 매달려 그 조그만 손으로 당신 형님 손을 잡고 입을 맞추지 않았겠습니까. 그 순간 그 애가 어떤 얼굴을 하고 있었는지 지금도 눈에 선합니다. 잊을 수가 없어요. 앞으로도 영원히 잊지 못할 겁니다."

"나는 맹세합니다."

알료샤는 외쳤다.

"형님은 진심으로 성의를 다해서 당신한테 잘못을 뉘우칠 것입니다. 바로 그 광장에서 무릎을 꿇는 것조차……. 내가 꼭 그렇게 하도록 하겠습니다. 그렇게 하지 않는다면 더 이상 나도 형이라고 생각하지 않을 테니까요!"

"아하! 그렇다면 그것은 아직 그럴 계획이라는 것이군요. 즉, 그분의 생각이 아니라 당신의 그 고결하고도 착한 마음에서 우러나온 생각이라 그 말씀이군요. 그럼 그렇다고 처음부터 말씀해주시질 않고, 아니, 그러시다면 나도 당신 형님의 기사도적이고 장교다운 성격을 말씀드려야겠군요. 당신 형님은 그날 그 성격을 유감없이 발휘하셨습니다. 수염을 잡고 실컷 끌고 다닌 다음에 놓아주면서 '너도 장교라고 하니 적당한 증인을 구하면 결투를 신청하든지. 비록 상대가 더러운 놈이라도 반드시 상대해줄 테니'라고 말씀하시더군요. 이것이야말로 기사도 정신이 아니고 무엇입니까! 저는 일류샤를 데리고 그 자리를 떠나왔습니다만, 저희 집 족보에 기록될 만한 그 광경은 영원히 일류샤의 가슴속에 깊이 새겨지고 말았습니다. 사실 이런 꼴을 하고서 어떻게 저희가 귀족 행세를 할 수 있겠습니까! 그리고 생각해보십시오. 당신은 방금 저희 집에 오셔서 무엇을 보셨습니까? 세 여자가 있었지만 하나는 다리를 못 쓰고, 하나는 앉은뱅이에 곱사등이 그리고 또 하나는 다리도 멀쩡하고 지나칠 만큼 영리하지만 아직은 여학생에 지나지 않습니다. 그 애는 다시 페테르부르크로 가겠다고 야단이에요. 네바 강변에서 러시아 여성의 권리를 찾는 운동에 참여하겠다고요. 일류샤에 대해서는 말하지 않겠습니다. 이제 겨우 아홉 살밖에 안 된, 친구하나 없는 아이니까요. 그런데 만일 당신 형님한테 결투를 신청했다가 그 자리에서 내가 죽는다면 우리 가족들은 어떻게 되겠습니까? 나는 꼭 이걸 당신한테 묻고 싶습니다. 이런 상태에서 내가 아주 죽어버리지도 못하고 장애만 입는다면 그것도 큰일입니다. 일은 하지도 못하면서 여전히 먹을 입만 남게 되니까요. 그렇게 되면 도대체 누가 나를 먹여 살리겠습니까? 또 누가 우리 아이들을 먹여 살리겠습니까? 결국 일류샤는 학교에도 가지 못하고 날마다 구걸이나 해야겠지요. 당신 형님한테 결투를 신청하는 것은 바로 이런 의미입니다. 도대체가 어리석은 일이 아닐 수 없지요."

"반드시 형님은 당신한테 사과를 할 겁니다. 광장 한가운데서 당신의 발밑에 무릎을 꿇고 머리를 숙일 겁니다."

알료샤는 다시 한번 눈을 빛내며 소리쳤다.

"그 사람을 고소할까 하는 생각도 해보았습니다만."

이등 대위는 말을 이었다.

"러시아의 법전을 한번 펼쳐보십시오. 내가 받은 개인적인 모욕에 대해 가해자로부터 만족할 만한 보상을 받게 되어 있는지…….게다가 그때 아그라페나(그루센카)가 나를 불러서는 '아예 그런 생각은 하지 말아요. 만일 그이를 고발하면 당신이 사기를 쳤기 때문에 얻어맞은 거라고 세상 사람들에게 폭로하고 말겠어요. 그렇게 되면 오히려 당신이 재판소에 끌려가게 될걸요'라고 말하더군요. 그렇지만 대체 누구 때문에 그런 사기 행위를 했으며, 또 누구의 명령으로 나 같은 소인배가 그따위 비겁한 짓을 했는지 하느님만은 잘 알고 계십니다. 모든 것은 그 여자와 표도르 파블로비치가 시킨 일이 아니냐 그 말입니다. 그 여자는 또 이런 말까지 하더군요. '나는 당신 같은 건 영원히 쫓아버려서, 앞으로 한 푼도 벌지 못하게 할 수 있어요. 그리고 우리 상인한테도 그렇게 말해서 (그 여자는 삼소노프 노인을 '우리 상인'이라고 부르더군요) 당신을 고용하지 말라고 하겠어요.' 그래서 저도 생각해보았지요. 만일 그 상인까지 나를 써주지 않는다면 도대체 누구한테 가서 빌어먹나 하고 말입니다. 실상 내가 의존할 사람이라고는 그 두 사람밖에 없으니까요. 당신 아버지 표도르 씨는 어떤 다른 이유에서 나를 신용하지 않고 있을뿐더러 내가 서명한 영수증을 손에 넣어 가지고 오히려 나를 재판소로 끌고 가려는 눈치니까요. 이런 모든 것 때문에 나도 울며 겨자 먹기로 그만 풀이 죽고 말았지요. 당신도 우리 집안 사정을 다 보게 된 거지요. 그건 그렇고 다시 묻겠습니다만, 그 애는, 일류샤 놈은 아까 당신의 손가락을 심하게 물어뜯었나요? 아까 집에서는 그 애가 있어서 자세히 물어볼 수가 없었습니다만……."

"네, 굉장히 아프게 물더군요. 그 애도 몹시 화가 났으니까요. 같은 카라마조프라고 해서 나한테 복수를 한 거겠죠. 이젠 나도 그 사정을 잘 알겠습니다. 하지만 그 애가 학교 동무들하고 돌팔매질을 하고 있는 것을 당신이 보셨다면! 정말 위험했습니다. 철없는 아이들이라 그러다가 돌에 맞아 죽을 수도 있으니까요. 돌에 맞아 머리가 깨질지도 모르니까요."

"예, 벌써 맞긴 맞았지요. 머리는 아니지만 가슴에 한 대 맞았습니다. 오늘도 가슴 위를 돌로 힌 대 맞았다면서 시퍼렇게 멍이 들어 돌아와서는 울면서 씩씩거리다 저렇게 앓아누워 있답니다."

"그런데 그 애가 먼저 다른 애들에게 덤볐단 말입니다. 당신 일로 그 애는 화풀이를 한 모양입니다. 아이들의 말에 의하면, 오늘 그 애가 크라소트킨인가 하는 아이의 옆구리를 칼로 찔렀다더군요."

"그 얘기도 들었습니다만 정말 위험한 짓입니다. 그 크라소트킨 이라는 아이의 아버지는 이곳 관리니까, 어쩌면 또 시끄러운 문제 가 일어날지도 모르겠습니다."

"당신한테 충고해드리지만, 당분간 그 애의 마음이 가라앉을 때 까지 학교에 보내지 않는 편이 좋을 것 같습니다. 그렇게 되면 가 슴속 분노도 사라지겠지요."

알료샤는 열심히 말했다.

"분노라구요!"

이등 대위는 알료샤의 말을 되뇌었다.

"맞습니다. 분노지요! 조그만 애의 가슴에도 위대한 분노가 끓 어오르는 법입니다. 당신은 그 자초지종을 잘 모르실 겁니다. 그 럼, 그 얘기를 자세히 설명해드리지요. 실은 그 사건이 있은 후부 터 학교 동무들 모두가 그 애를 수세미라고 놀려대기 시작했나 봅 니다. 학교에 다니는 아이들은 간혹 무자비할 때가 있으니까요. 하 나하나 떼어놓고 보면 모두 천사 같지만 한데 모이면, 특히 학교 같은 곳에서는 잔인해질 때가 있습니다. 그렇게 모두가 놀려대니 까 일류샤의 가슴속에 고귀한 정신이 고개를 쳐들고 일어난 겁니 다. 보통 아이 같으면 그만 기가 죽어 오히려 자기 아버지를 부끄 럽게 여겼을 테지만, 그 애는 아버지를 위해 혼자서 모든 아이들을 상대로 분연히 일어섰습니다. 아버지를 위해, 정의를 위해, 진리를 위해 일어선 것이지요. 사실 그때 당신의 형님 손에 입을 맞추며 '아버지를 용서해주세요, 아버지를 용서해주세요'라고 애원했을 때, 그 애 마음이 얼마나 고통스러웠을지 그것을 아는 것은 하느님하고 나밖에 없습니다. 사실 우리 집 아이들은—당신네 아이가 아니라 우리 아이들 말입니다—끊임없이 멸시를 받고는 있지만 고귀한 기백을 잃지 않는 우리 천민의 아이들은 겨우 아홉 살밖에 안 된 나이에 벌써 이 세상의 진실을 알게 된 겁니다. 부잣집 아이들은 그야말로 평생이 걸려도 그런 인생의 깊이는 도저히 알 수 없습니다. 그렇지만 우리 일류샤는 그 광장에서 당신 형님의 손에 입을 맞추는 바로 그 순간에 세상의 모든 진리를 깨우친 겁니다. 그리고 그 진리가 그 애의 내부로 파고들어가 영원히 회복할 수 없는 깊은 상처를 남겨주었단 말입니다."

이등 대위는 다시금 극도의 흥분 상태가 되어 열에 들뜬 음성으로 이렇게 말하고, 그 '진리'가 어떻게 일류샤의 마음을 짓부수었는지를 똑똑히 보여주려는 듯이 오른손 주먹으로 왼쪽 손바닥을 힘껏 내리쳤다.

"바로 그날 그 애는 무섭게 열이 나서 밤새껏 헛소리를 하더군요. 그날은 온종일 나하고 말도 하지 않고 입을 다문 채로 한쪽 구석에서 저를 힐끔힐끔 쳐다보고 있었답니다. 물론 창문 쪽으로 엎드려 공부하는 체를 하고 있었습니다만, 공부 같은 건 염두에도 없다는 것을 저도 잘 알 수 있었습니다. 그다음 날은 술을 한잔 마셨기 때문에 별로 기억이 나지 않습니다. 슬픔을 잊으려고 마시기는 했지만 생각해보면 나도 죄 많은 놈입니다. 마누라도 울음을 터뜨리고 말더군요. 나는 아내를 무척 사랑한답니다. 나는 슬픔을 잊으려고 주머니를 털어 술을 마셔버렸지요. 이런 나를 너무 경멸하지는 마십시오. 우리 러시아에서는 술꾼만이 제일가는 호인입니다. 그리고 우리나라에서 제일가는 호인은 예외 없이 모두 술꾼이지요. 아무튼 나는 그날 술을 마시고 하루 종일 누워 있었기 때문에 일류샤에 대해서는 별로 기억에 남은 것이 없지만 바로 그날 아침부터 학교 아이들이 그 애를 놀려대기 시작한 겁니다. '야, 수세미 자식아, 너희 아버지는 수세미를 잡혀 술집에서 끌려 나왔는데 넌 그 앞을 따라가면서 용서해달라고 빌었다면서' 이러면서 놀려댄 겁니다. 사흘째 되는 날 그 애가 학교에서 돌아오는 걸 보니 얼굴이 새파랗게 질려 있어서 이유를 물어보았지만 아무 대꾸가 없었습니다. 게다가 집에선 마누라와 딸들이 자꾸만 끼어들어서 얘기를 하려 해도 할 수가 없었습니다. 게다가 딸들은 사건 첫날부터 모든 걸 다 알아버렸거든요. 바르바라는 '저렇게 언제나 광대짓만 하다니, 아버지가 도대체 제대로 하는 일이 뭐가 있어요' 하고 불평을 했습니다. '그래, 네 말이 맞다. 우리 집에 한 번쯤 제대로 된 일이 생기면 좋을 텐데……' 그때 나는 이렇게 대답했지요.

그날 저녁 나는 그 애를 데리고 산책을 나갔습니다. 한 가지 말씀드립니다만, 전에도 그 애를 데리고 저녁마다 지금 당신과 함께 거닐고 있는 이 길을 산책하곤 했습니다. 우리 집 대문에서 저기 울타리 길가에 외로이 놓여 있는 저 커다란 바윗돌까지가 우리의 산책 코스입니다. 저기부터 목장이 시작되는데 아주 한적하고 아름다운 곳이지요. 나는 언제나처럼 일류샤의 손을 잡고 걷고 있었습니다. 그 애의 손은 아주 조그마한데, 그 가느다란 손가락은 매우 차가웠습니다. 그 애는 가슴이 고통 받고 있었죠. 그런데 갑자기 그 애가 '아빠, 아빠' 하고 부르지 않겠어요. '왜 그러니?' 하고 그 애를 보니까 두 눈이 반짝이고 있더군요. '아빠, 어떻게 그놈이 감히 아빠한테 그럴 수 있어요?' '할 수 없잖니, 일류샤야' 하고 나는 말했습니다. '그놈하고 화해하면 안 돼요, 아빠, 절대 화해해선 안 돼요! 학교 아이들이 그러는데, 그 일 때문에 아빠가 10루블을 받았다는 거예요.' '아니다. 일류샤야, 그럴 리가 있겠니. 이렇게된 이상 난 절대로 그놈의 돈을 받지 않겠다.' 그랬더니 그 애가 갑자기 온몸을 떨며 내 손을 꼭 잡고 입을 맞추더군요. '아빠, 그놈한테 결투를 신청하세요. 학교에선 모두 아빠가 겁쟁이라서 결투도 신청하지 못하고 오히려 그놈한테 10루블을 받고 물러섰다고 막 놀려댄단 말이에요.' '일류샤야, 나는 그놈한테 결투를 신청할 입장이 못 돼.' 나는 이렇게 대답하고, 좀 전에 당신한테 말씀드린 것 같은 사정을 대략 설명해주었습니다. 그 애는 유심히 듣고 나더니 '아빠, 그렇다고 그놈하고 절대 화해는 하지 말아요. 내가 어른이 되면 그놈한테 결투를 신청해서 죽여버릴 테야!'라고 말하더군요. 그 애의 눈에는 뜨거운 불길이 타오르고 있었습니다.

그렇지만 나로서는 아버지의 입장에서 바른말을 해주어야 하겠기에 이렇게 말했습니다. '아무리 결투라 해도 사람을 죽이는 건 죄가 되는 거야.' 그랬더니 '아빠, 그럼 난 어른이 돼서 그놈을 때려눕힐 테야. 내 칼로 그놈의 칼을 쳐서 떨어뜨린 다음 그놈의 머리 위에 칼을 겨누고 이렇게 말해줄 테야. 당장 네놈을 죽일 수도 있지만 목숨만은 살려줄 테니 고맙게 생각해라!' 이렇게 말하더군요. 어떻습니까? 지난 이틀 동안 그 조그만 머릿속으로 복수할 궁리만 해서 밤마다 그런 잠꼬대를 한 모양입니다. 그렇지만 그 애가 학교에서 호되게 얻어맞고 집으로 돌아왔다는 사실을 나는 그저께야 알게 되었습니다. 당신 말대로 앞으로는 무슨 일이 있어도 그 애를 학교에 보내지 않을 생각입니다. 그 애가 반 학생 전부를 상대로 하여 마치 심장에 불이 붙은 듯이 닥치는 대로 싸움을 걸고 있다니, 나는 그 애가 걱정되어 견딜 수가 없습니다.

어쨌든 우리는 계속 산책을 나갔습니다. 그러자 이번엔 이렇게 묻더군요. '아빠, 부자가 이 세상에서 가장 힘이 세요?' '그렇단다. 일류샤야. 이 세상에서 가장 힘이 센 건 부자란다.' '아빠, 그럼 나는 부자가 될 거야. 장교가 되어 적을 모조리 쳐부수면 황제님이 많은 상금을 주실 테니까. 그걸 가지고 돌아오면 그때는 아무도 우리를 깔보지 못할 거야.' 그러고는 잠시 입을 다물고 있더니 또 이런 말을 했습니다. 그 조그만 입술은 여전히 떨리고 있었습니다. '아빠, 이 고장은 나쁜 곳이에요!' '그래, 일류샤, 그다지 좋은 곳은 아니지.' '그럼 아빠, 우리 다른 데로 이사 가요. 네? 아무도 모르는 곳으로 딴 곳으로 이사를 가요!' '그래, 우리 이사 가자. 일류샤야,

하지만 돈을 좀 벌 때까지는 기다려야 해.' 나는 아이가 괴로운 생각에서 벗어난 것을 기뻐하면서 말이며 마차를 사가지고 다른 곳으로 이사 가는 광경을 그 애와 함께 상상하기 시작했습니다. '엄마와 누나들은 마차에 태우고 그 위에다 지붕을 쳐주자꾸나. 너하고 나는 마차와 나란히 걸어가는 거야. 이따금 너는 태워줄게. 그렇지만 아빠는 말을 아껴야 하니까 끝까지 걸어가겠다. 어차피 우리 식구가 다 탈 수는 없거든. 그렇게 우린 이사를 가는 거야.' 이말을 듣자 일류샤는 열광적으로 즐거워했습니다. 무엇보다 기쁜 것은 자기 집에 말이 있어서 그걸 타고 간다는 게 신기했던 모양입니다. 아시다시피 우리 러시아의 아이들은 말과 함께 세상에 태어난다 해도 과언이 아니니까요. 우리는 오랫동안 이런 얘기를 했답니다. 나는 이것으로 그 애의 마음을 풀어주고 달래줄 수 있어서 참으로 다행이라고 생각했지요.

이건 그저께 저녁에 있었던 일이었고요. 어젯밤부터는 상황이 완전히 달라졌습니다. 그 애는 평소대로 아침에 학교에 갔는데 돌아왔을 때 얼굴이 침울하더군요. 무서울 만큼 침울한 모습이었습니다. 저녁에 그 애 손을 잡고 산책하러 나갔습니다만, 아이는 입을 다문 채 전혀 말을 하지 않았습니다. 그러는 사이 산들바람도 불기 시작하고 해도 져서 어딘지 모르게 가을빛이 완연했습니다. 게다가 주위도 점점 어두워져서, 함께 걸으면서도 서글픈 마음만 들더군요. '애, 일류샤야, 이사 갈 준비는 어떻게 하면 좋을까' 하고 내가 물었습니다. 전날의 화제로 다시 끌어들이려는 생각에서

였지요. 그러나 그 애는 대답하지 않았습니다. 다만 그 애의 가느
다란 손가락이 내 손 안에서 가늘게 떨고 있는 걸 느낄 수 있었습
니다. '음, 또 무슨 새로운 일이 있었던 모양이군.' 나는 생각했습
니다. 그러다가 우리는 지금처럼 이 바위에까지 와서 돌 위에 걸
터앉았습니다. 하늘에는 연이 가득 날며 펄럭펄럭 소리를 내고 있
었습니다. 아마 서른 개가량은 되었을 겁니다. 요즘은 연을 띄우는
계절이니까요. 나는 그 애한테 이렇게 말했지요. '애, 일류샤야, 우
리도 작년에 산 연을 날려볼까. 아빠가 고쳐줄게. 그 연은 어디에
감춰두었니?' 그래도 그 애는 여전히 나를 외면한 채로 아무 대꾸
가 없었습니다. 바로 그때 돌풍이 일어 뿌옇게 먼지를 일으켰습니
다. 그러자 그 애가 갑자기 나한테 달려들어 그 조그만 손으로 제
목을 감고 꼭 껴안지 않겠습니까!

　말이 없고 자존심이 강한 아이들은 오랫동안 눈물을 꾹 참고 있
지만 그러다 보면 슬픔이 쌓이고 쌓여서 한꺼번에 폭발하기 때문
에, 그때는 눈물이 흐르는 정도가 아니라 폭포처럼 콸콸 쏟아지는
법입니다. 그 애의 뜨거운 눈물에 내 얼굴은 금세 흠뻑 젖고 말았
습니다. 그 애는 마치 경련을 일으키듯이 온몸을 떨었고 흑흑 흐느
껴 울면서 나를 꼭 껴안았어요. '아빠! 아빠!' 하고 그 애는 외쳤습
니다. '어떻게 그놈이 아빠에게 그런 모욕을 줄 수가 있어요.' 그러
자 나도 그만 참지 못하고 울음이 터지고 말았습니다. 우리는 서로
껴안은 채 부들부들 떨고 있었지요. '아빠! 아빠!' 하고 그 애가 부
르면, '일류샤야, 일류샤야!' 하고 내가 대답했습니다. 그때 우리를

본 사람은 아무도 없었지만 하느님만은 보시고 내 기록부에 적어주셨겠지요. 알렉세이 표도로비치, 당신의 형님에게 감사의 말씀을 전해주십시오. 그렇지만 당신의 마음을 풀어드리려고 그 애를 때릴 수는 없습니다. 그건 어림도 없는 일이지요."

그는 또다시 아까처럼 악의에 찬 어릿광대와 같은 어조로 이렇게 말을 맺었다. 그러나 알료샤는 그가 이미 자기를 신뢰하고 있음을 알았다. 그는 다른 사람에게 결코 이렇게 긴 이야기를 하지 않았을 것이고, 또 지금 자기에게 말한 것 같은 사정을 고백하지도 않았을 거라고 느꼈다. 이런 생각이 들자 알료샤는 마음이 고무되기는 했으나, 그 가슴에는 눈물이 흐르고 있었다.

"아아, 어떻게 해서든지 그 애와 꼭 화해를 하고 싶군요!"

알료샤가 외쳤다.

"당신이 좀 힘을 써주신다면……."

"예, 물론 그래야지요."

대위는 중얼거렸다.

"그러나 이제부터 전혀 다른 말씀을 드려야 할 것 같군요."

알료샤가 외치듯이 말을 이었다.

"잘 들어주십시오! 실은 나는 부탁을 받고 당신을 찾아왔습니다. 형 드미트리는 자기 약혼녀에게까지 모욕을 주었습니다. 당신도 아시겠지만 그분은 더할 수 없이 고결한 아가씨입니다. 나는 그분이 빈은 모욕을 당신한테 말할 권한을 갖고 있습니다. 아니, 그렇게 해야 할 의무가 있다고 하는 편이 정확하겠군요. 왜냐하면 그

119

분은 당신이 모욕당했다는 것을 알고, 즉 당신의 불행한 처지를 알고 방금…… 아니, 조금 전에…… 그 아가씨의 이름으로 이 위로금을 전해달라고 나한테 부탁하셨기 때문입니다. 그렇지만 이건 어디까지나 그분 혼자서 하는 일이지 그분을 버린 드미트리 형이 시킨 일은 절대 아닙니다. 맹세해도 좋습니다. 또 동생인 내가 드리는 것도 아니고 어느 딴 사람이 드리는 것도 아니라, 어디까지나 그분의 마음에서 우러난 행동입니다. 그분은 자기 도움의 손길을 당신이 꼭 받아들이시길 간절히 바라고 있습니다. 그분은 당신과 동일한 사람으로부터 모욕을 받았습니다. 나의 형한테서 당신과 똑같은 심한 모욕(모욕의 정도는 다르지만)을 당했기 때문에, 그때 비로소 그분은 당신을 떠올린 것입니다. 그러니까 이건 누이가 오빠를 도우려는 행동으로 생각하시면 되는 겁니다. 그분은 당신의 어려운 처지를 알고 있기 때문에, 누이동생이 주는 것이라 생각하고 이 200루블을 받도록 당신을 설득해달라고 나한테 부탁한 겁니다. 여기에 대해선 아무도 모르니까 쓸데없는 소문이 날 염려는 조금도 없습니다. 자, 이것이 그 200루블이니, 꼭 받아주셔야만 합니다……. 만일 거절하신다면, 거절한다면 세상 모든 사람들이 원수지간이 되지 않을 수 없겠지요……! 그러나 세상에는 형제로 지내는 사람들도 있습니다……. 당신은 착한 마음을 지니신 분입니다……. 당신은 이것을 이해해주시리라 믿습니다. 반드시 이해하셔야 합니다!"

이렇게 말하고 알료샤는 무지갯빛 100루블짜리 새 지폐 두 장을 그에게 내밀었다. 이때 두 사람은 바로 울타리 가까이에 있는 바위 옆에 있었으므로 주위에는 아무도 없었다. 그 돈은 이등 대위에게 무시무시한 충격을 준 것 같았다. 그는 흠칫 몸을 떨었으나 처음에는 단지 놀란 모양이었다. 그는 이런 일을 생각해본 적도 없거니와, 이런 결과가 오리라고도 전혀 예상치 못했던 것이다. 그리고 누구에게건 이런 거액의 원조를, 그것도 이렇게 막대한 돈을 받게 되리라고는 정말 꿈도 꾸지 못했던 것 같았다. 그는 돈을 받아들긴 했으나 잠시 동안 말을 제대로 하지 못했다. 뭔가 전혀 지금까지와는 다른 표정이 그의 얼굴을 스치고 지나갔다.

"이건 나한테 주시는 겁니까! 이런 큰돈을! 200루블을! 이건 꿈이 아닌가요? 이렇게 큰돈은 지난 4년 동안 구경도 하지 못했습니다. 게다가 누이동생이 주는 것으로 생각하고 받으라구요……. 이게 사실입니까, 그렇습니까?"

"맹세코 제가 지금 말한 것은 모두 사실입니다."

알료샤가 외치자 이등 대위는 얼굴을 붉혔다.

"저, 그렇지만 내 얘기를 들어보십시오. 제가 만일 이걸 받으면 비열한 놈이 되는 게 아닐까요? 당신의 눈으로 봤을 때 말입니다. 알렉세이 씨, 내가 과연 비열한 놈이 되는 건 아닐까요? 아니, 알렉세이 씨, 제발 끝까지 들어주십시오."

그는 두 손으로 계속 알료샤의 몸을 만지면서 어쩔 줄 모르는 기색으로 급히 말을 이었다.

"당신은 지금 누이동생의 위로금이라고 하면서 나를 설득하고 있지만, 사실 마음속으로는 나를 비굴한 놈이라고 생각하는 건 아닙니까? 만일 내가 이걸 받는다면 말입니다."

"천만에요. 절대로 그렇지 않습니다. 하느님께 맹세하지요. 절대 그렇지 않습니다. 그리고 우리 말고는, 나와 당신과 그 아가씨 그리고 또 한 사람, 그 아가씨와 절친한 어떤 부인밖에는 누구도 모릅니다."

"부인 같은 건 문제가 아닙니다. 이거 보세요. 알렉세이 표도로비치, 끝까지 내 얘기를 들어주십시오. 이제 내 얘기를 모두 들어주셔야 할 때가 온 것 같습니다. 왜냐하면 이 200루블이라는 돈이 지금 나한테 어떤 의미인지 당신은 아마 이해하지 못할 겁니다."

불행한 대위는 점점 이성을 잃고 야만적이라 할 수 있는 기쁨에 둘러싸여 있었다. 그는 몹시 당황하여 할 말을 다 못하지나 않을까 조바심을 내며 급히 말을 이어갔다.

"이 돈이 그토록 거룩하고 존경할 만한 '누이동생'이 보내온 지극히 결백한 것이라는 점은 제쳐놓고라도, 당장 이 돈으로 마누라와 니나를, 곱사등이 천사인 제 딸을 치료해줄 수 있다는 걸 당신은 아십니까? 사실은 요전에도 게르첸슈트베라는 의사 선생님이 친절하게도 저희 집까지 와서 두 사람을 1시간 동안이나 진찰해주셨지만 '도무지 알 수가 없군요' 하고 말씀하셨습니다. 그러나 이곳 약국에서 파는 광천수가 반드시 효과가 있을 거라면서 처방을 내주셨어요. 그리고 다리를 찜질하는 데 쓰는 약도 처방해주셨습니다. 광천수는 30코페이카씩 하는데 우선 40병은 먹어야 효과가 있다고 하더군요. 그래서 저는 그 처방을 받아서 성상 아래 선반에 놓아둔 채 지금까지 그대로 모셔두고만 있는 형편입니다. 그리고 니나한테는 무슨 약을 탄 뜨거운 물로 목욕을 시키라고 하셨지만 날마다 아침저녁으로 두 번씩이나 해야 한다니 어디 우리 집 형편에 엄두나 낼 수 있겠습니까. 하인도 없고, 거들어줄 사람도 없거니와 목욕을 시킬 그릇도 물도 없는 집에서 말입니다!

게다가 니나는 지독한 류머티즘을 앓고 있습니다. 아직 말씀드리지 않았습니다만 밤마다 오른쪽 몸의 통증으로 몹시 고통스러워하고 있습니다. 그런데도 그 천사 같은 아이는 우리한테 걱정을 끼치지 않으려고 꾹 참고, 우리를 깨울까 봐 신음 한 번 내지 않는답니다. 식사를 할 때도 식구들은 닥치는 대로 마구 집어 먹지만 그 애는 그중에서도 제일 맛없는, 그야말로 개한테나 던져줄 것만을 골라 먹거든요. '나 같은 건 좋은 걸 먹을 자격이 없어요. 그러면 다른 식구들 것을 가로채는 거나 마찬가지예요. 그렇잖아도 집안 식구들의 짐이 되고 있는걸요.' 그 애의 천사 같은 눈은 이렇게 말하고 있는 것 같습니다. 우리의 시중을 받는 것을 그 애는 얼마나 괴로워하는지 모릅니다. '나는 그럴 자격이 없어요. 아무 쓸모도 없는 장애인인걸요.' 이런 생각으로 가득 차 있는 것 같습니다. 그런데 그럴 자격이 없다고 누가 감히 말할 수 있겠습니까. 그 애는 천사와 같은 아름다운 마음으로 우리 가족을 위해 하느님께 기도해주고 있습니다. 그 애가 없으면, 그 애의 상냥한 말이 없으면 우리 집은 지옥이 될 겁니다. 그 애는 바르바라의 마음까지도 누그러뜨려주었습니다. 그러나 바르바라도 나쁘게 생각하지 말아주십시오. 그 애도 역시 천사랍니다. 모욕 받은 천사라고나 할까요. 그애는 지난여름에 집에 돌아왔습니다만, 그때는 가정교사를 해서 번 돈 16루블을 가지고 있었습니다. 그 돈은 9월에, 즉 지금쯤 페테르부르크로 다시 돌아갈 여비로 쓰려고 따로 떼어놓은 거였습니다. 그러나 저희들이 그 돈을 생활비로 써버렸기 때문에 그 애는 지금 돌아갈 여비조차 없는 형편입니다. 게다가 지금 우리 집에서 죄수처럼 일을 하고 있으니 더욱 돌아갈 형편도 못 되는 거지요. 마치 여윈 말에게 마구와 안장을 얹어 혹사시키고 있는 거나 다를 바 없습니다. 집안 식구들의 시중을 들어주고 빨래를 하고 걸레질을 하고 어머니를 자리에 눕히고……. 게다가 그 어머니라는 사람은 변덕이 심한 데다 걸핏하면 눈물을 쥐어짜는 정신병자니까요……. 하지만 이제는 이 200루블로 하녀를 둘 수도 있습니다. 알렉세이 씨, 이 돈으로 사랑하는 식구들을 치료해줄 수도 있고, 학생인 딸애를 페테르부르크로 돌려보낼 수도 있습니다. 고기를 살수도 있고, 새로운 식이요법도 시도할 수 있습니다. 아아, 이건 정말 꿈같은 얘기입니다!"

알료샤는 이등 대위에게 이런 행복을 가져다줄 수 있고 또한 이불행한 인간도 그 행복을 받아들이는 데 동의한 것에 한없이 기뻤다.

"잠깐만 기다려주십시오. 알렉세이 표도로비치."

이등 대위는 갑자기 머릿속에 떠오른 새로운 공상을 놓칠까 봐 또다시 재빠른 어조로 말을 이었다.

"어쩌면 저와 일류샤의 공상은 지금이라도 당장 실현될 수 있을지 모릅니다. 조그만 말 한 필과 포장마차를 사가지고—말은 검정말이어야 합니다. 그 애가 꼭 검정말을 원하니까요—그저께 계획한 대로 이 고장을 떠나는 겁니다. K현에는 어릴 적부터 친구인 변호사가 하나 있는데, 믿을 만한 사람을 통해 그 친구가 전한 얘기로는 내가 가면 자기 사무실에서 서기로 써줄 수 있다는 겁니다. 어쩌면 정말 써줄지도 모릅니다……. 자, 그러니까, 마누라와 니나를 마차에 태우고, 일류샤는 마부 자리에 앉히고 나는 걸어서 집안 식구들을 모두 데리고 가겠습니다……. 아아, 내가 받을 빚을 한 군데서나마 돌려받을 수만 있다면, 이런 것쯤은 다 하고도 돈이 남을 텐데……."

"문제없습니다. 문제없어요."

알료샤가 소리쳤다.

"카체리나 아가씨가 또 얼마든지 필요한 만큼 지원해줄 것입니다. 그리고 나도 돈을 좀 갖고 있으니 형제나 친구라 생각하시고 필요한 대로 써주십시오. 나중에 돌려주시면 되니까요……. (당신은 돈을 번 겁니다. 정말이에요) 당신이 다른 현으로 이사를 가겠다는 건 참으로 좋은 생각입니다. 그렇게 되면 당신도 살 수 있고, 특히 그 애를 위해서도 그 이상 좋은 일이 없을 겁니다. 그러니까 되도록 빨리, 겨울 추위가 닥쳐오기 전에 떠나도록 하십시오. 그리고 거기 가시면 편지를 보내주십시오. 우리는 언제까지나 형제처럼 지낼 수 있을 겁니다……. 그렇습니다. 이건 절대로 꿈이 아닙니다."

더할 나위 없이 흡족한 마음으로 알료샤는 그를 포옹하려 했다. 그러나 상대방의 얼굴을 보는 순간 갑자기 멈칫 물러서지 않을 수 없었다. 대위는 목을 길게 뽑고 입술을 비죽 내민 채 몹시 흥분한 듯 창백한 얼굴로 서 있었다. 그는 무언가 말하고 싶은 듯 입술을 달싹거리고 있었으나 소리는 나오지 않았다. 그의 입술이 계속 움직이는 모습은 뭔가 괴기스러웠다.

"아니, 무슨 일이십니까?"

알료샤는 왠지 모르게 갑자기 몸을 떨며 물었다.

"알렉세이 표도로비치…… 나는…… 당신은…….."

그는 마치 절벽에서 뛰어내리려 결심한 사람처럼 이상하고도 불길한 눈초리로 알료샤를 쏘아보았다. 그리고 입가에 야릇한 미소를 띤 채 더듬더듬 중얼거렸다.

"나는 말입니다…… 당신은…… 그보다도 어떻습니까? 당장 이 자리에서 마술을 하나 보여드리고 싶은데요."

갑자기 그는 빠르면서도 확고한 어조로 더듬지 않고 속삭이듯 말했다.

"아니, 마술이라뇨?"

"마술은 마술이지만 뭐 간단한 겁니다."

이등 대위는 여전히 속삭이는 어조로 말했다. 그의 입은 왼쪽으로 비뚤어지고 왼쪽 눈을 가늘게 뜨고는 못 박힌 듯이 뚫어지게 알료샤에게 눈을 떼지 않고 있었다.

"도대체 무슨 일입니까, 별안간 마술이라니."

알료샤는 완전히 놀란 표정으로 이렇게 말했다.

"자, 보십시오. 이겁니다!"

별안간 그는 찢어지는 듯한 목소리로 외쳐댔다. 그리고 그는 지금까지 얘기를 계속하는 동안 오른쪽 엄지손가락과 집게손가락으로 한쪽 끝을 쥐고 있던 두 장의 무지갯빛 지폐를 알료샤에게 보이더니 별안간 맹렬한 기세로 마구 구겨가지고 오른쪽 주먹에 꽉 움켜쥐었다.

"보셨지요, 자, 어때요!"

그는 극도로 창백한 얼굴로 미친 듯이 이렇게 외쳤다. 그리고 주먹을 높이 쳐들고 구겨진 두 장의 지폐를 힘껏 땅에 내동댕이쳐버렸다.

"어떻습니까?"

그는 지폐를 가리키며 또다시 외쳤다.

"자, 바로 이겁니다."

이렇게 말하고는 오른발을 번쩍 들어 야수 같은 증오 어린 표정으로 구두 뒤축으로 지폐를 짓밟기 시작했다. 그는 한번 짓밟을 때마다 거칠게 숨을 내쉬며 이렇게 부르짖었다.

"당신의 이런 돈 따위는 이렇게! 이렇게! 이렇게! 이렇게!"

그러다가 그는 갑자기 한 걸음 뒤로 물러서더니 알료샤 앞에 가슴을 쭉 펴고 버티고 섰다. 그의 몸 전체에서는 뭐라 표현할 수 없는 오만한 자부심이 넘쳐흐르고 있었다.

"당신을 여기 보낸 분에게 가서 말해주세요. 이 수세미는 결코 자기 명예를 팔지 않는다고요."

그는 허공을 향해 오른손을 쳐들며 이렇게 외쳤다. 그러고는 몸을 홱 돌려 달려가더니 다섯 걸음도 채 못 가서 알료샤에게 손으로 키스를 날려 보냈다. 또 다섯 걸음이 못 되어 다시 돌아보았다. 그때는 이미 일그러진 미소는 말끔히 사라지고 얼굴은 눈물로 뒤범벅이 되어 있었다. 그는 파르르 떨리는 목소리로 목이 메어 부르짖었다.

"그런 모욕의 대가로 돈을 받는다면, 집에 있는 아들 녀석에게 내가 무슨 말을 할 수 있겠습니까."

이렇게 말하고는 이번에는 뒤도 돌아보지 않고 쏜살같이 달려갔다. 알료샤는 뭐라 말할 수 없는 슬픔에 싸인 채 그 뒷모습을 지켜보고 있었다. 이등 대위도 그 마지막 순간까지 자신이 돈을 구겨 땅바닥에 내동댕이치리라곤 꿈에도 생각지 못했으리라. 알료샤는 그것을 잘 알고 있었다. 도망치듯 달려가는 이등 대위는 한 번도 뒤를 돌아보려 하지 않았다. 알료샤도 그가 뒤돌아보지 않으리라는 것을 알고 있었다. 알료샤는 이등 대위를 쫓아가서 불러 세우고 싶지도 않았다. 자신도 그 까닭을 알고 있었기 때문이다.

이등 대위의 모습이 시야에서 아주 사라져버린 다음에야, 알료샤는 두 장의 지폐를 주워들었다. 지폐는 몹시 구겨진 채 모래 속에 반쯤 묻혀 있었을 뿐 조금도 파손된 부분은 없었다. 알료샤가 구김살을 펴보니 마치 새 것처럼 다시 빳빳해졌다. 알료샤는 지폐를 잘 손질해서 곱게 접은 후 호주머니에 넣은 다음 부탁받은 일의 결과를 알려주기 위해 카체리나의 집을 향해 걸음을 옮겼다.

제2부

제5편 | 찬성과 반대

1. 약혼

이번에도 알료샤를 제일 먼저 맞아준 것은 호흘라코바 부인이었다. 부인이 허둥지둥 수선을 피우는 것이 뭔가 예사롭지 않은 일이 일어난 모양이었다. 카체리나의 히스테리는 결국 기절로 끝났지만 그다음이 더 문제였다.

"그러고 나선 굉장히 무서울 정도로 쇼크를 일으켜서 자리에 눕자마자 눈을 뒤집고 헛소리를 해대지 않겠어요. 게다가 열까지 높아져서 게르첸슈트베 선생을 부르러 사람을 보냈고 이모님들도 모셔오도록 했지요. 이모님들은 벌써 와 계시지만 게르첸슈투베 선생은 아직 안 왔어요. 모두들 그분 방에 모여서 선생님이 오시기만 기다리고 있어요. 아가씨는 지금 의식이 없는데 혹시 심한 열병에라도 걸린 거면 어쩌죠!"

이렇게 큰 소리로 떠들어대는 호흘라코바 부인의 표정은 정말 겁에 질린 것처럼 보였다.

"정말 큰일이에요, 큰일이에요!"

그녀는 말끝마다 이렇게 덧붙였다. 마치 지금까지 있었던 모든 일은 하나도 큰일이 아니었다는 듯한 말투였다. 알료샤는 침통한 얼굴로 부인의 말에 귀를 기울였다. 그러고 나서 자기한테 일어난 일을 설명하기 시작했으나 말을 꺼내기 무섭게 부인이 가로막았다. 지금 그의 말을 듣고 있을 여유가 없다는 것이었다. 부인은 그에게 리즈한테 가서 자기가 올 때까지 기다려달라고 부탁했다.

"그런데, 리즈가 말이에요. 알렉세이 씨."

부인은 알료샤에게 귓속말을 하듯 속삭였다.

"리즈가 나를 깜짝 놀라게 했지 뭐예요. 하지만 또 나를 아주 감동시키기도 했어요. 그래서 그 애 일이라면 무엇이든 용서해주고 싶어요. 아까 당신이 나가자마자 그 애가 갑자기 어제와 오늘 당신을 놀린 것에 대해 진심으로 후회하더군요. 무슨 악의를 가지고 그런 것은 아니고 장난삼아 그랬던 거죠. 그런데도 그 애가 눈물을 흘리며 진정으로 뉘우치는 바람에 나는 깜짝 놀랐어요. 그 애는 지금까지 나를 비웃고 나서 한 번도 진심으로 후회한 일은 없어요. 언제나 농담으로 얼버무렸지요. 당신도 아시다시피 그 애는 언제나 나를 우습게 보고 있어요. 그런데 이번에는 진정인 것 같아요. 정말 진정이에요. 알렉세이 표도로비치, 그 애는 당신의 말씀을 존중하고 있답니다. 그러니까 되도록 그 애에게 화를 내지 마시고 나쁘게 생각하지 말아주세요. 난 언제나 그 애를 관대하게 대하려 하고 있어요. 원래는 영리한 아이니까요. 그렇지 않나요? 조금 전에도 그 애는 당신이 옛날 소꿉동무였다는 말을 하더군요. '어릴 적부터 사귄 가장 진실한 친구예요'라고 말이죠. 아시겠어요? 글쎄 가장 진실한 친구라고 하면서, 그런데도 자기는 뭐냐는 거예요. 그 애는 이런 면에서 매우 진지한 감정을 품고 있는 데다 지난 일까지 들먹이고 있답니다. 그러나 무엇보다 기특한 것은 예기치도 못한 때에 깜짝 놀랄 만큼 기묘한 말들이 그 애의 입에서 수시로 튀어나온다는 거예요. 예를 들어 바로 얼마 전에 소나무 얘기만 해도 그래요. 그 애가 아직 어렸을 때 우리 집 정원에 소나무 한 그루가 있었어요. 하긴 지금도 있으니까 굳이 과거형을 쓸 필요는 없겠군요. 알렉세이 표도로비치, 소나무는 사람하고 달라서 아무리 세월이 흘러도 쉽게 변하지 않아요. 그런데 그 애가 이런 말을 하지 않겠어요. '엄마, 난 그 소나무를 꿈속에서처럼 기억하고 있어요'라는 거예요. 즉, '소나무를 꿈에서라는 거예요.* 그 애의 표현은 뭔가 재치가 있는 것 같아요. 소나무라는 말은 그 자체로 보잘것없지만 그 애는 그 단어에 대해 하도 기발한 말을 연결시켜서 도저히 그대로 전할 수도 없을 것 같아요. 게다가 이젠 다 잊어버렸지만, 그럼 이만 실례하겠어요. 나는 벌써 두 번이나 정신 이상이 와서 의사의 치료를 받은 적이 있답니다. 그럼 리즈한테 가서 그 애가 기

---

* 소나무와 꿈은 러시아어로 '사스나'로 동음이의어이다.

운을 차리도록 해주세요. 당신이라면 언제라도 그렇게 해주실 수 있으니까요. 얘, 리즈!"

부인은 방문으로 다가가며 소리쳤다.

"여기 네가 그렇게 모욕을 준 알렉세이 씨를 모셔왔다. 그러나 조금도 화를 내시지 않으니 안심해라. 오히려 네가 그렇게 생각하는 걸 이상하게 여기시니까."

"고마워요, 엄마(Merci, maman), 들어오세요. 알렉세이 표도로비치."

알료샤는 방 안으로 들어섰다. 리즈는 어쩐지 약간 민망한 듯이 그를 쳐다보다가 갑자기 얼굴을 확 붉혔다. 무언가 몹시 부끄러워하는 눈치였다. 그리고 이럴 때엔 언제나 그렇듯이, 그녀는 전혀 상관없는 이야기를 숨 가쁘게 마구 지껄이기 시작했다. 지금 이 순간, 그녀가 생각하고 있는 것은 그것뿐이라는 듯한 태도였다.

"알렉세이, 엄마가 방금 나에게 그 200루블 얘기랑, 당신이 그 가난한 장교한테 심부름을 갔다는 얘기를 전부 해주셨어요. 그리고 그 장교가 몹시 모욕을 당했다는 무서운 얘기도 들었어요. 엄마 얘기는 도무지 두서가 없었지만요. 얘기가 자꾸 이쪽저쪽으로 튀다가 무슨 말인지 모르겠다니까요. 그래도 나는 그 얘기를 들으면서 눈물을 흘렸어요. 그래서 어떻게 되었지요? 그 돈은 전해주셨나요? 그 불쌍한 사람은 지금 어떻게 되었어요?"

"사실, 돈을 주지 못했습니다. 얘기를 하자면 깁니다."

알료샤는 돈을 주지 못한 것이 못내 마음에 걸린다는 듯이 말했다. 그러나 그가 자꾸만 옆으로 시선을 돌리며 직접 관계도 없는 이야기를 하려고 애쓰고 있다는 것을 리즈는 똑똑히 느꼈다. 알료샤는 탁자에 기대 앉아 이야기를 시작했다. 그러나 일단 말을 시작하자 어색한 빛은 모두 사라지고 도리어 리즈의 관심을 사로잡았다. 아직도 그는 조금 전에 받은 강렬한 감동과 깊은 인상에 지배되고 있었으므로 아주 상세히, 조리 있게 이야기할 수 있었던 것이다.

예전에도 알료샤는 모스크바에 있을 때부터 아직 소녀였던 리즈를 찾아와 자기에게 새로 일어난 사건이며, 책에서 읽은 내용, 또는 소년 시절의 추억담을 이야기하는 것을 좋아했다. 때로는 둘이서 공상에 잠기거나 소설 같은 것을 꾸며내기도 했는데, 그것은 주로 경쾌하고 신나는 이야기들뿐이었다. 그래서 그들은 지금 2년 전의 모스크바 시절로 갑자기 되돌아간 것 같은 기분이었다. 리즈는 그의 얘기에서 몹시 감동을 받았다. 알료샤가 뜨거운 동정심을 갖고 일류샤의 모습을 그녀의 눈앞에 생생하게 그려 보여주었기 때문이다. 불행한 퇴역 대위가 돈을 짓밟는 광경을 상세히 설명했을 때, 리즈는 끓어오르는 감정을 억제하지 못하고 손뼉을 탁 치며 외쳤다.

"그럼, 결국 돈을 주지도 못했군요! 그냥 놓쳐버렸어요! 아, 뒤쫓아가서 붙잡지 않으시구!"

"그렇지 않아요. 리즈. 쫓아가지 않기를 잘했습니다."

알료샤는 이렇게 대답하고 의자에서 일어나더니 무언가 마음에 걸리는 것이 있는 표정으로 방 안을 한 바퀴 돌았다.

"왜 잘하셨다는 건가요? 어떤 점에서요? 그 사람들은 지금 먹을 게 없어서 당장 죽을 지경일 텐데요."

"죽지는 않을 겁니다. 어쨌든 그 200루블은 결국 그 사람들에게 돌아갈 겁니다. 내일이면 이 돈을 받을 겁니다. 틀림없이 받을 겁니다."

알료샤는 생각에 잠긴 얼굴로 걸음을 옮기며 말했다.

"그런데, 리즈."

그는 갑자기 리즈 앞에 멈춰 서서 말을 이었다.

"내가 아까 한 가지 실수를 한 것 같아요. 그러나 오히려 그 실수 때문에 일이 더 잘됐어요."

"어떤 실수요? 그리고 그것 때문에 뭐가 잘된 거예요?"

"다름이 아니라 그는 아주 겁이 많고 마음이 약한 사람이에요. 온갖 고초를 다 겪었지만 마음만은 선량한 사람이지요. 나는 지금 그 사람이 무엇 때문에 갑자기 화를 내며 그 돈을 짓밟았는지 그 이유를 생각해보았습니다. 아마 그 사람은 마지막 순간까지 그 돈을 짓밟을 생각을 하지 않았을 겁니다. 곰곰이 생각해보니 그때 그 사람은 여러 가지 점에서 화가 난 것 같습니다. 하긴 그 사람 입장에서는 그럴 수밖에 없었지요. 우선 내 앞에서 돈을 보고 그토록 기뻐서 어쩔 줄 몰라 하며, 그걸 나한테 숨기지 않은 자신에 대해 스스로 화가 났던 거예요. 만일 그때 속으로는 기뻤을지라도 그렇게까지 노골적으로 드러내지 않고 다른 사람들처럼 시무룩하게 돈을 받았더라면 그래도 마지못해 받는 척하며 그 돈을 집어넣었으리라고 생각합니다. 그런데 그 사람은 너무나도 솔직하게 기쁨을 드러내 보였기 때문에 자기 자신에게 화가 난 겁니다. 아아, 리즈, 그는 정말 순수하고 착한 사람이에요. 그리고 이런 경우에는 바로 그것이 불행의 원인이 된 거죠!

그 사람은 말을 하는 동안 계속 힘없는 가느다란 음성으로 소곤대면서도 말을 굉장히 빠르게 하더군요. 그리고 쉴 새 없이 키득거리는가 하면 또 훌쩍훌쩍 울기도 하고……. 정말입니다. 그만큼 기뻤던 겁니다. 자기 딸들 얘기도 하더군요……. 다른 지방으로 옮겨가면 취직할 수 있다는 이야기도 했어요. 그렇게 자기 속을 다 보여준 것이 부끄러워진 겁니다. 그래서 결국 나라는 인간이 미워진 거예요. 그는 정말 부끄럼을 잘 타는 가난뱅이 중의 한 사람이었습니다. 그러나 그분이 화를 낸 가장 큰 이유는 나를 지나치게 빨리 친구로 생각하여 너무 빠르게 나한테 항복해버린 데 스스로 굴욕감을 느꼈기 때문입니다. 처음에는 내게 덤벼들며 위협까지 하다가 돈을 보자마자 나를 껴안으려 했거든요. 정말 나를 껴안으려고 몇 번이나 두 손을 내 몸에 가져다댔으니까요. 그래서 그 사람은 자기의 굴욕을 뼈저리게 느낀 겁니다. 그런데 바로 이때 내가 중대한 실수를 하고 말았어요. 다름 아니라 내가 갑자기 이런 소리를 했거든요. 다른 고장으로 이사를 가는데 여비가 부족하면 돈을 더 줄 수도 있고, 나도 가진 돈을 얼마든지 빌려드릴 수 있다고요. 이 말이 그에게 충격을 준 모양이에요. '무엇 때문에 너까지 나에게 은혜를 베풀겠다는 거냐?' 하는 생각이 들었겠지요.

　이봐요. 리즈. 학대받고 모욕받으며 살아온 사람들은 다른 사람들이 무슨 커다란 은인이나 되는 것 같은 눈으로 자기를 바라보면 참을 수 없는 고통을 느낀다더군요…… 장로님께서 이런 말씀을 하신 걸 들은 적이 있습니다. 어떻게 설명하면 좋을지 모르겠지만 나 자신도 그런 경우를 여러 번 목격했습니다. 또 이렇게 말하는 나 자신도 그런 느낌을 받은 적이 있구요. 그러나 무엇보다 중요한 점은 그 사람이 마지막까지 돈을 짓밟으리라고는 생각지 못했다 할지라도 어쩐지 그런 걸 예감하고 있었을 거라는 거죠. 그랬기에 그토록 기뻐하며 좋아했던 거겠죠. 결국 이렇게 좋지 않게 끝났습니다만, 어쨌든 일은 잘된 겁니다. 오히려 일이 잘된 거라고 생각합니다. 더 이상 바랄 나위 없이 잘된 거라구요."

　"그게 무슨 뜻이죠?"

　리즈는 놀란 눈으로 알료샤를 쳐다보면서 이렇게 소리쳤다.

　"그건 말이죠. 리즈, 만약에 그 사람이 돈을 짓밟지 않고 그냥 받았다면 집에 돌아가 1시간도 못 돼 자신의 굴욕을 통감하고 울음을 터뜨리고 말았을 겁니다. 실컷 울고 나서, 내일 아침, 날이 새기가 무섭게 나한테 달려와서 아까 한 것처럼 그 돈을 내동댕이치고 무섭게 짓밟아버릴지도 모릅니다. 그러나 오늘은 비록 '자살행위'나 다름없는 짓을 했다는 걸 알면서도 어쨌든 떳떳한 자부심을 가지고 돌아갔을 겁니다. 그러니까 내일이라도 이 200루블을 가지고 가서 억지로라도 손에 쥐어주는 것쯤은 쉬운 일이지요. 그 사람은 자기가 비겁하지 않다는 것을 충분히 증명한 셈이니까요. 그는 돈을 짓밟을 때, 내가 내일 다시 그 돈을 가져오리라는 것을 꿈에도 짐작하지 못했을 겁니다. 그렇지만 그 돈이야말로 그 사람에게 절대적으로 필요한 것입니다. 물론 지금은 의기양양하겠지만, 그래도 자기가 큰 도움의 기회를 놓쳐버렸다고 오늘 중으로 후회할 겁니다. 밤이 되면 더욱더 돈 생각이 간절해져서 꿈까지 꾸겠지요. 아마도 내일 아침엔 나한테 달려와서 용서라도 빌고 싶을 겁니다. 바로 그때 내가 그를 찾아가서 '당신은 참으로 자부심이 강한 분이라는 걸 충분히 보여주셨으니, 제발 이 돈을 받아주십시오'라고 말하는 거예요. 그러면 그 사람도 돈을 받지 않을 수 없겠지요."

알료샤는 기쁨에 도취된 어조로 "그러면 그 사람도 돈을 거절할 수 없겠지요!"라는 말을 했다. 리즈는 저도 모르게 손뼉을 쳤다.

"아, 정말 그렇군요. 이제 알겠어요. 알료샤, 당신은 어떻게 그런 것까지 다 알고 계세요? 나이도 젊은데 다른 사람의 마음을 꿰뚫어보시네요……. 저는 어림도 없는 일이에요."

"이제부터 가장 중요한 것은 비록 그 사람이 우리한테 돈을 받는다 해도 우리들과 대등한 위치에 있다는 자부심을 갖도록 하는 일입니다."

여전히 기쁨에 도취된 알료샤가 말했다.

"아니, 대등하다기보다 한 단계 더 높은 위치에 있다는……."

"'한 단계 더 높은 위치'라는 말이 멋지군요. 알렉세이, 어서 말을 계속하세요!"

"내 표현이 서툴렀나 보군요. '한 단계 더 높은 위치'라는 건, 그렇지만 그런 건 문제가 아니지요. 왜냐하면……."

"그럼요, 물론이에요. 알료샤, 용서해주세요. 제발. 저 알료샤, 난 지금까지 당신을 별로 존경하지 않았어요. 아니, 존경하기는 했지만 어디까지나 대등한 위치에서였어요. 하지만 앞으로는 한층 더 높이 존경하겠어요. 제발 화내진 마세요. 내 말이 좀 '지나쳤다'고 해서."

그녀는 감정에 북받쳐 말을 이었다.

"나는 이렇게 우스꽝스런 어린 소녀에 지나지 않지만, 당신은…… 당신은…… 그렇지만요, 알렉세이, 당신은……, 당신은……. 역시 우리라고 말하는 편이 낫겠군요. 우리들의 이런 판단 속에 그 사람을, 그 불행한 사람을 모욕하는 부분은 없을까요? 마치 높은 곳에서 내려다보듯이 그 사람의 마음속을 여러모로 해부해보았으니 말이에요. 우리는 그 사람이 틀림없이 돈을 받을 거라고 단정해버리지 않았느냐 말이에요."

"아닙니다. 리즈. 그런 모욕 같은 것은 전혀 없었어요."

마치 그런 질문을 예상하기라도 한듯 알료샤가 딱 잘라 말했다.

"이리로 오는 동안 나는 이미 그걸 생각해보았어요. 우리나 그 사람이나 모두가 다 그 사람과 똑같은 인간인데 어떻게 멸시할 수 있겠습니까. 우리도 그 사람보다 결코 나을 게 없어요. 설사 나은 점이 있다고 하더라도 그 사람의 입장에 처하게 되면 결국 그와 똑같아지고 맙니다……. 리즈, 당신은 어딘지 모르지만 나 자신은 여러 모로 보아 천박한 마음의 소유자라고 생각합니다. 그런데 그 사람은 천박하기는커녕 아주 섬세한 영혼을 지닌 사람입니다. 그러니까 그 사람에 대한 모욕이란 조금도 있을 수 없는 겁니다! 어느 날 장로님이 이런 말씀을 하셨습니다. '인간이란 어린애 돌보듯 늘 보살펴야 한다. 어떤 사람은 병원에 입원해 있는 환자처럼 간호하며 돌볼 필요가 있다'고 말입니다."

"아아, 알렉세이 표도로비치. 정말 그래요. 우리 환자들을 돌보듯이 인간을 대해요."

"그럽시다. 리즈. 나도 그럴 생각입니다. 아직 마음의 준비가 완전히 되어 있지는 못하지만, 나는 때로는 무척 참을성이 없고 또 때로는 사리를 판단하지 못할 때도 있어요. 그러나 당신은 그렇지가 않습니다."

"어머나, 알렉세이. 나는 얼마나 행복한지 모르겠어요."

"리즈, 당신이 그렇게 말하니 나도 기쁩니다."

"알렉세이 표도로비치, 당신은 정말 좋은 분이에요. 어떤 때는 학자 냄새가 나는 것도 같지만, 그러나 잘 보고 있으면 그렇지도 않아요. 저 문 쪽으로 가서 밖을 좀 보고 오세요. 문을 살짝 열고 어머니가 엿듣고 있지 않나 보고 오세요."

갑자기 리즈는 신경질적인 성급한 어조로 소곤거렸다. 알료샤는 가서 문을 열어보고 아무도 엿듣지 않는다고 말했다.

"그럼 이리 오세요. 알렉세이."

리즈는 얼굴을 점점 더 붉히면서 말을 이었다.

"손을 주세요. 네, 그렇게. 당신에게 중대한 사실을 고백하겠어요. 어제 드린 편지, 실은 농담이 아니라 진심으로 써 보낸 거예요."

리즈는 한 손으로 눈을 가렸다. 그렇게 고백하기가 무척 부끄러운 모양이었다. 별안간 그녀는 알료샤의 손을 잡더니 열렬히 세 번 입을 맞췄다.

"아아, 리즈, 그건 참 반가운 일입니다!"

알료샤가 기쁜 듯이 외쳤다.

"나도 당신이 그걸 진심으로 썼다는 걸 확신하고 있었어요."

"어머나, 확신하고 있었다구요!"

리즈는 갑자기 그의 손에서 입을 떼었으나, 여전히 손을 잡은 채 얼굴을 빨갛게 물들이면서 행복에 겨운 듯 생글생글 웃었다.

"기껏 내가 손에 입을 맞추니까 겨우 한다는 말이 '참 반가운 일'이라구요?"

그러나 그녀의 투정은 공평하지 않았다. 알료샤는 완전히 당황하고 있었던 것이다.

"나는 항상 당신 마음에 들고 싶지만, 어떻게 하면 좋을지를 모르겠어요."

알료샤는 얼굴을 붉히며 이렇게 중얼거렸다.

"알료샤, 당신은 정말 냉정하고도 무례한 분이세요. 제멋대로 나를 신부감으로 정해놓고 마음을 턱 놓고 있으니 말이에요! 당신은 내가 그 편지를 진심으로 썼다고 확신하고 있었다니, 그런 법이 어디 있어요. 그러니 대담하다고 할 수밖에 없잖아요."

"그렇지만 내가 그걸 확신했다는 게 그렇게 나쁜 일입니까?"

알료샤는 갑자기 웃었다.

"아니에요. 그 반대예요. 나쁘기는커녕 정말 잘하셨어요."

리즈는 행복에 겨운 듯한 상냥한 눈으로 그를 바라보았다. 알료샤는 여전히 그녀에게 손을 내맡긴 채 그 자리에 서 있었다. 그러다가 갑자기 몸을 굽혀 그녀의 입술에 키스했다.

"어머나, 지금 이게 무슨 짓이에요?" 하고 리즈가 외쳤다. 알료샤는 몹시 당황했다.

"혹시 내가 잘못했다면 용서하세요……. 내가 무척 어리석은 짓을 했나 봅니다. 당신이 나더러 냉정하다고 하는 바람에 그만 키스를 해버린 겁니다. 어쨌든 좀 쑥스러운 결과가 되었군요."

리즈는 웃음을 터뜨리며 두 손으로 얼굴을 감쌌다.

"수도사의 옷을 입고서!" 하는 소리가 웃음소리 사이로 튀어나왔다. 그러나 그녀는 갑자기 웃음을 멈추더니 진지하고도 준엄한 표정을 지었다.

"알료샤, 우리 키스는 좀 더 기다리기로 해요. 아직 그런 나이가 아니잖아요? 우리는 아직 한참 더 기다려야 해요."

리즈가 갑자기 이렇게 결론을 내렸다.

"그보다 한 가지 물어보고 싶은 게 있어요. 당신처럼 현명하고 생각이 깊고 재치 있는 분이 어째서 나처럼 병에 걸린 어리석은 바보를 신부감으로 택하셨나요? 아아, 알료샤, 나는 정말 행복해요. 나는 그럴 만한 가치가 없는 여자예요."

"아니, 충분합니다. 리즈. 나는 며칠 내로 수도원에서 아주 나올 겁니다. 속세로 나오면 결혼을 해야 해요. 그건 나도 잘 알고 있습니다. 장로님께서도 그렇게 말씀하셨구요. 그런데 나는 당신보다 더 나은 여자를 구할 수도 없을 거고……. 또 당신 말고는 나를 상대로 택할 여자도 없습니다! 나는 이 문제를 곰곰이 생각해봤습니다. 첫째로 당신은 나를 어릴 때부터 잘 알고 있습니다. 둘째, 당신은 내게 전혀 없는 여러 가지 장점을 가지고 있어요. 당신은 나보다 훨씬 명랑하고 또 무엇보다도 훨씬 순결합니다. 나는 이미 너무나 많은 일을 경험해버렸습니다. 아아, 당신은 잘 모르겠지만 나 역시 카라마조프의 핏줄을 이어받았으니까요. 당신이 나를 비웃거나 놀리는 것은 아무것도 아니에요. 아니, 얼마든지 비웃어주세요. 나는 그쪽이 더 기쁩니다. 당신은 어린애처럼 웃고 있지만, 속으로는 순교자와 같은 생각을 하고 있으니까요."

"순교자라뇨? 그건 무슨 말이에요?"

"그렇습니다. 리즈, 당신은 좀 전에도 이렇게 물으셨죠. 우리가 그 불행한 사람의 마음을 이리저리 해부하는 것은 그 사람을 모욕하는 것이 아니냐고요. 그것이 바로 순교자다운 질문이에요. 뭐라고 표현하면 좋을지 모르지만, 그런 질문을 할 수 있는 사람은 스스로 고난을 견딜 수 있는 사람입니다. 당신은 그렇게 바퀴 달린 의자에 앉아 있으면서도 많은 일을 생각하고 있음이 분명합니다."

"알료샤, 손을 이리 주세요. 왜 움츠리세요?"

너무나도 행복에 겨워 힘이 빠져나간 듯한 가냘픈 목소리로 리즈는 말했다.

"그건 그렇고 알료샤, 수도원을 나오시면 어떤 옷을 입으시겠어요? 웃지 마세요. 화를 내지도 마세요. 이건 나한테 아주 중요한 문제거든요."

"옷에 대해선 아직 생각해보지 않았지만, 당신만 좋다면 무엇이든지 따르겠습니다."

"나는 당신이 짙은 남색 빌로드 윗도리에 흰 조끼, 부드러운 회색 펠트 중절모자를 쓰면 좋겠어요. 그건 그렇고 아까 내가 어제의 편지는 진심이 아니라 모두 거짓말이라고 했을 때, 당신은 정말 그렇다고 생각하셨나요?"

"아니, 그렇게 생각하지 않았어요."

"아이 참, 당신은 어떻게 해볼 수가 없군요. 미운 사람!"

"실은 당신이 나를 사랑하고 있다는 걸 알고 있었지만 당신이 나를 사랑하지 않는다는 말을 그대로 믿는 척했던 거죠. 그러는 편이 당신에게도 좋을 것 같아서요."

"그건 더 나빠요! 아주 나쁘기도 하지만 너무 좋기도 해요. 알료샤, 나는 당신이 너무너무 좋답니다. 아까 당신이 오셨을 때, 나는 점을 쳐보았어요. 내가 어제 보낸 편지를 돌려달라고 했을 때, 당신이 태연스레 그걸 꺼내주시면(당신이라면 충분히 그럴 수 있잖아요), 당신은 나를 조금도 사랑하고 있지 않을 뿐만 아니라 아무것도 느끼지 못하는 바보 같고 한심한 소년에 지나지 않으니까 나의 인생은 끝나는 거라고 말이에요. 그런데 당신이 그 편지를 암자에 두고 왔다고 해서 얼마나 기뻤는지 몰라요. 당신은 내가 편지를 돌려달라고 할 줄 알고 일부러 암자에 두고 온 거죠? 그렇죠? 내 말이 맞나요?"

"천만에요. 리즈. 그 편지는 아직도 여기 가지고 있습니다. 아까도 여기 이 호주머니 속에 들어 있었죠. 자, 보세요."

알료샤는 웃으면서 편지를 꺼낸 뒤 멀찌감치 떨어져서 그녀에게 보여주었다.

"하지만 당신에게 돌려주진 않을 테니 거기서 구경만 하세요."

"어머나, 거짓말을 하시다니요. 수사님이 거짓말을 하다니……."

"거짓말을 했는지도 모르지요."

알료샤는 웃었다.

"당신에게 편지를 내어주기 싫었던 거죠. 이건 나한테 아주 소중한 거니까요."

갑자기 알료샤는 열정적인 목소리로 이렇게 덧붙이고는 또다시 얼굴을 붉혔다.

"이건 앞으로도 영원히 아무에게도 내줄 수 없어요!"

리즈는 감격과 환희에 찬 표정으로 그를 바라보았다.

"알료샤. 문밖에서 어머니가 엿듣고 있지 않나 보고 오세요."

그녀는 다시 속삭이듯 말했다.

"그러지요. 리즈. 그렇지만 안 그러는 편이 좋지 않을까요? 설마 어머님이 그런 점잖지 않은 행동을 하시겠어요?"

"뭐가 점잖지 못한 행동인가요? 어머니가 딸을 염려하여 엿듣는 건 점잖지 못한 행동이 아니라 당연한 권리예요."

리즈가 발끈해서 말했다.

"미리 말해두지만요. 알렉세이. 내가 어머니가 되어 나 같은 딸을 두게 되면, 나도 반드시 딸을 위해 몰래 엿들을 거예요."

"정말인가요. 리즈? 그건 좋지 않은데."

"아니, 뭐가 좋지 않다는 거죠? 세속적인 세상 얘기라도 엿듣는다면 몰라도, 만약 자기 딸이 젊은 남자와 단둘이 문을 닫은 채 방에 있는 경우라면 다르잖아요. 잘 들어보세요. 알료샤, 나는 결혼하면 그때부터 당장 당신을 감시할 테니까요. 그리고 당신한테 오는 편지도 모두 읽어볼 거예요. 이 점은 미리 알아두세요."

"그야 물론이죠, 당신이 그렇게 하고 싶으시다면……."

알료샤가 중얼거렸다.

"하지만 그건 좋은 일이 아니에요."

"아, 그렇게 사람을 모욕하시긴가요! 알료샤, 우리 처음부터 싸우는 건 그만해요. 그보다 솔직하게 말씀드리는 게 좋겠군요. 그야 물론 엿듣거나 몰래 감시하는 건 좋지 않은 일이죠. 나도 내가 옳지 않고 당신이 옳다는 것도 잘 알지만, 그래도 역시 나는 엿들을 것만 같아요."

"그럼 마음대로 해봐요. 그렇지만 나는 그런 짓을 절대로 안 할 겁니다."

알료샤는 웃었다.

"알료샤, 당신은 내 말에 복종하시겠어요, 안 하시겠어요? 이것도 미리 다짐을 받아둬야 하니까요."

"기꺼이 복종하겠습니다, 리즈. 맹세해요. 그렇지만 중요한 문제에 대해서만은 다릅니다. 근본적인 문제에 대해서 우리의 의견이 상반되더라도 나는 나의 의무가 명령하는 대로 행동할 테니까요."

"물론 그렇겠죠. 그렇지만 알료샤, 나는 오히려 반대로 그런 근본적인 문제의 경우뿐만 아니라 대부분의 문제에서도 당신에게 양보할 생각이에요. 지금 여기서 맹세할게요. 무슨 일에서나 당신을 한평생 따를 거예요."

리즈가 열정적으로 외쳤다.

"그리고 나는 그걸 다시없는 행복으로 생각하겠어요. 뿐만 아니라 절대로 당신 하는 일을 엿듣거나 하지 않겠어요. 어떤 일이 있어도 그러지 않겠다고 맹세해요. 편지도 절대 읽지 않겠어요. 당신이 옳고 나는 그렇지 못하니까요. 사실 당신이 하는 일을 감시하고 싶어 못 견딜 거예요. 나는 그걸 잘 알아요. 당신이 좋지 않은 일이라고 생각하니까요. 이제 당신은 나를 이끌어주는 하느님 같은 존재예요……. 그건 그렇고, 알렉세이 표도로비치, 어째서 당신은 이 며칠 동안, 어제도 오늘도 그렇게 우울한 얼굴을 하고 계신가요? 당신에게 여러 가지 걱정거리와 불행한 일이 있다는 건 알지만, 그것 말고도 무슨 특별한 슬픔이 있는 것 같아요. 혹시 남에게 말할 수 없는 무슨 걱정거리라도 있으신가요?"

"그래요. 리즈. 남에게 말할 수 없는 슬픔도 있어요."

알료샤는 침울한 목소리로 말했다.

"그런 걸 다 알아맞히는 걸 보니 정말 나를 사랑하는군요."

"대체 무슨 슬픔이기에? 무슨 일이에요? 말해줄 수는 없나요?"

리즈는 조심스럽게 애원하는 듯한 어조로 말했다.

"나중에 말하기로 하죠. 리즈……. 나중에……."

알료샤는 당황한 목소리로 대답했다.

"지금 말한다 해도 아마 이해하지 못할 거예요. 그리고 나 자신도 제대로 말할 수 없을 것 같고요."

"나도 알아요. 아버님과 형님들 때문인 거죠?"

"네, 형님들까지도……."

알료샤는 깊은 생각에 잠긴 듯 말했다.

"난 어쩐지 당신의 형님 이반 표도로비치가 마음에 안 들어요."

리즈가 갑자기 이렇게 말했다.

알료샤는 조금 놀랐으나 거기에 대해서는 아무런 대답도 하지 않았다.

"우리 형님들은 스스로 파멸의 길로 가고 있답니다."

그는 말을 이었다.

"아버지도 마찬가지예요. 그리고 다른 이들까지도 파멸시키고 있어요. 일전에 파이시 신부님께서 말씀하신 것처럼 거기에는 '카라마조프의 원시적 힘'이 작용하고 있는 거예요. 마치 대지(大地)와 같은 흉포하며 노골적인 힘이지요……. 이러한 힘 위에도 과연 하느님의 의지가 작용하고 있는지 어떤지, 나는 알 수가 없어요. 과연 내가 수도사일까요? 수도사? 리즈, 내가 과연 수도사라고 할

151

수 있나요? 당신은 방금 나보고 수도사라고 했지요."

"네, 그랬어요."

"그렇지만 어쩌면 나는 하느님을 믿지 않는지도 몰라요."

"당신이 믿지 않는다구요! 무슨 말씀이세요!"

리즈는 낮은 소리로 조심스럽게 물었다. 그러나 알료샤는 대답하지 않았다. 너무나도 뜻밖이라 알료샤의 이 말 속에는 무언가 신비스럽고, 너무나도 주관적인 무엇이 숨어 있었다. 그것은 어쩌면 알료샤 자신도 분명히 알 수 없는 것이긴 하지만, 이미 오래전부터 그를 괴롭혀왔다는 데는 의심의 여지가 없었다.

"그런데다 지금 나의 벗이며 또 이 세상에서 가장 훌륭하신 분이 이 세상을 떠나려고 하고 있습니다. 아아, 내가 그분하고 얼마나 정신적으로 가깝게 연결되어 있는지, 리즈, 당신이 알아준다면! 나는 혼자 외롭게 남게 됩니다⋯⋯. 리즈, 나는, 당신에게 오겠어요⋯⋯. 앞으로 우린 언제나 함께 있어요."

"네, 함께 있어요. 언제나 함께! 앞으로 한평생을 둘이 함께 살아요. 자, 알료샤, 나한테 키스해주세요. 허락할게요."

알료샤는 그녀에게 키스했다.

"그럼 이제 그만 가보세요, 안녕!"

리즈는 그에게 성호를 그어주었다.

"그분이 돌아가시기 전에 서둘러 가보세요. 내가 당신을 너무 오래 붙잡아둔 것 같군요. 오늘 나는 그분과 당신을 위해 기도하겠어요! 알료샤, 우리는 행복할 거예요. 행복하고말고요. 그렇죠?"

"그렇게 될 겁니다. 리즈."

리즈의 방을 나선 알료샤는 호흘라코바 부인한테는 들르지 않는 편이 낫겠다고 생각하고 작별 인사도 없이 그대로 밖으로 나가려 했다. 그러나 문을 열고 계단으로 나서자 어디서 나타났는지 바로 호흘라코바 부인이 그의 앞을 막고 서 있었다. 부인의 첫마디를 듣고 알료샤는 그녀가 일부러 거기서 기다리고 있다는 것을 짐작했다.

"알렉세이 씨, 이건 정말 큰일이에요. 그건 철부지 아이들의 어리석은 잠꼬대에 불과해요. 설마 그따위 터무니없는 공상을 믿지 않으시겠죠……. 어리석어요. 정말 어리석기 짝이 없어요!"

부인은 그에게 대들었다.

"그렇지만 리즈에게만은 그런 말을 하지 마세요. 그런 말을 했다간 리즈는 다시 흥분할 거예요. 지금 리즈에겐 그게 가장 몸에 해로우니까요."

"분별 있는 젊은 분의 말씀으로 들어두겠어요. 그러니까 방금 그 애의 말에 동의한 것은 그 애의 건강을 염려하여 공연히 그 애의 신경을 건드리지 않으려고 배려한 거라고, 그렇게 봐도 되겠죠?"

"아닙니다. 결코 아니에요. 나는 어디까지나 진지한 마음으로 리즈와 이야기한 겁니다."

알료샤가 딱 잘라 말했다.

"진지하게 그랬다니요. 그건 있을 수 없는 일이에요. 생각할 수도 없어요. 앞으로 절대로 당신을 우리 집에 들이지 않을 것이고,

나는 그 애를 데리고 이곳을 떠날 테니 그렇게 아세요."

"아니, 그렇게까지 하실 필요는 없습니다. 이건 아직 먼 미래의 일이에요. 아직도 1년 반은 더 기다려야 하는데요."

"물론이죠. 알렉세이 씨. 그건 맞는 말이에요. 하지만 그 1년 사이에 당신은 그 애와 몇천 번은 싸우고 헤어지고 할 거예요. 그렇지만 나는 불행해요. 불행한 여자라구요. 물론 그것이 허황된 일이라는 걸 알지만 너무나 충격적이에요. 나는 지금 그리보예도프의《지혜의 슬픔》마지막 장면에 나오는 소피야의 아버지 파무소프 같아요. 그리고 당신은 차츠키, 그 애는 소피야라고 하면 되겠군요. 그뿐인가요. 나는 당신을 만나려고 일부러 이 계단 위로 달려왔는데, 그 연극에서도 대부분 큰 사건은 계단에서 일어나거든요. 당신과 그 애의 이야기를 전부 들었어요. 정말이지 기가 막혀 쓰러질 것만 같았어요. 그러고 보니 어젯밤의 그 무서운 고열도, 아까 그 애의 히스테리도 이제 까닭을 알겠네요. 딸의 사랑이 바로 어머니에게는 죽음이라는 말은 바로 이걸 두고 하는 말이군요. 차라리 관속에 들어가 눕고 싶은 심정이에요. 그리고 또 가장 중요한 것은 그 애가 편지를 써 보냈다는 거예요. 도대체 어떤 편지인가요? 지금 당장 여기서 보여주세요. 지금 당장요."

"아니, 그럴 수는 없습니다. 그보다 카체리나 이바노브나의 몸 상태는 어떤가요? 그걸 알려주세요."

"여전히 헛소리를 하며 누워만 있어요. 아직도 정신을 차리지 못하고 있지요. 이모님들은 여기 와 계시지만 그저 한숨만 내쉬며 나한테 공연한 거드름만 피우고 있어요. 게르첸슈투베 선생도 오셨지만 놀라서 어쩔 줄 모르니, 나로서는 그 사람을 어떻게 도와야 할지 모르겠어요. 그래서 다른 의사를 또 한 사람 부를까 하는 생각까지 했어요. 그래서 결국 그 사람을 우리 집 마차로 되돌려 보내고 말았지요. 그런데 느닷없이 편지 사건이 튀어나오니 어쩌면 좋아요. 물론 아직도 1년 반 후의 일이긴 하지만, 모든 위대하고 성스러운 이름과 지금 세상을 떠나시려는 조시마 장로님의 이름 앞에서 맹세할 테니, 제발 그 편지를 내게 보여주세요. 알렉세이 표도로비치, 나는 그 애의 어머니예요! 원하신다면 당신 손에 들고 제게 보여만 주세요. 그저 한번 읽어보기만 할 테니."

"아니, 보여드리지 않겠습니다. 리즈가 설사 허락한다 해도 나는 보여드릴 수 없습니다. 내일 다시 올 테니, 원하신다면 그때 다시 논의하기로 하지요. 오늘은 이만 실례하겠습니다."

알료샤는 이렇게 말한 뒤 계단에서 거리로 달려 나갔다.

2. 기타를 든 스메르자코프

　사실 알료샤에게는 시간이 없었다. 리즈와 작별 인사를 할 때부터 이미 그의 머릿속에는 한 가지 생각밖에 없었다. 그것은 다름아니라 분명 자기를 피하려고만 하는 큰형 드미트리를 지금 곧 찾아내야 한다는 생각이었다. 이제는 시간도 늦어서 오후 2시가 지나고 있었다. 알료샤의 마음은 지금 수도원에서 숨을 거두려는 그의 위대하신 장로 옆으로 달려가고 있었지만, 드미트리 형을 꼭 만나야 한다는 생각이 그를 압도해버렸던 것이다. 무언가 피할 길 없는 무서운 파국이 곧 닥쳐올 거라는 확신이 시시각각 그의 머릿속에서 커가고 있었다. 그리고 도대체 그 파국이 어떤 것이며 또 지금 이 순간 형을 만나 무슨 얘기를 하려는 건지 그것은 알료샤 자신도 명백히 설명할 수 없었을 것이다. 비록 내가 없는 사이에 은

인이 세상을 떠나신다 하더라도, 적어도 내 힘으로 구할 수 있는 것을 구하지 않고 그냥 지나쳐 돌아와버렸다는 자책감만큼은 한평생 느끼지 않아야 한다는 생각이었다. 또 그렇게 하는 것이 그분의 위대한 가르침을 실천하는 것과 다를 바 없는 것이다. 그의 계획은 불시에 드미트리 형을 찾아서 그를 붙잡는 것이었다. 즉, 어제처럼 울타리를 뛰어넘어 그 정자에 미리 잠복할 계획이었다. '만약에 형이 거기 없으면 집주인 노파한테도 아무 말 않고 거기 숨어서 기다리기로 하자. 만약 형이 여전히 그루셴카가 오는 것을 감시하고 있다면, 반드시 그 정자에 올 것이 아닌가.' 그러나 알료샤는 이 모든 계획을 자세히 생각해보지도 않고 오늘 중으로 수도원에 돌아가지 못하더라도 이 계획만은 실행에 옮기기로 결심한 것이다.

모든 일이 제대로 잘되어서 그는 어제와 거의 같은 장소에서 울타리를 넘어 살그머니 정자까지 갔다. 그는 누구의 눈에도 띄지 않기를 바랐다. 주인 노파건 포마건 만일 거기서 형을 만나면 형의 편을 들면서 형의 명령대로 행동할지도 모르기 때문이었다. 그렇다면 알료샤를 정원에 들여보내지 않을 수도 있고, 아니면 알료샤가 형을 찾고 있다는 걸 재빠르게 형에게 알려줄지도 모른다. 정자에는 아무도 없었다. 알료샤는 어제 앉았던 자리에서 기다리기로 했다. 그는 다시 정자를 둘러보았다. 어째선지 어제보다 더 낡고 초라해 보였다. 그러나 어제와 다름없이 화창한 날씨였다. 초록색 탁자 위에는 어제 코냑 잔이 엎어졌는지 둥근 반점이 새겨져 있었다.

지루하게 사람을 기다릴 때면 으레 그렇듯이 아무 쓸모없고 부질없는 상념이 그의 머릿속에 떠올랐다. 예컨대 '왜 자기는 이 정자에 와서 다른 자리에 앉지 않고 하필이면 어제와 똑같은 자리에 앉았을까?' 하는 따위였다. 마침내 그는 몹시 불안해지면서 슬픈 기분에 빠져버렸다. 그러나 정자에 자리 잡은 지 15분이 되기도 전에 갑자기 어딘가 가까운 곳에서 기타를 치는 소리가 들려왔다. 그전부터 거기 앉아 있었는지, 아니면 방금 그곳에 와서 앉았는지, 아무튼 정자에서 스무 발짝도 안 되는 수풀 속에 누군가 있는 것이 분명했다. 알료샤는 문득 기억나는 것이 있었다. 어제 드미트리 형과 헤어져 이 정자를 나갈 때, 왼쪽 울타리 옆 수풀 속에 작은 초록색 벤치가 눈에 띄었다. 지금도 누군가 그 벤치에 앉아 있는 게 분명했다. 대체 누구일까? 갑자기 일부러 꾸민 것처럼 달콤한 남자의 목소리가 기타 반주에 맞춰 들려오기 시작했다.

억누를 수 없는 힘으로
나는 그 님을 사랑하노라,
신이여, 불쌍히 여기소서,
그녀와 나를!
그녀와 나를!
그녀와 나를!

문득 노랫소리가 멎었다. 테너의 목소리나 노래의 가락 모두가 저속한 것이었다. 그런데 이번에는 교태를 부리는 듯한 여자의 목소리가 수줍으면서도 달콤하게 들렸다.

"파벨 씨, 왜 그토록 오랫동안 우리 집에 오시지 않으셨나요? 저희들을 경멸하시는 건가요?"

"천만에요."

남자는 공손하게, 그러면서도 위엄을 지키려는 목소리로 대답했다. 짐작컨대 남자가 거드름을 피우고 여자가 남자의 비위를 맞추고 있는 모양이었다.

'남자는 스메르자코프 같은걸. 목소리만 들어도 알 수 있어. 그리고 여자는 이 집 딸일 거야. 모스크바에서 돌아왔다는, 그 긴 옷자락을 끌고 다니며 마르파에게 수프를 얻으러 다니는 그 딸일 거야.'

알료샤는 생각했다.

"나는 시라면 어떤 거든 다 좋아해요. 제대로 지은 것이라면."

여자의 목소리가 계속 이어졌다.

"왜 그다음을 부르지 않으세요?"

남자가 다시 노래를 부르기 시작했다.

황제의 왕관과도 같은

나의 사랑하는 그대

주여, 불쌍히 여기소서

그녀와 나를!

그녀와 나를!

그녀와 나를!

"저번에 불러주신 시가 더 좋았어요. 지난번에는 '나의 어여쁜 그 님'이라고 하셨죠. 그렇게 부르시는 편이 훨씬 더 상냥하게 들려요. 오늘은 아마 그 구절을 잊으셔나 봐요."

여자가 말했다.

"시라는 건 헛소리에 불과한 겁니다."

스메르자코프가 무뚝뚝하게 말했다.

"어머, 무슨 말씀을 그렇게 하시나요? 나는 시를 좋아하는걸요."

"시는 그저 시에 지나지 않을 뿐, 사실은 아무것도 아니에요. 생각해보세요. 도대체 운(韻)을 맞춰 말을 하는 사람이 세상에 어디 있습니까. 만일 정부에서 그런 명령을 내려 모든 사람이 운율에 맞춰 말을 한다면, 우리는 하고 싶은 말도 제대로 할 수 없을 거예요. 시란 아주 쓸모없는 겁니다. 마리야 씨."

"어쩜, 그렇게 모든 면에서 훌륭하세요! 정말 당신은 모르는 게 없군요."

여자의 목소리는 점점 더 교태를 부리고 있었다.

"어릴 때부터 그런 운명을 타고나지 않았더라면 나는 좀 더 많은 걸 할 수 있었을 겁니다. 좀 더 많은 걸 알고 있었을 겁니다. 누군가 스메르자시차야의 배 속에서 태어난 애비 없는 자식이라고 헐뜯는 놈이 있으면 당장 결투를 신청해 총으로 쏴 죽이고 싶어요. 모스크바에서도 내 앞에서 그런 욕을 하는 놈이 있었는데 그건 그

리고리 때문에 거기까지 그런 소문이 퍼진 거지요. 그리고리 노인
은 내가 나의 출생을 저주한다고 비난하면서, '너는 그 여자의 자
궁을 찢은 거야'라고 말합니다. 내가 자궁을 찢었대도 상관없지만,
나는 그저 이 세상에 태어나지 않게 배 속에서 그냥 자살해버리지
못한 게 안타까울 뿐이에요. 시장에 나가면 사람들이 나를 보고 너
의 어머니는 머리를 새둥지처럼 하고 돌아다녔다느니, 키는 넉자
반 남짓했다느니, 하는 소리를 합니다. 당신의 어머니까지 맞대놓
고 그런 무례한 소리를 한다니까요. 그저 무엇 때문에 '작다'라고
하면 무방할 텐데, '남짓하다'는 말을 하는 이유는 대체 뭡니까. 표
현을 좀 애처롭게 해보려는 거겠지만, 그런 건 이른바 농부들의 눈
물, 농부들의 감정이라는 겁니다. 도대체 러시아 농부들이 교육받
은 사람들에 대해 어떤 감정을 가질 수 있겠습니까. 그런 무식한
인간들은 아무런 감정도 가질 수 없어요. 나는 어릴 적부터 그 '남
짓하다'는 말을 들을 때마다 벽에다 머리를 때리고 싶은 기분이
들었어요. 나는 러시아 전체를 증오합니다."

"그렇지만 당신이 육군 사관 후보생이라든가, 젊은 경기병이라
면 아마 그렇게 말씀하지 않을 거예요. 장검을 빼들고 러시아를 지
키려고 하겠지요."

"나는 말입니다. 마리야 씨. 경기병 따위가 되고 싶은 생각은 추
호도 없을뿐더러 도리어 군인이라는 것들을 모조리 없애고 싶은
심정입니다."

"그렇다면 적이 쳐들어오면 누가 우리를 지켜주나요?"

161

"지킬 필요가 없죠. 1812년에 프랑스 황제 나폴레옹 1세가 대군을 이끌고 러시아로 진격해왔을 때, 차라리 그때 프랑스 사람들한테 완전히 정복되었더라면 좋았을 겁니다. 우수한 국민이 우매한 국민을 정복해서 병합해버려야 하는 거예요. 그렇게 했더라면 지금쯤 완전히 달라졌을 겁니다."

"그럼, 그 사람들이 우리보다 훨씬 훌륭하다고 생각하세요? 나는 절대 우리 러시아 멋쟁이 한 사람과 영국 청년 세 사람을 바꾸자고 해도 절대로 바꾸지 않겠어요."

마리아가 몹시 지친 표정으로, 하지만 상냥하게 말했다.

"그야 사람마다 취향이 다르니까요."

"그렇지만 당신은 외국 사람 같아요. 좋은 집에서 태어난 고상한 외국 사람요. 부끄러움을 무릅쓰고 드리는 말씀이에요."

"원하신다면 말씀드리지요. 도덕적 타락이라는 점에서 러시아 사람이나 외국 사람이나 조금도 다를 바 없습니다. 모두가 똑같은 악당에 지나지 않아요. 다만 외국 놈들은 번쩍번쩍 빛나는 에나멜 구두를 신고 있는데 반해 러시아 악당들은 거지처럼 악취를 풍기면서도 그걸 아무렇지도 않게 생각한다는 점이 다를 뿐이지요. 어제 표도르 씨가 말했듯이 러시아 놈들은 그저 두들겨 패야 해요. 하긴 그 사람이나 그 아들이나 모두가 정상은 아니지만요."

"그래도 이반 씨를 무척 존경한다고 스스로 말하지 않았나요?"

"그렇지만 그 사람은 나를 더러운 머슴쯤으로 취급하고 있어요. 나를 무슨 모반이라도 일으킬 사람처럼 생각하는 모양인데 그건 그 사람의 착각입니다. 주머니에 얼마만큼의 돈만 있었어도 벌써 옛날에 이곳을 떴을 겁니다. 드미트리 씨로 말하면 그 행실로 보나, 지혜로 보나, 빈털터리라는 점으로 보나 여느 머슴보다 나을 것 없는 인간이고, 무엇 하나 제대로 할 줄 모르는 위인인데도 모든 사람들의 존경을 받고 있으니까요. 나 같은 건 한낱 시골 요리사에 지나지 않지만 혹시 운이 좋으면 모스크바의 페트로프카 거리에서 카페를 열 수도 있죠. 내 요리 실력은 특별하고, 모스크바에도 외국인을 빼놓고는 그만한 요리를 할 수 있는 사람은 없으니까요. 그런데 드미트리 씨는 가난뱅이 귀족이지만, 그가 어느 훌륭한 백작의 아들에게 결투를 신청하면 그 아들은 기꺼이 응해줄 겁니다. 하지만 그 사람의 어디가 나보다 낫습니까? 그건 나와는 비교도 할 수 없을 정도로 멍청하다는 거겠지요. 사실 아무 소용도 없는 일에 얼마나 많은 돈을 낭비했는지 모르니까요."

"결투라는 건 정말 멋있는 것 같아요."

갑자기 마리야가 말했다.

"그건 또 왜요?"

"무서우면서도 용감하니까요. 특히 두 사람의 젊은 장교들이 한 여자 때문에 서로 권총을 겨누고 있다는 것은 그야말로 한 폭의 그림 같은 거예요. 아아, 나 같은 여자에게도 구경을 시켜준다면 꼭 한번 보고 싶어요."

"자기가 겨냥할 때야 좋지만 반대편에서 이마빼기를 똑바로 겨냥할 때면 그야말로 후회하게 될 겁니다. 그때는 당장 그 자리에서

도망치고 싶어질걸요. 마리야 씨."

"그럼, 당신이라면 도망치시겠어요?"

그러나 스메르자코프는 그런 질문에는 대답할 가치가 없다는 듯이 잠시 침묵을 지켰다. 이윽고 다시 기타가 울려 퍼지고 아까처럼 일부러 꾸민 것 같은 목소리가 마지막 구절을 부르기 시작했다.

아무리 그대가 말리신다 해도
나는 이곳을 떠나리
환락의 수도에서
삶을 즐기리!
나의 슬픔이여, 안녕
슬픔도 근심도 잊고
영원히 슬퍼하지 않으리!

이때 뜻밖의 일이 생겼다. 알료샤가 갑자기 재채기를 한 것이다. 벤치에서 들려오던 소리가 뚝 끊어졌다. 알료샤는 자리에서 일어나 그쪽으로 걸어갔다. 과연 그것은 스메르자코프였다. 화려한 옷차림을 하고 다소 지저분한 머리에는 포마드를 바르고, 윤이 나는 에나멜 구두를 신고 있었다. 기타는 벤치 위에 놓여 있었다. 여자역시 짐작했던 것처럼 이 집 딸 마리야였다. 130cm 정도 되는 긴 꼬리가 달린 엷은 하늘색 원피스를 입고 있었다. 아직 나이가 어린데다 얼굴도 꽤 예쁘장한 편이었지만, 아깝게도 얼굴이 너무 통통

하고 주근깨투성이였다.

"드미트리 형님은 곧 돌아오실까?"

알료샤는 될 수 있는 한 침착하게 말했다. 스메르자코프는 천천히 벤치에서 일어났다. 마리야도 따라 일어났다.

"내가 드미트리 표도로비치에 대해 어떻게 알겠습니까? 내가 그분의 문지기라면 모르지만요."

스메르자코프는 또박또박 끊어지는 나직한 목소리로 상대방을 얕보듯이 말했다.

"혹시 알고 있는지 물어본 거야."

알료샤는 이렇게 변명했다.

"나는 그분이 어디 계신지 전혀 알지도 못하거니와 알고 싶지도 않습니다."

"그렇지만 형님의 말에 따르면 자네는 집 안에서 일어나는 일을 죄다 형님에게 알려주고, 또 그루센카가 오면 곧 알려주기로 약속했다던데?"

스메르자코프는 천천히 눈을 들어 태연하게 그를 쳐다보았다.

"그건 그렇고 어떻게 지금 이리로 들어오셨죠? 대문은 1시간 전에 빗장을 걸어놨는데요."

그는 알료샤의 얼굴을 가만히 응시하며 물었다.

"골목길에서 울타리를 넘어 곧장 정자 쪽으로 들어왔어."

알료샤는 마리야를 보며 다시 말했다.

"나를 용서하게. 형님을 한시 바삐 만나봐야 해서."

"아아뇨, 저한테 용서하고 말고가 어디 있어요!"

알료샤가 사과하는 바람에 기분이 좋아진 마리야가 말꼬리를 길게 끌며 말했다.

"드미트리 씨도 곧잘 울타리를 넘어서 정자 쪽으로 가시는걸요. 저희들이 모르는 사이에 벌써 정자에 가 계시곤 해요."

"나는 지금 열심히 형님을 찾고 있는 중인데, 어떻게든 형을 만나야 해. 형님이 어디에 계신지 말 좀 해주게. 실은 형님 자신을 위해서 매우 중대한 일이 있어."

"그분은 저희한테 아무 말씀도 없으셨어요."

마리야는 분명치 않은 어조로 말했다.

"나는 그저 이웃이어서 자주 놀러 오곤 합니다만, 그분은 언제나 주인 영감님에 대해 꼬치꼬치 캐물으시며 나를 괴롭히곤 합니다. 집에서 무슨 일이 있었느냐, 누가 왔다 갔느냐, 그것 말고 또 알려줄 만한 일은 없느냐, 하고 귀찮게 물으십니다. 두 번씩이나 죽여버리겠다고 협박까지 했다니까요."

스메르자코프가 다시 입을 열어 말했다.

"뭐, 죽여버리겠다고?"

알료샤가 깜짝 놀라 말했다.

"그분 성격으로 봐서 그만한 일쯤은 아무것도 아닙니다. 당신도 어제 직접 보시지 않았습니까? 만약 내가 그루센카를 집 안에 들여놓고 하룻밤을 지내게 하면 제일 먼저 나부터 살려두지 않을 겁니다. 나는 그분이 무서워서 견딜 수가 없어요. 더 이상 무서운 꼴을 당하지 않으려면 경찰에 신고할 수밖에 없을 것 같습니다. 정말 무슨 일을 저지를지 모르니까요."

"저번에도 이분을 보고 '맷돌에 갈아버리겠다'고 했다니까요."

마리야가 덧붙였다.

"그건 그냥 말뿐일 거야……. 지금 곧 형님을 만날 수만 있다면 그 얘기도 형님한테 할 수 있을 텐데……."

알료샤가 말했다.

"다른 건 몰라도 이건 말씀드릴 수가 있지요."

무슨 생각이라도 한 듯이 스메르쟈코프가 갑자기 입을 열었다.

"나는 그저 이웃 친구라는 이유로 여기 오곤 합니다. 이웃끼리 드나들어서 나쁠 것도 없으니까요. 그건 그렇고, 오늘 아침 일찍 나는 이반 표도르비치의 심부름으로 오제르나야 거리에 있는 드미트리표도르비치 댁에 갔습니다. 편지는 없고 그저 함께 식사를 하고 싶으니 광장 근처 레스토랑으로 나와주었으면 좋겠다는 분부였습니다. 내가 도착한 것은 아침 8시경이었지만, 드미트리 표도르비치는 댁에 안 계시더군요. '계셨는데 금방 나가셨습니다.' 집주인이 그렇게 말했지만 아무리 봐도 서로 짜고 하는 듯한 말투였습니다. 그러니까 어쩌면 지금쯤 그 레스토랑에서 이반 표도르비치와 식사하고 계실지도 모릅니다. 이반 표도르비치는 식사하러 집에 오시지 않았으니까요. 영감님 혼자서 1시간 전에 점심을 드시고 지금은 누워서 쉬고 계십니다. 그렇지만 제발 부탁이니, 내 얘기나 내가 이런 소리를 하더라는 말은 절대 하지 마십시오. 다짜

167

고짜 나를 죽이고 말 테니까요."

"그러니까 오늘 이반 형님이 드미트리 형님을 레스토랑으로 초
대했단 말이지?"

알료샤가 재빨리 물었다.

"그렇습니다."

"광장에 있는 '수도'란 레스토랑 말인가?"

"바로 그 집입니다."

"바로 거기 계실지도 모르겠군!"

알료샤가 매우 흥분한 어조로 외쳤다.

"고맙네, 스메르자코프. 이건 중요한 정보야. 그럼 당장 가봐야
겠어."

"제발 내가 알려줬다고 하지 말아주세요."

스메르자코프는 등 뒤에 대고 말했다.

"알았어. 우연히 들른 것처럼 할 테니까."

"아니, 어디로 가세요? 제가 문을 열어드릴게요."

마리야가 소리쳤다.

"아닙니다. 이쪽이 가깝습니다. 다시 울타리를 넘으면 돼요."

이 정보는 알료샤의 마음을 크게 뒤흔들어놓았다. 그는 곧장 레
스토랑으로 향했다. 수도사의 복장으로 들어가자니 쑥스러웠지
만, 현관 밖에서 사정을 설명하고 형들을 불러내는 것은 별 문제
가 아닐 것 같았다. 그러나 그가 레스토랑으로 다가갔을 때, 갑자
기 창문이 하나 열리더니 바로 이반 형이 얼굴을 내밀고 밑에 있

는 그에게 소리쳤다.

"알료샤, 너 지금 곧 이리 들어와줄 수 없겠니? 그래 주면 무척 고맙겠다."

"나도 들어가고 싶지만 이런 옷을 입고 있으니 어찌해야 좋을지 모르겠군요."

"내가 있는 곳은 별실이니 그냥 현관으로 들어오려무나. 내가 곧 내려갈 테니."

1분 후에 알료샤는 형과 마주 앉았다. 이반은 혼자서 식사를 하고 있었다.

3. 서로를 알게 되는 형제

그러나 이반이 앉아 있던 곳은 별실이 아니라 칸막이로 막아놓은 창가의 좌석이었다. 그래도 칸막이 때문에 손님들에게 보이지는 않았다. 이 방은 출입문에서 첫 번째 방으로, 맞은편 벽에는 술병들을 늘어놓은 선반이 있었다. 종업원들이 쉴 새 없이 방 안을 드나들고 있었으나 손님이라고는 퇴역 장교처럼 보이는 노인 한 사람이 구석 자리에 앉아 차를 마시고 있을 뿐이었다. 그 대신 다른 방들에서는 여관 겸 식당인 곳에 있게 마련인 요란한 소음이 가득 차 있었다. 종업원을 부르는 소리, 술병 뚜껑을 따는 소리, 당구 치는 소리가 들려오는가 하면 한쪽에서는 풍금 소리가 들려왔다. 알료샤는 이반이 식당에 자주 다니지 않으며 또 별로 좋아하지도 않는다는 것을 잘 알고 있었으므로 이반이 여기 와 있는 것은 드미트리 형과 약속이 있는 거라고 짐작했다. 그러나 드미트리 형은 보이지 않았다.

"생선 수프든 뭐든 주문해야지. 너라고 차만 마시고 살 수는 없지 않니!"

이반은 알료샤를 불러들인 게 무척 만족스러운 듯 큰 소리로 말했다. 자신은 이미 식사를 마치고 차를 마시고 있었다.

"생선 수프를 주세요. 그리고 나중에 차도 마시겠습니다. 마침 배가 고팠거든요."

알료샤가 유쾌하게 대답했다.

"버찌잼은 어떠냐? 이 집에 있는데. 너 생각나니? 어릴 때 플레노프네 집에 살 때 너 버찌잼을 아주 좋아했는데?"

"그런 것까지 기억하고 계시다니. 버찌잼도 주세요. 지금도 좋아해요."

이반은 종업원을 불러 생선 수프와 차, 버찌잼을 주문했다.

"나는 모두 기억하고 있어. 알료샤. 네가 열한 살 되던 해까지는 무엇이든 다 기억하고 있지. 그때 나는 열다섯 살이었으니까. 열다섯과 열하나라는 나이 차이 때문에 그때는 형제끼리 서로 친구가 되지 못했지. 그때 내가 너를 좋아했는지 어떤지도 모를 정도니까. 모스크바에 가서도 처음 몇 년 동안은 네 생각을 전혀 하지 않았어. 그리고 그 후 네가 모스크바에 왔을 때에도 어디선가 한 번 만났을 뿐이고, 내가 여기 돌아온 지 그럭저럭 석 달이 지났지만 여태 우리는 한 번도 마음을 터놓고 얘기한 적이 없었어. 내일이면 나는 이곳을 떠날 계획인데, 지금 여기 앉아서 어떻게 해야 너를 좀 만나 작별 인사를 할 수 있을까 생각하던 참이었지. 그런데 마침 네가 이 앞을 지나간 거야."

"그럼, 형님은 나를 무척 만나고 싶어 하셨군요."

"물론이지. 나는 너와 친해지고 싶어. 그리고 나라는 인간을 올바로 알려준 다음 이곳을 떠나고 싶어. 서로의 마음을 알 수 있는 것은 이별 직전이 가장 적합하다고 생각해. 지난 석 달 동안 네가 나를 어떤 눈으로 지켜보고 있었는지 나도 잘 안다. 네 눈 속에는 뭔가 끊임없는 기대가 서려 있었어. 나는 그걸 도저히 참을 수가 없었고 그래서 너를 가까이 할 수 없었던 거야. 그러나 그러는 사이에 나도 너를 존경하게 됐어. 젊은 녀석이 제법 확고하고 건실하구나 하고 생각했지. 알료샤, 나는 지금 웃으며 말하고 있지만 진심이야. 사실 너는 확고하고 의젓한 사람이야. 그렇지 않니? 나는 확고하게 버티는 인간을 좋아해. 비록 그 입장이 어떻든, 그리고 그 사람이 너 같은 애송이라도 말이야. 나중에는 무엇을 기대하는 것 같은 너의 눈도 오히려 좋아졌어. 너도 무엇 때문인지는 모르지만 나를 좋아한다고 느꼈는데, 그렇지 않니? 알료샤?"

"당연히 좋아하죠. 드미트리 형님은 이반 형님이 '무덤'이라고 말하지만 나라면 이반 형님을 '수수께끼'라고 말하겠어요. 지금도 형님은 나에게 수수께끼 같은 존재지만, 오늘 아침부터 그 수수께끼가 조금은 풀린 것 같네요."

"대체 그게 무슨 말이냐?"

이반이 웃었다.

"화를 내시진 않겠죠?"

알료샤도 따라 웃었다.

"그래, 말해봐."

"형님도 역시 스물세 살 먹은 다른 청년과 조금도 다를 것이 없다는 점이에요. 역시 젊고, 활기차고, 싱싱한 청년이에요. 하지만 아직도 성숙하지 못한 철부지에 지나지 않는다 이 말이죠! 이렇게 말한다고 형님을 모욕하는 건 아니겠죠?"

"천만에 오히려 내 생각과 딱 일치해서 놀랄 지경인걸!"

이반이 열띤 어조로 유쾌하게 대답했다.

"사실은 말이야. 오늘 아침 그 여자와 헤어진 다음, 난 혼자 그것만 생각하고 있었단다. 그런데 별안간 네가 내 마음속을 들여다보듯이 그런 말을 하니 놀랄 수밖에. 내가 지금 여기 앉아서 무슨 생각을 하고 있었는지 아니? 내가 비록 인생에 대한 믿음을 잃고 사랑하는 여성에게 실망하고 사물의 질서를 의심한 끝에, 더 나아가 이 세상의 모든 것을 무질서하고 저주받은 악마의 소산이라고 확신하여 환멸의 공포를 남김없이 맛본다 해도, 그래도 나는 끝까지 살기를 원할 거야. 일단 인생이라는 술잔에 입을 댄 이상 마지막 한 방울까지 다 마셔버리기 전에는 결코 입을 떼지 않을 거야. 어디로 갈지는 모르지만 그래도 서른 살이 될 때까지는 내 청춘이 모든 것을 정복해버릴 거라고 나는 확신해. 인생에 대한 어떤 혐오도, 어떤 환멸도 모두 다.

나는 수없이 자문해보았어. 나의 이 거칠기 짝이 없는 광적인 삶에 대한 열망을 때려 부술 만한 절망이 과연 이 세상에 존재할까? 결국 그런 절망이 존재하지 않는다고 결론을 내렸지. 하기는 이것 역시 서른 살까지의 이야기고, 서른 살이 지나면 나 자신도 그런 생의 의욕을 느끼지 않을 것 같지만 말이야. 폐병쟁이 같은 도덕주의자들은 그런 삶을 살고자 하는 삶에 대한 열망을 저열하다고 떠들고 다니지. 시인이라는 자들은 특히 그래. 바로 이 삶에 대한 열망은 어느 의미에서 카라마조프 집안의 특징이야. 이건 사실인걸. 아무리 아니라고 우겨도 이러한 특징은 네 핏속에도 틀림없이 숨어 있어. 하지만 어째서 그게 저열하다고 하는 걸까? 알료샤, 우리가 사는 지구 위에는 구심력이라는 것이 아직도 무서울 만큼 많이 남아 있고, 나는 살고 싶어. 나는 논리를 거역하더라도 살고 싶을 뿐이야. 비록 사물의 질서를 불신한다 해도, 봄이 오면 싹이 터오는 끈적끈적한 새 잎이 내게는 무척 소중해. 푸르디푸른 하늘이 소중하고 때로는 어떤 이유도 모르면서 사랑해버리는, 그런 종류의 인간도 내게는 소중한 거야. 그리고 지금은 이미 오래전에 그 의의를 상실하고 말았지만, 낡은 관습 때문에 남몰래 속으로 존경하고 있는 그런 종류의 공명심이 소중한 거야. 자, 생선 수프가 나왔구나. 천천히 먹어. 맛이 제법 괜찮은 수프니까. 이 식당 요리 솜씨가 아주 좋거든.

난 말이다, 알료샤. 유럽으로 가고 싶어. 여기서 곧 출발할 거야. 내가 가는 곳은 결국 무덤에 지나지 않는다는 걸 잘 알고 있지만

그 무덤은 무엇보다, 세상의 무엇보다도 고결한 묘지란다. 알겠
니? 거기에는 고결한 인간들이 잠들어 있어. 그들 위에 서 있는 비
석들은 그 하나하나가 과거의 불타는 듯한 삶을 말해주고 있어. 자
신의 위대한 공적, 자신의 진실, 자신의 투쟁, 학문을 향한 열정을
나타내주고 있지. 나는 땅바닥에 엎드려 그들의 묘비에 입 맞추며
눈물을 흘릴 거야. 하지만 동시에 그 모든 것이 이미 오래전부터
그저 묘비일 뿐 더는 아무것도 아니라는 것을 확신하게 되겠지. 그
리고 또 내가 눈물을 흘린다고 해도 그건 결코 절망 때문이 아니
라 그저 내가 흘린 눈물로 행복감을 맛보려는 데 지나지 않아. 이
를테면 자기 감동에 도취되어보자는 거지. 나는 봄날의 끈적끈적
한 새 잎을, 푸르디푸른 하늘을 사랑해. 그저 그뿐이야. 여기에는
이성이나 논리 같은 것은 없어. 다만 마음속 깊은 곳에서 우러나오
는 젊고 싱싱한 힘에 대한 사랑이 있을 뿐이야. 알겠니, 알료샤? 내
이 어리석은 넋두리를 조금은 이해할 수 있겠니?"

이반이 갑자기 웃어댔다.

"이해하다뿐이겠어요. 형님. 마음속 깊이 우러나오는 사랑이란
말은 정말 멋지군요. 형님이 그토록 강한 삶에 대한 욕망을 가지고
있다니, 저도 정말 기쁩니다."

알료샤가 외쳤다.

"지상에 사는 모든 사람은 무엇보다 먼저 삶을 사랑해야 한다고
생각해요."

"인생의 의미보다 삶 그 자체를 사랑해야 한다는 말이지?"

"물론입니다. 형님 이야기처럼 논리에 앞서 우선 사랑을 해야 하는 거예요. 반드시 논리보다 앞서야만 해요. 그때 비로소 삶의 의미도 알게 되는 거죠. 이건 오래전부터 내 머릿속에 있던 거예요. 형님은 벌써부터 인생의 반을 성취한 셈입니다. 형님은 삶을 사랑하고 있으니까요. 이제 그 나머지 반을 이룩하기 위해 노력하셔야 합니다. 그러면 형님은 구원받게 될 거예요."

"넌 벌써 나를 위한 구제 사업을 시작했는지 모르지만, 나는 아직도 구원의 단계에까지 이르지 않았을지도 몰라. 그건 그렇고 네가 말하는 나머지 반이라는 건 또 무엇이냐?"

"그건 형님이 지금 말씀하시는 그 죽은 자들을 소생시키는 일이죠. 하긴 아직도 그들은 죽지 않았을지도 모르지만요. 저는 이제 차를 한 잔 마실게요. 난 이렇게 형님과 둘이서 이야기할 수 있어서 참 기쁘네요."

"보아하니 넌 뭔가 영감에 사로잡힌 것 같구나. 나도 너 같은 수도사한테 '신앙고백'을 듣고 있으니 참 좋구나. 알렉세이 넌 정말 착한 사람이야. 네가 수도원을 나오려고 한다는 말이 사실이니?"

"그렇습니다. 장로님께서 나를 속세로 내보내셨어요."

"그럼 다시 속세라는 곳에서 만날 수 있겠구나. 내가 서른이 되어 술잔에서 입을 떼려고 할 무렵에 어디서든 한번 만날 수 있겠지. 그런데 아버지는 일흔이 되어서도 술을 안 끊으시려는 것 같아. 아니 여든이 되어서도 허무한 꿈속을 헤매고 있겠지. 본인 입으로도 매우 심각한 문제라고 하면서도 그렇게 말했으니까. 비록 어릿광대에 지나지 않지만 말이다. 아버지는 육욕 위에 서 있으면 서도 자기 딴에는 반석 위에 두 발을 딛고 있다고 생각하고 있거 든……. 하기는 누구나 서른이 지나면 그 밖엔 서 있을 발판이 없 을 테니까. 하지만 그렇다 쳐도 일흔까지는 너무나 추악해. 그저 서른까지가 적당하지. 왜냐하면 스스로를 기만하면서도 '인간다 운 외모'만은 간직할 수 있으니까. 그런데 너 오늘 드미트리 형 만 나지 못했니?"

"아니요, 만나지 못했어요. 스메르자코프는 보았습니다만."

알료샤는 스메르자코프와 만났던 이야기를 자세하게 설명해주 었다. 이반은 매우 근심스러운 표정이 되어 귀를 기울이기 시작하 더니 사이사이 몇 마디 묻기까지 했다.

"스메르자코프는 자기가 한 말을 드미트리 형님한테 절대 하지 말아달라고 당부하더군요."

알료샤가 덧붙였다.

이반은 이마를 찌푸리고 골똘히 생각에 잠겼다.

"스메르자코프 때문에 이마를 찌푸리시는 겁니까?"

알료샤가 물었다.

"그래, 그놈 때문이야. 하지만 그깟 놈은 아무래도 상관없어. 사 실 나는 드미트리 형을 만나보고 싶었는데, 이젠 그럴 필요가 없겠 군……."

이반은 내키지 않는 듯한 목소리로 말했다.

"형님은 정말 그렇게 빨리 떠날 계획이신가요?"

"그래."

"그럼 드미트리 형님이나 아버지는 어떻게 되는 겁니까? 두 분 사이는 어떻게 결말이 날까요?"

알료샤는 불안한 듯 중얼거렸다.

"또 그 진절머리 나는 얘기! 대체 그 일에 내가 무슨 상관이 있단 말이냐? 내가 드미트리 형의 감시인이라도 된다는 거냐?"

이반이 짜증스러운 목소리로 말했으나 곧 쓴웃음을 지었다.

"동생을 죽인 카인이 하느님한테 한 대답과 똑같구나. 그렇지 않니? 아마 너도 지금 그렇게 생각했을 거야. 하지만 될 대로 되라지. 사실 나는 그 사람들의 감시인으로 여기 남아 있을 수는 없단다. 내 볼일을 모두 마쳤으니까 여기를 떠나는 거야. 너마저 내가 드미트리 형을 질투하고 있다느니, 지난 석 달 동안 형의 아름다운 약혼녀 카체리나를 가로채려 했다느니, 그런 생각을 하고 있는건 아니지? 제기랄, 내겐 내 볼일이 있었을 뿐이야. 이젠 일을 마쳤으니 떠나는 것뿐이고. 아까 내가 볼일을 마친 건 너도 직접 보았으니 알겠구나."

"아까 카체리나 씨와의 일 말인가요?"

"그래, 나는 이제 깨끗이 손을 떼었어. 그래, 그게 도대체 무슨 법석이냐 말이다. 나는 카체리나한테 볼일이 있었을 뿐이지, 드미트리 형하고는 전혀 상관이 없어. 그런데 너도 알다시피 드미트리 형은 나와 무슨 약속이라도 한 듯이 자기 멋대로 행동했어. 내가 부탁한 적도 없는데 드미트리 형은 자기 마음대로 카체리나를 나한테 넘겨주고 엄숙히 축복까지 해주었으니 말이다. 얼마나 우스운 얘기냐. 이봐, 알료샤, 너는 잘 모르겠지만, 나는 지금 완전히 해방된 거야. 여기 앉아 식사를 하면서 비로소 자유롭게 된 이 순간을 축복하기 위해 샴페인이라도 터뜨려야 하나 하고 생각했을 정도야. 정말이야. 거의 반년이나 질질 끌던 문제를 단번에, 단숨에 결정을 내고 말았으니까. 결심만 하면 이렇게 쉽사리 끝장낼 수 있다는 걸 어제까지만 해도 전혀 생각지 못했으니 말이야!"

"그건 형님 자신의 연애 문제를 말씀하시는 건가요?"

"그래, 원한다면 연애라고 해도 좋아. 그렇게 부르고 싶다면 말이야. 나는 그녀에게 반해 있었던 거지. 나는 그 여자 때문에 무척 고민했고 그 여자 또한 나를 무척이나 괴롭혔어. 나는 그 여자 때문에 정말 정신이 없었지만……, 대번에 모든 게 획 날아가버리고 말았어. 아까는 내가 터무니없이 격한 어조로 떠들어댔지만 밖에 나와서는 나도 모르게 껄껄 웃음이 나더구나. 정말 그랬다니까. 난 진실을 말하고 있단다."

"지금도 신나서 말하고 계시는데요."

갑자기 명랑해진 것 같은 형의 얼굴을 보며 알료샤가 말했다.

"그리고 또 내가 그 여자를 조금도 사랑하지 않는다는 걸 어떻게 미리 알 수 있었겠니! 하하. 하지만 이제 그렇지 않다는 걸 깨닫게 된 거야. 물론 그녀가 무척 마음에 들었던 건 사실이야. 아까 내가 연설조로 한바탕 떠들어댔을 때 역시 나는 그 여자가 몹시 좋았어. 그리고 솔직히 말해서 아직도 그녀를 무척 좋아해. 그러면서도 그 여자에게서 떠나온 게 이리 마음이 홀가분할 수가 없어. 너는 내가 괜한 허세를 부린다고 생각하니?"

"아니요. 그렇지만 그건 연애가 아니었을지도 모르지요."

"알료샤."

이반이 웃으며 말했다.

"연애에 대한 토론은 그만하자! 너와는 어울리지 않으니까. 아까도 너는 도중에 말참견을 했었지. 정말 놀랐다니까. 아, 너한테 고맙다고 키스를 한다는 걸 그만 잊고 있었구나. 그건 그렇고 나는 그 여자 때문에 이만저만 괴로워한 게 아니냐! 그야말로 불구덩이 옆에 앉아 있는 거 같았지. 아아, 그 아가씨도 내가 자기를 사랑한다는 걸 눈치채고 있었어. 그녀 역시 나를 사랑했어. 드미트리 형을 사랑한 게 아니야."

이반은 쾌활한 어조로 이렇게 말했다.

"드미트리 형에 대한 그녀의 감정은 일종의 자학이지. 내가 그녀에게 한 말은 모두 진실이야. 하지만 무엇보다 중요한 것은 그녀가 형을 전혀 사랑하지 않을 뿐만 아니라 오히려 자기가 괴롭히고 있는 나를 사랑한다는 사실을 깨달으려면 적어도 15년에서 20년은 족히 걸릴 거라는 점이야. 아니 어쩌면 평생 깨닫지 못할지도 몰라. 아까와 같은 경험을 하고서도 말이야. 아무래도 상관없어. 나는 그저 조용히 일어나서 훌쩍 떠나가버리면 그만이니까. 그런데 그녀는 지금 어떻게 하고 있니? 내가 나온 후에 어떻게 됐어?"

알료샤는 카체리나가 히스테리 발작을 일으킨 얘기를 하고 아마 지금도 정신을 잃은 채 헛소리를 하고 있을 거라고 말했다.

"호흘라코바 부인이 거짓말을 한 것은 아닐까?"

"그런 것 같진 않아요."

"잘 알아볼 필요가 있겠군. 그렇지만 히스테리로 사람이 죽었다는 얘기는 한 번도 들은 적이 없어. 히스테리 발작 좀 일으켰다고 큰일나는 건 아니지. 히스테리는 하느님께서 여자를 사랑하는 마음에서 주신 선물이니까. 나는 두 번 다시 거기에 가지 않을 거야. 이제 새삼스레 얼굴을 내밀 필요도 없어졌고."

"그런데 아까 형님은 그 여자에게 이렇게 말씀하셨죠. 그 아가씨는 한 번도 형님을 사랑한 적이 없다고."

"일부러 그렇게 말한 거야. 알료샤, 샴페인이라도 시켜서 내 해방을 축하하는 게 어떠냐? 아아, 지금 내가 얼마나 기쁜지 너는 모를 거야!"

"아닙니다. 형님. 술은 마시지 않는 편이 좋을 거 같아요. 게다가 어쩐지 우울해지는군요."

갑자기 알료샤가 이렇게 말했다.

"그래, 넌 오래전부터 슬픈 얼굴을 하고 있었어. 이미 오래전에 나도 알고 있었지."

"그럼 내일 아침엔 떠나시는 겁니까?"

"아침이라니? 난 아침이라고는 말하지 않았어……. 아니, 그렇지만 아침이 될지도 모르지. 사실 내가 오늘 여기서 식사를 한 것은 다만 영감과 함께 식사하기가 싫어서야. 그 정도로 나는 그 영감이 보기 싫단다. 하긴 그 이유만으로도 벌써 떠나버렸어야 하는 건데. 내가 떠난다고 해서 네가 그렇게 걱정할 필요는 없어. 출발하기까지 우리 둘을 위한 시간은 아직 얼마든지 있으니까. 그야말로 영원한 시간, 불멸의 시간이지!"

"내일 출발하신다면서 영원이라고 말씀하시니 이상하네요."

"그게 너하고 나 사이에 무슨 문제가 되겠니?"

이반이 웃었다.

"아무튼 우리들의 얘기를 할 시간이 충분하다는 말이야. 우리는 우리들의 얘기를 하러 온 거니까. 왜 그렇게 놀란 표정이니? 자, 대답해봐. 무엇 때문에 우리가 여기에 온 거지? 카체리나에 대한 사랑이며 아버지의 얘기며, 드미트리 형에 대한 얘기를 하러 온 걸 테지? 외국 얘기나 비참한 러시아의 현실에 대해 얘기하기 위해서는 아닐 테고? 나폴레옹 황제 얘기를 하려고 온 것도 아닐 테지? 어때, 우린 그런 얘기를 하려고 온 건 아니잖아?"

"물론 그런 얘기 때문은 아닙니다."

"그럼, 뭣 때문에 왔는지 너도 잘 알고 있구나. 다른 사람에겐 그들 나름의 화제가 있겠지만, 우리 같은 풋내기에겐 다른 것이 필요해. 우리는 무엇보다도 영원한 문제를 해결해야만 하거든. 바로 그것이 우리의 당면 과제니까. 오늘날 러시아의 젊은 세대는 오직 영원에 관한 문제에만 몰두하고 노인들은 모두 하나같이 실질적인 문제에만 열중하고 있는 바로 지금이 기회라고 할 수 있어. 너만 하더라도 도대체 무엇 때문에 석 달 동안 그처럼 기대에 찬 눈초리로 나를 바라보고 있었던 거니? 아마 내가 '신앙을 가지고 있는지 아니면 신앙이라는 걸 전혀 가지고 있지 않는지' 알고 싶어서였겠지. 나는 지난 석 달 동안의 너의 그런 시선이 결국 그 문제 때문이라고 생각했어, 그렇지, 알렉세이?"

"어쩌면 그럴지도 모릅니다. 설마 절 비웃는 건 아니죠?"

알료샤는 미소를 지었다.

"내가 너를 비웃다니! 석 달 동안이나 그런 기대를 가지고 나를 바라보던 귀여운 동생을 실망시키고 싶은 마음은 조금도 없단다. 알료샤, 내 얼굴을 똑바로 보렴! 나 역시 너와 조금도 다를 것 없는 애송이야. 단지 다른 점은 너처럼 수도사가 아닐 뿐이지. 그런데 러시아의 애송이들이 여태까지 해온 일이 무엇인지 아니? 물론 애송이라고 해서 모두에게 해당되는 얘기는 아니지만……. 예를 들면, 이 더러운 술집에 모여 한구석을 차지하고 있다고 치자. 서로 여태까지 한 번도 만난 적이 없을뿐더러 일단 이곳을 나가면 40년이 지나도 서로 만날 수 없는 친구들이지. 그런데도 그들은 이곳에서의 짧은 시간을 이용해서 도대체 무슨 토론을 하는지 아니? 우주의 문제를 논하는 거야. 즉, 신은 있느냐, 영생은 있느냐 없느냐라는 문제를 논하고 있다는 말이야. 신을 믿지 않는 자들은 사회주의니 무정부주의니 하면서 전 인류를 새로운 조직으로 변화시키느니 하는 얘기를 꺼내는데, 결론은 모두 매한가지여서 결국에 가서는 같은 문제로 귀착되고 말지. 다만 출발점만 다르다는 것뿐이야. 이렇게 우리 러시아의 수많은 젊은이들은 오로지 영원의 문제를 논하는 데만 정신을 팔고 있는 거야, 그렇지 않니?"

"그렇습니다. 신은 있느냐, 영생은 있느냐 하는 문제와 지금 형이 말한 것처럼 출발점이 다른 동일한 문제들이, 진짜 러시아인들에게 있어서 무엇보다도 중요한 문제이고, 또 그것은 당연히 그래야만 한다고 생각합니다."

알료샤는 온화하지만 여전히 상대의 마음을 살피려는 것 같은 조용한 미소를 머금은 채 형의 얼굴을 바라보며 대답했다.

"그런데 알료샤, 이따금 러시아에서 태어난 것 자체가 달갑지 않다고 느껴질 때가 있지만, 그건 그렇다 치고 지금 러시아의 젊은 애들이 하고 있는 짓보다 더한 어리석은 짓은 상상조차 할 수 없을 지경이야. 그러나 나는 알료샤라는 러시아 청년 하나만은 무척 좋아하지."

"그럴 듯하게 얘기를 끝내시네요."

알료샤가 갑자기 웃으며 말했다.

"그건 그렇고, 한번 말해보렴. 무엇부터 시작해야 좋을지 네가 말을 해. 신의 문제부터 시작할까? 신이 있는지 없는지 하는 문제, 어때?"

"좋을 대로 하세요. 형님 말대로 서로 다른 출발점에서부터 시작해도 좋구요. 그렇지만 형님은 어제 아버지 집에서 신은 없다고 분명히 단언하셨죠?"

알료샤는 형의 눈치를 살피며 이렇게 말했다.

"어제 내가 아버지 집에서 식사를 할 때 그렇게 말한 것은 일부러 너를 좀 놀려주고 싶어서 그랬던 거야. 아니나 다를까, 네 눈동자에서 막 불꽃이 일더구나. 그러나 지금은 너하고 마음 놓고 토론하고 싶구나. 이건 어디까지나 진정으로 하는 말이야. 나는 너와 친해지고 싶어, 알료샤. 나에겐 친구가 없으니까. 그래서 너하고 한번 터놓고 이야기하고 싶은 거야. 나도 어쩌면 신을 인정할지도 모르잖니?"

"그야 물론입니다. 형님의 말이 농담만 아니라면요."

"농담이라니? 어제 장로의 암자에서도 내가 농담을 한다고들 말하더구나. 너도 알겠지만, 18세기에 어떤 늙은 무신론자가 '신이 만일 존재하지 않는다면 일부러 만들어내야 한다(S'il n'existait pas Dieu, il faudrait l'inventer)'라고 말했어. 그래서 정말 인간은 신이라는 걸 만들어냈지. 그러나 이상하고도 놀라운 것은 신이 실제로 존재한다는 것이 아니라 그러한 생각, 신은 반드시 필요하다는 생각이 인간과 같이 야만적이고 못돼먹은 동물의 머릿속에 불쑥 떠올랐다는 점이야. 그만큼 이 생각은 신성하고 감동적이며 현명하고 인간의 명예가 될 만한 일인 거지. 그런데 나 자신으로 말한다면 인간이 신을 만들었느냐, 신이 인간을 만들었느냐 하는 문제들은 이미 오래전부터 생각지 않기로 작정했어. 그래서 이 문제에 대해 러시아의 젊은이들이 요즘 세워놓은 공리(公利)에 대해서도 역시 거론하지 않으마. 그런 공리는 모두 유럽의 가설에서 끄집어낸 거니까 모두 죄라고 할 수 있지. 왜냐하면 유럽에서는 가설에 지나지 않는 것도 러시아에서는 순식간에 공리가 되어버리거

185

든. 이건 젊은 애들에 국한된 얘기가 아니라 그들의 선생인 대학교수들에게도 해당되는 거야. 러시아의 대학교수는 거의 모두 젊은 애들이니까. 그러니 가설은 모두 빼놓기로 하자. 그렇다면 우린 지금 무슨 문제를 토론하면 좋겠니? 문제는 우선 되도록 빨리 나 자신의 본질을 밝히는 거야. 다시 말해 내가 어떤 인간이고, 무엇을 믿고, 무엇에 희망을 걸고 있는가를 너에게 설명하는 것이 아닐까, 안 그러니? 그래서 내가 내 생각을 말하겠어. 단순 명료하게 신을 받아들일 거야.

다만 여기서 한 가지 유의해둘 것이 있어. 만약 신이 존재하고 신이 정말로 이 지구를 창조했다고 한다면 그럴 경우, 우리가 이미 다 알고 있듯이 신은 이 지구를 유클리드 기하학의 원리에 따라 창조했고, 인간의 두뇌로는 겨우 삼차원 관념밖에 이해할 수 없도록 창조했다는 거지. 그런데도 기하학자나 철학자들 중에서 이것을 의심하는 사람들이 옛날에도 있었고 지금도 있어. 아주 뛰어난 학자 중에서도 전 우주, 아니 훨씬 넓게 봐도 전 존재는 단지 유클리드 기하학에 의해 창조되지 않았다고 의심하지. 게다가 개중에는 한 걸음 더 나아가서 유클리드 법칙에 따르면 이 지상에선 절대로 서로 만날 수 없는 두 개의 평행선도 무한(無限) 속 어느 곳에 가서는 서로 마주칠지 모른다는 대담한 공상을 하는 자가 있을 정도니까. 그래서 솔직히 고백하지만, 나한테는 이런 문제를 해결할 아무런 능력이 없다고 생각했어. 잔인하지만 내 지성은 유클리드적이야. 지상적인 것이지. 그러니 이 지상 이외의 문제를 어떻게 풀 수 있겠니?

알료샤, 너한테도 친구로서 충고하지만, 결코 그런 문제는 아예 생각하지 않는 것이 좋아. 특히 신에 관한 문제, 신의 존재 여부에 관한 것은 삼차원의 관념밖에 지니지 못한 인간의 두뇌로는 엄두도 낼 수 없는 거니까. 그래서 나는 신을 인정해. 기꺼이 인정할 뿐만 아니라 우리에게 전혀 미지의 것인 신의 예지와 그 목적까지도 인정해. 그리고 생명의 질서도, 의의도 믿어. 우리를 언젠가는 하나로 융합시켜준다는 영원한 조화 또한 나는 믿어. 그리고 우주의 궁극적인 목표이며 언제나 신과 함께 있는 그 말씀, 또 동시에 그 자체가 신 자신이기도 한 그 말씀을 믿어. 또한 그와 유사한 모든 무한성을 믿는단다. 여기에 대해서는 참으로 경솔한 말들이 많이 만들어져 있지만 말이야. 어떠냐? 나도 제대로 된 길을 걷고 있는 것 같지 않니? 그렇지만 놀라지는 마. 내가 궁극적으로 결론을 내자면 이 신의 세상이라는 것을 받아들일 수 없어. 그것이 존재한다는 것은 알고 있지만, 그래도 절대로 그것만은 받아들일 수가 없어. 내 말을 오해하지는 않았으면 해. 내가 받아들일 수 없는 것은 단지 신이 창조한 세계, 다시 말해 신의 세계를 인정할 수 없다는 거지.

미리 말해두지만, 나는 어린애같이 이런 걸 믿고 있어. 언젠가면 훗날에는 이 고뇌와 상처도 아물고, 인생의 모순이 빚어내는 온갖 굴욕적인 희극도 가련한 신기루처럼 무력하고 미미한 존재인 인간의 유클리드적 지성의 한낱 원자처럼 사라지겠지. 마침내는 세계의 종국에 이르러 영원한 조화의 순간에 말할 수 없이 고귀한 현상이 출현해서, 그것은 모든 사람의 가슴에 흘러넘치고 모든 사람들의 원한을 풀어주고 인간의 모든 악행과 서로 흘리게 한 피를 보상해줄 거야. 게다가 그것은 인간에게 일어난 모든 일을 용서할 뿐만 아니라 그런 일들을 정당화하기에 충분할 거라고 생각해. 그러나 모든 것이 그렇게 된다 하더라도 나는 그것을 받아들일 수 없고 인정하고 싶지도 않아.

비록 두 개의 평행선이 일치해서 내 눈으로 그것을 본다고 해도, 분명히 일치했다고 내 입으로 말한다 해도 나는 역시 그것을 인정하지 않을 거야. 이게 나의 본질이야, 알료샤. 이것이 바로 나의 명제지. 진심으로 하는 말이야. 나는 일부러 이 대화를 말할 수 없이 어리석은 방법으로 시작했지만 결국에는 고백하고 말았구나. 하긴 네가 원하는 것이 바로 이 고백이니까. 네게 필요한 건 신에 대한 문제가 아니야. 너는 그저 사랑하는 형이 무엇을 통해 살고 있는지 알고 싶었을 뿐이야. 그래서 나도 이렇게 이야기한 거지."

이반은 갑자기 그 어떤 독특한, 전혀 예상치 못했던 감정을 느끼며 장황한 얘기를 마무리 지었다.

"그런데 형님은 무엇 때문에, '말할 수 없이 어리석은 방법'으로 시작하신 건가요?"

알료샤는 생각에 잠긴 눈으로 형을 바라보며 말했다.

"그건 첫째로 러시아적인 형식을 따르기 위해서였어. 러시아인은 누구나 이런 종류의 대화를 할 때마다 어리석은 논법으로 풀어가니까. 게다가 어리석으면 어리석을수록 그만큼 근본적인 문제에 접근할 수 있기 때문이야. 어리석음은 명석함의 어머니라는 말이 있지. 어리석음이란 단순하고 소박하지만 지혜라는 것은 언제나 요리조리 빠져나가면서 교활하게 자기 정체를 숨기려고 하거든. 결국 나는 절망이라는 결론에 도달하고 말았지만 어리석은 이야기를 하면 할수록 내게 유리해지는 거야."

"형님, 무엇 때문에 이 세계를 인정하지 않는지 그 이유를 설명해주시겠습니까?"

알료샤가 말했다.

"물론 설명해주고말고. 그건 비밀도 아니고 사실은 그 이야기를 하려고 너를 여기까지 끌고 온 거니까. 얘, 알료샤, 나는 너를 타락시켜서 너의 견고한 신앙을 뒤흔들려는 건 아니야. 어쩌면 나는 너의 힘을 빌려 나를 치료하고 싶은지도 모르지."

이반은 갑자기 아주 얌전한 어린 소년처럼 생긋 웃었다. 알료샤는 지금까지 형이 그런 미소를 짓는 것을 한 번도 본 적이 없었다.

4. 반역

"너한테 고백할 게 하나 있어."

이반이 말을 시작했다.

"나는 사람이 어떻게 자기랑 가까운 사람을 사랑할 수 있는지 도무지 이유를 알 수가 없어. 내 생각에는 먼 곳에 있는 사람은 사랑할 수 있어도 가까이에 있는 사람은 도저히 사랑할 수 없을 것 같아. 언젠가 책에서 '자비로운 요한'이라는 성인의 얘기를 읽은 적이 있어. 어느 굶주린 나그네가 얼어 죽게 되어 그를 찾아와서 몸을 녹이게 해달라고 간청하자, 성인은 그 나그네와 함께 침대로 들어가서 그를 꼭 껴안아주고 무슨 무서운 병으로 썩어 문드러져 고약한 냄새를 풍기는 그의 입에다 입김을 불어넣어주었다는 거지. 그런데 이 성인이 그런 짓을 한 것은 거짓된 착란 때문이야. 스스로 그런 고행을 한 것은 의무 관념에서 강요된 거짓 사랑 때문이라고 나는 확신해. 누군가를 사랑하려면, 그 본인은 그 앞에 모습을 드러내지 않아야 해. 그 인간이 조금이라도 얼굴을 드러냈다간 사랑 같은 것은 순식간에 끝나고 마는 거야."

"조시마 장로님도 여러 번 그런 말씀을 하셨어요."

알료샤가 말했다.

"장로님 역시 인간의 얼굴은 아직 사랑의 경험에 익숙하지 않은 많은 이들에게 쉽게 사랑의 장애가 된다고 말씀하셨습니다. 그렇지만 실제로 우리 인류 안에는 많은 사랑이 있고 그중에는 거의 그리스도의 사랑과 같은 것도 있어요. 이건 나도 잘 알아, 형님."

"그렇지만 나는 아직까지 그런 걸 알지도 못하거니와 이해할 수도 없어. 게다가 수없이 많은 사람들도 나와 마찬가지일 거라고 생각해. 문제는 인간의 나쁜 성질 때문에 이런 일이 일어나느냐, 아니면 인간의 본질이 그렇게 생겼기 때문이냐 하는 점이지. 내가 생각하기에 그리스도의 사랑은 이 지상에 있을 수 없는 일종의 기적이야. 하기는 그리스도는 신이었지만 우리는 신이 아니니까. 예를 들어 내가 깊은 고뇌에 빠져 있어도 다른 사람들은 내가 얼마나 고통 받고 있는지 결코 알 수가 없어. 왜냐하면 타인이란 내가 아니라 어디까지나 그저 타인이기 때문이지. 게다가 인간은 남의 고통은 절대로 인정하려 들지 않거든. 마치 그게 영예로운 일이라도되는 듯이 말이야. 왜 인정하려 들지 않는지 아니? 그건 다름 아니라 내 몸에서 악취가 풍긴다든지, 내가 바보 같은 얼굴을 하고 있다든가, 또는 언젠가 그 사람의 발을 밟았다든지 하는 그런 사소한 이유 때문이야.

게다가 고뇌라고 해도 거기에는 여러 가지 종류가 있거든. 나를 철저히 비참하게 만드는 굴욕적인 고뇌, 이를테면 굶주림 같은 고통이라면 아마 자선을 행하는 사람도 인정해줄 테지만 보다 고상한 고뇌, 그러니까 이념을 위한 고뇌 같은 극소수의 경우를 제외하고는 좀처럼 인정해주지 않게 마련이야. 그것은 내 얼굴이 그 자선가가 상상하던 얼굴, 즉 그의 상상 속 수난자의 얼굴과는 전혀 닮지 않았기 때문이지. 결국 이런 이유로 해서 나는 그 사람의 호의를 잃게 되지. 그러나 이것은 그 사람이 악의가 있어서가 절대 아니야. 거지들은, 특히 귀족에서 거지로 전락한 사람들은 절대로 사람들 앞에 모습을 나타내지 말고 신문지상을 통해 구걸해야 마땅한 거야. 때로는 멀리서도 사랑할 수는 있지만, 아주 가까이에 있는 사람을 사랑한다는 건 거의 불가능한 일이야. 만약 발레 무대 위에서 비단으로 된 누더기를 걸친 거지가 갈기갈기 찢긴 레이스를 하늘거리며 우아한 춤을 추면서 구걸을 한다면 잠자코 앉아서 구경을 할 수도 있겠지. 그러나 그것은 어디까지나 구경으로 끝나는 거지 그 사람을 사랑할 수는 없는 거야. 그건 그렇다 치고 이런 얘기는 그만두기로 하자. 나는 다만 너에게 나의 관점을 설명하기만 하면 되는 거니까.

나는 인류 전반의 고뇌에 대해 말하고 싶지만 일단 아이들의 고뇌에 대해서만 이야기해볼게. 이것은 내 논지의 규모를 10분의 1로

줄이는 거지만 어쨌든 아이들에 대해서만 얘기하기로 하자. 그만큼 나한테는 불리하긴 하지만 말이야. 첫째로 아이들은 가까이 있어도 모두 사랑할 수 있어. 추하건 밉건 아이는 모두 사랑할 수 있어. 하긴 얼굴이 미운 아이는 하나도 없다고 생각하니까. 둘째로 내가 어른들의 얘기를 하고 싶지 않다고 말한 것은 그들이 추악해서 사랑받을 자격이 없을 뿐만 아니라 그들에게는 천벌이라는 게 존재하기 때문이야. 그들은 선악과를 따 먹었고 그래서 선과 악을 구별하게 되었고, 그리하여 '하느님처럼' 되어버렸어. 그리고 지금도 역시 과실을 따 먹고 있지. 그러나 아이들은 아직 아무것도 먹지 않았으니까 아직까지는 순결한 존재들이지. 알료샤, 너는 아이들을 좋아하니? 알고 있어. 좋아할 수밖에. 그러니까 지금 내가 왜 아이들 얘기만을 하려는지 너도 알 수 있을 게다.

그런데 만약 아이들도 마찬가지로 이 세상에서 무서운 괴로움을 겪고 있다면 그것은 당연히 그 아버지들 때문일 거야. 선악과를 따 먹은 자기 아버지들 대신에 벌을 받는 셈이지. 그러나 이러한 논의는 저세상에서나 할 얘기지, 이 지상에 사는 인간의 생각으론 도무지 이해할 수가 없는 얘기야. 죄 없는 자가 다른 사람 때문에 고통을 겪는다는 건 도대체 말이 되지 않거든. 특히 죄 없는 자가, 그것도 죄와는 인연이 먼 어린아이가 다른 사람 때문에 고통을 받는다는 건 있을 수 없는 일이야. 이렇게 말하면 네가 깜짝 놀랄지 모르지만, 알료샤, 나도 역시 아이들을 굉장히 좋아한단다. 또 한가지 주목할 점은 잔인하면서도 정열적이고 육욕이 왕성한 카라마조프적 인간이 때로는 굉장히 아이들을 좋아할 때가 있다는 거야. 아이들이 어릴 때는, 예를 들어 일곱 살 정도까지는 어른들과 너무나 다르기 때문에 전혀 다른 본성을 가진 별개의 생물 같단다. 나는 감옥살이를 하고 있는 한 강도를 알고 있지만, 그는 밤마다 강도질을 하며 일가족을 몰살하기도 하고 때로는 아이들을 몇 명씩 한꺼번에 목 졸라 죽이기도 했어. 그런데 옥살이를 하는 동안에 그는 이상하게도 아이들이 좋아져서 형무소 안뜰에서 놀고 있는 아이들을 철창 너머로 바라보는 것이 일과처럼 되어버렸어. 그래서 나중에는 조그만 어린애 하나를 사귀어 철창 밑까지 오게 했고 그래서 그 애하고 아주 친해졌다지 뭐니. 내가 왜 이런 얘기를 하는지 너는 모르겠지? 아, 어쩐지 머리가 아프고 기분이 우울해지는구나."

"정말 이야기하는 형 표정이 이상해요. 마치 넋이 나간 사람 같아요."

알료샤가 불안한 듯 말했다.

"그런데 나는 최근에 모스크바에서 어떤 불가리아 사람에게 이런 얘기를 들었어."

동생의 말에는 아랑곳하지 않고 이반은 말을 계속했다.

"불가리아에서는 터키인과 체르케스인들이 슬라브족의 폭동이 두려워 가는 곳마다 잔악한 행위를 자행하고 있다는 거야. 집에 불을 지르고, 사람들을 죽이고, 여자들을 폭행하고, 포로의 귀를 울타리에 못 박은 채 밤새껏 그대로 내버려두었다가 아침이 되면 교수형에 처하는 등 도저히 말로 다 할 수 없는 짓들을 한다는 거야. 사실 인간의 잔인한 행위를 '야수적'이라고 흔히 말하지만 이쯤 되면 오히려 야수에게 불공평하고도 모욕적이지. 야수는 결코 인간처럼 잔인한 짓을 하지 않으니까. 그처럼 예술적으로 기교를 부려가며 잔인한 행위를 할 수는 없거든. 호랑이는 그저 물어뜯는 재주밖에 없지 않니. 호랑이 머리에서는 사람의 귀를 밤새도록 못에 박아둔다는 생각 자체가 나오지 않으니까.

그런데 이 터키인들은 아이들을 괴롭히면서 관능적인 쾌락을 느낀다는구나. 칼로 산모의 배를 가르고 태아를 끄집어내는 것쯤은 아무것도 아니고, 심한 경우에는 어머니가 보는 앞에서 젖먹이를 공중에 던져 올렸다가 떨어져 내려오는 것을 총검으로 받는다는 거야. 아마 아이 엄마가 보는 앞에서 그런 짓을 한다는 것이 놈들에게 한껏 쾌감을 주는 거겠지. 그런데 알료샤, 한 가지 매우 흥미로운 장면이 있단다. 두려움에 떠는 어머니의 팔에 안긴 젖먹이를 보고 마을에 침입해온 터키인들이 재미있는 장난을 하나 생각해낸 거야. 그들은 어린애를 웃겨보려고 머리를 쓰다듬어주기도 하고 얼러보기도 하는 거야. 그러다 마침내 성공해서 아이가 웃기 시작하면 바로 그 순간에 터키인 하나가 아이 얼굴에 권총을 겨누는 거야. 그러면 아이는 까르르 웃으면서 권총을 잡으려고 그 조그마한 손을 내밀거든. 그때 이 '예술가' 놈은 아이 얼굴에다 대고 방아쇠를 당겨서 그 조그만 머리를 산산이 부숴버리는 거야. 그야말로 예술적이라고 할 수 있겠지, 안 그래? 게다가 터키인들은 단것을 무척 좋아한다는 거야."

"형님, 도대체 왜 그런 얘길 하시는 거죠?"

알료샤가 물었다.

"내 생각에는 말이다. 만약 악마라는 것이 존재하지 않고 인간이 창조해낸 거라면, 인간은 자기 모습과 비슷하게 악마를 만들어 냈을 거야."

"그렇다면 신의 경우도 마찬가지겠군요."

"저런, 너는《햄릿》에 나오는 폴로니어스의 대사로 내 말을 받아치는구나."

이반이 소리 내어 웃었다.

"그만 네게 말꼬리를 잡혀버렸지만, 아무래도 좋다. 그런데 인간이 자기 모습에 따라 신을 만들어냈다면 너의 하느님은 아주 훌륭할 게다. 그런데 너는 방금 나에게 무엇 때문에 그런 얘기를 하느냐고 물었지? 실은 말이다, 나는 어떤 종류의 사실들을 수집하는 애호가라고 할 수 있지. 신문이라든지 사람들의 얘기 중에서 그런 일화들을 닥치는 대로 기록해두는데, 이젠 꽤 많이 수집을 해두었지. 물론 지금 말한 터키인의 이야기도 그중 하나지만, 이런 건 모두 외국인의 것이고 나한테는 러시아 것도 많아. 그중에서는 이 터키인 이야기보다 더 걸작인 것도 있어. 너도 알다시피 우리나라 사람들은 때리는 것을 좋아하잖니. 그것도 가죽채찍이나 회초리로 때리는 경우가 많은데, 이건 민족적 특성에서 기인한 거지. 우리나라에선 귀에 못을 박는 짓 따위는 상상할 수도 없는 일이니까. 우리도 역시 유럽 사람이긴 하지만, 채찍이니 회초리니 하는 건 이제 러시아적인 것이 되어버려서 이미 우리에게서 뺏어갈 수는 없지.

요즘 외국에서는 사람을 때리는 행위가 아주 적어졌더구나. 인정이 많아졌기 때문인지 아니면 인간을 때려서는 안 된다는 법률이라도 만들어졌는지 분명치 않지만, 그 대신 그들은 우리와 마찬가지로 국수주의적인 것으로 그걸 메우고 있어. 그건 우리 러시아에선 도저히 불가능하다고 생각될 정도로 너무 민족적이야. 하긴 우리 러시아에서도 특히 상류 사회에서 종교 운동이 시작된 후부터 점차 인식되고 있는 것 같기는 하지만 말이야. 나는 프랑스에서 번역된 재미있는 작은 책을 한 권 가지고 있는데 얼마 전, 그러니까 5년 전쯤 스위스 제네바에서 한 살인범을 사형시킨 이야기가 들어 있어.

이 악당은 리샤르라는 스물세 살 된 청년인데, 사형 집행 직전에 자기 죄를 뉘우쳐 기독교에 귀의했다는 거야. 리샤르는 본시 누군가의 사생아였는데, 여섯 살밖에 안 되었을 때 부모가 스위스 어느 산속의 양치기에게 그를 '선사'했다는 거야. 양치기들은 그를 부려먹으려고 키운 셈이지. 그 애는 양치기들 사이에서 야생 동물처럼 자랐어. 그들은 그 애한테 아무것도 가르쳐주지 않았을 뿐만 아니라 일곱 살 때부터 벌써 양치기를 시켰다는 거야. 비가 오건 날씨가 춥건 입을 것도 제대로 주지 않고 먹을 것도 먹이지 않았어. 줄곧 그들은 아이를 학대하면서도 조금도 뉘우치거나 후회하는 기색이 없었지. 오히려 자기들 딴에는 그럴 권리가 있다고 생각했어. 왜냐하면 리샤르는 무슨 물건처럼 그들이 선물로 받은 것이기 때문에 먹을 것도 줄 필요가 없다고 여긴 거지. 리샤르의 증언에 따르면 그 아이는 성서에 나오는 방탕아처럼 돼지가 먹는 사료라도 좋으니 실컷 배부르게 먹어보는 게 소원이었다는군. 하지만 그들은 그것조차 먹여주지 않고, 어느 날 돼지 먹이를 훔쳐 먹었다고 사정없이 두들겨 팼다는 거야.

그는 이렇게 소년 시절과 청년 시절을 보낸 뒤, 어른이 되어 힘이 생기자 이번엔 스스로 강도질을 시작했어. 이 야만인은 제네바에서 막노동으로 돈을 벌어서 죄다 술을 마시며 깡패처럼 지내다가 결국은 강도질을 하고 어떤 노인을 죽이기에 이른 거지. 그는 곧 체포되어 재판에서 사형 선고를 받았어. 그쪽 사람들은 감상적인 동정심 따윈 전혀 없는 족속들이니까. 그런데 감옥에 들어가자마자 교회 목사님이니 무슨 기독교 단체의 회원인지 뭔지 자선가 귀부인들이 몰려와서는 그에게 글을 가르치고 성경 강의를 시작했지. 그리고 그를 어르고 타이르고 귀찮게 설교를 하며 압력을 가하고 해서 나중에는 그도 진심으로 자신의 죄를 깨닫고 세례까지 받게 되었어. 그는 직접 재판소에 편지를 보내어 자기는 한때 깡패였지만, 덕분에 하느님이 자기의 마음을 비춰주시고 은총을 내려주셨다고 썼어. 그러자 제네바 전체가, 제네바의 모든 자선가와 모든 신앙 깊은 사람들이 법석을 떨기 시작했지. 상류 사회의 사람들, 교양 있는 사람들이 모두 감옥으로 달려가서 리샤르를 포옹하고 키스하며 말했어.

'당신은 우리 형제입니다. 당신은 하느님의 은총을 받았습니다!'

그러면 리샤르는 그저 감격해서 울 뿐이었지.

'그렇습니다, 저는 하느님의 은총을 받았습니다! 저는 소년 시절과 청년 시절에 돼지 사료만 얻어먹어도 기뻐했습니다만, 이제는 저 같은 놈에게도 하느님께서 은혜를 내려주셨으니 저는 주님의 품 안에서 죽을 수 있습니다.'

'그렇고말고, 리샤르. 너는 주님의 품 안에 안겨 죽어야 해. 네가 돼지 먹이를 탐내어 훔쳐 먹고 얻어맞았을 때 네가 한 일은 아주 좋지 않은 것이야. 어쨌든 훔친다는 것은 하느님께서 금지하신 거니까. 그때 네가 하느님을 전혀 몰랐다는 건 네 잘못이 아니더라도, 남의 피를 흘리게 했으니 넌 죽어 마땅한 거야.'

드디어 최후의 날이 왔어. 지칠 대로 지쳐버린 리샤르가 눈물을 흘리면서 '오늘은 내 생애에서 가장 복된 날입니다. 나는 주님에게로 돌아갑니다'라고 쉴 새 없이 되풀이하자, 목사와 재판관, 자선가 귀부인들이 외쳐댔어.

'그렇고말고, 네 생애에서 가장 복된 날이지. 오늘은 주님 앞으로 가는 날이니까!'

그들은 모두 리샤르를 태운 죄수 마차의 뒤를 따라서 마차를 타거나 걸어서 단두대에 도착하자마자 소리쳤어.

'자, 그럼 죽어라, 형제여. 주님의 품 안에서 죽어라, 너한테는 주님의 은총이 내렸으니까.'

그리하여 형제들의 빗발치는 키스를 받은 리샤르는 형장으로 끌려 들어가 단두대에 앉혀졌어. 그러고는 하느님의 은총을 받았다는 이유로 형제의 대우를 받으며 목이 싹둑 잘렸다는 거야.

이건 정말 서구인의 특성을 잘 나타내는 의미심장한 이야기지. 이 작은 책은 러시아의 상류 사회에 속하는 루터파 자선가들이 러시아어로 번역하여 러시아 민중의 교화를 위해 신문 잡지의 부록으로 찍어 무료로 배포했지. 리샤르의 이야기에서 흥미로운 것은 그 나라의 국민성을 여실히 말해주고 있다는 점이야. 러시아에서는 어떤 사람이 우리의 형제가 되었다고 해서, 하느님의 은총을 받았다고 해서 그 사람의 목을 잘라버린다는 것은 상상조차 할 수 없다. 하지만 되풀이해서 말하자면 우리나라도 이에 못지않는 독자적인 특성이 있다는 걸 알아야 해. 우리 러시아에서는 남에게 매질을 가하여 고통을 주는 것이 직접적인 쾌락을 얻는 가장 손쉽고도 오래된 방법으로 알려져 있어. 네크라소프의 시 속에 농부가 채찍으로 말의 눈을, 그 '유순한 눈'을 후려치는 대목이 있는데 그런 광경은 누구나 흔히 볼 수 있는 것으로, 이거야말로 러시아적인 풍속이라 할 수 있지.

이 시인의 묘사에 따르면, 힘에 겨운 무거운 짐을 실은 허약한 말이 진흙탕에 빠져 헤어 나오지 못하고 있는 거야. 농부는 채찍으로 사정없이 말을 때리고 또 때리고, 나중에는 때린다는 동작에 취해버려 자기가 무슨 짓을 하고 있는지조차 모를 지경으로 악을 쓰며 채찍질을 하는 거야.

'힘이 들어도 끌라면 끌어야 해, 죽어도 좋으니 끌라니까!'

말이 버둥거리고 있으면 농부는 느닷없이 그 울고 있는 것 같은 '유순한 눈'을 사정없이 휘갈기는 거야. 그러면 말은 있는 힘을 다해 몸부림치고 간신히 마차를 끌어내려 움직이는 거야. 온몸을 떨면서 숨도 제대로 못 쉬고, 온몸을 비스듬히 뒤틀고, 경련을 일으키는 것 같은 보기 흉한 걸음걸이로 걸어가는 거야. 이 모습이 네크라소프의 시 속에 무서울 정도로 잘 묘사되어 있어. 그러나 이건 어디까지나 말에 대한 이야기야. 말은 때리라고 하느님께서 주신 거다, 타타르인들은 이렇게 우리에게 가르치며 이것을 잊지 말라고 말채찍을 선물로 주었다고 하거든.

그러나 사람들에게도 역시 매질을 할 수 있는 거야. 소위 지성인 계층에 속한다는 훌륭한 신사와 그 부인이 겨우 일곱 살밖에 안 된 자기 딸을 나뭇가지로 매질한 예가 실제로 있었거든. 내 수첩에는 이 얘기가 자세히 적혀 있어. 아버지란 자는 회초리에 울퉁불퉁한 마디가 많은 걸 보고는 이게 더 '효과적'이라면서 기뻐하고는 자기의 친딸에게 매질을 가한 거야. 확언하건대 개중에는 회초리나 채찍을 휘두를 때마다 육체적 쾌감을, 말 그대로 육체적 쾌락을 느끼며 흥분하는 사람도 있어. 그것은 매질의 수가 거듭될 때마다 기하급수적으로 점점 더해지기 마련이야. 1분, 5분, 10분 이렇게 때리는 동안 매질은 더욱더 빨라지고, 더더욱 모질어져서 아이는 '아빠, 아빠, 아빠!' 비명을 지르며 울어대지. 나중에는 울지도 못하고 그저 숨넘어가는 소리만 낼 뿐이야. 악마같이 잔인한 행동 때문에 이 사건은 결국 사회적인 스캔들이 되어 법정에까지 가게 되었지. 그래서 아버지는 변호사를 고용했지. 러시아의 민중들은 오래전부터 변호사를 '돈에 고용된 양심'이라고 부르지만, 아무튼 변호사는 자기의 의뢰인을 보호하기 위해 열변을 토했어.

'본 사건은 흔히 있을 수 있는 가정 내의 단순한 에피소드일 뿐입니다. 아버지가 자기 딸의 버릇을 가르친 것뿐이니까요. 그런데도 이런 일을 법정에서까지 논의한다는 건 우리 시대의 수치가 아닐 수 없습니다!'

이 열띤 변호에 감동한 배심원들은 일단 별실로 물러갔다가 이윽고 무죄를 선고했지. 세상 사람들은 가해자가 무죄가 되었다고 기뻐서 환호성을 질렀어. 내가 그 자리에 없었던 게 무척 유감이야! 만일 그 자리에 있었다면 가해자를 표창하는 뜻에서 장려금이라도 모으자고 제안했을 텐데 말이다! 이 얼마나 희한한 이야기냐! 그런데 아이들에 대한 얘기는 이보다 더 재미있는 게 얼마든지 있어. 나는 러시아 아이들에 대한 일화를 굉장히 많이 수집해놓고 있거든, 알료샤야.

어떤 다섯 살 먹은 계집애는 부모의 증오의 대상이 된 경우도 있어. 그 부모라는 자들은 '명예로운 관리인 데다가 교양 있는 신사 숙녀'였지. 다시 한번 말하지만 다수의 인간에게는 일종의 특이한 성질이 있는데, 바로 어린애를 학대하는 취미야. 학대의 대상은 어린애에 국한되어 있거든. 그런 잔인한 가해자들은 어린애들을 제외한 다른 모든 인간들에게는 박애심 넘치는 교양 있는 유럽 사람의 얼굴을 하고 더없이 겸손하고 친절하게 굴지. 하지만 아이들을 학대하는 일만은 멈추지 못하고 어쩌면 그런 의미에서 오히려 아이들 자체를 사랑한다고 해도 과언이 아닐 정도야. 즉, 아이들의 무력한 처지가 가해자의 마음을 유혹하는 거야. 아무 데도 갈 곳 없는, 누구에게도 의지할 수 없는 조그만 어린애의 천사와 같은 순진무구한 믿음, 이것이 폭군의 더러운 피를 끓어오르게 하는 거지. 물론 모든 인간의 마음속에는 야수가 숨어 있어. 걸핏하면 성을 내는 야수, 희생당한 피해자의 울부짖음에 욕정 같은 쾌감을 느끼는 야수, 사슬에서 풀려나 멋대로 날뛰는 야수, 음탕한 생활 때문에 통풍이나 간질환에 걸린 야수, 이러한 야수들이지. 그래서 그 다섯 살 먹은 가엾은 여자아이를, 그 교양 있는 부모는 온갖 방법을 동원해 학대했다는 거야. 무엇 때문인지 자기들도 알지 못하면서 무조건 쥐어박고 때리고 발로 차고 해서 그 아이는 온몸에 시퍼렇게 멍이 들어 부풀어 올랐지. 그런데 부모는 그 짓도 나중에는 싫증이 나서 교묘한 기술까지 동원하기에 이르렀지.

엄동설한에 아이를 밤새도록 변소에 가둬둔 거야. 그것도 단지 아이가 밤에 변소에 가겠다는 말을 하지 않았다는 이유 때문이었어. 도대체 천사처럼 잠든 다섯 살짜리 어린애가 어떻게 부모에게 그걸 알릴 수 있겠니. 그래서 잘못해서 똥을 싸면 그 똥을 아이의 얼굴에 칠하는가 하면 억지로 먹이기까지 했다는 거지. 이런 짓을 바로 그 애의 친어머니라는 여자가 했단 말이야. 그리고 이 여자는 밤중에 변소에 갇힌 가엾은 아이의 신음소리를 들으며 태연스레 잠을 잤다는 거야! 너는 이걸 이해할 수 있겠니? 자기 몸에 무슨 일이 일어나고 있는지도 완전히 이해하지 못하는 조그만 어린애가 어둡고 추운 변소 안에서 조그만 주먹으로 터질 듯한 자기 가슴을 두드리기도 하고 아무도 원망할 줄 모르는 천진난만한 눈물을 흘리면서 하느님께 제발 살려달라고 기도하는 거야.

알료샤, 그래, 너라면 이 불합리한 이야기를 이해할 수 있겠니? 너는 나의 친구이자 하느님께 봉사하는 겸손한 수도사지. 도대체 무슨 이유 때문에 이런 불합리한 일이 생기는지, 어디 한번 설명해다오!

'이런 불합리가 없이는 지상에서 인간은 생활할 수가 없다, 왜냐하면 선악을 구별할 수 없을 테니까'

어떤 사람들은 이런 망발을 하기도 하지만, 이런 대가를 치러가면서까지 그 저주받을 선악을 구별할 필요가 있을까? 만일 그렇다면 인식의 세계를 통틀어봐도 이 어린애가 '하느님'께 흘린 눈물만 한 가치도 없지 않느냐 말이다. 나는 어른들의 고뇌에 대해선 말하지 않겠다. 어른들은 선악과를 따 먹었으니 될 대로 되라지. 모두 다 악마의 밥이 된다 해도 상관없어. 하지만 이 아이들만은, 아이들만은 달라! 알료샤, 내가 너를 괴롭히는 것 같구나. 완전히 새파랗게 질려 있는 것 같아. 듣고 싶지 않다면 그만두마."

"괜찮아요. 나 역시 괴로워하고 싶으니까요."

알료샤는 중얼거렸다.

"그럼, 한 가지만 더 이야기하게 해다오. 단지 호기심에서 하는 얘기이긴 하지만 이것도 굉장히 진기한 얘기야. 바로 얼마 전에 어느 고담집(古談集)에서 읽은 건데, 연대기였는지 고대 기록이었는지 잘 기억이 나질 않는구나. 그건 다시 조사해보면 알겠지만 암튼 19세기 초 농노제가 가장 심했던 암흑 시대의 이야기야. 우리는 사실 농노 해방자이신 알렉산드르 2세에게 감사를 드려야 할 거야! 그 시대에, 즉 19세기 초에 한 장군이 살고 있었어. 그는 세도가 당당한 많은 친지를 가진 부유한 지주였지. 퇴직하고 은퇴 생활에 들어간 그는 자기 하인들을 마음대로 죽이고 살릴 수 있는 권한을 가졌다고 확신하는 그런 족속 중의 하나였지. 하긴 그 당시에도 그런 족속은 드문 편이기는 해도 더러 있긴 했거든. 그런데 이 장군은 2000명의 농노가 딸린 자기 영지에서 살고 있었기 때문에 근처의 소지주들은 자기 집 식객이나 어릿광대처럼 취급하면서 그 위세가 보통이 아니었나 봐.

이 장군의 개집에는 수백 마리의 개가 있었는데, 개를 기르는 하인들 100여 명은 모두 제복을 입고 말을 타고 다녔어. 그러던 어느 날, 농노의 여덟 살 먹은 한 사내아이가 돌팔매질을 하다가 잘못 던져서 그만 장군이 애지중지하는 사냥개의 다리를 다치게 한 거지. '어찌하여 내가 귀여워하는 저 개가 다리를 저느냐?' 하고 장군이 묻자, 실은 이러이러한 아이가 돌을 던져 개의 다리에 상처를 입혔다고 고해바쳤지. 장군은 '네가 그랬겠다' 하며 아이를 돌아보더니 '저놈을 잡아라' 하고 소리쳤어. 그래서 하인들은 그 애를 어머니 손에서 빼앗아다가 하룻밤 가둬두었어. 다음 날 아침 날이 새기도 전에 장군은 사냥 차림으로 마당에 나타났어. 그 옆에는 식객들, 사냥개들, 개를 기르는 하인들, 몰이꾼들이 모두 말을 타고 주군을 호위하듯 늘어서 있었고, 주위에는 본보기를 보여주려고 모이게 한 모든 남녀 농노가 둘러서 있었지. 그 맨 앞줄에는 나쁜 짓을 한 아이의 어머니가 서 있었어. 이윽고 그 아이가 끌려나왔어.

안개 낀 음산하고 추운 가을날이어서 사냥하기엔 안성맞춤이었지. 장군은 아이를 발가벗기라고 명령했어. 발가숭이가 된 아이는 오들오들 떨면서 얼마나 무서운지 말도 못하고 넋이 빠져 있었지. '자, 저놈을 몰아내라' 하고 장군이 명령을 내리자, '뛰어라, 뛰어!' 하고 몰이꾼들이 아이에게 외쳐댔어. 아이는 뛰어 달아나기 시작했어. 그러자 장군은 '달려들어' 하고 외치며 사냥개를 모조리 풀었지! 이렇게 아이의 어머니가 보는 앞에서 개들이 무슨 짐승이라도 쫓듯이 아이를 쫓아가서 순식간에 갈기갈기 찢어버리고 말았다는 거야! 결국 그 장군은 금고형인가 뭔가를 선고받았더군. 자, 이런 작자는 어떻게 하면 좋겠니? 총살이라도 시켜야 할까? 도덕적 감정을 만족시키기 위해서 총살형에 처해야 할 게 아니냔 말이다. 말해봐, 알료샤!"

"총살해야죠!"

알료샤가 창백해진 얼굴에 일그러진 미소를 지으며 형을 쳐다보면서 말했다.

"브라보!"

이반은 기쁜 듯이 환호성을 질렀다.

"네가 그렇게 말하다니……. 너도 정말 대단한 수도사구나! 그러니까 너의 가슴속에도 악마의 새끼가 숨어 있는 거야. 알료샤 카라마조프!"

"내가 그만 어리석은 소리를 했군요. 하지만……."

"이런 바보 같으니, 그 말, 그 '하지만'이 문제야" 하고 이반이 소리쳤다.

"이것 봐, 수도사님. 이 지상에는 그 어리석은 소리가 너무 많이 필요한 거야. 이 세상은 어리석은 것을 발판으로 하고 서 있기 때문에, 그것이 없다면 아마 이 세상에는 아무 일도 일어나지 않을 거야. 우리는 그저 우리가 알고 있는 범위 내의 것만을 알고 있을 뿐이니까!"

"그럼, 형님은 대체 무엇을 알고 계시죠?"

"난 아무것도 알지 못해."

헛소리라도 하는 것처럼 이반이 말을 이었다.

"난 아무것도 이해하고 싶지 않아. 나는 사실에만 충실할 작정이야. 벌써 오래전부터 모든 것을 이해하지 않기로 결심했어. 무언가를 이해하려고 하면 꼭 사실을 왜곡하게 되거든. 그래서 나는 사실에만 충실하기로 결심한 거야."

"무엇 때문에 형님은 나를 시험하려고 하는 건가요? 그만하시고 어서 대답해주세요."

알료샤가 갑자기 슬픈 표정으로 소리쳤다.

"물론 대답하고말고. 그 말을 하려고 너를 여기까지 끌고 왔으니까. 너는 내게 소중한 존재야. 나는 너를 놓치고 싶지 않다. 나는 너를 조시마 장로 따위에게 양보할 수 없어."

이반은 잠시 말을 끊었다가 다시 침통한 표정을 지었다.

"이봐, 알료샤, 나는 문제를 보다 분명하게 하기 위해서 어린애들의 예만 들었을 뿐이야. 이 지구를 지표에서부터 중심부까지 온통 축축하게 적시고 있는 전 인류의 눈물에 대해서는 한 마디도 하지 않았어. 나는 일부러 논제를 좁힌 거야. 나는 빈대 같은 존재에 지나지 않기 때문에 어째서 모든 것이 요 모양 요 꼬락서니가 되었는지 도무지 이해할 수 없어. 그리고 이러한 사실을 통감하는 나 자신을 보며 굴욕감을 느끼지. 결국 잘못은 인간에게 있어. 원래 인류에겐 낙원이 주어졌는데, 자기들이 불행해질 것을 뻔히 알면서도 자유를 원한 나머지 천국의 불을 훔쳐냈기 때문에 조금도 그들을 불쌍히 여길 필요는 없는 거야. 나의 비참하고 지상적인 유클리드적인 지혜에 따르면, 그저 고통만 있을 뿐 죄인은 없다는 것, 모든 것은 단순 소박하게 하나의 사건에서 다른 사건을 낳으면서 끊임없이 흐르고 흘러 균형을 유지한다는 것뿐이야. 그러나 이것은 유클리드식 엉터리 사고에 지나지 않아. 나도 이것을 알고 있기 때문에 그런 사고방식을 따라 살아간다는 것에 찬성할 수가 없어.

그건 그렇고 사실은 말이야. 죄인은 하나도 없고, 모든 건 단순하게 직접적으로 하나의 사건이 다른 사건을 낳을 뿐이라는 사실을 알고 있다고 해서 도대체 뭐가 달라지겠니? 나한테 필요한 것은 복수야. 그걸 할 수 없으면 나는 자멸해버리고 말 거야. 그 복수를 언제 하게 될지는 모르지만 어쨌든 끝도 없는 저세상이 아니라 이 지상에서, 바로 내 눈앞에서 이루어져야만 해. 나는 그것을 믿어왔으니까. 그러니까 내 눈으로 똑똑히 지켜보고 싶다는 거야. 만약 내가 그때 죽어 있다면 나를 다시 소생시켜줘야만 해. 왜냐하면 내가 없는 곳에서 그 모든 것이 이루어진다는 건 너무 분한 일이 아니니. 사실 말이지 내가 지금까지 고행을 겪어온 것은 어느 딴사람에게, 어디서 굴러먹던 놈들인지도 모르는 이들에게 미래의 조화를 안겨주기 위한 것은 아니었어. 나는 그것을 위해 나 자신이며 나의 악행이며 나의 고통을 희생해온 게 아니란 말이지. 어디까지나 난 내 눈으로 사슴이 사자 옆에 태평하게 누워 있고 살해된 자가 일어나서 자기를 죽인 인간과 포옹하는 장면을 직접 보고 싶다는 거야. 즉, 모든 사람이 모든 사정을 깨닫게 될 때 나도 그 자리에 있고 싶다는 말이지. 이 지상의 모든 종교는 이러한 희망 위에 세워져 있는 거야. 그리고 나도 그러한 믿음을 가지고 있단다.

하지만 그렇다 해도 역시 아이들이 문제야. 그럴 경우 대체 그 아이들에게 무엇을 해줄 수 있겠니? 이게 바로 내가 해결할 수 없는 문제야. 또다시 되풀이해서 말하겠는데, 그 밖에도 문제는 수없이 많지만 나는 단지 어린애들의 경우만 예를 들었어. 그 까닭은 내가 말하고자 하는 바가 그 안에 명백히 드러나 있기 때문이지. 이봐, 알료샤, 많은 인간이 고통을 겪어야 하는 것은 그 고뇌를 통해 영원한 조화를 이루기 위해서라고 할 수도 있지만 무엇 때문에 어린애들까지 그 속에 끌어들여야 한단 말이야? 넌 그걸 나한테 말해줄 수 있겠니? 무엇 때문에 어린애들까지 고뇌를 겪어야 하고 조화를 위해 고통을 받아야 하는지, 나는 그 이유를 도무지 알 수가 없어! 무엇 때문에 어린애들까지 그런 거름이 되어 누군가를 위한 미래의 조화를 위해 희생되어야 한다는 거냐? 인간 사이에 얽힌 죄악의 연대 관계는 나도 이해 못하는 건 아니야. 그러나 어린애들이 그 연대 관계에 책임을 지는 건 이해할 수 없어. 만일 아버지의 모든 악행에 대해 그 자식에게 연대 책임을 물어야 한다는 것이 그 속사정이라면, 그런 진실은 저세상에나 있는 거니까 내가 알 바 아니야. 개중에는 우스꽝스러운 친구가 있어서, 어차피 아이들도 자라서 어른이 되면 악행을 저지를 게 아니냐고 말할지도 모르지만, 어쨌든 지금은 아직 어른이 아니잖느냐 말이다. 이제 겨우 여덟 살밖에 안 된 어린애가 개한테 물려죽은 거야.

오오, 알료샤, 나는 결코 신을 모독하려는 건 아니다! 만약 하늘 위와 땅 밑에 있는 모든 것이 하나의 찬미가 되고, 삶을 누리고 있는 모든 것과 전에 삶을 누렸던 모든 것이 조화로운 소리를 내어 '주여, 당신의 말씀은 옳았나이다. 이는 당신의 길이 열렸기 때문이었습니다!'라고 부르짖을 때, 우주 전체가 얼마나 진동할지 나도 잘 알고 있어. 그리고 그 어머니가 자기 아들을 개한테 물려죽게 만든 폭군과 얼싸안고 이 셋이 다 같이 눈물을 흘리며 소리를 합하여 '주여, 당신의 말씀이 옳았나이다'라고 외칠 때, 그때야말로 인식의 승리가 도래하여 모든 것이 명백하게 해명될 게 틀림없어. 그러나 여기엔 또 하나의 장애가 있어. 요컨대 나는 그것을 받아들일 수가 없어. 그래서 나는 이 지상에 살고 있는 동안 나 자신의 대책을 강구하기 위해 서두를 수밖에 없는 거야.

알료샤, 어쩌면 나는 자기 아들의 원수와 포옹하고 있는 어머니의 모습을 내 눈으로 직접 보고 '주여, 당신의 말씀이 옳았습니다'라고 외칠 때까지 살 수 있을지도 몰라. 아니면 그것을 보려고 일부러 다시 소생할지도 모르지. 그러나 나는 그때 '주여' 하고 외치고 싶지 않단 말이야. 아직 시간 여유가 있을 때 나는 재빨리 나 자신을 방어하기 위해 서두를 거야. 그런 최고의 조화 같은 건 깨끗하게 거부하겠어. 왜냐하면 그따위 조화는 구린내 나는 변소에 갇혀 조그만 자기 가슴을 두드리며 보상받을 길 없는 눈물을 흘리면서 '하느님 아버지께' 기도를 드린 그 학대받은 어린애의 눈물 한 방울만 한 가치도 없기 때문이야. 왜 그만한 가치도 안 되냐 하면 그건 이 눈물이 영원히 보상받지 못한 채 버려졌기 때문이야. 그 눈물은 마땅히 보상받아야만 해. 그렇지 못하면 조화라는 건 있을 수가 없는 거야. 그러나 무엇으로, 무엇을 가지고 그것을 보상할 수 있겠니? 과연 그것이 가능한 일일까? 눈물로써 복수를 한다? 과연 이게 보상이랄 수 있을까? 그러나 나는 그따위 복수 같은 건 필요 없어. 학대자를 위한 지옥이 무슨 소용이겠니. 이미 죄 없는 어린애가 온갖 학대를 당했는데 그 이후에 지옥 같은 게 무슨 소용이냐 말이다.

그리고 또 지옥이 있는 곳에 조화가 있을 리 없어. 나는 용서하고 싶어. 포옹하고 싶은 거야. 나는 더 이상 인간이 고통을 당하는 건 원치 않으니까. 만일 어린애들의 고뇌가 진리의 보상에 필요한 만큼 꼭 필요하다면, 단언컨대 모든 진리를 통틀어도 그만한 대가를 치를 가치가 없다고 말하겠어. 그런 대가를 지불할 바에는 개에게 아이를 물어뜯게 한 폭군을 그 아이의 어머니가 포옹하는 걸 반대할 거야. 어머니라 해서 그 폭군을 용서할 권리는 없으니까! 그래도 굳이 용서를 원한다면 자기 몫만 용서해주면 되는 거야. 아이의 어머니로서 끝없이 괴로워한 데 대해서만 용서해주란 말이지. 갈기갈기 찢겨진 아이의 고통을 용서해줄 권리까지 어머니에겐 없어. 가령 그 아이가 용서해준다 해도, 그 어머니에겐 폭군을 용서해줄 권리가 없는 거야. 만일 그렇다면, 만일 아무도 용서해줄 권리를 가지고 있지 않다면 도대체 그 조화는 어디에 있는 걸까? 도대체 이 세상에 타인을 용서할 권리를 가진 사람이 있을까? 나는 조화 같은 건 바라지 않아. 즉, 인류를 사랑하기 때문에 필요하지 않은 거야. 나는 차라리 보상받을 수 없는 고뇌 속에 있기를 원해. 비록 내 생각이 틀렸다 해도 보상받을 수 없는 고뇌와 풀 수 없는 분노를 품고 있는 편이 나아. 게다가 그 조화의 대가가 너무나 비싸서 내 주머니 사정으로는 그처럼 비싼 입장료를 지불할 수가 없어. 그래서 나는 나의 입장권을 빨리 돌려보내는 거야. 만일 내가 정직한 인간이라면 되도록 빨리 그 입장권을 돌려보낼 의무가 있어. 나는 그것을 실천에 옮기고 있는 중이야. 알료샤, 내가 신을 인정하지 않는 건 아니야. 그저 조화의 입장권을 정중히 돌려보낼 뿐이지."

"그건 반역입니다."

알료샤가 눈을 떨구며 나직한 소리로 말했다.

"반역이라고? 네가 그런 말을 할 거라고는 생각 못했는데……."

이반이 정색하며 말했다.

"반역하며 살아갈 수는 없잖아? 나는 살고 싶은 놈이야. 그건 그렇고 너한테 한 가지 묻겠는데, 솔직하게 대답해다오. 가령 내가 궁극에 가서 세상 사람들을 행복하게 하고 또 평화와 안정을 줄 목적으로 인류의 운명의 탑을 쌓아 올린다고 하자. 그런데 이 일을 위해서는 단 하나의 보잘것없는 생물, 아까 그 조그만 주먹으로 자기의 가슴을 두드린 그 가엾은 여자아이라도 좋아. 아무튼 반드시 그 애를 괴롭혀야 하고 또 그 애에게 보상받을 길 없는 눈물을 흘리게 한 다음에야 이 탑을 쌓을 수 있다고 가정한다면, 너는 과연 이러한 조건 아래서 그 탑의 건축 기사가 되는 것에 동의할 수 있겠니? 자, 솔직하게 말해다오."

"아니오. 나는 동의할 수 없을 겁니다."

알료샤가 조용히 대답했다.

"그리고 또 하나, 너한테서 그런 탑을 물려받은 세상 사람들이 이 조그만 희생자의 보상할 길 없는 피 위에 세워진 행복을 기꺼이 받아들이고 영원히 행복을 누릴 거라는 생각에는 동의할 수 있겠니?"

"아니, 동의할 수 없습니다. 형님."

알료샤는 갑자기 눈을 빛내며 말했다.

"형님께서는 지금 남을 용서할 수 있는 권리를 가진 사람이 이 세상에 존재하느냐고 말씀하셨죠. 그렇지만 그런 분은 존재합니다. 그분은 모든 일에 대해서 모든 인간을 용서할 수 있습니다. 왜냐하면 그분은 모든 사람을 대신해서 스스로 자기의 무고한 피를 흘리셨으니까. 형님은 그런 분이 존재한다는 것을 잊고 계시군요. 바로 그분을 기초로 하여 그 탑은 세워져 있는 겁니다. 그리고 그분을 향하여 우리는 '주여, 당신의 말씀은 옳았나이다. 이는 당신의 길이 열렸기 때문입니다!'라고 외칠 수 있는 겁니다."

"아아, 그건 '죄 없는 유일한 한 분'과 그의 피에 대한 말이구나! 천만에, 나는 그 사람을 결코 잊은 게 아니다. 나는 도리어 네가 어째서 그 사람 얘기를 꺼내지 않나 이상하게 여기고 있었지. 너희는 무슨 논쟁을 할 때면 으레 그 사람을 맨 앞에 내세우곤 하지 않니, 알료샤. 그런데 비웃지 말고 들어주렴. 내가 1년 전쯤 서사시 한 편을 쓴 게 있는데, 어떠니? 나와 10분가량 더 시간을 보낼 수 있다면 네게 들려주고 싶은데, 괜찮겠니?"

"형님께서 서사시를 쓰셨다고요?"

"아니, 실제로 쓴 건 아니야" 하고 이반이 웃었다.

"나는 지금까지 시라곤 단 두 줄도 써본 적이 없어. 다만 그 서사시는 머릿속에서 구상해서 따로 기억하고 있을 뿐이야. 그러나 정말 열심히 구상한 건 사실이지. 그러니까 네가 나의 최초의 독자, 아니 청중이 되는 거야. 사실 작가로서는 단 한 사람의 청중도 놓치지 아까운 법이거든."

이반은 싱긋 웃었다.

"어때, 이야기를 해줄까, 그만둘까?"

"꼭 들어보고 싶네요."

알료샤가 대답했다.

"제목은 〈대심문관(對審問官)〉이라고 하지. 우스꽝스러운 작품이지만 너한테 꼭 들려주고 싶다."

5. 대심문관

"그런데 이 작품에서 역시 서문이 빠질 수 없지, 이를테면 작가의 서문 말이다. 하하!"

이반은 웃었다.

"이거 뭐, 내가 대단한 작가라도 된 것 같구나! 그건 그렇고 내 서사시의 무대는 16세기란다. 너도 학교에서 배워 잘 알겠지만 그때는 시 창작을 하면서 하늘의 신비로운 힘을 지상으로 끌어내리는 것이 문학적 습관처럼 유행하던 시대였어. 단테는 말할 것도 없고 프랑스에서는 재판소의 서기니 수도원의 수도사니 하는 사람들이 여러 가지 연극을 보여주곤 했는데, 그건 주로 성모 마리아니, 성인 그리스도니, 심지어 하느님 자신까지도 무대에 등장시켰어. 그 당시에는 이 모든 것이 매우 소박하게 다루어지던 시절이었거든. 빅토르 위고의 《노트르담 드 파리》에는 루이 11세 시대에 황태자 탄생을 축하하여 파리의 의사당 건물에서 '그지없이 성스럽고 인자하신 동정녀 마리아의 훌륭한 재판(Le bon jugement de la trèsainte et gracieuse Vierge Marie)'이라는 교훈극이 시민에게 무료로 상연되었다는 이야기가 나온단다. 이 극에서는 성모께서 직접 무대에 왕림하여 공정한 재판을 주관하는 것으로 되어 있지. 그리고 우리 러시아에서도 표트르 대제* 전의 모스크바에서 주로 구약성서에서 내용을 가져와 비슷한 연극들을 간혹 상연하곤 했지. 그러나 이런 연극 이외에도 그 당시에는 여러 가지 소설이니 '종교시(宗敎詩)'가 널리 세상에 퍼져 있었는데, 그 속에서는 성도니 천사니 하는 천상의 주인공들이 필요에 따라서 활약하고 있었어. 러시아의 수도원에서도 역시 번역을 하거나 단순히 필사를 하든지 개중에는 그러한 내용의 서사시를 창작하는 사람들이 있었는데, 그것이 타타르인들이 러시아를 지배하던 시절이었으니 더욱 놀랄 일이지.

그런데 예를 하나 들면 어느 수도원에서 만든 극시에, 물론 그리스어에서 번역한 것이긴 해도 〈성모 마리아의 지옥 순례〉라는 것이 있는데 여기에는 단테 못지않은 대담한 광경들이 수없이 많아. 성모 마리아가 대천사 미카엘의 인도를 받아 지옥을 방문하고 고뇌 속을 헤매며 수많은 죄인과 그들의 고통을 직접 목격한다는 내

---

* 러시아의 서구화를 이끈 황제이다.

용이지. 그중에서도 가장 주목할 만한 것은 불바다 속에 떨어진 한 떼의 죄인들이야. 그들 중에는 영원히 다시 떠오를 수 없을 만큼 깊은 바다 속에 빠진 자들도 있는데, 그들은 '하느님한테서도 버림받은' 존재들이야. 이건 정말 심각하면서도 박력 있는 표현이야. 여기서 성모 마리아는 깊은 충격을 받아 슬픔에 잠긴 채 하느님 앞에 엎드려 지옥에 떨어진 모든 사람, 자기가 지옥에서 보고 온 모든 사람에 대해 아무 차별 없이 자비를 내려주십사고 탄원했어. 성모 마리아와 하느님 사이의 이 대화는 참으로 흥미진진한 데가 있어. 성모는 하느님 앞을 떠나지 않고 탄원에 탄원을 거듭하지. 하느님은 십자가에 못 박힌 아들 그리스도의 손과 발을 가리키며 '저렇게 가혹한 짓을 한 자들을 어떻게 용서할 수 있겠는가' 하고 물었어. 그러자 성모는 모든 성자, 모든 순교자, 모든 천사, 모든 대천사를 향해 자기와 함께 엎드려 모든 죄인에 대해 차별 없는 죄의 사면을 기원하자고 부탁했어. 그리하여 마침내 성모는 매년 성금요일(聖金曜日)에서 성신강림절(聖神降臨節)까지의 50일 간은 모든 고통을 중지한다는 허락을 받게 되었어. 그러자 지옥의 죄인들은 일제히 하느님께 감사하며 '주여, 당신은 옳으십니다!' 하고 외치는 거야. 그건 그렇고 내가 쓴 서사시도 그 당시에 발표되었다면 아마 이와 유사한 것이 되었으리라고 생각해.

나의 서사시에도 그리스도가 무대에 등장하지. 그런데 그저 나오기만 할 뿐, 한 마디 말도 없이 그대로 지나가버리고 마는 거야. 그때는 그가 지상에 와서 나타날 것을 약속한 뒤 15세기나 지났을 때야.

'그날과 시간은 아무도 모른다. 하늘의 천사들도 모르고 아들도 모르고 오직 아버지만이 아신다.'*

예언자도 이렇게 썼고 또 그리스도 자신도 이 지상에 살아 있을 때 같은 말을 했지만, 그때부터 이미 15세기나 지났는데도 인류는 여전히 같은 신앙과 감동을 느끼며 그의 재림을 기다리고 있는 거야. 아니, 그때보다 신앙심은 더 커졌지. 왜냐하면 하늘에서 인간에게 내려준 보증이 단절된 후 이미 15세기라는 세월이 지나가버렸으니까 말이야.

믿어라, 마음의 속삭임을
하늘의 보증이 없더라도**

즉, 마음의 속삭임에 대한 믿음밖에 남지 않은 거야. 물론 그 당시만 해도 여러 가지 기적이 있었던 것은 사실이야. 기적적인 치료를 행한 성인들도 있었고, 성모 마리아의 방문을 받은 기록도 있었지. 그러나 악마도 낮잠을 자고 있었던 것은 아니니까, 이런 기적의 진실을 의심하는 자들이 인류 속에 나타나기 시작했어. 그 당시 독일 북쪽에 무서운 이단이 새롭게 일어났어. '불붙은 큰 산과 같은 (즉, 교회와 같은) 큰 별 하나가 수원(受援)에 떨어져 물이 써졌

---

* 〈마태복음〉 24:36
** F. 실러의 시 〈동경〉에서 인용하였다.

다'*라는 말이지. 이들 사교는 대담하게도 그러한 기적들을 부정하기 시작했어. 그러나 신앙을 가진 사람들은 더욱 열렬히 믿었어. 인류의 눈물은 여전히 변함없이 그리스도를 원하고, 사랑하고, 기다리며 그에게 희망을 걸고, 옛날처럼 그를 위해 고난을 당하다 죽어가기를 갈망하고 있었어. 이렇게 몇 세기에 걸쳐 인류는 신앙과 열정을 가지고 '오, 주여, 우리에게 모습을 나타나소서'라고 기도하며 애타게 불렀기 때문에, 그지없이 자비로우신 그리스도는 마침내 기도를 드리는 이들한테 내려가기로 생각한 거야. 그전에도 그는 천국에서 내려와 그때까지 이 지상에 살고 있던 몇몇 성인이며 순교자들, 성스러운 은자들을 방문한 일이 있었는데, 이것은 그들의 전기에도 기록되어 있지. 우리 러시아에서도 자기 말의 진실성을 굳게 믿고 있던 추체프**가 이렇게 노래한 바 있어.

십자가의 무거운 짐 지고 내려와
하느님의 아들이 노예가 되어
어머니인 대지에 축복을 주고자
방방곡곡 두루 다니시도다

이건 정말 그랬을 거야. 나도 그건 확신할 수 있어. 그래서 그리스도는 잠시라도 좋으니 민중 속에 모습을 드러내기로 작정하신

---

* 〈요한계시록〉 8:10~11
** 러시아 낭만주의 시기의 시인으로, 러시아 '철학시'의 시조로 일컬어진다.

거겠지. 고민하고 괴로워하며 어둠의 죄에 싸여 있으면서도 젖먹이처럼 순진하게 자기를 사랑해주는 민중 곁으로 말이야. 그러나 내 서사시는 스페인의 세비야를 무대로 하고 있어. 그리고 그 시대는 신의 영광을 위해 날마다 화형장에서 사악한 이교도들을 태워 죽이던 심문시대(審問時代)에 속해 있지.

활활 타오르는 화형장에서
사악한 이교도들이 불타 죽도다*

그러나 물론 이 강림은 그가 일찍이 약속했던 하늘의 영광에 싸여 이 세상이 끝나는 날에 출현한다는 것과는 전혀 다른 거야. 결코 '동쪽에서 서쪽까지 번쩍이는 번갯불'**처럼 나타난 것은 아니었으니까. 그리스도는 잠깐 동안 자기 자식들을 방문하고 싶었던 거야. 그래서 그는 특별히 이교도들을 불태우는 불길이 무섭게 타오르는 바로 그 땅을 골랐어. 그지없이 자비로우신 그리스도는 15세기 전에 3년간 사람들 사이를 돌아다녔을 때와 마찬가지로 인간의 모습을 빌려 다시 한번 민중 속에 나타나신 거야. 그리스도는 남쪽 도시의 '뜨거운 광장'에 내려왔는데, 마침 그때는 '활활 타오르는 화형장'에서 거의 100명에 가까운 이교도들이 '하느님의 크신 영광을 위하여(a majorem gloriam Dei)' 국왕을 비롯한 조정의

---

* A. I. 폴레자예프의 시 〈코리올란〉에서 인용하였다.
** 〈마태복음〉 24

신하들, 기사들, 추기경, 아름다운 궁녀들과 세비야의 수많은 주민들이 지켜보는 가운데 대심문관인 추기경의 지휘 아래 한꺼번에 화형당한 바로 그다음 날이었어.

그리스도는 사람들의 눈을 피해 조용히 나타났어. 그런데 이상하게도 세상 사람들이 모두 그분이 주님이란 것을 알아보았어. 바로 여기는 내 서사시 중에서도 최고의 대목이라 해도 과언이 아니야. 즉, 어떻게 민중이 그를 알아보았느냐 하는 점이 그럴듯하거든. 민중은 불가항력적인 어떤 힘에 이끌려 그리스도를 향해 밀려가서 순식간에 그를 에워싸고 그의 뒤를 따라가는 거야. 그리스도는 그지없이 자비로운 미소를 지으며 말없이 군중 속을 걸어가고 있었어. 사랑의 태양이 그의 가슴속에 타오르고, 광명과 힘의 광선은 그 눈에서 흘러나와 사람들의 머리 위를 비추면서 사람들 가슴속에 사랑의 감흥을 일으켰어. 그는 군중에게 두 손을 뻗어 축복을 내렸는데, 그 자신의 몸은 말할 것도 없고 그의 옷자락에만 손이 닿아도 모든 병을 고치는 힘이 솟아나는 거야. 이때 어릴 때부터 장님인 노인 하나가 군중 속에서 '주여, 제 눈을 뜨게 하시어 저도 당신을 볼 수 있게 하소서'라고 소리쳤어. 그러자 마치 눈에 붙었던 비늘이라도 떨어져나간 듯이 장님이 눈을 떴어. 사람들은 감격의 눈물을 흘리며 그가 밟고 지나가는 땅에 입을 맞추었고, 아이들은 그의 앞에 꽃을 던지고 노래하며 '호산나!'라고 외치고 사람들은 '이분은 틀림없이 그분이셔, 틀림없이 그분이시라니까' 하고 끊임없이 외쳐댔어. '그분이 아니라면 누구시겠어.'

그가 세비야 대성당 현관 앞에서 걸음을 멈췄는데, 마침 이때 뚜껑을 덮지 않은 조그마한 하얀 관이 통곡 소리와 함께 성당으로 운반되어 들어가고 있었어. 그 관 속에는 이름 있는 시민의 외동딸인 일곱 살 난 소녀의 시체가 꽃에 덮여 누워 있었지.

'저분은 당신의 딸을 소생시켜주실 거예요.'

슬픔에 빠져 있는 어머니를 향해 군중 속에서 외치는 소리가 들렸어. 관을 맞으러 나온 신부는 미간을 찌푸린 채 의혹에 찬 눈으로 그를 바라보고 있는 거야. 갑자기 이때 죽은 아이의 어머니의 외침 소리가 울려 퍼졌어. 여인은 주님의 발밑에 몸을 던지고는 '만약 당신이 예수님이시라면 제 딸을 다시 살려주십시오' 하고 그리스도에게 두 손을 뻗으며 외쳤지. 장례 행렬이 멈춰서고 관은 그의 발밑에 내려졌어. 그리스도는 연민의 눈으로 바라보더니, 조용히 입을 열어 '탈리타 쿰(Talitha cumi)'* 하고 한번 외쳤어. 그러자 소녀는 관 속에서 일어나 앉더니 놀란 듯이 눈을 크게 뜨고 방실방실 웃으며 주위를 둘러보는 거야. 그 손에는 관에 눕힐 때 쥐어준 백장미 꽃다발이 그대로 있었어. 군중 속에서 동요와 환성과 통곡이 일어났지. 바로 이때 대심문관인 추기경이 성당 옆 광장을 지나고 있었지.

이 대심문관은 나이가 거의 아흔 살에 가까웠지만 키가 크고 허리가 꼿꼿했으며, 여윈 얼굴에 눈은 움푹 패어 있었지만, 아직도

* '소녀여, 일어나라'라는 뜻이다. 〈마르코복음〉 5:41

두 눈에는 불꽃과 광채가 번쩍이는 노인이었지. 그는 전날 로마 교회의 적들을 불태울 때 민중 앞에 입고 나왔던 찬란한 법의가 아니라 낡아빠진 허름한 법의를 걸치고 있었어. 그 뒤에는 우울한 얼굴을 한 보좌관들, 노예들 그리고 '성스러운' 호위병들이 일정한 간격을 두고 따라오고 있었지. 대심문관은 군중 앞에 걸음을 멈추고 멀리서 쳐다보고 있었어. 그는 모든 장면을 다 보았지. 사람들이 그리스도의 발밑에 관을 내려놓는 것도 보았고, 소녀가 다시 살아나는 장면도 보았어. 그러자 그의 얼굴이 어두워지면서 숱 많은 흰 눈썹을 험상궂게 찌푸렸고, 두 눈에서는 불길한 광채가 번뜩였어. 그는 호위병을 향해 손가락을 쳐들어 보이며 '저자를 체포하라'고 명령했어. 그의 권세는 너무나 강하여 그의 명령이라면 누구나 벌벌 떨며 순순히 복종하도록 길들여져 있었으므로 군중은 호위병들에게 순순히 길을 열어주었어. 그리하여 별안간 내습한 무덤 같은 침묵 속에서 호위병들은 그리스도를 잡아서 끌고 갔지. 군중들은 마치 한 사람이 움직이듯 일제히 늙은 심문관 앞에 이마가 땅에 닿도록 절을 했고, 심문관은 말없이 군중에게 축복을 내리고 그 자리를 떠났어. 호위병은 이 죄인을 신성재판소(神聖裁判所)로 사용하는 낡은 건물 안의 어둡고 좁다란 원형 천장의 감방으로 끌고 가서 그 안에 가둬버렸지.

날이 저물어 어둡고 무더운 '죽음과도 같은 세비야의 밤'이 찾아왔어. 대기는 온통 '월계수와 레몬 향기'로 가득 차 있었어. 그런데 캄캄한 어둠 속에서 갑자기 감방 문이 열리더니 늙은 대심문관이 손에 등불을 들고 안으로 들어오는 거야. 그는 혼자 들어왔는데, 들어오자 감방 문은 곧 닫혀버렸어. 그는 문 옆에 선 채 1, 2분 동안 그리스도의 얼굴을 뚫어지게 바라보고 있더니, 이윽고 조용히 다가와서 탁자 위에 등불을 내려놓고 말을 시작했어.

'네가 정말 그리스도냐? 네가 그리스도냔 말이다?'

그러나 대답을 듣기도 전에 그는 얼른 말을 이었어.

'대답을 안 해도 좋다. 잠자코 있거라. 하기는 대답할 말도 없을 테지. 난 네가 할 말을 너무나 잘 알고 있다. 게다가 너는 지금껏 말한 것 이외에 아무것도 덧붙일 권리가 없단 말이다. 무엇 때문에 우리를 방해하러 왔느냐? 너는 정말 우리를 방해하러 온 거지? 하지만 내일 무슨 일이 일어날지 알고 있느냐? 나는 네가 누군지도 모르고 또 알고 싶지도 않다. 네가 진짜 그리스도건 아니건 그건 아무래도 상관없어. 어쨌든 나는 내일 너를 재판에 회부하여 극악무도한 이단자로 화형에 처해버릴 테니까. 오늘 너의 발에 입을 맞춘 민중이 내일은 내가 손가락을 놀리기만 해도 네가 불타고 있는 모닥불 속에 앞 다퉈 장작을 던져 넣을 거다. 그걸 너는 아느냐? 아마 알고 있겠지.'

대심문관은 단 한순간도 죄수에게서 눈을 떼지 않고 깊은 감개를 느끼는 듯한 어조로 말했어."

"뭐가 뭔지 통 모르겠어요. 형님, 도대체 그건 무슨 뜻입니까?"

말없이 계속 듣고만 있던 알료샤가 미소를 지으며 물었다.

"그건 터무니없는 공상인가요, 아니면 그 노인의 오해인가요,

225

그건 도저히 있을 수 없는 모순당착(qui pro quo) 아닌가요?"

"그럼, 마지막 것으로 생각하렴."

이반이 껄껄 웃었다.

"네가 요즘 유행하는 사실주의에 물들어 공상적인 요소는 조금도 참을 수 없다면, 그래서 그걸 모순당착으로 생각하고 싶다면 그래도 좋아."

그는 다시 웃었다.

"노인은 이미 아흔 살이 되었으니까 오래전부터 비정상적인 관념을 가지고 있었는지도 모르지. 더욱이 그 죄수의 용모에 압도되기도 했을 거고 말이야. 아니, 어쩜 그것은 아흔 노인의 단순한 헛소리나 망상일지도 몰라. 아마 그 전날 100명이나 되는 이단자들을 화형에 처했기 때문에 아직도 흥분해 있었겠지. 그러나 너한테나 나한테나 그것이 모순당착이건 터무니없는 망상이건 결국은 매한가지 아니냐? 결국 그 노인은 자기 마음속에 있는 것을, 90년 동안이나 말하지 않고 있던 것을 입 밖에 내서 말한 것뿐이니까."

"그런데도 죄수는 여전히 가만 있는 겁니까? 상대방의 얼굴만 바라볼 뿐 아무 말도 하지 않나요?"

"그야 물론 그럴 수밖에 없잖아. 어떤 경우에든."

이반은 다시 웃었다.

"그리스도는 옛날에 자기가 말한 것 이외에 덧붙일 권리가 없다고 그 노인이 못 박고 있으니 말이야. 내 생각에는 바로 여기에 로마 가톨릭의 가장 근본적인 특징이 숨어 있다고 할 수 있는 것 같

아. '너는 이미 모든 것을 교황에게 넘겨주지 않았느냐 말이다. 이제 모든 것이 교황 수중에 있으니, 제발 다시 나타나지 말라고. 적어도 어느 시기가 올 때까지는 방해하지 말아주게'라고 말하는 거야. 그들은 이런 뜻을 입으로만 떠드는 것이 아니라 책으로까지 쓰고 있거든. 적어도 예수회 사람들은 말이야. 나도 예수회 신학자가 쓴 책을 읽은 적이 있어.

'도대체 너는 네가 방금 떠나온 저세상의 비밀을 우리에게 한 가지만이라도 전할 권리를 가지고 있다고 생각하느냐?'

대심문관은 그리스도한테 이렇게 묻고는 곧 자신이 대신 답하는 거야.

'아니, 그럴 권리는 조금도 없어. 그건 네가 옛날에 한 말에 무엇 하나 덧붙이지 않게 하기 위해서도 그렇고, 또한 네가 이 지상에 있을 때 그처럼 강력히 주장했던 자유를 민중에게서 빼앗아가지 못하게 하기 위해서도 그래. 네가 지금 새로이 전하려고 하는 것은 전적으로 민중의 신앙의 자유를 위협하는 것뿐이야. 왜냐하면 그 것은 기적으로 나타나기 때문이지. 그런데 민중의 신앙의 자유야말로 이미 1500년 전 당시부터 너에게 가장 귀중한 것이 아니었느냐. 나는 너희들을 자유롭게 해주기를 원하노라고 입버릇처럼 말한 것은 바로 네가 아니었느냐 말이다. 이제 너는 그들의 자유로운 모습을 보게 된 거야. 생각에 잠긴 듯한 표정으로 노인은 빙긋이 웃으며 이렇게 덧붙였어. 사실 우리는 이 사업을 위해 얼마나 비싼 대가를 치렀는지 모른다고.'

준엄한 눈초리로 상대방을 쏘아보며 노인을 다시 말을 이었어.

'그러나 우리는 너의 이름으로 마침내 이 사업을 완성했다. 지난 15세기 동안 우리는 이 자유를 위해 온갖 고초를 겪었으나, 이제는 그것을 완성한 거야. 견고하게 완성한 거지. 너는 견고히 완성했다고 해도 믿지를 않겠지? 너는 상냥한 눈으로 나를 바라보며 화를 낼 가치조차 없다는 표정이구나. 그러나 이것만은 알아두어라. 민중은 지금 어느 때보다도 자기들이 완전한 자유를 누리고 있다고 믿고 있다. 하지만 그들은 그들의 자유를 자진해서 우리에게 바쳐준 거야. 겸손하게 우리의 발밑에다가 그것을 다 바쳤다고. 그리고 그걸 완성한 건 바로 우리란 말이다. 네가 원하는 것은 바로 이런 자유가 아니었을 테지!'"

"무슨 말인지 잘 모르겠어요,"

알료샤가 형의 말을 또 가로챘다.

"노인은 비꼬아 말하는 겁니까? 비웃는 건가요?"

"결코 그렇지 않아. 그들은 마침내 자유를 정복함으로써 민중을 행복하게 해주었고, 그 모든 것은 자기와 동료의 공적이라고 생각하는 거야. '왜냐하면 이제야 비로소 민중은 행복을 생각할 수 있게 되었기 때문이다. 인간은 원래 반역자로서 창조되었지만 반역자가 과연 행복할 수 있을까? 너도 여러 번 경고를 받았어' 하고 노인은 그리스도에게 말하는 거야. '너는 경고와 주의를 충분히 받았음에도 불구하고 그 경고에 귀 기울이지 않고 인간을 행복하게 할 수 있는 유일한 길을 거부해버렸단 말이다. 그러나 다행히도 너는 이 세상을 떠날 때 자기 사업을 우리에게 넘겨주고 가지 않았느냐. 그러니까 너는 이제 와서 그 권리를 우리한테서 빼앗아갈 수 없단 말이다. 그런데도 도대체 무엇 때문에 우리 일을 방해하러 온 거냐?'"

"경고와 주의를 충분히 받았다는 건 대체 무슨 뜻이죠?" 하고 알료샤가 물었다.

"바로 그것이 심문관이 말하려는 가장 중요한 대목이야. 노인은 말을 계속하지. '무섭고도 지혜로운 악마*가, 자멸과 허무의 악마가 광야에서 너를 시험한 것으로 되어 있는데, 그것이 사실인지? 그러나 그 악마가 세 가지 물음으로 너에게 한 말, 너한테 거절당했던 말, 성경에서 시험이라 불리는 그 말보다 더 진실한 말이 과연 있을 수 있을까? 만약에 이 땅에서 정말로 위대한 기적이 이루어진 때가 있다고 한다면, 그것은 이 세 가지 시험의 날, 바로 그날일 테지. 그 이유는 이 세 가지 시험 속에 다름 아닌 기적이 포함돼 있기 때문이지. 가령 여기서 이 무서운 악마의 세 가지 물음이 성경 속에서 자취도 없이 사라져버려서, 또다시 그것을 성서에 써 넣기 위해 새롭게 고안하여 창작하지 않으면 안 되게 되었다고 치자. 이것을 위해 세계의 모든 현자, 즉 정치가, 성인, 학자, 철학자, 시인 등을 모아놓고 '세 가지 물음을 고안해다오. 그러나 그것은 어디까지나 사건의 위대성에 상응할 뿐더러 세 마디의 말, 단 세 마

* 〈마태복음〉4

229

디의 인간의 말로 전 세계와 전 인류의 미래사를 남김없이 망라해서 표현하지 않으면 안 된다' 이런 과제를 주었다고 하자. 이런 경우, 전 세계의 전지전능을 한데 묶어 짜내본다 하더라도 그 힘과 깊이에서, 강하고 현명한 악마의 광야에서 너한테 던진 세 가지 물음에 필적할 만한 것을 과연 그들이 짜낼 수 있을 것인가? 너도 그런 것쯤은 알고 있을 테지.

이 세 가지 물음으로 판단하더라도, 그 실현의 기적만으로 판단하더라도 덧없이 흘러가는 인간의 지혜가 아니라 영원하고도 절대적인 지혜를 상대로 하고 있다는 것이 판명되지 않느냐 말이다. 왜냐하면 이 세 가지 물음 속에 인간의 전 미래사가 하나로 통합되어 예언되어 있을 뿐 아니라 지구 전체에 미치는 인간 본질의 해결할 수 없는 역사적 모순을 한꺼번에 모아놓은 세 가지 이미지가 나타나 있기 때문이지. 그야 물론 미래를 알 수 없으므로 그 당시만 해도 이런 것을 잘 몰랐을 테지만, 그로부터 15세기라는 세월이 흐른 오늘날의 우리는 이것을 알고 있지. 이 세 가지 물음 속에 무엇 하나 증감할 수 없을 만큼 모든 것이 예언되었고, 또 그 예언대로 모두 맞아 들어가고 있다는 것을 잘 알 수 있지 않느냐 말이다. 도대체 어느 쪽 말이 옳은가 너 자신이 판단해봐라. 네가 옳은가, 아니면 그때 너를 시험한 자가 옳은가?

첫째 질문을 상기해봐라. 말은 좀 다를지 몰라도 뜻은 이런 거니까. '너는 지금 세상으로 나가려 하고 있다. 그것도 자유의 약속이니 뭐니 하는 걸 가졌을 뿐 맨손으로 나가려 한다. 그러나 원래가 어리석고 비천한 인간들은 그 약속의 뜻을 이해하지 못하고 오히려 두려워하고 있다. 왜냐하면 인간이나 인간 사회에 있어 자유보다 더 견디기 어려운 것은 지금까지 없었으니까! 이 메마른 벌거숭이 광야에 뒹구는 돌들을 보라. 만일 네가 이 돌을 빵으로 변하게 할 수만 있다면 온 인류는 점잖은 양 떼처럼 너의 뒤를 따를 것이다. 그리고 네가 혹시 빵을 주지 않을까 영원토록 전전긍긍하리라.'

그러나 너는 민중한테서 자유를 빼앗기를 원치 않았으므로 이 제의를 거부해버렸던 것이다. 너의 생각으로는 만약 그 복종이 빵으로 살 수 있는 것이라면 어떻게 거기 자유가 존재할 수 있겠느냐 하는 것이었다. 그때 너는 '사람은 빵만으로 살 수 없다'고 반박했지만 그러나 다름 아닌 그 빵의 이름으로 이 지상의 악마가 너한테 반기를 들고 너와 싸워 승리를 거두게 될 것이며, 모든 사람들은 '이 짐승을 닮은 자야말로 하늘에서 불을 훔쳐 우리에게 준 자다'라고 환호하면서 그 악마의 뒤를 따라가고 있는 것을 너는 모르느냐?

수백 년이 지난 후에 인류는 자기의 지혜와 과학의 입을 빌어 '범죄라는 것도 없고 따라서 죄악도 없다. 다만 굶주린 인간이 있을 뿐이다'라고 선언하게 되리라는 걸 너는 모르느냐?

'먼저 먹을 것을 우리에게 달라. 그리고 나서 선행을 요구하라!'

이렇게 쓴 깃발을 치켜들고 사람들은 너를 반대하여 폭동을 일으킬 것이다. 그리고 그 깃발에 의하여 너의 신전은 파괴되어버릴 것이다. 그리하여 너의 신전이 서 있던 자리에는 새로운 건물이,

다시금 새로운 바벨탑이 세워질 것이다. 물론 옛날의 그것과 마찬가지로 이 탑도 완성되지 못하겠지만, 그렇다 하더라도 너는 이 새로운 탑의 건설을 사전에 막아 사람들의 고통을 천 년은 줄일 수 있었을 것이다. 왜냐하면 그들은 천 년 동안 그 탑을 세우느라고 고통 받은 끝에 우리한테 돌아온 것이 분명하니까! 그때 그들은 또다시 땅속 묘지 안에 숨어 있는 우리를 찾아낼 거다. 그때는 우리가 또다시 박해를 받아 고난의 길을 가고 있을 테니까. 그들은 우리를 찾아내서 '우리에게 먹을 것을 주십시오, 우리에게 천국의 불을 가져다주겠다고 약속한 사람이 거짓말을 했습니다'라고 외칠 테지. 그러면 그때 우리는 비로소 그들의 탑을 완성시켜줄 것이다. 왜냐하면 그들에게 먹을 것을 주는 자만이 그 탑을 완성시킬 수 있는데 바로 우리가 너의 이름으로 그들에게 먹을 것을 주기 때문이다. 그러나 '너의 이름으로'라는 건 거짓말에 지나지 않는 거다. 그들이 자유를 누리고 있는 한 어떤 과학도 그들에게 빵을 줄 순 없는 거야!

　그러나 결국에 가서는 그들도 자기의 자유를 우리의 발밑에 가져다 바치며 '우리를 노예로 삼아도 좋으니 제발 먹을 것을 좀 주십시오'라고 애원할 게 틀림없어. 즉, 자유와 빵은 어떠한 인간에게도 양립할 수 없다는 것을 그들 자신이 깨닫게 되는 거지. 또한 그들은 자기네들끼리 그것을 공평하게 분배할 수는 도저히 없기 때문에, 또한 그들은 자기들이 너무나 무력하고 너무나 악할뿐더러 한 푼의 값어치도 없는 반역자들이기 때문에 절대로 자유를 누릴 수 없다는 것을 깨닫게 될 테지. 너는 그들에게 하늘의 양식을 약속했지. 그런데 다시 되풀이하지만 그 무력하고도 죄 많은 비천한 인간들의 눈으로 볼 때, 과연 하늘의 빵이 지상의 빵만 하겠느냐 말이다! 설사 수천수만의 인간이 하늘의 빵을 얻기 위해 너의 뒤를 따른다 하더라도, 하늘의 빵을 위해 지상의 빵을 멸시할 수 없는 수백만 수천만 명의 인간은 도대체 어떻게 된다는 거냐? 아니면 너에겐 위대하고 강력한 의지를 지닌 수만 명의 인간만이 귀할 뿐, 약한 의지를 가지긴 했지만 너를 사랑하는 수백만 명의 인간들은, 아니, 바닷가의 모래알처럼 수많은 인간들은 조금도 귀하지 않다는 거냐? 우리에겐 무력한 인간도 귀중하다. 그들은 방탕한 반역자들이긴 하지만, 나중에 가선 오히려 이런 인간들이 유순해지기 마련이니까. 그들은 우리를 경탄의 눈으로 바라보고 우리를 신으로 받을 것이다. 왜냐하면 우리는 그들의 선두에 서서 그들이 그처럼 두려워하는 자유를 달갑게 참아내고 그들 위에 군림할 것을 동의했기 때문이야. 그리하여 마침내 그들은 자유롭게 된다는 것을 가장 큰 공포로 여기게 될 것이란 말이다.

그러나 우리는 그들에게 '우리 역시 그리스도의 종이며, 너희들 위에 군림하는 것도 그리스도의 이름으로 하는 것이다'라고 선언할 거야. 이렇게 우리는 다시금 기만할 것이지만, 이제는 무슨 일이 있어도 너를 우리에게 가까이 오지 못하게 할 테니까 문제될 건 하나도 없지. 그러나 이 기만 속에 우리의 고민이 존재하고 있는 거야. 왜냐하면 우리는 영원히 거짓말을 해야만 하니까. 광야에서의 첫째 물음은 바로 이런 뜻을 지니고 있는 거야. 너는 네 자신이 무엇보다도 가장 존중하는 자유 때문에 그것을 거부했던 거야. 그 밖에도 이 물음 속에는 현세의 위대한 비밀이 숨어 있지. 만약 네가 '지상의 빵'을 받아들였더라면 개개의 인간 및 전 인류의 영원하고도 공통적인 번민에 대하여 해답을 줄 수 있었을 것이다. 그것은 '누구를 숭배할 것이냐' 하는 의문이지. 자유를 누리는 인간에게 가장 괴롭고 해결하기 어려운 문제는 우선 급하게 자기가 숭배할 인물을 찾아내야 한다는 거야. 그런데 인간이란 존재는 태생적으로 숭배할 만한 가치를 지닌 대상을 찾게 되어 있어. 왜냐하면 이 가련한 생물들은 그들 각자가 숭배 대상을 찾을 뿐만 아니라 만인이 함께 떠받들고 만인이 다 함께 무릎을 꿇을 수 있는 그런 대상을 찾기 때문이지.

이런 공통적인 숭배의 요구야말로 세상이 시작된 그날부터 개개의 인간 및 전 인류의 가장 큰 고민거리가 되어왔어. 숭배의 공통성이라는 것 때문에 사람들은 서로 칼을 들고 싸워왔지. 그들은 각자 자기들만의 신을 만들어서 서로 자기 쪽으로 불러들였어. '너희 신을 버리고, 이리 와서 우리 신 앞에 무릎을 꿇어라. 그렇지 않으면 너희들도, 너희 신도 죽여버리겠다'고 하면서. 이런 상태는 이 세상이 끝날 때까지, 이 세상에서 신이라는 신이 모두 사라진 뒤에도 계속될 거다. 신이 없으면 그들은 우상 앞에라도 무릎을 꿇지 않을 수 없는 자들이니까. 너는 인간 본성의 이 근본적인 비밀을 알고 있었을 게다. 아니, 몰랐을 리가 없어. 그런데도 너는 모든 인간을 무조건 네 앞에 무릎 꿇게 하기 위해 악마가 너한테 권한 절대적인 유일무이한 깃발, 즉 지상의 빵이라는 깃발을 거부했어. 더욱이 하늘의 빵과 자유의 이름으로 그것을 거부해버리지 않았느냐 말이다. 그리고 또 네가 무슨 일을 했는지 잘 생각해봐라. 너는 걸핏하면 자유라는 이름을 내걸었어! 거듭 말하지만 인간이라는 가련한 생물들에게는 자유라는 타고난 선물을 넘겨줄 사람을 한시 바삐 찾아내는 것이 가장 큰 고민거리란 말이다.

그러나 그들의 자유를 지배할 수 있는 자는 그들의 양심을 편안하게 해줄 수 있는 자에 한하는 거야. 너에겐 빵이라는 절대적인 깃발이 주어졌으니까, 빵을 주기만 하면 사람들은 네 발밑에 엎드릴 게다. 왜냐하면 빵보다 더 확실한 것은 없으니까. 하지만 만약 그때 누구든 너 이외에 인간의 양심을 지배하는 자가 나타나면 오, 그때는 너의 빵을 내던지고서라도 인간은 자기의 양심을 사로잡는 자의 뒤를 따를 게 틀림없어. 이 점에 있어선 네가 옳았어. 왜냐하면 인간 삶의 비밀은 그저 사는 것뿐만 아니라 무엇을 위해서 사느냐 하는 데 있기 때문이지. 무엇 때문에 사느냐 하는 굳건한 의식이 없다면, 설사 빵이 산더미같이 쌓여 있더라도 결코 인간은 살기를 원치 않을 거야. 이 지상에 남아 있기보다는 차라리 자멸의 길을 택할 게 틀림없어. 그러나 실제는 어떤가? 너는 인간의 자유를 지배하기는커녕 오히려 더욱 큰 자유를 그들에게 부여하지 않았느냐 말이다! 그래 너는 인간이 선악의 의식에 있어서의 자유로운 선택보다는 안식을 (때로는 죽음까지도) 더욱 귀중하게 여긴다는 것을 잊었던 게다. 그야 물론 인간에겐 양심의 자유보다 더욱 매력적인 것은 없지만, 그것만큼 괴로운 것 또한 없다. 그런데 너는 인간의 양심을 영원히 평안케 할 확고한 기반을 주는 대신 이상하고 아리송한 수수께끼 같은, 인간의 힘에는 너무나 벅찬 것들만 안겨주었다. 따라서 너의 행위는 인간을 조금도 사랑하지 않는 것과 유사한 결과를 가져오게 된 거다. 도대체 그런 행동을 한 것은 누구냐 말이다. 그건 다름 아닌 인류를 위해 자신의 생명을 던진 네가 아니냐?

너는 인간의 자유를 지배하려 하지 않고 오히려 너는 그 자유를 증진시켜 괴로움을 심어주고 그 괴로움을 통해 인간의 마음의 왕국에 영원한 무거운 짐을 지워주었던 거다. 너는 너에게 매혹된 인간이 자유 의지로써 너를 따라올 수 있도록 인간의 자유로운 사랑을 바랐다. 그 결과 인간의 확고한 고대의 율법을 물리치고, 그 후부터 무엇이 선이고 어떤 게 악인지 자유 의지에 따라 스스로 결정하지 않으면 안 되게 된 거다. 게다가 지도자라고는 그들 앞에 너의 모습밖에 없었던 거야. 그러나 너는 이러한 것을 생각해보진 않았느냐? 만일 선택의 자유라는 무거운 짐이 인간을 압박할 때, 인간들이 네게 등을 돌리고 너의 모습도, 너의 진리도 배척하게 될 것이라는 것을. 그들은 결국 진리는 네 속에 없다고 외치게 될 것이다. 왜냐하면 너는 그처럼 많은 걱정거리와 풀 수 없는 과제들을 그들에게 줌으로써 그들로 하여금 혼란과 고통 속에서 허우적거리도록 했기 때문이지. 사실 그 이상으로 잔인한 일은 도저히 불가능한 일이니까. 이렇게 너는 스스로 자기 왕국이 붕괴되는 기초를 만들어놓았으니 어느 누구도 비난하거나 원망할 수도 없을 거다. 그렇지만 과연 네가 권고받은 것이 이런 것이었을까?

이 지상에는 세 가지 힘이 있다. 즉, 이들 무력한 폭도들의 양심을, 그들의 행복을 위해 영원히 정복하고 사로잡을 수 있는 힘은 이 지상에 세 가지밖에 없단 말이다. 그 세 가지 힘이란 바로 기적과 신비와 권위를 말하는 거다. 너는 이 세 가지를 모두 거부함으로써 스스로 모범을 보여주었다. 그때 그 무섭고도 지혜로운 악마가 너를 성전 꼭대기에 세워놓고 이렇게 물었지.

'만약에 네가 하느님의 아들인가 아닌가를 알고 싶거든 여기서 뛰어내려봐라. 왜냐하면 밑에 떨어져 몸이 부서지지 않도록 도중에 천사가 받아준다고 책에 씌어 있으니까. 그때 너는 하느님의 아들인가 아닌가를 알게 될 것이고 하느님 아버지에 대한 너의 믿음이 얼마나 깊은지도 알게 될 것이다.'*

그러나 너는 이 권고를 물리쳤고, 술책에 빠져 밑으로 뛰어내리거나 하지 않았다. 물론 너는 신의 아들로서 긍지를 지키며 훌륭하게 행동했을지 모른다. 그러나 인간은, 그 무력한 폭도의 무리들은 결코 신이 아니다.

오오, 그때 만일 네가 한 걸음이라도 앞으로 나서서 뛰어내릴 자세를 취하기만 했더라도 너는 하느님을 시험한 것이 되어 당장

---

* 〈마태복음〉 4:5~6

에 모든 신앙을 잃고 네가 구원하러 온 그 대지에 부딪혀서 온몸이 산산이 부서져 너를 유혹한 그 지혜로운 악마를 기쁘게 해주었을 것이 틀림없다. 그러나 되풀이해 말하지만 너는 그것을 알고 있었던 거지. 유혹을 이겨낼 수 있는 힘이 다른 사람에게도 있을 것이라고 너는 정말 한순간이나마 생각한 적이 있는가? 인간의 본성이란 기적을 부정할 수 있도록 만들어져 있을까? 특히 생사가 걸린 그런 무서운 순간에, 가장 무섭고 가장 근본적이고 가장 괴로운 정신적 의혹에 자유로운 양심의 결정만으로 행동할 수 있도록 인간이 창조되었을까. 물론 너는 자신의 이 언행이 역사에 기록되어 땅 끝까지 영원히 전해지리라는 것을 알고 있었으므로, 다른 사람들도 너를 본받아 기적을 구하지 않고 하느님과 함께 있을 것이라고 기대했던 거야. 그러나 기적을 부정할 때 인간은 신까지도 함께 부정한다는 걸 너는 몰랐던 거야. 왜냐하면 인간은 오히려 신보다도 기적을 구하기 때문이지. 인간이란 기적 없이는 살 수 없는 존재야. 그래서 그들은 제멋대로 기적을 만들어내고, 마침내는 마술사의 기적이나 무당의 요술에도 금방 무릎을 꿇어버리는 거지. 다른 사람보다 몇 배나 더한 반역자고 이교도고 불신자라 할지라도 이 점에서는 다 똑같을 거란 말이다. 너는 많은 사람들이 '십자가에서 내려와봐라. 그럼 네가 하느님의 아들이라는 걸 믿겠다'라고 희롱하며 소리쳤을 때도 십자가에서 내려오지 않았어. 그때도 역시 인간을 기억의 노예로 삼기를 바라지 않고 기적의 구속을 받지 않는 자유로운 신앙을 갈망했기 때문에 내려오지 않았던 거야. 당신이 원한 것은 강력한 힘에 지배를 받는 인간의 노예와 같은 삶에서 오는 기쁨이 아니고 자유로운 인간이었어. 하지만 이런 점에서마저 너는 인간을 지나치게 높이 평가했어. 그들은 처음에 반역자로 태어났지만 역시 노예인 것이 분명했기 때문이지. 주변을 잘 둘러보고 판단해라. 그때부터 15세기나 지났으니 네가 네 자신의 높이까지 끌어올린 상대가 과연 어떤 존재들인지 보란 말이다. 나는 단언할 수 있다. 네가 생각한 것보다 인간은 훨씬 약하고 비열하단 사실을. 인간이 네가 한 것과 같은 일을 할 수 있다고 생각하는가?

그런 방식으로 그들을 존중하면서 너의 행위는 오히려 그들을 동정하지 않는 것처럼 되어버렸어. 그것은 네가 그들에게 지나치게 많은 걸 요구해서 그렇게 된 거야. 자신보다 인간을 더 사랑했다고 했지. 그런 것들이 네가 할 일이라고 생각한 건가? 네가 만일 그들을 그렇게 사랑하지 않았다면 그들에게 그렇게 많은 것을 요구하지도 않았을 것이다. 그렇게 되면 인간도 부담을 덜 느꼈을 것이고 그래서 그들을 사랑하는 결과가 되었겠지. 인간은 본디 힘이 없고 비열하니까. 지금 그들은 여러 곳에서 우리의 권위에 대항하여 반기를 들고 있고, 그것을 자랑스러워하지만 그런 건 아무래도 좋아. 그런 것 따위는 어린애들의 자랑에 불과하니까. 초등학생들의 자랑일 뿐이지. 그것은 교실에서 소란을 일으켜서 선생을 쫓아내는 유치한 어린애들이 하는 짓과 같아. 하지만 얼마 지나지 않아서 아이들의 기쁨은 끝나고, 그들은 그것 때문에 혹독한 대가를 치르겠지. 그들은 성전을 무너뜨리고 피로 대지를 물들이겠지만 결국 이 아이들도—그들이 반역자이지만—그 반역을 끝까지 지탱할 수 없는 의지가 빈약한 반역자라는 걸 알게 될 거야. 결국 자신들을 반역자로 만든 신은 자신들을 비웃으려고 한 게 분명하다는 사실을 아둔하게 눈물을 흘리며 깨닫게 되는 거지.

그들이 이런 소리를 하는 건 절망에 빠졌기 때문이지만 일단 내뱉은 말은 전부 신을 모독하는 것이 되어서, 결국에는 더 불행해지겠지. 인간의 본성은 신에 대한 모독을 이겨낼 수 없게 되어 있어서 마침내 그런 본성이 자신에게 복수를 할 것이고. 그래서 불안, 혼란, 불행 같은 것이 바로 지금 우리가 겪는 숙명이 되어버리지. 네가 그들의 자유를 위해서 그렇게 고난을 겪은 뒤에도 역시나 인간의 운명은 변하지 않아. 위대한 예언자*는 비유와 환상으로 가득한 계시록에서 심판의 날에 참석한 모든 자들을 둘러보았는데, 각 지파별로 1만 2000명이었다고 했지. 그러나 그들의 수가 그것밖에 되지 않는다면 그들은 인간보다는 신이라고 해야겠지.** 그들은 너의 십자가를 지고 몇십 년간 메뚜기와 풀뿌리만을 먹으며 아무것도 없는 황야에서 견뎠지. 그래서 너는 물론 자유의 아들, 자유로운 사랑의 아들, 너 자신을 위해 스스로 원해서 성스러운 희생을 한 아들들을 자랑스럽게 가리킬 수도 있겠지.

하지만 그들은 몇천 명밖에 되지 않는 신과 마찬가지인 인간들

---

* 세례 요한을 가리킨다.

** 〈요한계시록〉 7:4~8

임을 명심해라. 그렇다면 나머지 인간은 어떻게 되는 거지? 그런 거룩한 인간들이 참고 견딘 것을 약한 인간들이 견디지 못했다고 해서 연약한 영혼들을 꾸짖을 수는 없지 않은가? 자유라는 무서운 선물을 받아들일 수 없었다고 해서 연약한 영혼들을 비난하는 건 아니지 않느냐는 거지. 실제로 너는 선택된 자들만을 위해 선택된 자들에게만 강림한 것인가? 만약에 그렇다면 그건 신비이며, 우리 는 도저히 이해할 수 없는 부분이야. 그리고 그것이 진실된 신비라 면, 우리도 신비를 선전하며 '인간에게 중요한 것은 마음의 자유 로운 판단이나 사랑이 아니라 양심에 벗어나더라도 무조건적으로 복종하는 신비'라고 가르쳤을 것이다. 그리고 우리는 그렇게 했지. 우리는 너의 위업을 수정해서 그것을 기적과 신비와 권위 위에 세 웠지. 사람들은 또다시 자신을 양 떼처럼 끌어주고, 큰 고통을 준 무서운 선물을 결국 없애줄 자가 나타난 것에 기뻐하며 어쩔 줄 몰라 했지.

우리가 그렇게 배우고 또 그런 식으로 한 것이 옳은지 그른지 말 해보거라. 우리가 그렇게 겸손하게 인간이 무력하다는 것을 인정 하고 사랑으로 인간의 짐을 덜어주고 연약한 본성을 이해하고 우 리의 허락을 얻으면 그들의 죄까지 용서받을 수 있도록 했는데 우 리가 인류를 사랑하지 않았다고 말할 수 있겠는가! 너는 왜 우리 를 방해하러 지금 나타났느냐? 왜 그대는 내 마음속을 들여다보는 것처럼 부드럽게 내 얼굴을 바라보는 거지? 화를 내고 싶으면 어 서 내거라. 나는 너의 사랑을 원하지 않아. 왜냐하면 나는 그대를 사랑하지 않으니까. 그대에게 숨길 이유가 없어. 내가 지금 누구를 상대하는지 모르는 것 같나? 너는 내가 무엇을 말하려는지 벌써 다 알겠지. 네 눈을 보면 알 수 있거든. 이런데도 내가 너에게 우리의 비밀을 감추는 것이 무슨 의미가 있을까? 어쩌면 너는 내 입으로 직접 그것을 말하길 바라고 있는지도 모르지. 그렇다면 내가 말하겠어. 우리는 너와 손을 잡은 게 아니라 악마와 손을 잡았어! 이게 바로 우리의 '비밀'이야. 우리는 이미 오래전부터 너를 버리고 그와 함께했지. 8세기 전부터 그랬으니까. 예전에 네가 거세게 거절했던, 그가 이 지상의 왕국을 손가락질하며 너에게 권유했던 그 마지막 선물을 그 '악마'에게서 받은 지 8세기가 되었어. 우리는 악마에게 로마와 황제의 칼을 받고, 우리가 이 지상의 유일한 왕이라고 선언했다. 아직은 이 사업이 완벽하게 이루어지지는 못했지만 그건 우리의 잘못이 아니야. 비록 이 사업이 아직 초기이기는 하지만, 어쨌든 시작된 것은 사실이야. 완성되기까지는 오래 기다려야 하고 이 지구는 수많은 고통을 겪어야겠지만, 그래도 우리는 끝내 황제가 될 것이고 그때는 우리가 인류의 행복에 대해서도 생각할 수 있을 것이다.

그런데 너는 그때 이미 황제의 칼을 손에 넣을 수 있었는데 왜 마지막 선물을 거절했느냐? 그때 그 악마가 건넨 세 번째 충고를 받아들였다면 너는 인류가 원하는 모든 것을 만족시켰을 것이다. 그렇지? 즉, 인류가 누군가를 찬양하고 누구에게 양심을 맡길 것인지, 그리고 모든 인간을 개미집에서 공동 생활을 하는 개미처럼 하나로 통합할 수 있는 방법은 무엇인지 등을 해결할 수 있었을 것이다. 세계적 통합의 요구는 인류의 제3의 고민이며, 또한 마지막 고민이기 때문이다. 시대에 상관없이 인류는 수단과 방법을 가리지 않고 세계적인 통합을 이루기 위해 항상 노력해왔지. 거룩한 역사를 가진 국민은 많았지만, 이들은 높은 위치를 얻을수록 더 불행해졌다. 왜냐하면 다른 사람보다 훨씬 강할수록 인류의 세계적 통합의 요구를 더 강하게 의식했기 때문이지. 티무르나 칭기즈칸 같은 위대한 정복자들은 우주를 정복하기 위해서 폭풍처럼 대지를 휘저었지만, 그들도 인류의 세계적이고 보편적인 결합의 요구를 표현한 것에 머물렀지. 전 세계와 황제의 홍포(紅袍)*를 갖게 되었을 때, 비로소 세계적 왕국을 세울 수 있고 세계적인 안식도 줄 수 있어. 왜냐하면 인간의 양심을 지배하고 그들의 양식을 마음대로 할 수 있는 사람이 아니면 아무도 인간을 지배할 수 없기 때문이지.

우리는 황제의 칼을 얻었고 그것을 손에 넣으면서 너를 버리고 그를 따르게 되었다. 오, 인간의 자유로운 지식, 과학 그리고 인육을 먹는 무법천지가 앞으로도 더 지속될 것이고, 우리의 도움 없이 바벨탑을 건설하면 결국 미개한 식인 세계로 종결되겠지. 하지만 결국 한 마리의 야수가 우리의 발을 핥으며 피눈물을 쏟을 것이 분명해. 그렇게 되면 우리는 그 야수 위에 앉아서 축배를 들 것이

* 옛 로마의 황제와 추기경이 입던 붉은 복장으로 제위를 뜻한다.

다. 그 잔에는 '신비'라고 적혀 있겠지. 결국 인류는 평화와 행복의 왕국을 건설하게 되는 것이지. 너는 자신의 선민들을 자랑스러워하지만 그들은 선택받은 소수일 뿐이야. 그러나 우리는 모두에게 안식을 줄 수 있지. 뿐만 아니라 그 선민들이 될 수 있었던 강자들 중에서 대부분은 너를 기다리다가 지쳐서 그 정신과 열정을 다른 세계에 쏟았고, 앞으로도 그렇게 되겠지. 그래서 그들은 결국 너에게 맞서며 자유의 반기를 높이 들 거야. 하긴 너도 그런 깃발을 든 적이 있었지.

이와 반대로 우리 진영은 모두가 행복해지고, 자유로운 세계에서는 반란이나 살육이 없어질 거야. 맞아, 그들이 자유를 버리고 우리에게 복종하면 그제야 그들은 진실로 자유로울 것이라고 우리는 설득할 거야. 우리의 말이 옳을지, 거짓이 될지, 어떻게 생각하나? 그들은 스스로 옳다고 확신하겠지. 너의 그 자유 때문에 노예의 공포와 혼란에 빠졌던 걸 기억하면서 말이지. 자유, 자유로운 지식, 과학은 그들을 밀림 안으로 데리고 가서 큰 기적과 풀리지 않는 신비 앞에 세울 테고, 그들 가운데 가장 거칠고 반항심이 많은 자들은 스스로 자살하겠지. 또한 반항적이지만 겁이 많은 자들은 서로를 죽일 것이고, 그 외에 힘이 없고 불쌍한 자들은 우리에게 기어와서 이렇게 울부짖겠지.

'맞습니다. 당신들이 옳습니다. 하느님의 신비를 지배하는 것은 오직 당신들뿐입니다. 당신들에게 돌아올 것이니 제발 우리를 우리로부터 구원해주십시오.'

그들은 우리에게 빵을 받고, 우리가 그들이 얻은 빵을 거뒀다가 기적도 베풀지 않고 다시 나눠준다는 것을 확실하게 깨닫겠지. 또 그들은 우리가 돌을 빵으로 변하게 하지 않았다는 것도 깨닫게 되겠지. 그러나 그들은 빵보다도 우리에게 빵을 받는 것에 더 큰 기쁨을 느낄 거야. 우리가 없었을 때는 그들이 얻은 빵이 그들의 손에서 돌로 변했지만 우리에게 돌아왔을 때는 그 돌이 다시 빵으로 변했다는 걸 잊을 수 없기 때문이지. 영원한 복종이 어떤 의미인지 그들은 뼛속 깊이 느낄 거야! 이걸 이해하지 못하면 인간은 영원히 불행할 수밖에 없어.

그러니 이런 몰이해를 만든 건 도대체 누구지? 말해봐! 양 떼를 흩어지게 하고 낯선 곳으로 쫓은 건 도대체 누구지? 그 양 떼는 다시 모여서 이번에는 영원히 복종하게 될 테고, 그렇게 되면 우리는 대단하지는 않지만 조용한 행복을 나눠줄 것이다. 연약한 생물로 태어난 그들에게는 그게 어울리는 행복이기 때문이지. 결국 우리는 그들을 설득하여 자부심을 느낄 수 없게 만들 거야. 왜냐하면 네가 그들을 부추겨서 자부심을 갖게 만들었기 때문이지. 우리는 그들이 힘이 없고 가련한 어린아이일 뿐이고, 어린아이의 행복이 가장 달콤하다는 것을 그들에게 증명하고 말겠다. 그렇게 되면 그들은 겁을 먹고 암탉에게 모여드는 병아리처럼 두려움에 몸을 떨며 우리에게 달려들어서 우리를 찬양하겠지. 그들은 감탄의 눈으로 우리를 바라보며 공포에 가득 찬 채 날뛰던 수많은 양 떼를 제압할 정도로 큰 힘과 뛰어난 지혜를 가진 우리를 자랑스러워하겠지. 우리가 화를 내면 어쩔 줄 몰라 하며 가냘프게 몸을 떨면서 여자처럼 울고, 우리가 웃으면서 부르면 기뻐하고 웃으며 진실로 행복한 것처럼 어린이의 노래를 부르며 즐거워할 것이다. 우리는 그들에게 일을 시키겠지만, 노동이 없는 시간에는 어린애처럼 놀이와 노래와 춤으로 즐겁게 시간을 보내도록 하겠다. 그래, 우리는 그들의 죄까지 용서할 것이다. 그들은 힘이 없고 의지도 약한 자들이므로 우리가 그들의 죄를 허락하면 우리를 어린애처럼 사랑하게 될 것이다. 우리의 허락을 받으면 무슨 죄를 지어도 모든 죄가 씻어질 것이라고 우리는 그들에게 말할 것이다. 죄를 허락하는 것은 우리가 그들을 사랑해서이며, 그 죄에 대한 벌은 우리가 받겠다고 할 것이다. 그렇게 되면 그들은 하느님 앞에서 자신들의 죄를 대신 맡아준 은인이라고 우리를 떠받들 것이고, 우리에게 아무것도 숨기지 않으려고 할 것이다. 아내가 있으면서 첩을 삼는 것도, 아이를 낳거나 낳지 않는 것도, 모두 복종의 여부에 따라서 허가하거나 금지할 것이다. 그래서 그들은 기쁘게 우리에게 복종할 것이다. 그들은 가장 괴로운 양심의 비밀까지 모두 우리에게 말할 것이고, 우리는 모든 문제를 해결할 것이다. 그러면 그들은 우리가 해결한 것을 기뻐하며 받아들이겠지. 왜냐하면 모든 것을 자신이 해결해야 하는 큰 부담과 깊은 고민으로부터 벗어날 수 있기 때문이지. 모든 사람은 행복해질 것이다. 그들을 이끄는 10만 명의 사람들을 제외하고 몇십 억의 사람들이 행복해질 것이다. 오직 우리만이, 비밀을 지키는 우리만이 불행을 참아내기 때문에 그 행복이 가능해질 것이다.

수십억의 어린애들은 행복하고, 10만 명의 선악을 감별하는 저주받은 수난자가 생기겠지. 수난자는 너를 위해서 소리 없이 죽을 테지만, 그들이 저세상에서 찾을 수 있는 건 죽음뿐이지. 하지만 우리는 비밀을 지키고 그들의 행복을 위해 영원한 보상으로서 천국을 미끼로 삼아서 그들을 유혹해야 해. 저세상에 뭔가가 있어도 그들에게는 차례가 돌아가지 않을 것이기 때문이지.

사람들의 예언에 따르면 너는 다시 이 세상으로 돌아올 것이고, 다시 모든 것을 거느릴 것이며, 선택받은 훌륭하고 힘센 자들을 거느리고 올 것이라고 했어. 그러나 그들은 자신을 구원한 것뿐이지만 우리는 모두를 구원해준 것이라고 말할 거야. 이런 예언도 있지. '마침내 야수에 올라타서 신비를 손에 쥔 간부(姦婦)는 모욕을 당할 것이고, 힘없는 자들은 또다시 반란을 일으켜 그 간부의 붉은 옷을 찢고 추한 몸을 벌거벗길 것'*이라는 예언이지. 그러나 그때 나는 일어나서 죄 없는 수십억의 행복한 아기들을 너에게 보여주겠다. 그들의 행복을 위해서 그들의 죄를 맡은 우리는 네 앞을 막고 '우리를 심판할 수 있으면 심판해보라!'고 외칠 거야.

알아두어라, 나는 네가 두렵지 않다. 나도 황폐한 광야에서 메뚜기와 풀뿌리를 먹으며 지낸 일이 있다. 너는 자유를 내걸고 인류를 축복했고, 나 역시 자유를 축복했지. '수를 채우고' 싶어서 나머지

---

* 〈요한계시록〉 17~18

247

당신의 선택받은 사람들 속에, 거룩하고 힘센 사람들 사이에 끼고 싶어 했지. 하지만 갑자기 제정신이 들어보니 너의 광기에 봉사하기 싫어졌어. 그래서 나는 광야에서 돌아와 네 위업을 비판하는 사람들 편에 섰어. 오만한 자들의 무리에서 벗어나 겸허한 사람들의 행복을 위해서 겸허한 사람들에게 돌아온 셈이지. 얼마 뒤에 내가 말한 일들은 이뤄질 것이고, 우리의 왕국도 결국 세워질 것이다. 다시 반복하지만 내일이 되면 너도 순한 양 떼를 보게 될 것이다. 내가 손을 드는 시늉만 해도 그들은 달려와서 너를 불태울 장작더미에 빨간 숯을 던질 것이다. 우리가 당연히 화형시킬 사람이 있다면, 그것은 바로 너란 말이야! 나는 내일 너를 불에 태워 죽일 것이오. 딕시(Dixi)⋯⋯."*

여기에서 이반은 말을 멈췄다. 그는 이야기하면서 줄곧 흥분해서 정신없이 떠들어댔다. 그러나 말을 마친 뒤 그는 문득 빙긋 웃었다.

알료샤는 내내 말없이 듣다가 이야기가 끝날 때쯤 몹시 흥분해서 형이 하는 말을 몇 번이고 가로막으려다가 간신히 참고 있는 것 같았다. 그는 결국 벌떡 일어나 둑이 터지는 것처럼 말했다.

"하지만⋯⋯ 그건 말도 안 돼요!"

그는 얼굴을 붉히면서 외쳤다.

"형님의 서사시는 형님이 뜻한 것과 반대로 그리스도에 대한 찬

---

* '나는 할 말 다 했다'는 뜻의 라틴어이다.

양은 될 수 있을지 몰라도 비난은 될 수 없어요. 그리고 형님이 말하는 그 자유론을 믿을 사람도 없어요! 그런 식으로 자유를 해석하는 이유가 뭡니까? 그것이 러시아 정교의 해석인가요? 그것은 로마의 해석이 아니고 로마 전체도 아니에요. 로마 전체라고 하면 거짓말이죠. 그건 가톨릭의 가장 나쁜, 종교재판의 심문관이나 예수회 회원 같은 사람들의 사상일 뿐이에요! 게다가 형님이 말한 심문관과 같은 그런 허황된 인간은 절대 없어요. 자신이 대신 맡았다는 인간의 죄는 대체 뭡니까? 인류의 행복을 위해 비밀을 지키고 자처해서 저주를 감당한 사람은 대체 누구일까요? 그런 사람이 대체 언제 있었나요? 우리도 예수회에 대해 압니다. 예수회 사람들이 악명 높은 건 맞지만, 과연 형님의 시에 나오는 그런 사람일까요? 전혀 달라요, 절대 그렇지 않습니다……. 그들은 단지 로마 교황을 황제로 모시고 온 세계에 왕국을 세우려고 애쓰는 로마의 군대일 뿐이에요. 그들의 유일한 이상에는 신비도 없고, 고상한 비애도 없어요……. 권력과 더러운 세속의 부귀영화 그리고 민중의 노예화를 목적으로 삼는 아주 단순하고 자잘한 욕망을 지닌 집단일 뿐이지요. 그 노예화도 미래의 농노제처럼 지주는 그들 자신이 되려는 속셈이고요. 그들의 사상은 고작 이런 정도예요. 아마 그들은 하느님도 믿지 않을 거예요. 그래서 형님이 말한 고뇌하는 심문관은 단지 환상일 뿐이에요."

"그래, 진정하렴, 진정해."

이반이 웃었다.

"그렇게 흥분은 하지 말고. 네가 환상이라고 한다면 환상이라고 하자꾸나! 당연히 환상이라고 하자구. 하지만 한 가지 묻고 싶구나. 너는 진짜 최근 몇 세기 동안 일어난 가톨릭 운동이 더러운 행복을 원하는 권력이라고만 생각하니? 파이시 신부가 네게 그런 말을 했냐?"

"아니요, 그렇지 않습니다. 파이시 신부님은 오히려 형님과 비슷하게 말씀하셨어요……. 하지만 물론 핵심은 달라요. 그것과는 전혀 다른 의미였어요."

알료샤가 순간 말을 바꾸었다.

"네가 '전혀 다른 의미였다'고 아무리 변명해도 그건 귀한 정보가 확실하구나. 그런데 더 물어볼 게 있다. 너희 예수회 회원이나 심문관들은 왜 추악한 물질적 행복을 위해 뭉친 거지? 왜 그들 중에는 거룩한 비애와 고뇌를 안고서 인류를 사랑하는 수난자가 한 명도 없는 거니? 추악한 물질적 행복을 추구하고 있는 자들 중에도 한 명 정도는 내가 말한 늙은 심문관 같은 사람이 있었을 거라고 예측할 수 있는 것 아니니? 그는 광야에서 풀뿌리를 먹으면서 자신을 자유롭고 완벽한 존재로 만들려고 자신의 욕망을 극복하기 위해서 필사적으로 계속 노력했어. 하지만 평생 동안 인간을 사랑하고, 어느 날 갑자기 깨달음을 얻어서 자유 의지의 완성에 이르는 것도 대단한 정신적 기쁨이 아니라는 것을 알게 된 거야. 왜냐하면 자기 혼자서 의지의 완성에 이르게 되면 신의 창조물인 수억 명의 나머지 인간들은 비웃음을 받으려고 창조된 존재라는 사실을 인정할 수밖에 없기 때문이야. 그들은 자신에게 주어진 자유를 누릴 능력도 없고, 불쌍한 반역자들 중에서 바벨탑을 완성할 초인이 나올 리도 없으며, 거룩한 이상주의자가 바랐던 조화로운 세계는 결코 아둔한 인간들을 위해서가 아니라는 걸 깨달았기 때문에 광야에서 돌아와서 현명한 사람들 편에 섰던 거야. 그런데 너는 이런 일이 생길 수 없다는 거냐?"

"누구 편에 섰다는 거죠? 현명한 사람들은 도대체 누구를 뜻하는 건가요?"

알료샤는 자신도 잊은 채 흥분해서 소리쳤다.

"그들에게는 그런 지혜가 아예 없어요. 신비와 비밀이 없다는 뜻이에요. 있는 건 무신론뿐이에요. 그들의 비밀은 고작 그것이 전부예요. 형님이 말하는 늙은 심문관은 하느님을 믿지 않아요. 노인의 비밀은 그것이 전부라구요!"

"그래도 달라지지 않아! 너도 이해하는 것 같구나. 사실 그의 비밀은 오직 그것뿐이야. 하지만 그렇다고 해도 그런 인간에게는 그것이 크나큰 괴로움이거든. 그는 광야에서 고행을 하면서 인생을 낭비했지만 인류에 대한 사랑이라는 불치병을 못 고쳤으니까 말이야. 그는 인생의 마지막에 이르러서야 그 거룩하고 소름끼치는 성령의 힘이 나약한 반역자들, 즉 '비웃음의 대상이 되기 위해서 창조된 미완성의 시험적 생물'들을 그나마 버틸 수 있는 질서 속에서 살 수 있게 할 수도 있다는 것을 이해하게 되었던 거야. 그러자 그는 지혜로운 성령, 죽음과 파괴의 끔찍한 성령의 행동을 따르는 것이 옳다고 깨달았지. 그래서 거짓말과 속임수를 앞장서서 받아들이고 의식적으로 인간들을 죽음과 파괴로 이끄는 것이 지당하며, 또한 그들이 어디로 끌려가는지 모르도록 속이면서 그동안에 그 불쌍한 장님들이 다소 행복을 느끼도록 해주어야 한다고 생각했어. 그런데 특히 짚고 넘어가야 할 것은 이런 속임수도 노인이 평생 그 이상을 맹렬하게 받들어온 그리스도의 이름으로 이뤄진다는 거야! 정말 불행이 아니냐? 만일 그 '오직 더러운 행복만을 위해 권력을 원하는' 군대 전체의 지도자로 그런 사람이 단 한 명이라도 나타난다면 그 한 명으로 비극은 이미 충분하지 않겠어? 게다가 그런 사람이 한 명이라도 우두머리가 된다면 모든 군대와 예수회를 포함해서 온 로마의 가톨릭 사업에 대한 참된 지도적 이념, 이 사업의 최고 이념을 만들어내기에 충분할 거란 말이지. 나는 이런 '유일한 인간'은 모든 운동에 앞장섰던 사람들 중에서 늘 존재했다고 강하게 믿어. 역대 로마 교황 가운데에서도 이런 보기 드문 인물들이 있었을 거야. 그렇게 집요하리만큼 자신의 방식대로 인류를 사랑하는 이 저주받을 늙은 심문관은 지금도 자기처럼 '유일한 사람'들의 무리 속에서 지금도 존재하고 있을지 모르지. 그런데 이런 부류의 무리는 결코 우연히 존재하는 것이 아니라 예전부터 비밀을 지키려고 조직된 종파나 비밀 결사로서 존재하는 것이 확실해. 연약하고 불쌍한 인간들로부터 그 비밀을 지키는 것은 그들의 행복을 위해서니까 말이야. 그래서 이것은 반드시 존재할 것이고, 또 존재해야만 해. 내 생각에는 프리메이슨 같은 단체도 그 조직의 바탕에 이런 비슷한 비밀이 있을 거라고 생각해. 가톨릭이 프리메이슨을 왜 미워하냐면 그들을 자신들의 경쟁자라고 생각하거나, 그들이 전체적 이념을 끊어버렸다고 생각하기 때문이야. '양 떼가 하나이니 목자도 하나'여야 한다는 거야. 그런데 내가 이렇게 내 사상을 옹호하다 보니 마치 네 비평에 벌벌 떠는 삼류 소설가가 된 기분이 드는구나. 그러니 이제 그만하자."

"어쩌면 형님은 프리메이슨 회원일 수도 있겠군요."

갑자기 알료샤가 이렇게 말했다.

"형님은 하느님을 믿지 않아요."

덧붙여 말하는 알료샤의 목소리에는 깊은 슬픔이 담겨 있었다. 형이 경멸 어린 시선으로 자신을 보는 것을 알료샤는 느꼈다.

"그런데 형님의 그 서사시의 결말은 어떻게 됩니까?"

알료샤는 시선을 아래로 하며 갑자기 물었다.

"그것으로 그냥 끝인가요?"

"나는 이렇게 마무리하려고 해. 대심문관은 말을 끝내고 한동안 '죄수'의 대답을 기다렸어. 그는 상대의 침묵이 몹시 괴로웠지만 죄수는 가만히 노인의 눈을 바라보며 반박도 하지 않고 그냥 계속 귀를 기울여 듣고 있었어. 노인은 끔찍하고 고통스러운 말이라도 상관없으니 어떤 말이라도 하기를 기다렸지. 하지만 죄수는 아무런 말도 하지 않고 갑자기 다가와서 아흔 살이 된 노인의 핏기 없는 입술에 가만히 입을 맞췄어. 그게 대답이었어. 노인의 몸이 떨리고 입술 근처에는 경련이 일어난 것 같았어. 그는 철문으로 가서

문을 열고 이렇게 말했어. '자, 이제 나가거라. 그리고 다시는 오지 마라. 무슨 일이 생겨도 다시 오지 마라!' 그래서 '도시의 캄캄한 광장'으로 풀려난 죄수는 그곳을 조용히 떠났어."

"그 노인은 그래서 어떻게 됐나요?"

"노인의 가슴속에서는 입맞춤의 잔상이 사라지지 않았지만 그는 계속 자신의 이념을 지켜갔어."

"그리고 형님도 그 노인과 같은 편이지요?"

"알료샤, 이건 모두 쓸데없는 농담이야. 시는 단 한 줄도 써본 적이 없는 형편없는 대학생이 쓴 엉망인 시일 뿐인데, 너는 왜 그렇게 심각하게 생각하니? 너는 내가 정말 예수회 사람들을 찾아가서 그리스도의 위업에 비판을 하는 자들과 한통속이 될 거라고 생각하는 거냐? 전혀. 나는 달라! 예전에 너에게 서른 살까지만 살면 끝이라고 말했었지? 서른 살이 되면 술잔을 마룻바닥에 던져버릴 거야!"

"하지만 습기가 끈적끈적한 어린잎들은 어떻게 하나요? 그리고 소중한 무덤과 파란 하늘은요? 사랑하는 여자는요? 그럼 형님은 앞으로 어떻게 살겠다는 거예요? 어떻게 그런 것들을 사랑할 수 있느냐는 말입니다."

알료샤는 슬픈 목소리로 물었다.

"가슴과 머릿속에 그런 지옥을 품고 과연 그렇게 할 수 있을까요? 형님은 분명히 예수회 사람들을 만나기 위해 이곳을 떠나려는 게 확실해요. 그렇지 않다면 자살할지도 몰라요. 도저히 견딜 수 없을 테니까요."

"아니, 모든 것을 견딜 수 있는 힘이 있어!"

이반이 냉소적으로 웃으며 말했다.

"어떤 힘인데요?"

"카라마조프의 힘이야. 카라마조프의 저열한 힘이지."

"방탕에 빠져서 끝없이 추락하며 영혼을 질식시키는 힘을 말하는 건가요? 그런 거예요, 형님?"

"그럴 수도 있지. 그러나 서른 살까지는 피할 수 있겠지. 벗어날 수 있을지도 몰라. 하지만 그때부터는……."

"어떻게 피한다는 거죠? 형님 같은 생각으로는 불가능해요."

"역시 카라마조프 식으로 하면 될 거야."

"'모든 것이 허용된다'는 말인가요? 정말 모든 것이 허용되는 건가요, 그런가요, 형님?"

이반은 인상을 찌푸리다가 기이하게도 얼굴색이 파리하게 변했다.

"어제 미우소프가 분통을 터뜨렸던 말을 네가 끌어내는구나. 드미트리 형이 순박하게 끼어들어서 그런 말을 몇 번이나 반복해서 물었지."

그는 얼굴을 일그러뜨리며 미소를 지었다.

"모든 것이 허용된다고 할 수도 있지. 일단 한 말이니 굳이 번복하지는 않으마. 드미트리 형의 표현도 그리 나쁜 것은 아니군."

알료샤는 물끄러미 그를 바라보았다.

"알료샤, 출발을 결심하고 생각했지. 이 드넓은 세상에서 그래도 너는 내 친구라고 여겼어."

이반은 문득 예상 밖의 감정에 휩싸인 듯 말했다.

"하지만 이제는 네 마음속에도, 귀여운 은둔자의 마음속에도 내가 쉴 곳은 없다는 걸 깨달았어. 하지만 '모든 것이 허용된다'는 공식은 번복하지 않겠어. 어떠냐, 너는 이 공식 때문에 나를 부정할테냐? 응?"

알료샤는 일어나서 형에게 다가가 조용히 입을 맞췄다.

"이건 문학적 표절이야!"

이반이 문득 기뻐하며 외쳤다.

"넌 내 서사시에서 그 입맞춤을 훔쳤어! 어쨌든 고맙다. 그럼 알료샤, 이제 일어나자. 너도, 나도 가봐야 할 시간이 됐구나."

그들은 밖으로 나오면서 식당 현관에서 멈췄다.

"알료샤, 그러니까 말이다."

이반은 비장하게 말했다.

"만일 내가 정말 끈적이는 어린잎에 마음이 이끌려도 너를 떠올려야만 그걸 진짜로 사랑할 수 있어. 네가 이 세상 어느 곳에 있다는 그것만으로도 내가 살 의욕을 잃는 일은 없을 거야. 하지만 이런 얘기는 더 듣고 싶지 않지? 내 사랑의 고백이라고 생각해도 괜찮다. 이제 그만 헤어지자. 너는 오른쪽으로, 나는 왼쪽으로 가는 거야. 우린 더 할 말도 없다, 그렇지? 만약 내일 내가 안 떠나고—확실히 떠나기는 하겠지만—어쩌다가 또 너를 만나게 되면 이런 문제는 더 말하지 않았으면 좋겠다. 정말 이건 간절하게 부탁하마. 그리고 드미트리 형에 대해서도 아무 말 하지 마라."

그는 갑자기 빠르게 이렇게 덧붙였다.

"이제는 전부 속 시원하게 털어놓았으니 더 이상은 말할 것이 없어, 맞지? 그리고 너에게 약속할 게 있어. 내가 서른 살 무렵 '술잔을 마룻바닥에 던져버리고' 싶어졌을 때 그때 나는 네가 어디에 있든지 다시 너와 이야기를 하기 위해 돌아올 거야. 내가 그때 미국에 있더라도 꼭 너를 찾아오마. 너와 얘기하려고 일부러 돌아오는 거란다. 네가 그때 어떤 사람으로 변해 있을지 한번 만나는 것만으로도 무척 즐거울 거야. 어떠냐, 이건 굉장히 진지한 약속이야. 우리는 정말 이렇게 헤어져서 앞으로 7년에서 10년 정도 못 만날 수도 있어. 이제, 어서 너의 세라피쿠스 신부*에게 가거라. 죽어가고 있잖아. 만일 네가 없을 때 그가 죽으면 내가 이유 없이 너를 붙잡았다고 나를 원망할 테니까. 잘 가거라, 한 번 더 입 맞춰주고, 그래, 이제 됐어. 이제 가거라."

이반은 몸을 돌려서 뒤도 보지 않고 성큼성큼 걸었다. 물론 어제와는 다른 종류의 이별이었지만 큰형 드미트리가 알료샤에게서 떠날 때와 흡사한 구석이 있었다. 이 기이한 느낌은 깊은 슬픔에 빠진 알료샤의 머릿속을 화살처럼 스치고 사라졌다. 그는 형의 뒷모습을 보면서 잠깐 그 자리에 그냥 서 있었다. 그는 갑자기 이반

---

* 괴테의 《파우스트》 마지막 장면에서 인용하였다.

이 몸을 흔들면서 걸어간다고 생각했다. 뒤에서 살펴보니, 오른쪽 어깨가 왼쪽 어깨보다 조금 처진 것이 보였다. 전에는 알지 못했던 점이었다.

어쨌든 알료샤도 몸을 돌려 수도원을 향해서 거의 뛰다시피 걸었다. 날이 완전히 저물어서 불길한 기운이 느껴졌다. 그의 마음속에서 설명할 수 없는 무언가 새로운 것이 점점 커져가는 것이 느껴졌다. 그가 수도원의 숲에 들어서자, 어제저녁처럼 바람이 불더니 수백 년이나 된 늙은 소나무를 음침하게 흔들어댔다. 그는 거의 뛰다시피 빨리 걸었다. '페터 세라피쿠스, 이 이름을 형님이 어디서 가져온 것 같은데 도대체 어디서 가져온 거지' 하는 의문이 갑자기 알료샤의 머릿속에 떠올랐다. '이반, 불쌍한 이반, 형을 언제 다시 만날 수 있을까? 아, 벌써 암자가 보인다! 맞아, 저곳에 계신 분이 바로 페터 세라피쿠스야. 내 영혼을 그분이 구원해주실 거야. 영원히 악마로부터!'

알료샤는 그 뒤로 일생 동안 몇 번씩 이때의 일을 추억하며 의문을 가졌다. 이반과 헤어진 뒤, 드미트리 형에 대해서 어떻게 그렇게 까맣게 잊어버렸던 것일까. 그날 아침, 불과 몇 시간 전만 해도 그는 드미트리 형을 꼭 찾아내려고 했고, 찾지 못하면 그날 밤에 수도원으로 돌아가지 못하더라도 읍내를 떠나지 않겠다고 결심했었는데 말이다.

6. 아직은 몹시 막연하지만

이반은 알료샤와 헤어진 뒤 아버지 표도르의 집을 향해 걸었다. 그는 이상하게도 갑자기 참을 수 없을 정도의 우울감이 몰려왔고 아버지의 집이 가까워질수록 더 심하게 우울해졌다. 그런데 정작 이상한 것은 우울함보다도 왜 우울한지 그 이유를 이반도 알 수 없다는 것이었다. 전에도 우울한 적이 있었으므로 이런 순간에 우울함이 느껴진다고 해서 별로 이상하지는 않았다. 내일이면 그를 이 집으로 끌어당긴 모든 것과 인연을 끊고 방향을 바꾸어 예전처럼 미지의 새로운 길을 홀로 떠날 것이다. 희망도 있었지만 그 희망이 대체 무엇인지 그 자신도 몰랐고, 인생에 대해 많은 기대를 가지면서도 그 기대와 희망이 무엇인지 확실히 설명할 수 없었다.

새로운 미지의 세계에 대한 불안감이 그의 마음속에 웅크리고 있었던 것은 분명했지만 지금 이 순간 그를 괴롭히는 감정은 이전과는 전혀 다른 종류의 것이었다.

'아버지의 집에 대한 혐오감 때문일까?'

이반은 생각했다.

'맞는 것 같아. 이제는 그 집만 떠올려도 진절머리가 나. 그 추악한 문을 넘는 것도 오늘이 마지막이겠지만 그래도 불쾌한 건 똑같아. 아니야, 꼭 그렇지만은 않을 거야. 그렇다면 알료샤와 헤어져서 그런 걸까? 그 애와 그런 얘기를 해서일까? 벌써 몇 년 동안 세상에 대해 입을 다물고 말할 필요가 없다고 여겼는데, 어쩌다가 그런 필요 없는 말을 꺼내서 그런지도 모르지.'

그것은 청년다운 미숙함과 허영심에서 생기는 청년의 분노였을 수도 있다. 즉, 어린 알료샤에게 자신이 생각하는 것을 제대로 표현하지 못해서 생긴 불만이었을 수도 있다. 게다가 이반은 알료샤에게 내심 기대를 하고 있었던 것이다. 물론 자신에 대한 불만도 분명히 있었을 것이다. 그러나 결국 이 모든 것이 우울함의 원인이 아닌 것처럼 느껴졌다.

'우울함 때문에 가슴이 답답한데 나는 무엇을 원하는지도 알 수가 없으니 차라리 아무런 생각도 하지 말자.'

이반은 생각을 하지 않으려고 노력했지만 그것도 뜻대로 되지 않았다. 더 화가 나는 것은 이 우울함이 뭔가 갑자기 생긴 것 같으면서도 완전하게 외적인 모양을 가지고 있는 것이었다. 이반도 그것을 확실하게 느낄 수 있었다. 자신도 모르게 사람이나 물건이 주변에 서 있거나 튀어나와 있는 느낌과 비슷했다. 예를 들자면 대화를 나누거나 일하는 데 몰입해서 무언가가 눈앞에 튀어나와 있는 것을 오랫동안 알지 못하고 있다가 마음이 불안해서 살펴본 뒤 결국 그 방해물을 없애버리지만, 그것은 아주 하찮고 우스운 물건인 경우가 대부분이다. 엉뚱한 곳에 둔 채 잊어버린 것이나 책꽂이에서 튀어나와 있는 책 같은 것과 같았다.

결국 이반은 굉장히 불쾌하고 불안한 상태로 아버지 집에 도착했다. 그가 대문까지 열다섯 걸음 정도 되는 곳에서 갑자기 문을 쳐다보았을 때 지금까지 자신을 괴롭히고 불안하게 한 원인이 무엇인지 금방 알 수 있었다. 하인 스메르자코프가 대문 앞 벤치에 앉아서 시원한 저녁 바람을 쐬고 있었는데 이반은 그를 보자마자 하인 스메르자코프가 자신의 마음속에 웅크리고 있었고, 바로 그것 때문에 그렇게 자신이 참을 수 없이 우울해졌음을 깨달았다.

갑자기 모든 것이 햇빛 아래에 분명하게 모습을 드러내듯 분명해졌다. 알료샤가 조금 전에 스메르자코프를 만났다는 얘기를 들은 순간에도 어둡고 음침한 그림자 같은 생각이 그의 가슴을 쑤셔대서 반사적으로 증오심이 생겼다. 이야기에 심취하느라 스메르자코프에 대한 생각은 잠시 잊어버렸으나 그때도 마음 한쪽에 그 생각이 남아 있다가 알료샤와 헤어진 뒤 집으로 혼자 걷기 시작하자 잊고 있었던 그 무서운 감각이 다시 살아나서 자신을 휘감았던 것이다.

'저런 하찮은 녀석 때문에 이렇게 불안해하다니!'

그는 견딜 수 없는 증오를 느끼면서 생각했다. 요즘 들어서 이반은, 특히 지난 2~3일 간 스메르자코프가 싫어서 견딜 수가 없었다. 그에 대한 감정이 증오에 가깝게 변해가고 시간이 지날수록 더 강해짐을 이반도 느끼고 있었다. 이렇게 증오가 커지게 된 것은 이반이 처음 돌아왔을 때와 전혀 다른 상황이 되었기 때문이었다. 이반은 그때만 해도 스메르자코프에게 관심이 많았고 독특한 사람이라고 생각했다. 이반이 먼저 스메르자코프에게 말을 걸었고 그럴 때마다 사물을 보는 그의 기이한 관점, 아니 그보다 뭔가 모르게 불안정한 생각에 매번 놀랐다. 그리고 도대체 무엇이 이 사색가의 마음을 그렇게 헤집어대는지 궁금했다.

두 사람은 철학적인 주제로 대화를 나누었고, 〈창세기〉에서 태양, 달, 별들은 나흘째 되는 날에 만들어졌다고 나와 있는데 그렇다면 어떻게 첫날에 빛이 있었는지, 그리고 그것을 어떻게 해석해야 하는지도 화제로 삼은 적이 있었다. 하지만 얼마 뒤 이반은 태양이나 달, 별에 문제가 있는 게 아니라는 걸 깨달았다. 물론 태양, 달, 별이 흥미로운 주제이긴 했지만, 스메르자코프와는 상관이 없는 것들이고 그에게 필요한 것은 그런 것이 아니라는 걸 확신하게 되었다. 어찌 됐든 이 하인에게는 정도에 따라 다르지만 끝없는 자존심, 더욱이 상처받은 자존심이 뿌리 깊이 박혀 있었다. 이반은 그 점이 몹시 못마땅했으며 그에 대한 혐오감은 바로 거기에 있었다.

그런 뒤에 아버지 집에 갈등이 생기고 그루센카가 나타나고 드미트리 형과 문제가 생겨서 여러 골칫거리들이 이어졌을 때, 그런 일들에 대해서도 두 사람은 대화를 나누었다. 스메르자코프는 그런 이야기를 나눌 때면 크게 흥분했지만, 그런 문제들이 어떻게 해결되면 좋을지에 대해서는 좀처럼 입을 열지 않았다. 때때로 그의 소망이 무의식적으로 나타날 때도 있었는데, 그의 소망이라야 언제나 모호하고 논리도 없고 무질서해서 사람을 더 헷갈리게 만들었다. 스메르자코프는 먼저 생각해두었던 암시적인 질문을 해서 뭔가를 알아내려고 했지만, 왜 그렇게 하는지 말하지 않았다. 그리고 자신의 질문에서 가장 중요한 부분에 이르면 갑자기 입을 다물거나 전혀 다른 이야기로 넘어가버렸다.

그러나 강한 혐오감이 들 정도로 이반을 화나게 만든 결정적인 것은 최근에 스메르자코프가 이반을 대하는 역겨울 정도의 뻔뻔한 태도였다. 게다가 그런 태도는 시간이 갈수록 노골적이고 심해졌다. 하지만 그가 이반에게 무례하게 행동한 것은 아니었다. 오히려 언제나 공손하게 말했다. 그런데 스메르자코프는 자신과 이반 사이에 뭔가 끈이 있다고 여기는 것 같았다. 두 사람 사이에 어떤 약속이 있고 두 사람만 그 약속을 알고 있으며 주변 사람들은 아무것도 모르는 것처럼 말했다. 이반은 마음속에서 점점 커지는 혐오감의 원인이 무엇인지 오랫동안 알지 못했는데, 요즘 들어서야 왠지 조금씩 감이 오는 것이다.

구역질나는 혐오감 때문에 이반이 스메르자코프를 못 본 척 소리 없이 대문으로 들어서자 스메르자코프가 벤치에서 일어났다.

이반은 그 모습을 보고 그가 자신에게 어떤 얘기를 하려고 한다는 것을 바로 눈치챘다. 이반은 그를 바라보며 멈춰 섰다. 그러나 방금 마음먹은 것처럼 무시하지 못하고 발을 멈춘 자신에게 분노가 끓어올랐다. 그는 분노와 혐오감에 사로잡혀서 거세당한 사람처럼 삐쩍 마른 스메르자코프의 얼굴과 닭 벼슬처럼 빗어 넘긴 앞머리를 바라보았다. 왼쪽 눈으로 살며시 윙크를 한 스메르자코프는 '지나가다가 그냥 지나치지 못하는 걸 보니 역시 우리 같은 현명한 사람들은 대화를 나눌 게 있나 봐요' 하는 것처럼 은근한 미소를 짓고 있었다.

이반은 순간 몸을 부르르 떨었다. '꺼져, 이 자식, 널 상대할 시간 없어, 바보 같은 놈!' 이런 욕지거리가 금방 튀어나오려고 했지만, 실제는 전혀 다른 말이 나와서 자신도 놀랐다.

"아버지는 아직 주무시나, 아니면 일어나셨나?"

이반은 자신도 예상 못한 나직하고 부드러운 목소리로 말하며 벤치에 앉았다. 나중에 회상한 바에 따르면 그날 그는 거의 공포를 느꼈다고 한다. 스메르자코프는 이반 앞에서 뒷짐을 지고 마주 선 채 자신만만하게 상대방을 바라보았다.

"아직 주무십니다."

그는 차분하게 대답했는데 흡사 '먼저 물어본 사람은 당신이지 내가 아닙니다'라는 듯한 어투였다.

"도련님은 참 놀랍습니다."

잠시 가만히 있다가 스메르자코프가 불쑥 이렇게 말했다. 그러고는 어딘지 거들먹거리며 고개를 숙이고 오른쪽 발을 내밀더니 반짝이는 구두코를 이쪽저쪽으로 움직였다.

"내가 어디가 그렇게 놀라운가?"

이반은 스스로를 억누르는 듯 무뚝뚝하게 말했지만, 갑자기 강한 호기심에 이끌리고 있음을 느꼈고 그 호기심이 풀리기 전에는 자리에서 일어날 수 없을 것 같아 자신에게 혐오감이 들었다.

"왜 체르마쉬냐에 가지 않으십니까?"

스메르자코프는 문득 눈을 치켜뜨면서 친근하게 웃었다. '왜 내가 웃는지 당신이 현명하다면 알 수 있을 거예요.' 그의 가늘게 뜬 왼쪽 눈이 이렇게 말하는 듯했다.

"내가 체르마쉬냐에 왜 가야 하지?"

이반은 의아해하며 물었다. 스메르자코프는 잠깐 말없이 조용했다.

"주인님께서 도련님에게 간곡하게 부탁하셨잖습니까!"

그는 당황하지 않고 대답했지만 이런 대답이 그리 중요하다고 생각하는 것 같지는 않았다. '무슨 말이라도 해야 하니 하찮은 문제라도 얘기해서 둘러대는' 식이었다.

"빌어먹을, 할 말이 있으면 똑바로 해!"

결국 이반은 인자한 태도를 버리고 거칠게 돌변하여 화를 내며 외쳤다. 스메르자코프는 앞으로 내민 오른발을 왼발에 붙이면서 자세를 바로잡았지만 여전히 침착하고 여유 있는 미소를 지은 채 상대를 바라보았다.

"중요한 것은 아니고요……, 그저 이야기나 나누려고……."

거의 1분 정도 두 사람은 침묵했다. 이반은 자리에서 일어나 화가 났다는 걸 알려야겠다고 생각했고, 스메르자코프는 그 앞에 선 채 그런 모습을 기다리는 것 같았다. 이반에게는 그 모습이 '당신이 화내는 걸 어디 한번 볼까요?' 하는 것처럼 느껴졌다. 결국 이반은 자리에서 일어났다. 스메르자코프는 기다렸다는 듯 그 순간에 말을 꺼냈다.

"도련님, 저는 난감한 상황에 처했는데 어떻게 해야 좋을지 모르겠습니다."

그는 말끝마다 힘주어 말을 하고 한숨을 내쉬었다. 이반은 다시 벤치에 앉았다.

"두 분이 고집을 피우며 애들처럼 그러니까요. 도련님의 아버님과 드미트리 형님 두 분 말이에요. 주인어른께서는 일어나시면 저에게 1분마다 '그래, 그 여자 안 왔어? 왜 아직도 안 온 거지?' 하며 성가시게 물으십니다. 자정이 될 때까지, 아니 자정이 지나서도 계속 물어보십니다. 그런데 결국 그루센카가 안 오면―그 여자는 오지 않을 생각일 테니까―다음 날 아침이 되면 또 제게 무섭게 달려들어서 '안 왔어? 왜 오지 않는 거냐고? 도대체 언제 온다고 하던?' 하시며 제가 잘못한 것처럼 화를 내셔요. 게다가 드미트리 형님은 날이 지면, 아니 날이 저물기 전에 총을 들고 옆집에 나타나서 '이 악당아, 만약 그 여자가 여기 오는 것을 바로 알려주지 않으면 너부터 죽을 줄 알아라' 하시며 겁을 주십니다. 그렇게 밤이 지나고 아침이 되면 다시 주인어른께서 저를 괴롭히십니다. '안 왔어? 이제 올 것 같아?' 하며 마치 그 여자가 오지 않는 것이 저 때문인 것처럼 말하세요. 이렇게 두 분의 고집이 갈수록 더 고약해지니 저는 너무 무서워서 살 수가 없고, 정말 죽고 싶은 심정입니다. 정말 그분들 때문에 지긋지긋해요."

"너는 왜 끼어들었지? 왜 드미트리 형에게 이런저런 소식들을 날라다주었냐고?"

이반이 화가 나서 쏘아붙였다.

"끼어들지 않을 방법이 없었죠. 정확히 말하면 제가 원해서 끼어든 것은 절대로 아닙니다. 저는 거절할 용기가 없어서 처음부터 말도 못하고 그저 벙어리처럼 지냈어요. 그분께서 마음대로 저를 옛날이야기에 나오는 심복 '리처드'로 만들었어요. 그때 이후로 드미트리 형님은 저만 보면 '이 사기꾼 녀석아, 그 여자가 오는 것을 놓치면 너를 죽일 테니 각오해!' 이 말씀만 반복하십니다. 도련님, 이러다가는 내일 제가 분명히 대단한 발작을 일으킬 것 같습니다."

"대단한 발작이라니?"

"간질병 발작 말이에요. 몇 시간, 아니 하루나 이틀쯤 발작이 계속될 수도 있어요. 예전에는 사흘이나 계속된 적도 있었으니까요. 그때는 다락방에서 떨어져서 그랬는데 끝났다 싶으면 다시 시작되고 하면서 사흘 간 정신을 잃었었죠. 주인어른께서 게르첸슈투베라는 의사를 부르셨는데 의사 선생님이 머리에 얼음찜질도 해주고 약도 주셨어요. 그땐 거의 죽을 뻔했습니다."

"하지만 간질병은 원래 발작이 언제 일어날지 알 수 없는 병이 아니냐? 너는 어떻게 내일 발작이 일어날 거라고 말하는 거지?"

이반은 속이 타서 신기해하며 물었다.

"물론 미리 알 수 없죠."

"그때 발작은 다락방에서 떨어져서 시작된 거라며?"

"다락방을 날마다 오르내리니까 내일 거기서 떨어질 수도 있습니다. 만약 다락방에서 떨어지지 않는다면 지하실 계단에서 떨어질 수도 있고요. 지하실에도 날마다 가니까요."

이반은 한참동안 스메르자코프를 쳐다보았다.

"헛소리 그만해라. 내가 네 속을 다 알지. 도대체 네 말은 알아들을 수 없다니까."

그는 낮은 목소리로 위협하듯 말했다.

"그러니까 네 말은 내일부터 사흘 동안 간질 발작을 일으키겠다는 거구나, 맞지?"

스메르자코프는 땅을 보며 다시 오른쪽 구두를 움직이다가 왼쪽 발을 내밀고 고개를 들고 조용히 웃었다.

"만약 제가 그렇게 발작을 흉내 낸다고 해도—겪어본 사람이라면 그리 어려운 일은 아니에요—목숨을 지키기 위해서 충분히 할 수 있는 거죠. 내가 아파서 누워 있으면 그루셴카가 주인어른을 찾아와도 '왜 알리지 않았냐'고 아파 누워 있는 저에게 물어볼 수는 없을 테지요. 드미트리 형님도 저한테 그렇게 막 대하지는 않으실 거고요. 아픈 사람한테 그러면 부끄러운 짓이 되지요."

"에라, 이놈의 자식아!"

이반은 증오심에 얼굴을 찡그리며 자리에서 일어났다.

"너는 왜 목숨만 걱정하는 거냐? 드미트리 형이 그렇게 협박을 했다 해도 홧김에 한 말이야. 드미트리 형은 절대로 너 따위를 죽이지 않아. 만약 사람을 죽인다고 해도 너 같은 놈은 아니야!"

"저는 파리 새끼처럼 그분에게 죽을 거예요. 근데 더 무서운 건 만일 그분이 주인어른에게 무슨 짓을 하게 되면 저까지 공범으로 몰리게 될까 봐 걱정입니다."

"네가 왜 공범으로 몰린다는 거지?"

"왜냐하면 그분에게 신호 방법을 몰래 가르쳐드렸기 때문이죠."

"신호? 무슨 신호? 그걸 누구에게 가르쳐줬다는 거냐? 빌어먹을, 답답하게 하지 말고 똑바로 얘기해봐!"

"그럼 전부 말씀드려야겠네요."

스메르자코프는 기묘한 표정으로 마치 학자처럼 침착하고 느긋하게 말했다.

"저와 주인어른 사이에는 비밀이 한 가지 있거든요. 도련님도 아시잖아요, 요즘 주인어른께서는 밤이면, 아니, 어떤 날은 초저녁부터 방문을 걸어 잠그시거든요! 요즘 도련님이 저녁에는 2층 도련님 방으로 일찍 올라가버리시고, 어제처럼 종일 방에만 계시니 주인어른께서 갑자기 문단속을 더 신경 쓰시는 걸 모르실 수도 있어요. 주인어른께서는 그리고리가 와도 목소리를 확인하지 않으면 문을 절대로 열어주시지 않아요. 하지만 그리고리는 찾아오는 일이 거의 없기 때문에 방 안에서 주인어른의 시중을 드는 것은 저뿐이에요. 그루셴카 때문에 난리가 난 후, 주인어른께서 직접 내리신 명령이거든요.

지금은 저도 주인어른의 지시에 따라 밤이면 바깥채로 나가서 잠을 자지만, 깊은 밤까지 안 자고 망을 보거나 때로 뜰 안을 돌고 있습니다. 그루셴카가 오기를 기다리기 위해서이지요. 주인어른께서 며칠째 미친 사람처럼 그 여자가 오기만 기다리고 계시니까요. 주인어른은 그 여자가 드미트리 형님을—주인어른께서는 늘 미치카라고 부릅니다—무서워해서 밤이 깊으면 뒷골목으로 올 거라고 생각하십니다. '그러니까 너는 자정까지, 아니 자정이 지나서라도 망을 보다가 그녀가 오면 내 방문을 두드리거나 뜰에서 창문을 두드려야 한다. 처음에는 작게 두 번 두드린 다음, 빠르게 세 번 연이어 두드리면 그 여자가 온 걸로 알고 내가 조용히 문을 열어주겠다' 이렇게 말씀하셨어요.

그리고 제가 만일 급하게 전해야 할 일이 생길 경우를 대비해서 또 한 가지 신호를 알려주셨죠. 두 번 빠르게 두드린 다음, 잠시 간격을 두고 한 번 세게 두드리는 방법이에요. 그렇게 하면 무슨 급한 사정이 생겨서 제가 주인어른을 뵙기를 원하는 걸로 알고 즉시 문을 열어주시면 제가 들어가서 보고하기로 했습니다. 그루셴카가 직접 올 수 없으면 사람을 시켜 소식을 전할 경우가 있어서 그런 것이죠. 또 드미트리 형님이 언제 올지 모르니 그런 경우에도 그분이 와 있다는 것을 주인어른께 알려드려야 해요. 만일 그루셴카가 찾아와서 주인어른과 함께 방 안에 있는데 드미트리 형님이 갑자기 나타나면, 주인어른께서는 그분을 정말 무서워하기 때문에 저는 연달아 문을 세 번 두드려서 알려드려야 하거든요. 다섯 번 두드리는 첫 번째 신호는 '그루셴카 씨가 오셨다'는 의미이고 먼저 두 번 두드리고 나중에 한 번, 이렇게 세 번 두드리는 두 번째 신호는 '급히 보고할 일이 있다'는 의미입니다. 주인어른께서 몇 번이나 제게 시범을 보이며 가르쳐주신 신호 방법이죠. 이 드넓은 세상에서 이 신호를 아는 건 저와 주인어른 두 명뿐이므로 주인어른께서는 누구냐고 외칠 것도 없이—주인어른께서는 소리 지르는 걸 정말 싫어하십니다—재빨리 문을 열어주시는 거지요. 그런데 이 중요한 비밀을 이제는 드미트리 형님도 알게 되었습니다."

"어떻게 알게 된 거지? 네가 알려줬겠지? 감히, 왜 그런 짓을?"

"너무 무서워서요. 그분에게는 말하지 않을 수가 없었습니다. 그분은 늘 저에게 '나를 속이고 있지? 뭔가 나에게 숨기는 게 분명해. 똑바로 말하지 않으면 다리를 부러뜨리겠다!' 하고 으름장을 놓습니다. 그래서 어쩔 수 없이 그 신호를 알려드렸어요. 제가 그분에게 노예처럼 복종한다는 걸 보여드리고 그분을 속이는 게 아니라 무엇이든 전부 보고한다고 믿게 하려고요."

"만일 드미트리 형이 그 신호를 써서 방으로 들어가려고 하면 그때는 네가 못 들어가게 막아야 해."

"그린데 제가 발작으로 누워 있으면 그분이 아무리 난폭하게 하더라도 그걸 알면서도 못 들어가게 막을 수 없잖아요?"

"망할 놈 같으니! 너는 왜 자꾸 발작을 일으킬 거라고 생각하는 거냐? 나를 놀리는 거냐?"

"도련님을 놀리다니요, 제가 어떻게 감히 그런 짓을 할 수 있나요? 게다가 이렇게 무서운데 농담할 생각을 하다니요? 그냥 발작이 일어날 것 같은 예감이 든다는 거예요. 무섭다는 생각만 해도 발작이 일어나거든요."

"헛소리 그만해! 만일 네 녀석이 아파 누워 있으면 대신 그리고리가 망을 보겠지. 미리 알려주면 그리고리는 절대로 형님을 방에 들여보내지 않을 거야."

"주인어른의 명령이 없으면 그리고리에게 절대 그 신호를 알려줄 수 없습니다. 그리고 그리고리가 형님을 들여보내지 않을 거라고 하셨는데 때마침 그 사람은 어제의 일로 병이 나서 내일은 마르파에게 치료를 받을 거예요. 그런데 치료가 꽤 재미있어요. 마르파는 약술을 직접 만들 줄 아니까 항상 약술이 떨어지지 않게 준비해두고 있죠. 어떤 약초를 보드카에 담가서 만든다고 들었는데 아주 독한 술이에요. 그 노파가 비법을 알고 있어서 그리고리가 해마다 서너 번씩 중풍에 걸린 것처럼 허리를 못 움직일 때 그 약으로 고치거든요. 마르파는 그때마다 수건을 약술에 적신 다음 반시간 정도 영감님의 등이 발갛게 부풀어 오를 때까지 문지르고 주문을 외우면서 병에 있는 술을 영감님에게 마시게 한답니다. 그런데 남은 술을 전부 마시게는 하지 않고 조금 남기라고 한 다음에 자신도 같이 마시지요. 그런데 두 사람은 술도 못하는지라 그대로 그 자리에서 쓰러져서 오랫동안 잠을 자요. 잠이 깨면 그리고리는 늘 병이 낫지만, 오히려 마르파는 잠이 깬 뒤 머리가 아프다고 하네요. 그래서 내일 그들이 치료를 시작하면 드미트리 형님이 오는 소리도 못 듣고 그러니 못 들어가게 막을 수가 없는 거지요. 두 사람은 모두 잠에 빠져 있을 테니까요."

"헛소리 집어치워. 일부러 모의라도 한 것처럼 그런 일들이 한꺼번에 일어나다니……. 너는 지랄 같은 발작을 일으키고 그 사람들은 잠에 빠져 정신을 못 차리고!"

이반이 외쳤다.

"일부러 네가 일을 그렇게 꾸민 거지?"

이반은 갑자기 이렇게 말하며 위협하듯 얼굴을 찌푸렸다.

"제가 그런 일을 어떻게 계획하겠습니까……. 더구나 무슨 이유로 그런 일을 꾸밀까요? 오직 드미트리 형님에게 모든 일이 달려 있는 게 아닐까요? 그분이 무슨 짓이든 하려고 하면 그렇게 할 수 있으니까요. 제가 그 형님을 주인어른 방에 일부러 들어가라고 할 이유가 없지 않습니까?"

"그럼 형님이 무엇 때문에 아버지를 찾아온다는 거냐? 그리고 몰래 올 까닭도 없지 않느냐? 네가 말한 대로 그루센카가 절대로 안 온다면 말이야."

이반은 화가 나서 얼굴색이 파래져서 말했다.

"나는 여기서 지내면서 네 말처럼 그 더러운 여자는 절대 안 올 거라고 장담할 수 있게 되었어. 아버지는 지금 그저 환상에 빠져

계시지. 그 여자가 오지 않을 텐데 형이 무엇 때문에 아버지를 공격하며 행패를 부리냔 말이지. 어서 말해봐! 아무래도 난 네 속셈을 알아야겠다."

"도련님도 그분이 어떤 목적을 가지고 있는지는 잘 알면서 저에게 군이 물어볼 필요는 없으실 텐데요? 그분은 그냥 화가 나서 오실 수도 있지만 제가 아파서 누워 있는 것을 아시면 그때는 의심이 생겨서 어제처럼 못 참고 집 안을 전부 뒤질 수도 있어요. 그 여자가 혹시나 자신을 피해서 몰래 와 있는 건 아닐까 하고 말이에요. 더구나 그분은 주인어른이 3000루블을 넣어둔 봉투가 있다는 것도 알고 있죠. 그 봉투는 세 겹으로 봉한 뒤에 노끈으로 묶었고, '나의 천사 그루센카에게, 만약 그대가 내게 와준다면'이라고 주인어른이 직접 쓰셨어요. 그리고 다시 사흘 뒤, '사랑스러운 병아리에게'라고 덧붙였지요. 이 점이 께름칙하거든요."

"헛소리 집어치워!"

이반은 거의 실성한 듯 소리를 질렀다.

"드미트리 형은 돈을 훔칠 사람이 아니야. 돈 때문에 아버지를 죽일 사람이 아니라구. 어제는 원래 성격이 급한 데다 바보처럼 사람이 많이 흥분해서 그런 것이고, 그루센카 때문에 아버지를 죽일 수 있을지는 모르지만, 강도질을 하려고 오다니! 말 같지도 않은 소리 작작해!"

"하지만 도련님, 그분은 지금 돈 때문에 아주 어려운 상태예요. 사정이 얼마나 급한지 목구멍에서 손이 나올 지경이라고요. 도련님은 지금 그 형님이 얼마나 곤경에 처해 있는지 모르세요."

스메르자코프는 굉장히 침착하고 단호하게 설명했다.

"게다가 그분은 그 3000루블을 자기 돈이라고 생각하고 있어요. '아버지는 내게 3000루블을 줘야 해'라며 저에게 직접 말한 적도 있으니까요. 그리고 또 하나 분명한 사실이 있습니다. 도련님께서 직접 판단하세요. 그루센카는 마음만 먹으면 주인어른과 결혼을 할 거예요. 그 여자가 원하기만 한다면 이건 확실하게 이루어질 수 있어요. 어쩌면 그 여자는 그걸 원할 수도 있고요. 그 여자가 오지 않을 거라고 했지만 오느냐, 안 오느냐의 문제가 아니라 주인어른의 부인이 정식으로 되고 싶을 수도 있지 않을까요? 그 여자의 남편인 삼소노프라는 장사치는 대놓고 그 여자에게 그렇게 하는 게 머리 좋은 거라면서 낄낄댔다는 이야기를 저도 들은 적이 있거든요. 그리고 그 여자도 머리가 좋아서 드미트리 형님 같은 돈도 없는 남자와 결혼하지는 않을 거예요. 도련님도 이런 상황을 전부 생각한다면 주인어른이 돌아가신 뒤, 드미트리 형님, 도련님, 알렉세이 도련님은 단돈 1루블도 못 받게 된다는 걸 아실 겁니다, 단돈 1루블도요! 왜냐하면 그루센카가 주인어른과 결혼한다면 모든 재산을 전부 자기 명의로 바꾸고 혼자서 독차지할 테니까요. 그러나 이렇게 되기 전에 주인어른이 돌아가시면 도련님들은 각각 4만 루블 정도의 돈을 받을 수 있어요. 유언장이 아직 작성되지 않았으니 주인어른께서 그토록 증오하는 드미트리 형님도 같은 돈을 받을 수 있어요. 그분은 바로 이 점을 잘 알고 있죠."

이반의 얼굴이 일그러지면서 부르르 경련을 일으키더니 갑자기 발갛게 변했다. 그는 재빨리 스메르자코프의 말을 가로챘다.

"그렇다면 도대체 넌 그걸 알면서도 무엇 때문에 나에게 체르마쉬냐에 가라고 하는 거냐? 무슨 꿍꿍이가 있어서 그런 소리를 한 거야? 내가 거길 간 사이에 무서운 일이 일어날 텐데."

이반은 힘겹게 가쁜 숨을 몰아쉬었다.

"그건 분명합니다."

스메르자코프는 조용하게 말했지만 모든 걸 다 안다는 말투였다. 그리고 두 눈을 크게 부라리며 이반을 바라보았다.

"뭐가 분명해?"

이반은 겨우 자신을 억누르면서 눈을 무섭게 뜬 채 위협하듯 물었다.

"저는 도련님이 가엾어서 드린 말씀입니다. 제가 만약 도련님이었다면 이런 일에 끼어드느니 전부 포기하고 떠났을 테니까요."

스메르자코프는 눈을 무섭게 뜬 채 서 있는 이반을 친숙하게 바라보며 대답했다. 두 사람 모두 잠시 말이 없었다.

"너는 바보 천치에다가 무서운 악당이야."

이반은 갑자기 벤치에서 일어났다. 그리고 문안으로 들어가려고 하다가 갑자기 멈추고 스메르자코프를 바라보았다. 그러자 돌연 분위기가 묘하게 변했다. 이반은 얼굴에 경련이 이는 것처럼 입술을 깨물고 주먹을 움켜쥐었다. 스메르자코프에게 당장이라도 덤벼들 것처럼 보였다. 스메르자코프는 그런 낌새를 재빨리 눈치채고 뒤로 물러섰고, 그 순간은 아무 일도 없이 지나갔다. 이반은 뭔가를 망설이는 것처럼 조용하게 문 쪽으로 몸을 돌렸다.

"미리 말해두지만 나는 내일 모스크바로 떠날 거야. 그것도 내일 아침 일찍…… 내가 할 말은 이게 전부야!"

그는 증오심을 감추지 않은 채 분명한 목소리로 한 마디 한 마디 말했다. 나중에 그는 자신이 왜 그런 말까지 했는지 스스로도 이상하게 생각했다.

"좋은 생각이십니다."

스메르자코프는 뭔가를 각오하듯 바로 말했다.

"집에 무슨 일이 일어나면 모스크바에 전보를 보내서 오시게 할 수도 있지요."

이반은 다시 걸음을 멈추고 스메르자코프에게 몸을 돌렸다. 이번에는 스메르자코프에게 변화가 생겼다. 뻔뻔하고 오만하던 지금까지의 표정이 사라지고 이상한 호기심과 기대가 떠올랐다. 하지만 그것은 겁을 내며 아부하는 듯한 표정이었다. '더 하실 말씀은요? 덧붙일 말씀이라도?' 뚫어지게 이반을 바라보는 그의 눈에는 이런 질문이 담겨 있었다.

"체르마쉬냐에 있으면 전보를 쳐서 나를 부르겠지? 무슨 일이 생기면 말이야?"

이반은 스스로도 이유를 모르는 채 갑자기 목소리를 높여서 외쳤다.

"체르마쉬냐에 가 계셔도 알려드릴 거예요."

스메르자코프는 당황한 것처럼 속삭이면서 중얼거렸지만 이반을 똑바로 쳐다보았다.

"그럼 네가 나에게 체르마쉬냐로 가라고 계속 권하는 건 모스크바는 멀고 체르마쉬냐는 가까우니 여비를 아끼라고 그러는 거 같구나. 아니면 내가 괜히 멀리 오가는 게 불쌍해서 그러는 것이냐?"

"실은 그렇습니다."

스메르자코프는 음흉하게 웃으며 뭔가를 중얼거리면서 뒤로 물러서려 했다. 그러자 이반이 갑자기 크게 웃어서 스메르자코프는 흠칫 놀랐다. 그는 계속 웃으면서 빠른 걸음으로 문안으로 걸어갔다. 그 순간에 그의 얼굴을 본 사람이라면 누구든 그가 즐거워서 웃는 게 아니라는 것을 쉽게 알 수 있었을 것이다. 이반도 그 순간에 자신의 마음을 결코 설명할 수 없었을 것이다. 그의 몸짓이나 걸음은 경련이라도 일으킨 사람처럼 보였다.

7. 현명한 사람과 나누는 이야기는 즐겁다

더욱이 말하는 태도에서도 역시 그런 모습이 보였다. 이반은 표도르와 거실에서 만나자마자 갑자기 두 손을 내저으며 "2층에 있는 내 방에 가는 중이에요, 아버지 방에 가는 게 아니에요. 이따 뵐게요"라고 말하고는 얼굴도 보지 않고 그냥 지나가버렸다.

이반이 그 순간에 노인에 대해 증오심을 느낄 수는 있지만 그렇게 대놓고 적대감을 드러내자 표도르도 당황했다. 게다가 노인은 이반과 급하게 나눌 얘기가 있어서 일부러 거실에 나와 있었다. 노인은 쌀쌀맞은 인사를 받고 말없이 선 채로 위층으로 올라가는 아들의 모습이 보이지 않을 때까지 한심하다는 눈빛으로 바라보았다.

"저 녀석은 왜 저러는 거냐?"

스메르자코프가 뒤를 이어 들어오자 노인이 물었다.

"무슨 일로 화가 난 것 같은데, 도련님 마음을 알 수가 있나요."

하인은 피하는 듯 중얼거리며 말했다.

"망할 놈! 실컷 화내라고 해! 너도 사모바르나 가져다놓고 나가 보거라. 그런데 다른 일은 없는 거지?"

그리고 스메르자코프가 방금 이반에게 하소연한 것처럼 여러 가지 질문을 계속 퍼부어댔다. 그 질문이란 노인이 기다리고 있는 그 여자에 대한 것들이므로 새삼스럽게 또 옮기지 않겠다.

30분 뒤에 집의 문단속이 전부 끝났다. 정신 나간 노인은 설레는 마음으로 이 방 저 방 다니면서 약속 신호인 노크 소리가 다섯 번 들리기를 간곡하게 기다리다가 때로 캄캄한 창밖을 바라보기도 했다. 하지만 창밖에는 캄캄한 어둠 이외에 아무것도 없었다.

이반은 밤늦은 시간에도 잠을 이루지 못하고 생각에 빠져 있다가 새벽 2시 무렵이 돼서야 겨우 잠들었다. 지금은 그의 복잡한 마음에 대해서는 자세히 다루지 않겠다. 게다가 그의 영혼을 깊이 들여다볼 때도 아니다. 그의 영혼에 대해서는 앞으로 언급할 기회가 있을 것이기 때문에 지금 독자들에게 전하고 싶어도 꽤 어려운 일이 될 것이다. 왜냐하면 지금 그의 머릿속에는 생각이라고 할 수 없는, 끝없이 막연하고 엉망진창으로 뒤얽힌 상념들이 가득했기 때문이다. 이반도 자신의 마음이 갈피를 잡을 수 없을 정도로 혼란스러운 상태라는 것을 알고 있었다. 게다가 예상치 못한 갖가지 기이한 욕구마저 그를 괴롭혔다. 예를 들어 자정이 지난 시간에 갑자

기 아래층으로 내려가 바깥채로 뛰어나가서 스메르자코프를 죽을
만큼 때려주고 싶은 충동이 치밀어 올랐다. 하지만 왜 그런 충동을
느끼는 거냐고 물으면 하인이 이 세상에 없을 무례한 사람이라는
것 이외에는 타당한 이유가 없었다.

　그날 밤, 그는 말로 표현하기 어려운 굴욕적인 공포에 사로잡혀
육체적으로도 힘이 빠진 느낌이 들었고 머리가 아프고 현기증도
났다. 마치 누구에게라도 당장 복수하려는 것처럼 증오가 그의 가
슴을 옥죄었다. 조금 전 알료샤와 나눈 대화가 떠오르자 동생에게
도 증오가 생겼고 때로는 자기 자신에게도 분노가 치밀어 견딜 수
가 없었다. 하지만 카체리나에 대해서는 아무런 생각이 나지 않았
다. 낮에 그녀를 만나서 "내일 모스크바로 떠나겠다"고 호언장담
을 했을 때도 마음속으로는 '헛소리하기는, 네가 어딜 가. 지금 네
가 큰소리를 치는 것처럼 그렇게 쉽게 떠나지는 못해' 하고 자신
에게 속삭인 것을 분명하게 기억하고 있었던 만큼 이렇게 그녀를
잊을 수 있는 것이 더욱 이상했다.

　오랜 세월이 흐른 뒤, 그날 밤을 떠올릴 때마다 이반은 자신에게
참기 힘든 혐오감을 느끼는 게 있었다. 그것은 그날 밤 자신이 소
파에서 갑자기 일어나서 누가 몰래 엿보지 않을까 겁을 내는 것처
럼 조용히 방문을 열고 계단까지 나가서 귀를 기울이며 아래층 방
에서 서성이는 아버지를 감시했다는 것이다. 그는 오랫동안, 거의
5분 정도를 정체 모를 호기심 때문에 가슴을 두근대며 숨을 죽인
채 귀를 기울였다. 그러나 그가 왜 그런 짓을 하고 왜 귀를 기울였

는지는 자신도 알 수 없었다.

그는 평생 그런 행동을 '저열한' 짓이라고, 자신의 인생에서 가장 더러운 짓이었다고 마음속 깊이 생각했다. 그때는 아버지 표도르에 대해 증오를 전혀 느끼지 않았고 다만 억누를 수 없는 호기심만 있었다. 아버지가 아래층에서 어떻게 서성일까, 혼자서 무슨 일을 하고 있을까 하는 호기심을 품고, 아버지가 지금쯤은 분명히 어두운 창밖을 바라보다가 갑자기 방 한가운데에 걸음을 멈추고 누가 노크를 하는지 초조하게 기다리고 있을 거라고 상상했다. 이반은 이런 마음으로 아버지를 살피기 위해 두 번이나 계단에 나갔던 것이다.

2시경, 세상이 고요해지고 표도르도 잠이 들자 이반은 몹시 피로해서 자신도 어서 잠을 자야겠다고 생각하고 잠자리에 들었다. 그는 그대로 잠이 들어서 꿈도 꾸지 않고 깊은 잠에 빠졌다. 날이 터오는 7시 무렵, 그는 일찍 잠에서 깼다. 눈을 뜨자 이상하게 온몸이 활력으로 가득 찬 듯했고 재빨리 일어나서 옷을 갈아입은 뒤 트렁크를 꺼내 짐을 꾸렸다. 어제 세탁소에서 속옷도 전부 찾아다 놓은 뒤여서 모든 것이 순조롭게 진행되어 갑작스러운 출발에 방해가 되는 것은 아무것도 없다고 생각하니 저절로 미소가 떠올랐다.

이런 출발은 그에게도 갑작스러운 것이었다. 어제 그가 카체리나와 알료샤 그리고 스메르자코프에게 오늘 떠날 거라고 말하기는 했지만 어젯밤 잠자리에 들 때까지도 실제로 떠날 생각은 아직 없었던 것이다. 그는 아침에 눈을 뜨자마자 지난밤에 트렁크를 꺼내 짐을 꾸릴 생각을 하지 않았다는 것을 확실하게 기억했다.

어찌 됐든 그는 트렁크와 짐을 전부 꾸렸다. 마르파가 9시쯤 올라와서 평소처럼 물었다.

"차는 어디서 드시겠어요? 방에서 드시겠습니까, 아래층에서 드시겠습니까?"

아래층으로 내려간 이반은 겉으로 보기에는 꽤 즐거워 보였지만 그의 행동에는 어딘지 모를 어수선하고 불안한 기색이 있었다. 하지만 이반은 아버지를 보고 기분 좋은 인사를 건네고 건강이 어떠냐고 물은 뒤, 그가 대답하기도 전에 1시간 뒤에는 모스크바로 영원히 떠나버리겠다고 말하고 마차를 불러달라고 부탁했다. 하지만 노인은 아들이 떠난다고 하는 말에 거짓으로라도 서운해해야 한다는 생각도 없이 놀라지도 않은 채 듣고만 있었다. 오히려 갑자기 자신의 중요한 용무가 생각난 듯이 법석을 떨어댔다.

"너도 그러는 게 어디 있니! 어제 말해주었으면 좋았을 텐데……. 하지만 뭐 상관없다. 지금도 늦지 않았다. 그런데, 애비한테 효도하는 거라고 생각하고 네가 체르마쉬냐에 들러주는 건 어떠냐? 체르마쉬냐는 볼로비야 역에서 왼쪽으로 12km만 가면 되는데……."

"죄송하지만 그건 안 돼요. 철도까지 89km나 되고, 모스크바로 가는 열차는 오늘 저녁 7시라서 기차 타는 것도 시간이 벅찬걸요."

"그러면 내일이나 모레 차를 타고 가고 오늘은 체르마쉬냐에 들르거라. 네가 조금만 애써주면 애비가 안심이 되지 않냐. 이곳에서 볼일이 없으면 내가 진작 다녀왔을 텐데, 그곳 일이 무척 급한 모양인데 나도 여기 일이 있으니 움직일 수 없지 않냐. 그 베기체프와 자치킨의 두 지역에 걸쳐 내 임야가 있는데 그곳은 무법천지거든. 그런데 마슬로프 부자가 나무를 벌채하고 그 대가로 8000루블 정도밖에 생각을 안 하지 않겠니. 작년에는 1만 2000루블을 주겠다는 사람도 있었는데 일이 성사가 안 됐어. 그자는 그곳 사람이 아니어서 처음에는 흥정이 쉽게 됐는데도 결국 그렇게 되었단 말이지. 지금은 그곳 사람 중에 흥정을 하려는 사람이 아무도 없어. 그 지방에서 마슬로프 부자와 경쟁할 부자가 아무도 없거든. 그자는 자기네가 생각한 금액으로 사겠다고 마음을 먹었더라. 그런데 갑자기 지난 목요일 일린시키 신부에게 고르스트킨이라는 새 상인이 나타났다는 소식을 받았어. 고르스트킨은 나도 예전부터 잘 아는 사람인데, 그자가 그곳 출신이 아니라 포그레보프 사람이라는 게 중요해. 마슬로프를 두려워하지 않을 거라는 뜻이지. 고르스트킨이 그 임야를 1만 1000루블에 사겠다는 거야, 그런데 듣고 있는 거냐? 신부가 편지에 쓰기를 그자가 앞으로 일주일 정도만 머물 예정인 것 같으니 네가 그자를 만나서 흥정을 했으면 좋겠다."

"아버지가 신부님에게 직접 편지를 쓰면 그 신부님이 흥정을 해주지 않을까요?"

"그 신부는 장삿속이 없어서 그런 데 소질이 없으니 하는 말이지. 사람이야 믿을 만하지만. 그런 사람이라면 당장 2만 루블 정도는 영수증 없이도 맡길 수 있어. 하지만 장삿속에는 눈이 어두워서 까마귀한테도 속아넘어갈 거야. 그런 사람이 학자라니 참 놀랍지 않냐. 그런데 그 고르스트킨은 겉보기에는 소매 없는 푸른 외투를 입고 다녀서 평범한 농사꾼처럼 보이지만, 실제는 상종 못할 악당 놈이야. 난 그게 걱정이라고. 그놈은 뻔뻔하게 거짓말을 하는데 그게 그놈의 특징이야. 어느 때는 이유도 알 수 없는 거짓말을 하염 없이 늘어놓는다니까! 재작년에는 부인이 죽어서 두 번째 부인을 얻었다고 들었는데 실제는 그것도 전부 거짓말이었어. 기가 막힐 노릇이지! 부인이 죽기는커녕 멀쩡하게 살아 있는데 지금도 사흘에 한 번은 그자를 때린다는 거야. 그러니 이번에 1만 1000루블에 내 임야를 사겠다는 말도 진짜인지 거짓말인지 알아봐야 해."

"그러면 저도 쓸모가 없겠는데요, 저도 사람 보는 눈은 없으니까요."

"잠깐 기다려봐, 너는 할 수 있어. 내가 그자의 습관을 전부 가르쳐주마. 나는 고르스트킨과 예전부터 거래를 해서 잘 알고 있지. 우선 붉은 수염은 더럽고 힘없어 보여도, 그 수염을 덜덜 떨면서 화를 내고 말하면 흥정할 생각이 있다는 거니까 거래가 성공할 거야. 하지만 왼손으로 수염을 만지며 빙긋빙긋 웃으면 그때는 너를 속이려는 수작을 꾸미는 거야. 그 작자 두 눈을 아무리 자세히 봐도 성경의 '어두운 비구름 뿌연 안개' 같아서 아무것도 알아낼 수 없어. 그러니 너는 그 수염만 잘 보면 된다. 내가 그에게 편지를 쓸 테니 편지를 가져가서 그에게 주어라. 그의 이름은 고르스트킨이지만 진짜 이름은 랴가브이*야. 하지만 그자를 만나서 랴가브이라고 부르면 안 된다. 그러면 엄청 화를 내니까. 만약 그와 얘기를 해서 일이 잘 풀릴 것 같으면 나에게 편지를 해라. '거짓말을 하는 것 같지는 않습니다' 이렇게만 쓰면 된다. 처음에는 1만 1000루블을 계속 주장하다가 나중에 1000루블 정도는 물러나도 좋아. 그러나 그 아래로는 절대 안 된다. 너도 생각해보렴, 8000루블과 1만 1000루블이면 3000루블이나 차이가 나질 않냐. 그런 차액은 흥정만 잘하면 그냥 생기는 거란 말이야. 사실 사려는 사람은 안 나타나고 나는 돈이 궁하거든. 그자가 진짜로 사려고 하는 것 같다는 편지만 받으면 그때는 내가 시간을 쪼개서라도 그리로 가서 결판을 낼 거다. 하지만 아직은 신부의 생각인지도 모르니 내가 그곳까지 갈 필요는 없는 거 아니냐. 그럼, 내 말대로 하겠냐?"

"하지만 시간이 없어요, 죄송해요."

"참 내, 이 애비를 좀 도와다오. 네 수고는 잊지 않으마! 너희는 모두 인정머리라고는 없구나! 하루나 이틀이면 되는데 왜 안 되는 거냐? 지금 너는 어디를 가는 거야, 베니스에라도 가는 거니? 네가 좀 늦는다고 베니스가 하루 이틀 사이에 전부 무너지는 것도 아니지 않냐? 알료샤를 보내도 되긴 한다만 흥정에 그 애가 무슨 소용이냐? 너에게 부탁하는 건 그래도 네 머리가 좋기 때문이야. 네 머

---

* 사냥개이다.

리가 좋다는 걸 내가 모를 줄 알았지? 임야를 흥정하는 데 네가 문외한일 수도 있지만 너는 눈치가 빠른 편이지. 그자가 정말 살 생각이 있는지 없는지만 확인하면 되는 거야. 내가 말해준 대로 수염이 덜덜 떨리면 진심이라고 생각하면 된다."

"아버지는 그 저주받을 체르마쉬냐로 일부러 저를 쫓아내려고 이러시는 거죠, 네?"

이반은 화를 내는 듯 쓴웃음을 지으며 소리쳤다.

표도르는 아들의 증오를 눈치채지 못한 것인지, 아니면 일부러 모르는 척 가장하는 것인지 오직 이반의 웃음을 보고 끈질기게 말을 이었다.

"그럼 가는 거지, 응? 정말 가는 거지? 내가 편지를 한 장 써서 주겠다."

"모르겠어요, 가게 될지 가지 않을지 모르겠습니다. 가는 길에 정할게요."

"가는 길에라니, 지금 정해라. 지금 여기서 결정하거라. 그곳에 가서 얘기가 잘되면 몇 자만 적어서 신부에게 맡기면 그 사람이 바로 내게 편지를 부칠 테니까. 그다음에는 너를 절대로 붙잡지 않을 테니 베니스든 어디든 네가 가고 싶은 대로 가면 된다. 신부가 볼로비야 역까지는 마차를 태워줄 거야."

노인은 무척 기뻐하며 편지를 쓰고 마차를 부르면서 이반에게 코냑과 간단한 안주를 권했다. 그는 즐거울 때 기분이 겉으로 드러나지만 오늘은 자제하는 것처럼 보였다. 예를 들어 드미트리에 대해서는 아무 말이 없었고 아들과 헤어지는 걸 서운해하지도 않을 뿐더러 무슨 말을 해야 할지도 모르는 것처럼 보였다. 이반도 그런 아버지를 눈치채고 이렇게 생각했다.

'아버지도 나에게 싫증이 날 만하지.'

노인은 아들을 배웅하기 위해 현관까지 나왔을 때에야 입을 맞추려고 아들에게 다가섰지만 이반은 입맞춤을 피하려는 것처럼 악수를 하기 위해 손을 내밀었다. 노인도 금세 눈치를 채고 점잖게 굴었다.

그는 계단에서 반복해서 말했다.

"그럼 잘 가라, 조심하고! 내가 죽기 전에 다시 오겠지? 반드시 오너라, 언제든 반갑게 맞이할 테니. 부디 몸조심하고 잘 가라."

이반은 여행용 마차에 탔다.

"이반, 잘 가라! 애비를 나쁘게 생각하지 말아다오!"

노인은 마지막으로 이렇게 말했다.

스메르자코프와 마르파, 그리고리 등 집안 식구 모두가 작별 인사를 하기 위해 나왔다. 이반은 그들에게 10루블씩을 쥐어주고 마차에 앉았다. 그때 스메르자코프가 깔개를 바로잡기 위해 뛰어왔다.

"너도 이제 알겠지……. 내가 체르마쉬냐에 가는 것을."

이반은 불쑥 이런 말을 했다. 자신도 모르게 어제저녁처럼 말을 내뱉고 만 것이다. 그리고 이상하게 신경질적으로 웃기도 했다. 그는 시간이 흘러도 오랫동안 그때 일이 머리에서 떠나지 않았다.

"그렇다면 '현명한 사람과 나누는 얘기는 즐겁다'는 말이 맞는군요."

스메르자코프는 이반의 얼굴을 싸늘하게 쳐다보며 단호하게 대답했다.

마차는 집을 떠나자 빠르게 달렸다. 나그네의 마음은 뿌옇고 혼란스러워졌다. 그는 주변의 들판과 언덕, 울창한 나무와 맑은 하늘, 하늘 높이 나는 기러기 떼를 유심히 바라보았다. 그러자 갑자기 기분이 좋아져서 마부에게 말을 건넸다. 그는 마부의 대답에 큰 관심을 가지고 있는 것처럼 보였으나 잠시 뒤에 생각해보니 마부의 대답은 그저 한 귀로 흘리고 하나도 듣지 않았다는 것을 깨달았다. 그는 입을 다물었다. 공기는 깨끗하고 시원했으며 하늘도 맑게 개어 있어서 기분이 상쾌했다. 갑자기 알료샤와 카체리나가 떠올랐지만 그는 웃으면서 가만히 입김을 불어서 그 다정한 환상을 날려버렸다.

'언젠가 다시 만나겠지.'

그는 역참에서 말을 바꿔 타고 다시 볼로비야로 향했다.

'현명한 사람과 나누는 얘기는 즐겁다는 말은 무슨 의미일까?'

갑자기 이런 생각이 나자 그는 숨이 막힐 것 같았다.

'그리고 나는 무엇 때문에 그 녀석에게 체르마쉬냐로 간다고 알려준 걸까?'

마침내 그는 볼로비야 역에 도착했다. 이반은 마차에서 내리자마자 역마차 마부들에게 휩싸였다. 그는 체르마쉬냐까지 12km의 시골길을 사설 역마차로 가기로 결정하고 곧 마차를 준비시켰다. 그런 뒤 역참 안으로 들어가 주변을 둘러보다가 역참지기의 부인 얼굴을 살며시 보고 갑자기 현관 계단으로 되돌아서 나왔다.

"이보게, 체르마쉬냐에는 안 가겠네. 그런데 7시까지 철도역에 도착할 수 있나?"

"그럼요, 마차를 끌어올까요?"

"빨리 가져오게. 그리고 내일 읍내로 들어갈 사람은 없는가?"

"없기는요, 여기 있는 미트리도 내일 들어가는걸요."

"미트리, 내 심부름 좀 해주지 않겠나? 다름이 아니라 우리 아버지인 표도르 카라마조프 씨에게 들러 내가 체르마쉬냐에는 가지 않았다는 말을 전해주면 되네. 그렇게 할 수 있나?"

"당연하지요, 꼭 들르겠습니다. 저는 표도르 씨를 예전부터 잘 알고 있습니다."

"자, 이건 담뱃값으로 주는 돈이니 받게나. 아버지한테는 보나마나 못 받을 테니까."

이반이 즐겁게 웃자 미트리도 함께 웃었다.

"물론 주실 리가 없지요. 고맙습니다, 분명히 그렇게 전해드리겠습니다."

오후 7시, 이반은 기차를 타고 모스크바로 떠났다.

"지난 일들은 모두 잊자. 과거로부터 소식이나 기별을 받을 수 없도록 영원히 떠나자. 돌아보지 말고 오직 새로운 세상, 새로운 곳을 향해 가자!"

그러나 그의 영혼은 기뻐지기는커녕 문득 짙은 어둠에 둘러싸였고 그의 마음은 지금껏 한 번도 느껴본 적 없는 깊은 슬픔을 느꼈다. 그가 밤새 생각에 빠져 있는 동안에도 기차는 줄곧 달렸다. 새벽에 기차가 모스크바 시내로 들어서자 그는 문득 정신이 들었다.

'나는 저열한 인간이다!'

갑자기 그는 마음속으로 이렇게 뇌까렸다.

한편, 표도르는 아들을 떠나보낸 뒤 매우 흡족해했다. 그는 행복한 마음으로 2시간 동안 코냑을 마시고 있었다. 그런데 갑자기 아주 이상하고 불쾌한 사건이 일어나서 표도르와 온 집안사람들의 마음을 혼란스럽게 만들었다. 그것은 무엇 때문인지 모르겠지만 스메르자코프가 지하실에 들렀다가 계단 위에서 굴러떨어진 것이었다. 때마침 뜰 안에 있던 마르파가 그 소리를 들어서 불행 중 다행이었다. 마르파는 그가 떨어지는 것을 직접 본 것은 아니었지만 그가 외치는 소리를 들었던 것이다. 예전부터 여러 번 들었던 소리였고, 발작을 일으키면서 쓰러지는 간질병 환자의 독특하고 이상한 울부짖음이었다. 그가 계단을 내려가다가 발작을 일으킨 것일까? 그렇다면 의식을 잃고 그대로 아래로 굴러떨어지는 게 당연한 일이었다. 그게 아니면 발을 헛디뎌서 떨어진 충격으로 간질병 환자인 그가 발작을 일으킨 것일 수도 있지만, 마르파는 어쨌든 그가 지하실 바닥에서 입에 거품을 물고 온몸에 경련을 일으키면서 몸부림치는 것을 발견했다. 처음에 집안사람들은 그가 팔이나 다리를 다치고 몸에 타박상을 입었을 것으로 생각했지만 마르파의 말대로 '하느님 덕분에' 아무런 일 없이 무사했다. 단지 지하실에서 그를 '지상'으로 옮기는 것이 어려워서 이웃 사람들의 도움을 받아야 했다. 표도르도 계속 이 소동을 지켜보았는데 그는 몹시 놀라서 어쩔 줄 몰라 하며 직접 돕기까지 했다.

그러나 병자는 좀처럼 의식을 회복하지 못하고 발작을 멈추었다가 다시 발작을 하곤 했다. 사람들은 그래서 작년에 그가 다락방에서 떨어졌을 때와 똑같이 될 거라고 결론을 지었다. 마르파는 작년에 머리에 얼음찜질을 해주었던 것을 기억하고 지하실에 남아 있는 얼음을 꺼내왔다. 표도르는 저녁에 게르첸슈투베 선생을 부르기 위해서 사람을 보냈다. 곧 의사가 왕진을 와서 병자를 자세히 진찰한 뒤―이미 소개했던 것처럼 그는 이 지방에서 가장 따뜻하고 친절한 의사로 존경을 받는 노인이었다―이건 꽤 특이한 발작이기 때문에 생명이 위험할 수도 있다고 말했다. 병자는 바깥채의 그리고리와 마르파의 옆방으로 옮겨졌다.

이런 일을 겪은 뒤에도 표도르는 하루 종일 갖가지 재난을 연이어 겪었다. 식사는 마르파가 대신 요리했는데 스메르자코프의 훌륭한 솜씨와 비교하면 마르파가 만든 수프는 '구정물' 수준이었고 닭고기는 너무 질겨서 씹을 수가 없었다. 마르파는 주인어른의 심한 꾸중―당연한 꾸지람이긴 하지만―을 듣고 닭이 원래 오래된 닭이었고 자신은 요리를 배운 적이 없으니 당연하지 않느냐고 대들었다.

저녁이 되자 그에게는 한 가지 걱정거리가 또 추가되었는데, 벌써 이틀 전부터 몸이 아팠던 그리고리가 때마침 이런 때 허리를 못 쓰게 돼서 그만 몸져누웠다는 보고를 받은 것이었다. 표도르는 일찍 차를 마시고 안채에 혼자 틀어박혔다. 그는 두렵고 불안한 마음에 가슴이 두근댔다. 오늘 밤에는 분명히 그루센카가 올 것 같아서 언제 오려나 하고 기다리고 있었던 것이다. 왜냐하면 오늘 아침 일찍 스메르자코프가 '오늘은 분명히 오겠다고 약속했습니다'라는 전갈을 주었기 때문이었다. 성미 급한 노인은 초조한 마음에 심장이 두근거렸고 빈방들을 돌아다니며 귀를 쫑긋 기울였다. 드미트리가 어디에서 망을 보고 있을 수도 있으니 귀를 곤두세워야 했다. 그리고 그녀가 창문을 두드리면—스메르자코프는 이틀 전에 그녀에게 노크하는 방법을 가르쳐주었다고 보고했다—1초도 밖에서 머물지 않게 빨리 문을 열어주어야 했다. 표도르는 만약 그녀가 무엇에 놀라서 도망가면 큰일이라는 생각이 들자, 마음이 몹시 불안해졌다. 하지만 또 이렇게 달콤한 희망에 빠진 적은 이제껏 한 번도 없었다. 그는 지금 확신에 차서 이렇게 단언할 수 있었다.

오늘 밤에는 그녀가 분명히 올 것이다…….

제2부

제6편 | 러시아의 수도사

1. 조시마 장로와 그의 손님들

알료샤는 가슴에 고통을 느끼면서 장로의 방에 들어선 순간 깜짝 놀라서 멈춰 섰다. 이미 의식을 잃은 채 혼수상태에 빠졌을 거라고 걱정했던 환자는 예상 밖에 안락의자에 앉아 있었다. 장로는 매우 쇠약하고 지쳐 있었지만, 그래도 꽤 활기찬 얼굴로 그를 찾아온 손님들에게 에워싸여서 조용하고 즐거운 대화를 나누고 있었다. 그러나 장로가 침대에서 일어난 것은 알료샤가 도착하기 15분 전이었고, 이미 손님들은 그전부터 수도실에서 장로가 깨어나기를 기다렸다. 파이시 신부가 '장로님께서는 오늘 아침 약속한 대로 사랑하는 사람들과 마지막 이야기를 나누려고 다시 한번 일어나실 것입니다'라며 확고하게 예언했기 때문이다.

파이시 신부는 죽어가는 장로가 한 모든 약속과 말을 굳게 믿고 있었기 때문에 의식 불명 상태가 아니라 호흡이 멎어버린다고 해도 장로가 다시 일어나 작별을 전하겠다는 약속을 분명히 지킬 것이라고 확신했다. 혹여 장로가 이미 운명한 것을 보았다고 해도 그는 장로가 다시 살아나서 약속을 지킬 거라고 믿으며 언제까지나 기다렸을 것이다.

그날 아침, 조시마 장로는 잠들기 전에 그에게 이렇게 말했다.

"마음에서 사랑하는 사람들과 그간 나누지 못한 이야기를 하고, 그들의 정겨운 얼굴을 보면서 다시 한번 내 마음을 전하기 전에는 절대로 죽지 않을 거야."

조시마 장로와의 마지막 만남이 될지도 모르는 이 대화를 듣기 위해서 모인 수도사들은 모두 4명이었다. 그들은 오래전부터 정성을 다해 장로를 섬긴 그의 친구들이었다. 그들 중에는 이오시프 신부와 파이시 신부 그리고 암자의 책임자인 미하일 신부가 있었는데 이 사람은 나이가 그다지 많지 않았고 평민 출신으로 배움도 평범한 보통 수도사였지만 의지가 강했고 소박하며 굳은 신앙을 가지고 있었다. 그는 겉으로는 무뚝뚝하게 보였지만 마음속으로는 이미 깊은 오성(惡性)을 가지고 있었고, 그런 자신의 신앙이 다른 사람에게 알려지는 것을 무척 창피하게 생각했다.

네 번째 사람은 안핌 신부였는데 그는 가난한 농민 출신이었고, 몹시 늙었으며 키가 작고 문맹이나 다름없는 사람이었다. 조용하고 과묵해서 다른 사람과 별로 말도 하지 않았다. 겸손한 사람들 중에서도 가장 겸손한 사람이었는데 자신의 지혜로는 도저히 닿을 수 없는 어떤 거룩하고도 강력한 힘에 겁을 먹은 것처럼 보였다. 조시마 장로는 늘 두려움에 떨고 있는 이 늙은 수도사를 몹시 아껴서 평생 특별히 더 존중하며 그를 대했다. 예전에 장로는 이 늙은 수도사와 함께 몇 년 동안 러시아 전국의 성지를 돌아보기까지 했지만, 수도사에게 말을 건네는 일은 아주 드물었다. 러시아 전국을 돌던 오래전, 즉 40년 전 조시마 장로가 사람들은 잘 모르는 코스트로마의 작은 수도원에서 첫 수도 생활을 시작할 무렵에, 수도사가 된 지 얼마 되지 않았지만 그 가난한 수도원을 위해서 성금을 모으기 위해 안쫌과 같이 전국을 순례했던 것이다.

주인이나 손님 할 것 없이 모두가 장로의 침대가 놓인 두 번째 방에 앉았다. 앞서 밝힌 대로 이 방은 몹시 좁아서 4명의 손님은 첫 번째 방에서 의자를 가지고 와서 장로의 안락의자에 바짝 붙어 앉아야 했다. 견습 수사인 포르피리는 시중을 맡았기 때문에 계속 서 있었다. 날은 이미 어두워져서 성상 앞의 램프와 촛불이 방을 밝히고 있었다. 알료샤가 영문을 모른 채 문턱에 서 있으니 장로는 기쁘게 미소를 짓고 손을 건넸다.

"어서 오너라, 잘 왔다, 우리 얌전한 아이가 이제 돌아왔구나. 네가 올 거라고 생각했다."

알료샤는 장로에게 다가가서 이마가 바닥에 닿도록 정중하게 절을 한 뒤, 갑자기 울음을 터트렸다. 마음속에서 무언가가 터져 나오며 영혼이 떨려오는 것 같았다. 그는 소리 높여서 마음껏 울어 버리고 싶은 마음이었다.

"왜 그러니, 아직 울기엔 이르지 않니."

장로는 오른손을 알료샤의 머리에 얹고 살며시 웃었다.

"나는 일어나서 의자에 앉아 이야기를 나누고 있다. 아직 20년 정도는 더 살 수 있을 것 같은데. 어제 브이셰고리예에서 리자베타 라는 어린 딸을 안고 온 그 착한 부인이 말한 대로 말이야. 오, 주여, 그 어머니와 귀여운 딸에게 축복을 내려주소서!"

그는 이렇게 말하고 성호를 그었다.

"포르피리, 그 부인이 낸 성금을 내가 말한 곳에 주었느냐?"

이것은 어제 장로를 숭배하는 그 쾌활한 여인이 자신보다 더 가난한 사람에게 전해달라고 준 60코페이카에 대한 말이었다. 그런 성금은 자신에 대한 자발적인 징벌의 의미로 바치는 것으로, 꼭 스스로 일을 해서 번 돈이어야만 했다. 장로는 엊저녁에 포르피리에게 얼마 전 화재로 집이 몽땅 타버려서 아이들 3명과 구걸을 하고 있는 어느 상인의 과부에게 그 돈을 전하라고 했던 것이다. 장로가 말한 대로 포르피리는 '익명의 자선가'가 주는 것으로 하고 그 돈을 직접 전달했다고 말했다.

"알료샤, 이젠 일어나거라. 얼굴 좀 보자. 집에서 형님은 만났니?"

장로는 알료샤를 향해 계속해서 말했다. 알료샤는 장로가 '형님들'이라고 칭하지 않고 '형님'이라고 정확하게 한 사람을 가리켜 묻는 것이 이상하게 여겨졌다. 어느 형인지 묻는 걸까? 어쨌든 장로가 어제와 오늘 자신을 읍내로 보낸 것은 두 형님 중에서 한 사람 때문인 것은 분명했다.

"둘 중의 한 사람만 만났습니다."

알료샤가 대답했다.

"내가 묻는 건 어제 내가 이마가 땅에 닿도록 절한 큰형이다."

"그 형님은 어제 만나보았고, 오늘은 찾지 못했습니다."

"빨리 찾아야 한다. 내일 또 가서 찾아보아라. 만사를 제쳐두고서라도 그 일부터 빨리 서둘러라. 무서운 일이 일어나기 전에 미리 막을 수 있을 거야. 나는 어제 그 사람이 앞으로 겪을 큰 고통에 대해 머리를 숙인 거란다."

장로는 문득 말을 멈추고 생각에 잠겼다. 이상한 말이었다. 어제 그 상황을 본 이오시프 신부와 파이시 신부는 서로 바라보며 눈짓을 했다. 알료샤는 더 이상 견디기 힘들었다.

"장로님, 스승님. 장로님 말씀은 너무 모호합니다. 도대체 형님을 기다리고 있는 건 어떤 고통입니까?"

알료샤가 몹시 흥분해서 말했다.

"너무 자세히 알려고 하지 마라. 어제 나는 무서운 기운을 느꼈단다. 어제 그의 눈빛은 자신의 운명을 보여주는 것 같았지. 그 사람의 눈빛은 심상치 않았어. 나는 그 눈을 보고 그가 자신에게 벌이려는 재앙을 알고 가슴이 서늘해졌단다. 나는 자신의 운명을 그대로 보여주는 눈빛을 평생 동안 한두 번 봤는데, 그들의 운명은 슬프게도 내 짐작대로 맞더구나. 알렉세이, 내가 너를 읍내로 가게 한 것은 동생으로서 네가 그에게 도움이 될 거라고 생각해서였단다. 하지만 우리의 모든 운명은 하느님에게 달려 있지. '밀알 하나가 땅에 떨어져 죽지 않으면 한 알 그대로 남아 있고 죽으면 수많은 열매를 맺느니라'고 한 말을 잘 기억해야 한다. 알렉세이, 난 지금까지 마음속으로 너를 여러 번 축복했었다. 그건 네 얼굴 때문이지. 이것도 알아두렴."

장로는 다정하게 웃으며 말을 이었다.

"나는 너에 대해 이렇게 생각한단다. 수도원 밖으로 네가 나간다 해도, 너는 속세에서도 수도사처럼 살 거야. 수많은 적들을 만나게 되겠지만, 그 적들도 너를 사랑하게 될 거다. 너에게 인생은 많은 불행을 안겨주겠지만, 그 불행 속에서 행복을 찾을 수 있을 것이고 인생을 축복할 수도 있을 것이며, 다른 사람들에게도 인생을 축복하게 해주어라. 이게 가장 중요해, 알았느냐? 너는 그런 사람이란다. 자, 여러분."

장로는 감동의 미소를 지으며 손님들에게 말했다.

"나는 이 청년의 얼굴이 왜 이토록 내게 사랑스러운지 지금까지 알렉세이에게 말하지 않았습니다. 지금에야 말하지만 내게 이 청년의 얼굴은 어떤 사람에 대한 기억이자 예언과도 같습니다. 내 인생이 시작되던 어린 시절에 내게 형님이 한 분 계셨지요. 그런데 그만 열여덟 살의 나이에 바로 내 눈앞에서 죽었습니다. 그런 일이 있은 뒤 점점 나이를 먹으면서 나는 그 형님이 내 운명에서 하느님의 계시이자 숙명이었다는 것을 조금씩 확신하게 되었습니다. 만약 형이 내 인생에 없었다면, 아니 그 형이 처음부터 없었다면 나는 수도사가 되지 않았을 것이고 보람을 주는 이런 길도 걷지 못했을 겁니다. 처음 그가 나타난 것은 내가 어렸을 때이지만 이제 내 순례의 마지막에는 거의 그가 재림이라도 한 것처럼 그런 존재가 내게 나타났습니다. 여러분, 그것은 정말 놀라웠습니다. 나는 알렉세이가 나의 형님과 외모는 닮지 않았지만 정신적으로는 많이 닮아서 알렉세이를 바로 그 청년, 즉 내 형님으로 착각한 적이 많았습니다. 신비하게도 내 순례의 마지막에 무언가를 생각하고 통찰할 수 있도록 형님이 내게 찾아온 것처럼 느껴졌습니다. 이런 공상에 빠진 내가 스스로도 놀라울 정도였지요. 포르피리, 지금 내가 한 말 들었지?"

그는 곁에 있는 견습 수사에게 물었다.

"내가 너보다 알렉세이를 더 사랑해서 네가 실망하는 걸 여러 번 봤지만, 이제 너도 그 이유를 알겠지? 하지만 나는 너 역시 사랑한단다. 알았느냐? 나도 네가 실망하는 것을 보고 무척 마음이 아팠다. 그럼 여러분, 나는 이제부터 그 청년, 즉 내 형에 대해서 조금 이야기하려고 합니다. 왜냐하면 내 인생에서 형만큼 감동적이며 예언적인 사람은 아무도 없었기 때문입니다. 지금 내 마음은 깊은 감동에 쌓여서 내 일생이 생생하게 눈앞에 펼쳐지고 있어요."

여기서 미리 밝힐 것은, 장로가 그 생애의 마지막에 자신을 찾아온 손님들에게 한 이야기는 부분적으로 기록되어서 보존되고 있다는 사실이다. 알료샤는 장로가 세상을 떠나고 얼마 되지 않아서 기억을 되살려 이때의 일을 기록해두었다. 그러나 그날의 이야기만을 기록했는지, 아니면 그 이전의 이야기도 추려서 덧붙인 것인지는 확실하게 말하기 어렵다. 게다가 이 기록에 있는 이야기는 고운 문체여서 마치 장로가 친구들에게 자신의 인생을 소설처럼 들려준 것 같지만, 사실은 그와 다르다. 왜냐하면 그날 밤의 대화는 손님과 주인이 함께 나눈 것이었고, 비록 손님들이 주인의 말을 가로채는 일이 별로 없었다고 해도 그들 역시 자신의 의견을 말하거나 자신들의 이야기도 했을 것으로 보이기 때문이다. 게다가 장로는 숨이 차서 가끔 말이 끊기고 잠시 쉬려고 자리에 눕기까지 했으므로, 그의 이야기가 흐르는 물처럼 전개되었을 리도 없다. 장로가 물론 침대에 계속 누워 있었던 것은 아니고 손님들도 자리를 떠나지 않았다. 성경을 봉독하기 위해 한두 번 이야기가 중단된 적은 있었는데 파이시 신부가 성경 봉독은 주관했다. 또 한 가지 주목해야 할 것은 그들 중에서 누구도 그날 밤에 장로가 죽을 거라고 예상하지 못했다는 것이다. 장로는 낮에 깊이 자고 일어났기 때문에 인생의 마지막 밤에 친구들과 함께 이야기를 나눌 새 힘을 얻은 것처럼 보였다. 그것은 그의 몸에 거의 믿지 못할 활력을 준 마지막 감동이라고 부를 만한 것이었다. 그러나 그것이 오래 지속될 수는 없었다. 그의 생명을 잇는 줄이 문득 툭 끊어졌기 때문이다. 그러나 이것에 대한 이야기는 다음에 하기로 하고, 지금은 알렉세이 카라마조프가 기록한 장로의 이야기를 전달하겠다. 그렇게 해야 좀 더 간결하고 지루하지 않을 것이기 때문이다. 그러나 다시 한번 반복하자면 알료샤가 이전의 이야기에서 추려서 여기에 덧붙였다는 사실이다.

2. 조시마 장로의 전기에서

: 수도자이자 사제인 고(故) 조시마 장로의 말을 바탕으로
알렉세이 카라마조프가 엮음

(1) 조시마 장로의 형

나는 먼 북쪽 지방의 어떤 현에 있는 시에서 태어났다. 아버지는
귀족이었지만 명문가 자제도 아니었고 지위도 높은 편이 아니었
다. 아버지는 내가 두 살 무렵에 돌아가셔서 아버지에 대한 기억은
남아 있지 않다. 아버지가 어머니에게 남긴 것은 작은 목조 가옥과
얼마 되지 않는 재산이었다. 대단하지는 않았지만, 그래도 어머니
가 아이들을 데리고 옹색하지 않게 지낼 수 있을 정도였다.

우리는 지노비로 불리던 나와 형인 마르켈, 두 형제뿐이었다. 나
보다 여덟 살이 많은 형은 집중력이 좋고 성격은 급한 편이었지만
착해서 남을 깔보지 않았으며 이상할 정도로 말이 없었다. 특히 집
에서 어머니나 나, 하인들을 대할 때는 더 그런 편이었다. 중학교

에서는 공부를 잘했고, 친구들과 싸우지 않았으나 누군가와 친하게 지내는 성격도 아니었다. 어머니의 기억대로라면 형은 그런 사람이었다. 형이 만으로 열일곱 살이 되었을 무렵, 즉 세상을 떠나기 반년 전에 형은 자유사상 때문에 모스크바에서 우리 고장으로 유배를 온 정치범인 유형수를 자주 만나러 다녔다. 그 정치범은 유명한 학자로 대학에서도 철학자로 이름이 있는 사람이었다. 그는 무슨 이유에서인지 마르켈 형을 좋아해서 자기가 지내는 곳에 드나들도록 허락했다. 그해 겨울, 형은 날마다 그와 함께 지냈고 얼마 뒤 이 유형수는 청원이 받아들여져서 관직에 복귀하려고 페테르부르크로 가게 되었다. 그에게는 유력한 몇몇의 후원자들이 있었던 것이다.

그 뒤 사순절 때, 마르켈은 단식을 하려고 하지 않았다.

"모두 엉터리 같은 잠꼬대지, 하느님은 절대 없어."

그는 이렇게 조소와 욕설을 했고, 그래서 어머니와 하인들 그리고 어린 나까지도 겁에 질리곤 했다. 그때 나는 겨우 아홉 살이었지만 형의 그런 말에 많이 놀랐다. 우리 집에는 4명의 하인이 있었는데 그들은 모두 알고 지내던 지주의 명의로 산 농노였다. 나는 어머니가 이 4명 중에서 요리를 맡던 아피미야라는 절름발이 노파를 60루블에 다시 팔고, 해방 농노인 하녀 하나를 고용했던 것을 아직 기억한다. 그런데 사순절 제6주가 되자, 형이 갑자기 병에 걸렸다. 형은 평소에도 허약한 데다 키가 크고 여위어서 폐병에 걸리기 쉬운 체질이었다. 그러나 얼굴은 아주 품위 있게 생긴 편이었다. 처음에는 감기라고 생각했는데, 의사가 진찰을 한 뒤 어머니에게 귓속말로 급성 폐결핵이라서 봄을 넘기지 못할 거라고 말했다. 어머니는 울면서 형을 붙잡고 무척 조심스럽게—형을 놀라게 하지 않으려는 의도였다—제발 단식을 하고 교회에 가서 성찬도 받으라고 애걸했다. 형은 그때까지는 자리에 드러누울 정도는 아니었다.

형은 그 말을 듣고 굉장히 화를 내고 교회에 욕설을 했지만 그러는 중에도 무언가를 깊이 생각하는 듯했다. 그는 곧 자신의 병이 깊다는 것과 그래서 어머니가 자신에게 기력이 남아 있는 동안에 단식을 해서 성찬을 받게 하려고 한다는 것을 알았다. 그도 물론 자신이 병에 걸렸다는 것은 이미 알고 있었다. 그보다 1년 전에, 어느 날 형은 식사를 하다가 어머니와 나에게 차분한 말투로 이렇게 말했다.

"나는 어머니나 동생과 함께 이 세상에서 살 수 없어요. 앞으로 1년도 살지 못할 것 같아요."

형의 말이 예언처럼 적중한 것이다.

사흘 후 고난주간이었다. 그 주의 화요일 아침부터 형은 교회에 나갔다.

"어머니, 나는 단지 어머니를 위해서, 어머니를 기쁘게 하고 안심시키려고 교회에 가는 거예요."

형은 이미니에게 이렇게 말했다. 어머니는 슬픔과 기쁨에 겨워 갑자기 눈물을 흘렸다.

'녀석이 갑자기 변한 걸 보니, 앞으로 얼마 살지 못할 것 같아.'

어머니는 이렇게 생각했다. 그러나 형은 교회에 얼마 다니지 못하고 곧 드러누워서 참회와 성찬을 집에서 받아야만 했다.

날씨는 화창했고 세상은 향기로웠다. 그해는 다른 때보다 부활절이 늦게 있었다. 나는 형이 밤새 기침을 하고 잠도 제대로 자지 못했지만 그래도 아침에는 언제나 옷매무새를 단정히 하고 안락의자에 앉아 있었던 것을 기억한다. 투병 중이었지만 언제나 즐겁고 명랑하게 미소 지으며 앉아 있던 형의 모습이 나는 지금도 기억하고 있다.

형은 정신적으로 완전히 변했다. 갑자기 마음속에 큰 변화가 일어난 것이다! 늙은 유모가 형의 방에 들어가서 "도련님, 성상 앞에 있는 등불을 밝힐까요?" 하고 물으면, 전에는 그런 일을 허락하지도 않고 켠 등불도 일부러 꺼버렸던 형이었다. 그런데 형이 이렇게 말했다.

"할멈, 어서 켜세요. 빨리 켜줘요. 전에는 성등(聖燈)까지 켜지 말라고 했으니 내가 참 못된 놈이었어. 할멈이 불을 켜고 기도하면 나도 할멈을 보며 기쁘게 기도를 드리겠어요. 그럼, 우리 둘이 함께 하느님 앞에 기도를 드릴 수 있잖아요?"

형이 이런 말을 하는 것을 우리는 이상하게 생각했다. 어머니는 방에 들어가서 흐느끼기만 했지만, 그래도 형의 방에 들어갈 때는 눈물을 닦고 밝은 표정을 지어 보이려고 애썼다.

"어머니, 울지 마세요."

형은 늘 이렇게 말했다.

"나는 앞으로 오래 살 수 있을 거예요. 영원히 어머니와 같이 즐겁게 살고 싶어요. 인생은, 그리고 산다는 것은 정말 즐겁고 기쁘니까요!"

"아들아, 뭐가 그리 즐거우냐. 매일 밤 가슴이 터지도록 기침을 하고 온몸에 열이 나서 숨쉬기도 쉽지 않은데."

"어머니, 울지 마세요. 인생은 천국과 같아요. 우리는 모두 천국에 살면서도 그것을 모를 뿐이에요. 만약에 우리가 그것을 알려고만 한다면, 내일이라도 당장 이 땅은 천국이 될 거예요."

우리는 형이 너무나 거룩하고 꿋꿋해서 깜짝 놀랐고, 형의 말에 감동해서 눈물을 흘렸다.

친척들이 병문안을 오면 형은 이렇게 말했다.

"여러분은 모두 소중합니다. 내가 무얼 했다고 이런 사랑을 주시나요? 나 같은 인간을 무엇 때문에 사랑하십니까? 또 왜 나는 지금까지 그걸 몰랐을까요? 왜 전에는 그것을 고맙게 생각하지 않았을까요?"

그리고 형은 하인들에게 늘 이렇게 말했다.

"너희는 정말 친절해. 왜 너희는 이렇게 정성껏 내 시중을 드는 거지? 내가 과연 이런 시중을 받을 만한 사람일까? 만약 하느님이 날 돌봐주셔서 살아나기만 하면 이번에는 내가 너희의 시중을 들어줄 거야. 사람은 서로 돕고 보살피며 살아야 하니까."

형이 이렇게 말할 때마다 어머니는 고개를 저었다.

"마르켈, 네가 그렇게 말하는 건 병이 들어서 그런 거야."

"어머니, 사랑하는 어머니, 세상에서 주인과 하인을 구분 짓는 것이 완전히 사라지지는 않겠지요. 하지만 내가 우리 집 하인들의 시중을 들지 말라는 법은 없잖아요? 그들이 나를 위했던 것처럼 나도 그들을 위할 거예요. 어머니, 나는 이렇게 말하고 싶어요. 우리는 누구나 다른 사람에게 죄를 짓는다고요. 나는 그중에서 가장 죄를 많이 지은 인간이에요."

형의 말을 들은 어머니는 자신도 모르게 웃었다. 그리고 한바탕 울고 난 뒤 다시 미소를 지었다.

"애야, 네가 어째서 가장 죄가 크다는 거냐? 세상에는 살인범이나 강도 같은 죄인이 많은데, 대체 네가 나쁜 일을 한 게 없는데 왜 죄가 크다는 거니?"

"어머니, 나에게 피를 주신 사랑하는 어머니—형은 그때 예상 밖으로 다정하게 말을 했다—어머니, 내 사랑이자 내 기쁨이며 나의 피처럼 귀중한 어머니, 우리는 누구든지 사람에 대해, 모든 것에 대해 죄를 지어요. 어떻게 설명해야 할지 모르겠지만, 어쨌든 그 사실이 나는 괴로워요. 우리는 어째서 그걸 모르고 사는 동안 화만 냈을까요?"

형은 이렇게 날이면 날마다 강한 감동과 환희에 둘러싸여서 사랑이 가득한 마음으로 아침에 일어나는 것이었다.

얼마 후, 의사가 왕진을 오기 시작했다. 의사는 에이젠슈미트라는 늙은 독일인이었는데 그가 올 때마다 형은 농담처럼 이렇게 물었다.

"의사 선생님, 이 세상에서 아직 하루 더 살 수 있을까요?"

"하루라니, 너는 여러 날 더 살 수 있다. 아직도 몇 달, 아니 몇 년도 더 살 수 있어."

"몇 달이나 몇 년은 살아서 뭐해요!"

형은 종종 이렇게 외쳤다.

"날수를 따질 필요가 뭐가 있어요! 온갖 행복을 모두 경험하는데 사람은 하루면 충분해요. 그런데 왜 우리는 싸우고, 무안을 주고, 서로 앙심을 품고 살까요? 차라리 뜰에 나가서 산책하고, 서로 사랑하고, 칭찬하고, 입을 맞추며 우리의 삶을 축복해야 하지 않을까요?"

"댁의 아드님은 이미 이 세상 사람이 아닙니다."

현관까지 배웅을 한 어머니에게 의사가 말했다.

"병이 도져 정신 착란까지 온 것 같습니다."

형의 방에 있는 창문은 뜰을 향해 있었는데, 뜰에는 이미 나뭇가지에 어린 싹이 솟아나고, 오래된 나무는 땅에 그늘을 드리우며 늘어서 있었다. 형은 때 이른 새들이 나뭇가지에 날아와 창가에서 지저귀는 것을 애정 어린 시선으로 바라보다가 갑자기 새들을 향해 용서를 빌기 시작했다.

"하느님의 새들아, 행복한 새들아, 나를 용서해다오. 너희에게 나는 너무나 많은 죄를 지었구나."

우리 중에서 그의 말을 이해할 수 있는 사람은 그 당시 아무도 없었지만 형은 기쁨에 겨워 눈물까지 흘렸다.

"아, 내 주변에는 하느님의 영광이 이토록 넘친다. 새들, 나무, 풀밭, 하늘……. 그런데 나는 혼자 치욕스럽게 살면서 이 모든 걸 더럽히고 영광과 아름다움을 모른 척했어."

"얘야, 너는 스스로 너무 많은 죄를 지려 하는구나."

어머니가 울면서 말했다.

"어머니, 나의 소중한 어머니, 나는 슬퍼서 우는 게 아니라 기뻐서 눈물이 나는 거예요. 어머니에게 설명하기 힘들지만 내가 모든 사람에 대해 죄인이 되는 건 내가 그것을 원하기 때문이에요. 나는 어떻게 해야 모든 사람을 사랑할 수 있는지도 잘 모른답니다. 하지만 내가 모든 사람에게 죄를 지었다고 해도, 모두 나를 용서해주지 않나요? 바로 이것이 천국이에요. 나는 지금 천국에 있는 것 같아요."

이것 이외에도 여러 가지 일이 많았지만 내가 전부 기억하고 있지 않고 세세히 이곳에 기록할 수도 없다. 그러던 어느 날, 내가 혼자서 형의 방에 갔을 때가 떠오른다. 방에는 형만 있었다. 날 맑은 저녁 무렵이어서 해가 지면서 방 안을 사선으로 그리듯 비추고 있었다.

형이 내게 손짓해서 나는 형의 옆으로 가까이 다가갔다. 그러자 형은 내 어깨에 두 손을 올리고, 애정과 감동을 담은 시선으로 나를 들여다보았다. 형은 아무런 말을 하지 않고 1분 정도 나를 그렇게 보다가 결국 말했다.

"자, 이제 나가서 놀아라. 부디 내 몫까지 살아야 해."

나는 형의 말대로 놀러 나갔고 그 후 살아오면서 몇 번이나 대신 살아 달라던 형의 말을 떠올리며 울어야 했다. 그 당시에는 이해하지 못했지만 그 밖에도 형은 감탄이 절로 나오는 아름다운 말을 많이 남겼다.

부활절이 지나고 3주 뒤, 형은 세상을 떠났다. 말을 할 수 없는 상태였지만 의식은 또렷해서 마지막 순간까지도 형은 조금도 변하지 않았다. 그는 행복해 보였고, 눈은 쾌활한 기색이었으며, 주변을 둘러보다가 우리를 발견하고는 미소를 지으며 가까이 오라고 손짓했다. 그래서인지 읍내에는 형의 죽음에 대해 많은 소문이 퍼졌다. 이런 일들은 그 당시 나에게 커다란 충격이었지만, 그렇게 대단한 일은 아니었다. 물론 나는 형의 장례식에서 많이 울었다. 나는 아직 나이 어린 소년이었지만, 이런 일들은 나에게 지울 수 없는 인상을 남겼고 마음속에 은밀한 생각이 자리 잡게 하였다. 이런 생각의 싹은 언젠가 때가 왔을 때 문득 고개를 들고 어떤 부름에 대답하게 되어 있으며, 이것은 그대로 이루어졌다.

(2) 조시마 장로의 인생에서 성경의 의미

나는 어머니와 둘만 남게 되었다. 친절한 지인들이 어머니에게 조언하기를, 아들이 하나밖에 없으니 살림이 그리 어렵지 않고 그나마 재산이 있을 때 아들을 페테르부르크로 보내라고 했다. 그들은 이런 시골에서 자라면 출세할 기회가 없다고 했다. 그리고 나를 페테르부르크의 육군 사관학교에 보내서 훗날 근위 사단에 들어갈 기회를 만들어주라고 어머니에게 권했다. 어머니는 단 하나 남은 아들과 헤어질 수 없어서 오래 고민했지만, 많은 시간을 울고 난 뒤 마침내 내 미래를 위해 결단을 내리셨다. 어머니는 나를 데리고 페테르부르크에 가서 학교에 입학시켰는데, 그 후로 나는 영원히 어머니를 뵐 수 없었다. 어머니는 3년 동안 두 아들을 생각하며 슬픔 속에서 지내시다가 세상을 떠나셨다.

어린 시절에 내가 집에서 얻은 것은 어느 것과도 바꿀 수 없는 소중한 추억이었다. 인간에게는 부모님의 집에서 보낸 어린 시절의 추억보다 더 소중한 것은 없다. 비록 가난할지라도 사랑과 신뢰가 있는 집이라면 대부분 그렇다. 아니, 화목하지 못한 가정이라도 그 사람이 소중한 것을 찾아낼 수만 있다면 무엇과도 바꾸지 못할 수많은 추억을 만들 수 있다. 이쯤에서 나는 우리 가정에 대한 여러 가지 추억 중에서 성서에 대한 기억을 말하고 싶다. 부모님의 집에서 자랄 때 나는 아직 어렸지만, 그래도 성서를 아주 좋아했다. 그 무렵 내게는 《신약 및 구약 성서에서 고른 104가지 이야기》라는 제목의 아름다운 그림이 가득 그려진 책이 있었는데, 나는 그 책으로 독서에 입문했다. 그 책은 지금도 내 방의 선반 위에 꽂혀 있다. 나는 그 책을 내 과거의 소중한 기념품으로 간직하고 있다.

그보다도 나는 아직 글을 읽지 못했을 때, 즉 내가 아직 여덟 살이 되지 않았을 무렵에 처음으로 깊은 감동을 느꼈던 것을 아직도 기억한다. 그해의 고난주간 월요일, 어머니는 나를 데리고—그때 형은 무엇을 하고 있었는지 기억이 안 난다─미사에 참석했다. 지금도 그때 일을 떠올리면 모든 것이 분명하게 생각난다. 날씨는 아주 맑았고 향로에서 향의 연기가 아스라이 위로 피어올랐다. 둥근 천장에 달린 작은 창문에서는 성당 안으로 햇빛이 비치고 있었다. 연기가 너울대며 위로 올라가서 둥근 천장 아래 맴돌며 그 햇빛 속에 섞였다. 나는 그런 모습을 감격에 겨워 바라보면서 태어나 처음으로 하느님 말씀의 씨앗을 의식적으로 깨닫고 내 영혼 속으로 그것을 받아들이게 되었다.

작은 아이가 커다란 책을 들고─그 시절의 내게는 그 소년이 큰 책을 겨우 들어서 옮기는 것으로 보였다─교회당 가운데로 나오더니 그것을 성서대 위에 올리고 책장을 넘기며 읽었다. 그때 나는 처음으로 무언가를 깨닫게 되었다. 하느님의 교회에서 '읽는 것'이란 무엇인지 처음으로 알게 되었다.

우스에 정직하고 신앙이 깊은 욥이라는 사람이 살았다. 그는 엄청난 부자였기 때문에 낙타와 양과 나귀가 셀 수 없을 만큼 많았다. 그의 아이들은 늘 즐겁게 뛰어놀았고, 그도 아이들을 무척 사랑했기 때문에 하느님께 아이들을 위해 기도했다. 아이들이 장난을 치다가 죄를 지을지도 몰랐기 때문이었다.

그러던 어느 날, 악마가 하느님의 아들들과 함께 하느님 앞으로 가서 땅 위와 땅 밑을 살펴보고 왔다고 말했다.

"녀는 내 종인 욥을 만났느냐?"

하느님께서는 이렇게 물으며 위대하고 거룩한 자신의 종인 욥을 악마에게 자랑했다. 악마는 그 말을 듣고 히죽거리며 이렇게 대답했다.

"제게 그 사람을 맡겨주세요. 당신의 거룩한 종이 당신에게 불평하고 당신을 저주하는 것을 보여드리겠습니다."

그래서 하느님은 자신이 사랑하는 강직한 종을 악마에게 맡겼다.

악마는 욥의 아이들과 가축을 모두 죽이고, 벼락을 맞은 것처럼 빠르게 그의 엄청난 재산을 한순간에 없애버렸다. 욥은 옷을 갈기갈기 찢으면서 땅에 엎드려 크게 소리쳤다.

"내가 어머니의 배에서 벌거벗고 나왔으니 벌거벗은 채 땅으로 돌아갈지어다. 하느님께서 주신 것을 하느님께서 다시 가져가신 것뿐이니, 하느님의 이름은 영원히 찬양 받을지어다!"

친애하는 여러분, 지금 내가 눈물을 흘리는 것을 용서해주시길. 내가 흘리는 눈물은 내 어린 시절이 지금 다시 눈앞에 선하고, 마치 여덟 살이었던 어린 시절의 내가 내 속에서 살아 숨 쉬는 것 같아서, 그때처럼 경탄과 혼란과 기쁨을 분명하게 느끼기 때문이오.

그때 낙타 떼와, 하느님에게 말을 한 악마, 자신의 종에게 시련을 주신 하느님, 그리고 "오, 주여, 주님이 내게 벌을 주셨나이다. 그러나 주님을 영원토록 찬송할지어다!"라고 소리친 그 종, 이런 것들이 나의 상상력을 전부 차지했던 것이다. 그리고 〈나의 기도를 받아주소서〉라는 성가가 조용하고 아름답게 교회 안에 울려 퍼지고, 신부가 든 향로에서는 향이 다시 너울거렸다. 마침내 사람들은 무릎을 꿇고 엎드린 채 기도를 올렸다.

그때부터 나는 이 성스러운 이야기—심지어 나는 어제도 그 책을 읽었지만—를 읽을 때마다 감동을 받아서 눈물이 났다. 이 이야기에는 거룩하고 신비한 수많은 일들이 얼마나 많은지!

그 뒤 나는 이 이야기를 비웃고 헐뜯는 자들의 소리를 들었지만, 그런 이야기는 모두 교만한 자들의 말들이었다.

"하느님은 왜 자신의 성자 중에서 가장 사랑하는 자를 악마에게 내주고, 그 아이들을 빼앗고, 그도 질병과 악성 종기 때문에 상처가 생겨서 고름을 사금파리로 긁는 무서운 벌을 주었을까? 대체 무슨 목적으로 그랬을까? 단지 악마에게 '보아라, 나의 성자는 나를 위해 저런 고통도 견딘다!'라고 자랑하려는 것 아닌가!"

그러나 여기에 바로 신비함이 있다. 갑자기 나타났다 사라지는 땅 위의 것이 영원한 진리와 하나가 되었다는 사실이 바로 위대함인 것이다. 조물주가 천지를 창조하는 동안 날마다 '내가 창조한 것은 선하다'라고 칭찬하며 감탄하셨듯이 욥의 기특함을 보고 다시 자신의 창조물을 찬양하신 것이다. 그리고 욥이 하느님을 찬양한 것은 단지 하느님에 대한 봉사인 것이 아니고, 하느님의 영원한 창조물에 대한 봉사였다. 그것은 처음부터 그가 그런 사명을 지녔기 때문이다. 아, 이 얼마나 거룩한 책이며 이 얼마나 위대한 교훈이란 말인가! 이 성서란 얼마나 고마우며 얼마나 위대한 기적인가! 그리고 이 책은 인간에게 얼마나 큰 힘을 주는가!

성서에는 인간과 세계 그리고 인간의 성격이 마치 돌에 새겨진 것처럼 분명하게 드러나 있다. 게다가 영원히 모든 것에 이름을 부여하고 그것을 지적하고 있다. 이렇게 이 책은 얼마나 수없이 많은 신비를 일으키고 계시하였는가! 하느님께서는 욥을 다시 일깨우고 그에게 재산을 돌려주셨다. 그리고 다시 세월이 많이 흘러 그에게는 새 아이들이 태어났고, 그는 아이들을 사랑했다. 하지만 나는 이런 생각을 했다. '아, 과연 그럴 수 있을까! 아이들을 모두 빼앗기고, 아이들을 모두 잃고도, 어떻게 새 아이들을 사랑할 수 있을까! 비록 새로 태어난 아이들이 사랑스럽다 해도 전의 아이들을 생각하면 그는 완벽한 행복을 느낄 수 있을까?'

맞다, 그것은 가능하며 다시 행복해질 수 있다. 오래된 슬픔은 점점 조용하고 감동으로 가득 찬 기쁨으로 변해가는 것이 인간이 가진 생명의 위대한 신비라고 할 수 있다. 젊었을 때 피가 끓는 것 같은 정열 대신 온화하고 평온한 노년기가 찾아오는 것이다. 나는 날마다 떠오르는 아침 해를 축복하고 전과 같이 내 마음은 아침 햇살을 향해 노래를 부르지만, 지금은 오히려 지는 저녁 해를, 비스듬하게 비추는 저녁 햇살을 더욱 사랑한다. 그리고 그 햇살과 함께 고요하고 부드러운 감동에 겨운 추억을, 나의 긴 축복받은 인생 중에서 떠오르는 그리운 사람들을 사랑한다. 그런 모든 것 위에는 사람을 감동시키고, 화해시키고, 용서하는 하느님의 진리가 있다. 나의 인생은 이제 끝나려고 한다. 나는 그것을 잘 알고 느낀다. 그러나 얼마 남지 않은 하루가, 내 지상에서의 날들이 이미 새롭고 끝없는 미지의, 그러나 곧 찾아올 내세에서의 삶과 하나로 이어지고 있다는 것을 나는 안다. 그러한 새로운 삶을 예감하면, 나의 영혼은 기쁨으로 떨려오고, 지성은 밝게 빛나며, 마음은 환희에 넘쳐 울게 된다.

사랑하는 여러분, 내가 지금까지 수없이 들었고 특히 요즘 자주 듣는 말이 있다. 우리나라의 성직자들, 특히 시골의 성직자들이 여 기저기에서 자신들의 적은 수입과 낮은 지위에 대해 늘어놓는 불평에 대한 말이다. 그들 중에는 신문이나 잡지의 힘을 빌려서—나도 직접 읽었지만—수입이 너무 적기 때문에 이제는 성경 말씀을 민중에게 가르칠 수가 없다고 한다, 비록 루터파나 다른 이교도들이 양 떼를 가져간다고 해도 우리의 수입이 적기 때문에 멋대로 가져가도록 내버려둘 수밖에 없다고 말하는 것을 주저하지 않는 자들도 있는 실정이다.

오, 주여, 그들이 소중히 여기는 수입을 조금이라도 늘려주시옵소서. 왜냐하면 그들의 불평에도 일리가 있으니까. 그러나 진실을 말하자면, 만일 이 문제에 대해 누군가 책임을 져야 한다면 우리 자신에게 그 절반의 책임이 있다. 왜냐하면 비록 여유 시간이 없고 계속 노동과 예배에 묶여 있다는 그들의 말이 일리가 있긴 하지만 밤새도록 그런 것은 아니고, 일주일에 단 1시간 정도는 하느님을 생각하는 여유가 있을 것이기 때문이다. 게다가 11년 동안 계속 일을 하는 것은 아니다! 처음에는 어린아이들만 일주일에 한 번 정도 저녁 때 자신의 집에 모이게 하는 것이 어떻겠는가? 그렇게 하면 아버지들도 소문을 듣고 점점 모일 것이다. 그 일을 하려고 굳이 큰 집을 짓지 않아도 된다. 그냥 자신의 집에 모이게 하면 된다. 그들이 자신의 집을 더럽힐까 봐 걱정하지 않아도 된다. 고작 1시간 정도의 모임이니까.

사람들이 다 모이면 이 책을 펼치고, 어려운 말을 쓰지 말고 거만하게 굴지도 말고 진심을 다해서 친절하게 읽으면 된다. 이때 자신이 읽는다는 것을, 그리고 사람들이 정신을 바르게 하고 그것을 듣고 이해하는 것을 기쁘게 생각하고, 자신도 이 책의 말씀에 귀를 기울여야 한다. 그리고 가끔 읽다가 멈추고, 그들이 이해하지 못하는 말들을 설명해야 한다. 걱정하지 않아도 된다. 그들은 무엇이든지 이해할 테니까. 정교(正敎)를 믿는 사람들은 무엇이든지 다 이해할 것이다. 아브라함과 사라, 이삭과 리브가의 이야기를 읽어줄 것이며, 또 야곱이 어떻게 라반에게 가게 되었는지가 담긴 이야기와 그가 꿈에 하느님과 싸운 이야기, '이 얼마나 두려운 곳인가'라고 한 이야기*도 읽어주고, 민중의 경건한 마음에 깊은 감동을 주어야 한다. 특히 어린아이들에게는 이런 이야기를 들려주면 좋을 것이다.

형들이, 피를 나눈 동생 요셉, 즉 나중에 해몽을 잘하는 거룩한 예언자가 되는 귀여운 소년 요셉을 노예로 팔아넘기고 아버지에게 들짐승이 동생을 잡아먹었다고 하며 피가 묻은 옷을 보여준다. 그 뒤에 형들이 곡물을 사기 위해서 애굽으로 갔는데, 그때 요셉은 형들이 몰라볼 정도로 훌륭한 통치자로 자라서 그들을 괴롭히고

---

* 구약 〈창세기〉이다.

죄를 뒤집어 씌워서 형제 중의 한 명인 베냐민을 잡아서 가둔다. 그러나 이것은 모두 그가 형들을 사랑해서였다.

"나는 형님들을 사랑합니다. 내가 형들을 괴롭히는 것은 사랑하기 때문입니다."

그는 옛날에 자신이 불에 탈 것 같은 사막의 어느 우물가에서 장사꾼들에게 노예로 팔렸던 것과, 그때 형들에게 낯선 땅에 노예로 팔지 말아달라고 두 손을 빌며 애원했던 일을 영원히 잊을 수 없었지만, 이렇게 세월이 흐르고 난 뒤 서로 만나니 다시 그들에게 끝없는 사랑이 솟아올랐다. 요셉은 형들을 사랑했으면서도 그들을 괴롭히고 박해했다. 결국 요셉은 터질 것 같은 마음의 고통을 참지 못하고 그들 곁을 떠나 침대에 몸을 던지고 울음을 터트린다. 잠시 뒤, 그는 눈물을 닦고 그들 앞에 밝은 얼굴로 나타나서 이런 말을 한다.

"형님들, 나는 당신들의 동생 요셉입니다!"

그다음에는 늙은 아버지 야곱이, 사랑하는 아들 요셉이 살아 있다는 소식을 듣고 얼마나 기뻐했는지에 대해서 읽어주는 것이 좋겠다. 야곱은 그 소식을 듣고 즉시 고향을 떠나서 애굽으로 갔는데, 결국 낯선 땅에서 죽고 말았다. 그때 그는 평생 동안 자신의 경건하고 소심한 마음속에 사람들 모르게 간직하던 위대한 말을 이 세상에 유언으로 남겼다. 바로 그것은 그 자손, 즉 유대 민족에서 이 세상의 거룩한 희망이며 화해자인 구세주가 탄생할 것이라는 예언이었다!

사랑하는 여러분, 이미 여러분들이 오래전부터 잘 알고 있는, 나보다 몇백 배나 더 유려하고 훌륭하게 이야기할 수 있는 것을 내가 마치 어린아이에게 얘기하듯이 신나서 말하는 것을 불쾌하게 생각하지 말고 용서하길 바란다. 나는 단지 기쁨이 넘쳐서 이런 이야기를 하는 것이다. 그리고 내가 흘리는 눈물도 이 위대한 성경을 아주 사랑하기 때문에 그러는 것이니 용서하길 바란다. 이 책을 민중들에게 읽어주는 하느님의 사도들도 함께 눈물을 흘리는 것이 좋을 것 같다. 그렇게 하면 듣는 사람들의 마음에도 분명히 감동이 생겨서 떨리는 것을 볼 수 있을 것이다. 단지 작은 한 알의 씨앗이 필요할 뿐이다. 이것을 민중의 가슴에 뿌리면 그 씨앗은 죽지 않고 가슴속에서 살아서, 반짝이는 한 점의 빛처럼 어떤 어둠, 어떤 죄악 속에서도 살아남을 것이다. 그러나 필요 없는 설명을 하거나 설교를 하지 말아야 한다. 그들은 모든 것을 있는 그대로 이해할 것이기 때문에, 그럴 필요가 조금도 없다. 여러분은 그것을 민중들이 이해할 능력이 없다고 여기는가? 그렇다면 시험 삼아서 그다음 이야기를 들려주어야 한다. 아름다운 에스더와 거만한 와스디의 불쌍하면서도 감동적인 이야기나 고래 뱃속에 들어갔던 예언자 요나의 기적 같은 이야기도 괜찮다.

그리고 또 그리스도의 이야기도 잊지 말고 얘기해주어야 한다. 이것은 오직 〈누가복음〉에서 선택해야 한다. 나도 줄곧 그렇게 해왔다. 그리고 〈사도행전〉 중에서는 사울*이 개종한 이야기—무슨 일이 있어도 이 이야기는 꼭 읽어주어야 한다—를, 그리고 마지막으로 〈성자전〉 중에서는 하느님의 아들 알렉세이의 인생과 하느님을 직접 본 가장 거룩하고 행복한 순교자이자 그리스도의 숭배자인 애굽의 마리아**의 인생을 읽어주어야 한다. 이런 간단한 이야기가 민중의 마음에는 깊은 감동을 준다.

일주일에 1시간이면 충분하다. 자신의 적은 수입에 연연하지 말고 단지 1시간만 쓰면 된다. 그러면 우리나라의 민중이 자비심이 많고 감사할 줄 아는 사람인지 깨달을 수 있다. 민중은 성직자들의 열정과 감동에 넘치는 그 말들을 언제나 기억하다가 100배 크게 보답할 것이다. 그들은 스스로 나서서 성직자의 밭일이나 집안일을 도울 것이고, 이전보다 훨씬 더 그를 존경할 것이다. 이미 그의 수입은 늘어난 것과 같다. 이런 것이 지나치게 고지식한 방법이기 때문에 가끔 무슨 헛소리를 하느냐고 비웃을까 봐 남에게 말하는 것을 머뭇거렸지만, 실은 이것이 그 어떤 것보다도 확실한 방법이다!

하느님을 믿지 않는 사람은 하느님의 종인 민중도 믿지 않는다. 그와 반대로 신의 종인 민중을 믿는 사람은, 예전에는 절대 믿지 않았을지언정 민중이 거룩하게 여기는 것을 분명하게 볼 수 있다. 오로지 민중과 그들의 미래의 정신력만이 어머니 대지로부터 분리되어 있는 우리나라의 무신론자들을 바른 길로 다시 이끌 수 있다. 그리스도의 말씀이어도, 실제 사례를 들지 않으면 무슨 소용인

---

* 사도 바울의 본명이다.
** 황야에서 47년을 보낸 성녀이다.

가? 하느님의 말씀이 없다면 민중에게는 오직 파멸만이 있을 뿐이다. 왜냐하면 민중의 영혼은 하느님의 말씀을 간절하게 원하며 모든 훌륭한 것에 목말라하기 때문이다.

나의 젊은 시절, 지금으로부터 거의 40년 전에, 나는 안핌 신부와 함께 러시아 전역을 순례하며 우리 수도원을 위해 성금을 모았던 때가 있다. 어느 날, 우리는 배가 지나는 큰 강가에서 어부들과 같이 밤을 보냈다. 그때 얼굴에 귀티가 흐르는 젊은 농부 한 명이 우리 곁에 앉았다. 열여덟 살 정도로 보이는 청년이었는데, 그는 다음 날 아침 어느 장사꾼의 짐을 실은 배를 끌기 위해 서둘러 목적지를 향해 가는 중이었다.

나는 그 청년이 맑은 눈으로 감격에 겨워서 앞을 보고 있는 것을 발견했다. 조용하고 따뜻한 7월의 밝은 밤이었기 때문에 드넓은 수면에서는 물안개가 끼어서 사람들의 마음을 기분 좋게 만들었다. 가끔 물고기들이 철벅거리는 소리가 들렸지만 새들도 잠들고 주변은 고요하고 엄숙한 기운이 흘러서, 마치 만물이 하느님에게 기도를 하는 것처럼 느껴졌다. 그날 밤, 잠을 자지 않은 건 나와 그 청년뿐이었다. 우리는 하느님의 소유인 세상의 아름다움과 그 거룩한 신비에 대해 대화를 나누었다. 단 하나의 풀잎, 한 마리의 곤충, 한 마리의 개미, 한 마리의 꿀벌. 지성을 갖추지 못한 이런 모든 존재들이 신기할 만큼 자신들의 길을 알아서 하느님의 신비를 증명하고 또 끝없이 그것을 실천하는 것이다. 이런 대화를 나누는 동안 나는 귀여운 청년의 마음이 뜨겁게 불타는 것을 알았다. 그는 숲과 숲속의 새들을 무척 좋아한다고 했다. 그리고 자신은 사냥꾼이기 때문에 새들이 우는 소리를 전부 구분할 수 있고, 어떤 새든지 가까이 부를 수 있다고 했다.

"숲에 있을 때 저는 가장 행복해요. 정말 행복할 뿐이에요."

"그렇지."

나는 대답했다.

"전부 다 유쾌하고 아름답지. 또 웅장하고. 모든 것이 다 진리이기 때문이야. 저 말을 좀 보게. 저렇게 큰 짐승이 인간의 옆에 아무렇지 않게 서 있으니까 말이야. 또 소도 보게나. 늘 생각에 잠긴 것처럼 고개를 숙이고 사람에게 우유를 주고, 또 사람들을 위해서 일을 하지. 말과 소의 얼굴을 봐. 얼마나 엄숙한 표정인가! 툭하면 인정사정없이 채찍으로 때리는 인간을 어쩌면 그리 따르는 것일까! 악의는 전혀 없는 저 표정, 인간을 언제나 믿는 저 아름다운 얼굴! 저런 짐승들에게는 아무런 죄가 없어. 이런 생각만으로도 가슴이 벅차오르네. 왜냐하면 인간을 제외한 모든 것에는 죄가 없으니까. 그리스도께서는 우리 인간들보다 그들과 먼저 함께하셨네."

"그랬을까요?"

청년이 물었다.

"그렇다면 소나 말에게도 그리스도가 함께하신다는 건가요?"

"함께하시고말고. 하느님 말씀은 모든 창조물을 위해 존재하는 거니까. 세상 만물은 잎사귀 하나에까지 그 말씀을 따르면서 하느님의 영광을 노래하고 그리스도를 위해 기쁨의 눈물을 흘리는 거라네. 그러나 자신은 그것을 모르고 있을 뿐이야. 단지 죄를 모르는 일상생활의 신비 때문에 그것이 이뤄지고 있는 것뿐이거든. 숲에는 무서운 곰들이 이리저리 돌아다니고 있네. 사납고 난폭한 곰이지만, 그것은 곰의 죄가 아니네."

여기까지 말한 뒤 나는 그에게 숲속 작은 암자에 은둔하면서 수도를 하던 어떤 위대한 성자에게 어느 날 곰이 나타난 이야기를 했다. 그 거룩한 성자는 곰을 불쌍하게 여겨 머뭇거리지 않고 다가가서 빵을 한 개 주면서 말했다.

"이제는 가라. 그리스도께서 너와 함께하시니까."

그러자 그 흉악한 짐승은 성자를 해치지 않고 고분고분하게 그곳을 떠났다. 청년은 곰이 성자를 전혀 해치지 않고 떠났다는 것과 곰에게도 그리스도가 함께하신다는 말을 듣고 몹시 감동했다.

"아, 정말 좋은 이야기예요. 하느님이 창조하신 것은 전부 아름답고 훌륭해요."

청년은 황홀한 듯이 감동에 젖어서 앉아 있었다. 내가 한 말을 잘 이해하는 것 같았다. 마침내 그는 내 곁에서 순수하고 평화롭게 잠들었다.

나는 잠들기 전에 그 청년을 위해 기도했다.

'주여, 이 청년에게 축복을 내리소서! 당신께서 창조하신 인간들에게 평화와 빛을 주시옵소서!'

⑶ 수도사가 되기 전 조시마 장로의 청년 시절 회상—결투

페테르부르크의 사관학교에서 오랜 시간을, 거의 8년을 보냈다. 그곳에서 새 교육을 받으면서 유년 시절에 받은 인상들을 대부분 덮어버렸지만, 그러나 아무것도 잊지 않았다. 나는 여러 가지 새로운 습관과 어설픈 생각을 받아들여서 거의 야만에 가까울 정도로 잔인하고 둔한 사람으로 변했다. 우리는 겉치레를 중시하는 예절이나 사교술, 프랑스어 등을 열심히 배우면서도 우리를 시중드는 사병들은 짐승만도 못하게 여겼다. 물론 나도 그렇게 생각했고, 다른 누구보다 더 심했던 것 같다. 왜냐하면 모든 면에서 나는 동료들보다 감수성이 가장 예민했기 때문이다.

우리가 장교가 되어 학교를 떠날 때 즈음에는 자신이 속한 부대의 명예를 위해 목숨도 버릴 결심을 했지만, 진정한 명예란 과연 무엇인지 아는 사람은 없었다. 비록 알고 있었어도 내 스스로 가장 먼저 그것을 조롱거리로 삼았을 것이다. 우리는 주로 음주와 싸움질, 어리석은 용기 따위를 자랑스러워했다. 그렇지만 우리가 나쁜 본성을 가진 인간들은 결코 아니었다. 동기생들 모두는 착했지만 단지 행동이 나빴을 뿐이다. 그중에서도 내가 제일 못된 사람이었다. 내 마음대로 할 수 있는 수입이 생긴 것이 가장 큰 문제였다. 그래서 나는 젊은 혈기에 취해서 거리낄 것 없이 쾌락을 좇는 생활에 빠져서 돛을 전부 올린 범선처럼 내달렸다. 그런데 당시에 내가 책을 읽으며 큰 만족을 느꼈다는 것은 이상한 점이었다. 하지만 성서는 한 번도 펼친 적이 없었지만 어디를 가든지 항상 그것을 소지하고 다녔다. 성경책만큼은 무의식적으로 소중하게 간직했다. '한 시간 뒤에, 하루 뒤에, 한 달 뒤에, 일 년 뒤에' 다시 읽겠다는 그런 마음이었다.

이런 식으로 4년이 흐른 뒤에 나는 그때 부대가 주둔하던 K시에서 살게 되었다. 이 K시의 사교계에는 신기한 일도 많고, 사람도 많아서 즐거웠으며 손님을 잘 대접했고 화려했다. 어느 곳을 가든지 나는 환대를 받았다. 천성적으로 활발한 성격인 데다 돈을 잘 쓴다는 소문이 났기 때문이었는데 이런 점은 사교계에서는 나름 의미가 있었다.

그런데 바로 그즈음, 나중에 모든 일의 발단이 된 사건이 발생했다. 나는 젊고 아름다운 아가씨와 사귀게 되었다. 그 여자는 그 지방 유명인사의 딸이었고, 지혜롭고 품위 있으며 밝은 성격이었다. 그녀의 부모는 지위가 높고 재산이 많았으며 상당한 권력을 지닌 존경받을 만한 사람들이었고 늘 나를 따뜻하고 기쁘게 대해주었다. 마침내 아가씨도 나에게 호감이 있음을 알게 되었고 나는 황홀한 상상으로 불타올랐다. 하지만 나중에 알게 된 것은 내가 진실로 그녀를 열정적으로 사랑한 것이 아니라 단지 그녀의 고상한 성격과 지성미를 존경한 것이었다. 나도 미처 깨닫지 못한 부분이었다. 어쨌든 그 무렵에 나는 이기심 때문에 청혼을 하지 못했다. 그 당시만 해도 나는 한창 젊었고 돈이 많아서 자유롭고 방탕한 독신 생활의 유혹을 저버리는 것이 괴롭고 두려웠다. 물론 좋아한다는 암시를 그녀에게 비치기는 했지만 결정적인 이야기는 하지 않고

328

있었다.

그런데 그때 갑자기 나는 다른 지역으로 두 달 동안 파견을 가게 되었다. 두 달이 지난 뒤 돌아오니 그녀는 이미 결혼한 뒤였다. 그녀가 결혼한 사람은 교외에 사는 부유한 젊은 지주였고—물론 나보다는 나이가 많았지만—더구나 페테르부르크의 상류 사회에 친지들이 많다는 것이 나와 달랐다. 또 그는 내가 갖추지 못한 교양을 겸비했고 성격도 좋았다. 나는 예상 밖의 사실을 접하고 큰 충격을 받아서 어안이 벙벙했다. 무엇보다 큰 충격을 받은 것은 이미 오래전에 그 젊은 지주와 약혼을 했다는 것을 그때서야 비로소 알게 되었다는 것이다. 전에 여러 번 그녀의 집에서 그 남자를 만났지만 자만심에 눈이 어두워 그 사실을 전혀 몰랐던 것이다.

'누구나 다 아는 사실을 왜 나만 모르고 있었던가!'

무엇보다 이런 생각 때문에 나는 마음의 상처를 받았다. 나는 갑자기 억제할 수 없는 증오로 불타올랐다.

지금까지 뱉은 수많은 사랑의 고백과 그 비슷한 말을 생각하면 얼굴이 불에 데기라도 한 것처럼 뜨거워졌다. 그때 그녀가 나를 말리거나 자신의 입장을 밝히지 않은 것은 나를 조롱한 거라고 결론을 내렸다. 물론 시간이 흐른 뒤에 여러 가지로 반성해보니 그녀가 나를 조롱한 것이 아니라 반대로 그런 말이 나올 때마다 화제를 다른 데로 옮기거나 농담으로 돌리려고 노력했다는 것을 깨달았다. 하지만 그때는 그런 것을 생각할 정도의 마음의 여유가 없었고 마음속에 복수심만 불타고 있었다. 지금 생각해도 놀랍지만, 이런 분노와 복수심은 나 자신에게도 무척 고통스러운 것이었고 결코 유쾌하지도 않았다. 나는 본성이 활발하고 누구에게나 화를 오래 낼 수 없는 성격이라서 더 큰 고통을 느꼈다. 그들을 증오하기 위해서 의식적으로 나 자신을 계속 부추기고, 그런 결과로 나는 결국 추악하고 바보 같은 인간이 되었다.

나는 기회가 오기를 기다렸다. 그러던 어느 날, 사람들이 많은 곳에서 말도 안 되는 트집을 잡아서 나의 연적을 모욕하는 것에 성공했다. 그 무렵의 중요한 사건*에 대한 그의 생각을 조롱했던 것이다. 사람들이 말하기를, 나의 조롱이 제법 교묘하고 재치 있었다고 한다. 그를 비웃은 뒤 나는 지나치게 그에게 설명을 강요했다. 그때 내가 지나칠 정도로 예의 없이 굴어서, 결국 그는 우리 두 사람 사이에 큰 차이가 있는데도—사회적인 지위, 관등, 나이를 따지면—나의 도전을 받아들일 수밖에 없었다. 나중에 알게 됐지만, 그도 역시 나에게 질투를 느껴서 나의 도전에 응했다고 한다. 예전에 그는 아내와 결혼하기 전에 나를 질투했고, 만약 나에게 모욕을 당하고도 용감하게 결투를 신청하지 못했다는 말이 아내에게 들어가면 자신을 무시할 거고 자연스레 남편에 대한 애정도 흔들릴 거라고 생각했다고 한다.

나는 친구들 중에서 나와 같은 부대에 근무하던 중위를 결투 입회인으로 골랐다. 그때도 결투는 엄중하게 금지되고 있었지만 장

---

* 1826년 '데카브리스트의 난'이다.

교들 사이에서는 마치 유행처럼 여겨지고 있었다. 이렇게 편견은 야만스럽게 자라나서 인간의 마음속에 자리를 잡는지도 모르겠다. 그때는 6월 하순이었고, 우리의 결투는 다음 날 아침 7시에 그 도시의 교외에서 하기로 결정했다. 그런데 그때 나의 운명을 바꾼 숙명적인 사건이 생겼다. 결투를 하기로 한 저녁, 화가 난 짐승처럼 추한 꼴로 숙소로 돌아온 나는 당번을 서던 아파나시에게 분노를 터뜨려서 있는 힘껏 그의 얼굴을 두 번이나 후려쳤다. 그의 얼굴은 온통 피로 범벅이 되고 말았다. 그가 내 밑에서 일한 것은 그리 오래되지 않았지만 전에도 나는 그를 두들겨 패곤 했었다. 하지만 그날처럼 잔혹하게 때린 적은 없었다.

여러분은 이런 말을 도저히 믿을 수 없다고 할 수도 있지만, 40년이 지난 지금도 나는 그 일을 떠올리면 고통스럽고 부끄럽다.

나는 자려고 누웠다. 3시간 정도 자고 눈을 뜨니 이미 날이 밝아오고 있었다. 나는 더 자고 싶은 생각이 없어서 일어나 창가로 다가가서 창문을 열었다. 내 방의 창문은 정원을 향해 있었는데, 창밖을 보니 때마침 해가 뜨고 있어서 세상이 아름답고 따스하게 보였고 어딘가에서 새들이 지저귀고 있었다.

'대체 어떻게 된 거지?'

갑자기 나는 생각했다.

'내 마음속에 더럽고 비열한 것이 느껴지는 것은 무슨 이유일까? 남의 피를 흘리게 하려고 하기 때문일까? 아니 그렇지는 않을 것 같았다. 그렇다면 죽는 것이 두렵고, 상대방에게 죽임을 당하게

되는 것이 두려워서일까? 아니, 그렇지 않다, 그것과는 전혀 다른 것이었다.'

그리고 나는 곧 핵심을 알 수 있었다. 어젯밤 내가 아파나시를 때린 것이 마음에 걸려서 그런 것이었다. 어제저녁의 모든 일이 머릿속에 다시 또렷하게 떠올랐다. 내 앞에 아파나시가 와서 서고, 나는 무턱대고 있는 힘껏 그의 얼굴을 후려쳤다. 그는 대열 속에 서 있는 것처럼 부동자세로 반듯하게 서서 손을 아래로 뻗은 채 고개를 들고 눈을 부릅뜨고 있었다. 한 번 때릴 때마다 휘청댔지만 손으로 막으려고 들지 않았다. 아, 이것이 대체 인간이 저지를 수 있는 짓일까? 인간이 인간을 때리다니, 이런 범죄가 또 어디 있단 말인가! 예리한 바늘이 영혼을 뚫은 것만 같았다. 나는 넋이 나가서 우두커니 서 있었다. 창밖에서는 눈부신 햇살이 빛나고, 나뭇잎은 기쁘게 넘실거렸으며, 새들은 하느님을 찬양하는 노래를 부르고 있었다. 나는 두 손으로 얼굴을 감싼 채 침대에 엎드려 울음을 터트렸다.

그때 나는 형 마르켈의 모습과 그가 죽기 전 하인들에게 한 말을 떠올렸다.

"너희는 정말 친절해. 왜 너희는 이렇게 정성을 다해 내 시중을 드는 거지? 내가 정말 그런 정성을 받을 자격이 있을까?'"

'그래, 과연 내게 그럴 자격이 있을까?'

내 머릿속에 이런 생각이 떠올랐다가 사라졌다.

'나는 무슨 자격으로, 나와 같은 인간을, 하느님의 모습을 본떠

서 만들어진 다른 인간을 나에게 시중들게 하는가?'

처음으로 이런 질문이 내 머릿속에 생겨났다.

'어머니, 내 사랑이자 기쁨이자 피처럼 소중하신 어머니, 우리는 누구나 모든 사람에게, 모든 일에 대해 죄를 짓는 거예요. 사람들은 다만 그것을 모르고 있지요. 사람들이 만약 그걸 알면 당장 이 땅은 천국이 될 거예요'라고 했던 형의 말을 떠올리고 나는 눈물을 흘리며 생각에 잠겼다.

'오, 하느님, 이것이 진실입니까? 정말 나는 그 누구보다 다른 모든 사람들에게 죄를 많이 지었습니다. 이 세상에서 가장 나쁜 사람입니다.'

이렇게 생각한 순간, 모든 진리가 갑자기 밝게 빛나며 내 앞에 환하게 떠올랐다. 지금 나는 도대체 무슨 짓을 하는 것인가? 나에게 아무런 잘못도 하지 않은 착하고 똑똑하고 고상한 신사를 죽이려는 것인가? 그리고 그의 아내에게 행복을 빼앗고 고통을 주면서 그 여자도 죽이려는 것인가?

나는 침대에 엎드려 베개에 얼굴을 묻은 채 시간이 가는 줄도 몰랐다. 나의 친구인 중위가 두 자루의 권총을 들고 나를 데리러 왔다.

"벌써 일어났군. 잘됐네, 이제 갈 시간이야. 어서 가자고."

갑자기 나는 어쩔 줄을 모르고 당황했지만 마차를 타기 위해 밖으로 나갔다.

"잠시 기다리게. 곧 돌아올 거야, 지갑을 두고 왔어."

나는 그에게 말했다. 그리고 혼자 숙소로 돌아와서 바로 아파나시의 작은 방으로 뛰어들었다.

"아파나시, 내가 어제 네 얼굴을 두 번이나 때린 걸 용서해라."

그는 겁을 먹은 것처럼 눈을 크게 뜨고 나를 바라보았다. 그러나 나는 그것만으로는 부족해서 예복을 입고 있었는데도 전혀 신경 쓰지 않고 그의 발아래에 몸을 굽히고 이마를 바닥에 대고 한 번 더 말했다.

"부디 나를 용서해줘!"

그러자 아파나시도 크게 놀란 것 같았다.

"중위님, 아니 나리, 도대체 왜 이러시는 겁니까! 제가 어떻게 감히……."

그는 조금 전에 내가 했던 것처럼 얼굴을 두 손으로 감싸고 창문 쪽으로 몸을 돌려서 몸을 떨면서 울었다. 나는 달려 나가서 마차에 타면서 외쳤다.

"가자고! 자네는 누가 이길 거라고 생각하나? 바로 자네 앞에 있는 내가 이길 걸세!"

나는 말로 표현할 수 없는 기쁨에 가득 차서 크게 웃으며 말했지만 무슨 말을 했는지는 기억이 잘 나지 않는다.

친구는 나를 바라보며 이렇게 말했다.

"자네는 대단해! 군복의 명예를 지킬 수 있을 거야."

그렇게 우리는 약속한 장소에 도착했다. 이미 그곳에는 상대가 먼저 와서 우리를 기다리고 있었다. 나와 상대는 서로 열두 발자국

정도 거리를 둔 채 마주 보았다. 상대가 먼저 쏘기로 했다. 나는 밝은 얼굴로 눈도 깜박이지 않고 그의 앞에서 명랑하게 그를 바라보았다. 나는 내가 어떤 일을 해야 하는지 잘 알았다. 마침내 권총이 발사됐다. 그러나 총알은 내 뺨을 스치고 나는 귀를 조금 다쳤을 뿐이었다.

나는 외쳤다.

"아, 정말 잘됐소! 당신이 살인을 안 해도 되니까."

나는 내 권총을 들어서 몸을 돌리고 숲을 향해서 멀리 있는 힘을 다해 던졌다.

"권총이 있을 곳은 바로 저기야!"

나는 그렇게 외치고 상대에서 다시 돌아섰다.

"용서하세요, 이 어리석은 애송이를 용서해주십시오. 나는 이유도 없이 당신을 모욕했고 내게 권총을 쏠 것을 강요했습니다. 나는 당신보다 열 배는 더 나쁜 사람입니다. 아니, 그보다 더 나쁜 인간일지도 모릅니다. 이 말을 당신이 세상에서 가장 사랑하는 부인에게 전해주세요."

내가 말을 마치기도 전에 나머지 세 사람이 소리 높여 외쳤다.

"말도 안 되는 짓이오! 싸우지 않을 거라면 왜 나를 이곳까지 불렀소?"

상대는 화를 냈다.

"나는 어제까지 헤아릴 수 없는 바보였지만, 오늘은 조금 똑똑해진 것뿐입니다."

나는 유쾌하게 대답했다.

"어제 일은 나도 믿지만, 오늘 일은 당신이 말한 대로 받아들이기 어렵소."

"브라보! 나도 당신과 같은 생각입니다. 당연하지요!"

나는 박수를 치며 외쳤다.

"도대체 당신은 나를 쏠 거요, 안 쏠 거요?"

"그만하겠습니다. 만약 원하신다면 한 번 더 쏘셔도 됩니다. 하지만 쏘지 않는 것이 당신에게도 더 좋겠지요."

그러자 양쪽 참관인들 중에서 특히 나의 참관인이 말했다.

"결투장에서 적에게 용서를 구하다니 부대의 명예를 이렇게 더럽힐 수가 있나! 에잇, 이럴 줄은 꿈에도 생각 못했네!"

결국 나는 웃음을 거둔 채 그들 앞에 나섰다.

"여러분, 자신의 어리석음을 뉘우치고 많은 사람 앞에서 자신의 잘못을 사죄하는 사람이 당신들에겐 그다지도 이상한가요?"

"하지만 왜 결투장에서 그러느냔 말이야!"

내 참관인이 다시 외쳤다.

"바로 그 점이 중요합니다."

나는 그들에게 말했다.

"왜냐하면 나는 이곳에 도착하자마자 상대가 총을 쏘기 전에, 다시 말해 상대가 무서운 살인을 하기 전에 나의 죄를 사죄하는 것이 당연합니다. 그러나 그런 일은 사실 거의 불가능하지 않습니까. 왜냐하면 상류 사회는 이미 우리들에 의해 아주 추악하게 변했으니까요. 열두 발자국의 거리에서 상대가 쏜 총을 맞은 뒤에야 결국 내 말이 세상 사람들에게 의미 있게 다가갈 겁니다. 만약 내가 여기 도착하자마자 상대가 총을 쏘기 전에 그런 짓을 했다면 세상 사람들은 '겁쟁이로군, 권총을 보고 겁을 먹었어. 저런 놈이 하는 변명은 들을 가치가 없다'고 단정해버리지 않겠어요? 하지만 여러분……."

나는 문득 이렇게 소리쳤다. 그것은 진심으로 하는 말이었다.

"하느님이 우리에게 주신 주변의 선물을 보세요. 맑은 하늘, 청명한 공기, 부드러운 풀, 귀여운 새들…… 자연은 아름답고 이토록 순수하지 않습니까. 그런데 우리는, 오직 우리만 어리석게도 하느님을 믿지 않고 천국을 모르지요. 우리가 그것을 이해하려고 한다면 금방 아름다운 천국이 나타날 것이고, 우리는 서로 부둥켜안고 눈물을 흘릴 것입니다."

나는 말을 더 하고 싶었지만 그럴 수 없었다. 숨이 막힐 듯한 달콤하고 생생한, 전에는 한 번도 경험해보지 못한 행복이 마음속에 가득했던 것이다.

"당신이 한 말은 모두 이치에 맞는 훌륭한 말입니다. 더구나 거룩함이 가득하군요. 당신은 참 특이하군요."

상대가 나에게 말했다.

"저를 조롱하십시오. 하지만 언젠가 당신도 나를 칭찬할 겁니다."

나는 웃으면서 그에게 말했다.

"아니, 나는 지금도 주저하지 않고 칭찬할 수 있습니다. 자, 우리

악수할까요? 당신은 진정 진실한 사람인 것 같군요."

"아닙니다. 지금은 아닙니다. 앞으로 내가 더 훌륭한 인간이 되면, 정말 당신의 존경을 받을 만할 때 그때 하기로 합시다. 그때는 정말 기쁘게 악수할 수 있을 것입니다."

우리는 집으로 돌아왔다. 나의 참관인은 집으로 돌아오면서 계속 나를 거세게 비난했지만, 그럴 때마다 나는 그에게 입을 맞췄다. 곧 내 동료들이 소식을 듣고 나를 재판하기 위해 그날 모여들었다.

"군복을 더럽혔으니 지금 제대 신청을 해야 해."

그들은 이렇게 말했지만 나를 변호하는 사람도 있었다.

"하지만 어쨌든 상대가 쏜 총알 앞에서 당당히 서 있었잖은가."

"하지만, 그런 다음에는 총알이 무서워서 결투장에서 용서를 구했어."

그러자 내 편을 드는 동료들은 이렇게 반론했다.

"만약 그가 정말 총알이 두려웠다면 용서를 구하기 전에 먼저 총을 쏘지 않았을까? 하지만 그는 장전이 된 총을 숲으로 던졌지. 그런 걸 보면 이번 일은 좀 다르지, 정말 특이해."

나는 유쾌하게 그들을 바라보면서 이야기를 들었다.

"여러분. 제대 신청에 대해서는 걱정하지 않으셔도 됩니다. 이미 절차를 끝냈으니까요. 오늘 아침에 연대 본부로 제대 신청서를 보냈습니다. 제대 허가가 떨어지면 나는 곧바로 수도원으로 들어갈 것입니다. 내가 연대를 떠나는 이유도 수도원에 가기 위해서입니다."

나는 그들에게 말했다. 내 말이 끝나자 모두 크게 웃었다.

"그러면 처음부터 그렇게 말하면 좋았잖아. 이 문제는 이제 해결되었군. 수도사를 재판에 넘길 수는 없으니까."

그들은 이렇게 말하며 계속 웃었다. 그러나 결코 비웃는 것이 아니라 따뜻하고 즐거운 웃음이었다. 나를 가장 날카롭게 비판했던 사람까지 좋아해주었다. 제대 명령이 내려올 때까지 한 달 동안 내가 가는 곳마다 모두 "신부님"이라고 나를 불러서 따뜻하게 나를 안아주는 느낌이었다. 만나는 사람들 대부분이 다정한 말을 건넸지만 어떤 사람은 나를 생각해서 결심을 바꾸라고 얘기하기도 했다.

"도대체 자네는 어떻게 하려고 그러는 건가?"

그런 반면 나를 이해하고 지지하는 사람도 있었다.

"아니, 그는 우리의 영웅이야. 적의 총알을 의연하게 견뎠고 권총을 쏠 수 있었지만 전날 밤에 수도사가 되는 꿈을 꾸어서 그렇게 된 거야."

사교계도 비슷한 반응이었다. 그전에는 그냥 친절하게 대할 뿐 나에게 특별한 관심을 갖지 않던 사람들까지 갑자기 나와 친하게 지내고 싶어 했고, 또 자신의 집으로 초대하기도 했다. 사람들은 나를 놀리면서도 또 나를 사랑했다.

한 가지 말해두고 싶은 것은, 모든 사람들이 우리의 결투를 큰 소리로 지껄였지만 부대 본부에서는 모르는 척했다는 것이다. 왜냐하면 나와 결투를 한 사람이 우리 부대의 장군과 가까운 친척이었고, 또 결투가 장난처럼 끝난 데다가 내가 제대 신청서를 제출해서 모든 것을 정말 농담으로 끝냈기 때문이었다. 나는 세상의 비웃음에는 신경 쓰지 않고 이 사건에 대해 아랑곳하지 않고 큰 소리로 떠들어댔다. 그것은 그들의 비웃음이 나쁜 마음에서 비롯된 것이 아니라 선량한 마음에서 나온 것임을 알고 있었기 때문이었다. 나에 대한 이야기는 대부분 저녁 파티의 부인들이 모이는 곳에서 회자되었다. 부인들은 유독 내 이야기에 관심을 가졌고 남자들로부터 이야기를 들으려고 했다.

"하지만 어떻게 자신이 모두에게 죄를 지었다고 할 수 있는 거예요? 그렇다면 나도 당신에게 죄를 지었나요?"

사람들은 나를 앞에 두고 빈정거렸다.

"아니요, 여러분은 절대로 이해하지 못합니다. 오래전부터 세상이 나쁜 길에 빠져서 허황된 거짓을 진실이라고 믿고, 다른 사람에게 거짓을 강요하고 있으니까요. 그래서 나는 굳은 결심을 하고 태어나서 처음으로 진심에서 우러난 행동을 했습니다. 그 결과 여러분은 나를 유로지비로 생각하지 않았습니까? 물론 여러분이 나를 사랑하긴 하지만, 그러면서도 나를 비웃고 있는 거지요."

"어떻게 당신을 사랑하지 않을 수 있나요?"

그 집 안주인이 웃으면서 말했다. 그곳에는 사람들이 많았는데, 갑자기 여자들 중에서 젊은 부인이 일어났다. 그 부인은 내가 결투를 신청한 원인을 제공한 여자로, 얼마 전까지 미래의 내 아내로 생각했던 바로 그 여자였다. 나는 이곳에 그녀가 온 것을 몰랐던 것이다. 그녀는 일어나서 나에게 다가와 손을 내밀었다.

"실례지만, 나는 당신을 비웃지 않은 첫 번째 사람이에요. 오히려 그때 당신의 행동을 눈물로 감사드리며, 깊은 존경을 표하는 바입니다."

그녀의 남편도 내게 가까이 걸어왔다. 그러자 그 자리에 있는 사람들 모두 다가와 나에게 입이라도 맞출 것 같았다. 나는 기뻤지만 그때 갑자기 다른 사람들과 함께 나에게 다가오는 나이가 지긋한 신사가 눈에 들어왔다. 나는 예전부터 그의 이름은 알았지만 별로 마주친 적이 없었던지라, 그날 저녁까지 한 번도 말을 나눈 적이 없었다.

⑷ 비밀스러운 방문자

오래전부터 그는 그 시에서 관리 생활을 해왔기 때문에 사회적인 지위도 높았고 모든 사람에게 존경을 받았으며 돈도 많았을 뿐 아니라 자선가로서 명성을 떨치고 있었다. 그는 고아원과 양로원에 많은 돈을 기부했고, 그가 죽은 뒤에야 밝혀졌지만 그 외에도 이름을 밝히지 않은 채 많은 자선 활동을 했다. 그의 나이는 쉰 살 정도였고 엄격해 보이는 인상이었으며 말수가 적은 편이었다. 결혼한 지 10년이 안 되었지만 부인은 아주 젊었고 나이 어린 아들이 셋이었다. 파티가 있은 다음 날 저녁, 혼자 방에 있었는데 갑자기 문이 열리고 바로 그 신사가 들어왔다.

여기서 한 가지 짚어둘 것은, 그때 나는 이미 전에 살던 곳에서 이사를 했다는 것이다. 나는 전역 신청을 하고 곧바로 어떤 나이 든 미망인 집으로 옮겨서 하숙 중이었다. 내가 그 집으로 이사를 한 것은 결투에서 돌아온 뒤 곧바로 아파나시를 부대로 돌려보냈기 때문이다. 그런 일이 있은 뒤에 그를 보는 것이 부끄럽기도 했다. 세속의 미숙한 인간들은 자신이 바른 행동을 하고도 부끄러워하는 법이니 말이다.

방으로 들어온 신사가 말했다.

"요즘 나는 며칠간 여러 장소에서 날마다 당신의 이야기를 듣고 호기심을 느끼게 되었습니다. 그래서 오늘은 직접 만나 친밀하게 이야기를 나누고 싶어서 이렇게 찾아왔습니다. 죄송하지만 저의 소원을 들어주실 수 있을까요?"

"물론입니다. 정말 영광으로 생각합니다."

나는 이렇게 말했지만 속으로는 몹시 당황스러웠다. 왜냐하면 그의 태도는 처음부터 나를 놀라게 했기 때문이다. 모두 호기심을 가지고 내 얘기를 들어주었지만, 이렇게 진지하고 심각하게 여기고 나를 찾아온 사람은 없었다. 더욱이 그는 스스로 우리 집으로 찾아왔다. 그는 의자에 앉아서 계속 말을 이었다.

"나는 당신에게서 위대한 정신력을 발견했습니다. 왜냐하면 당신은 모두의 조롱거리가 될 것이 분명한데도 용감하게 진리를 위해 투신했으니까요."

"저를 너무 과대평가하시는 것입니다."

"아닙니다. 과대평가가 아닙니다. 그런 일을 하는 것은 생각보다 훨씬 어렵습니다. 이렇게 직접 찾아오게 된 것도 그런 사실에 깊은 감동을 받았기 때문입니다. 결투장에서 상대에게 용서를 구하려고 마음먹었을 때 어떤 심정이셨는지 궁금합니다. 이런 무례한 질문을 해도 화를 내지 않으신다면, 그리고 그때 일을 기억하신다면, 그 부분에 대해 자세히 얘기해주실 수 있을까요? 내 질문이 무례하다고 생각하지 말아주세요. 내가 이렇게 묻는 것은 나에게도 말하지 못할 이유가 있기 때문입니다. 하느님께서 만약 우리가 가까워질 수 있도록 허락하신다면, 앞으로 설명할 기회가 있을 거라고 생각합니다."

그가 말하는 동안 나는 계속 그의 눈을 바라보았다. 그러자 이번에는 내가 그 신사에 대해 강한 믿음과 이상한 호기심을 느꼈다. 그에게도 예사롭지 않은 비밀이 있다는 걸 느꼈기 때문이다.

"내가 상대에게 용서를 구하려고 마음먹었을 때 어떤 심정이었는지 물어보셨지만 그것보다는 지금까지 아무에게도 말하지 않았던 것을 처음부터 이야기하는 것이 낫겠습니다."

나는 아파나시와 있었던 일과 그에게 무릎 꿇고 용서를 구한 일까지 전부 말했다.

"이 정도면 선생께서도 짐작하겠지만 집에서 이미 결심했었기 때문에, 결투에 섰을 때는 마음이 홀가분했습니다. 우선 결심하고 시작하니, 그때부터는 두렵기는커녕 도리어 기쁘고 즐거웠습니다."

내 이야기가 끝나자 그는 아주 밝은 표정으로 나를 바라보았다.

"정말 즐거웠습니다. 앞으로 자주 찾아뵙겠습니다."

그날 이후 그는 거의 날마다 저녁 무렵에 나를 만나러 왔다. 만약 그가 자신의 이야기도 들려주었다면 우리는 더욱 친밀해졌을 것이다. 그러나 그는 자신의 이야기는 하지 않았고 항상 나에 대해서만 이것저것 캐물었다. 하지만 나는 그를 정말 좋아했고, 진심으로 그를 믿었으며 내 모든 것을 숨기지 않고 전부 이야기했다.

'그의 비밀을 알아서 뭐 하겠어. 그는 착한 사람이 분명한데.'

나는 이렇게 생각하고 말았다. 게다가 그는 사회적인 지위도 높았고, 나보다 연배가 훨씬 높은데도 기꺼이 나를 찾아오고 내 앞에서 거만하게 행동하지도 않았다. 그는 무척 현명했기 때문에 나는 그에게 여러 가지로 배울 게 많았다.

그는 갑자기 이렇게 말했다.

"나는 오래전부터 인생이 천국이라고 생각했습니다."

그리고 곧바로 이렇게 덧붙였다.

"사실 나는 그것만 계속 생각하고 있어요."

그는 상냥하게 미소 지으며 나를 바라보았다.

"그것에 대해서 나는 당신보다 더 굳게 확신합니다. 왜 그렇게 생각하는지는 나중에 이야기하겠습니다."

그가 하는 말을 듣고 나는 분명히 그가 나에게 뭔가를 고백하려고 하는 것이 있음을 알았다.

"천국은 우리들 마음속에 숨어 있습니다. 이렇게 말하는 내 마음속에도 숨어 있지요. 그래서 만약 내가 그럴 마음만 먹으면, 내일이라도 천국은 확실하게 나타나서 영원히 사라지지 않을 것입니다."

그는 열정을 가지고 말했고, 마치 나에게 질문하듯이 신비스러운 눈길로 나를 바라보았다. 그리고 그는 말을 계속했다.

"그래서 인간은 누구나 자신이 지은 죄 외에도 모든 사람에 대해 죄가 있다는 당신의 생각은 절대적으로 맞습니다. 그렇게 한순간에 갑자기 당신이 그런 생각을 완벽하게 깨달을 수 있었다는 게 참 신기합니다. 사람들이 그 생각을 이해할 수 있는 때부터, 하늘의 나라는 그들에게 이미 단지 공상이 아니라 살아 움직이는 현실이 될 것입니다. 이것은 불변의 진리입니다."

"아, 그렇지만 그것이 언제 이루어질까요? 정말 언젠가는 이루어질 날이 올까요? 정말 우리의 공상에 지나지 않을까요?"

나는 슬픈 기분으로 이렇게 외쳤다.

"그렇게 말하는 것을 보니 당신도 그것을 믿지 않군요. 자신이 그렇게 설교하면서도 스스로 믿지 않군요. 잘 들으세요. 당신이 말하는 그 꿈은 분명히 이루어집니다. 그렇게 믿어야 합니다. 그러나 지금 당장 이루어지지는 않습니다. 모든 일에는 특별한 법칙이 있으니까요. 이것은 정신적이면서도 심리적인 문제에 해당합니다. 전 세계를 다 고치려면 우선 스스로 심리적으로 새로운 길로 가야 합니다. 인간이 모든 인간에게 진실로 참된 형제가 되지 않으면 진정한 평화는 이루어지지 않습니다. 과학의 힘이나 이익을 내

345

세워 유혹해도 결코 모든 인류에게 공평하게 재산과 권리가 분배되지는 않습니다. 언제나 자신에게 돌아오는 것이 적다고 불평하고, 상대방을 원망하고, 그래서 질투하며 싸우게 될 것입니다. 당신은 언제 이루어지는지 물으셨지만, 이루어지는 것은 분명히 이루어집니다. 다만 인간의 고립 시대가 끝나야 합니다."

"고립이라고요?"

"지금, 특히 19세기 들어 전 세계에 만연하는 고립을 말하는 것입니다. 하지만 고립의 시대는 아직 끝나지 않았고, 그 시기도 아직 오지 않았습니다. 왜냐하면 지금은 모두가 각각 떨어져서 개성을 살리는 삶을 추구하고, 가능하면 혼자서 충족하는 삶을 살려고 노력하기 때문입니다. 그러나 그들의 노력에도 불구하고 그 결과는 만족한 삶을 누리지 못하고 자기 상실감만 느낍니다. 그들이 자신의 존재를 나타내는 완전한 자아를 실현하는 대신에 도리어 고립에 빠지게 되어서 그런 겁니다. 현대 사회의 인간은 모든 것이 각각 파편화되어 각자의 구멍에 숨은 채 타인과 떨어져서 자신을 숨기고, 자신이 가지고 있는 것도 서로 숨깁니다. 그래서 결국 스스로 사람들에게서 등을 돌리고 사람들을 거절하는 것입니다. 혼자서 아무도 모르게 재산을 모으고 이렇게 속삭입니다.

'나는 이제 이만큼 강해지고 이 정도로 안정되었다'

그러나 아둔하게도 재산이 많아질수록 자신이 자살과 같은 무기력의 수렁으로 빠져드는 것을 모르고 있습니다. 오직 자신만 믿고 공동체에서 소외되어 하나의 개체로서 타인의 도움이나 자신 외의 인간, 또 인류 전체까지 믿지 않게 자신을 길들이면서 오직 자신의 돈과 자신이 얻은 권리를 잃지는 않을지 두려움에 떨면서 안절부절못하게 되지요. 참다운 생활은 소외된 개인이 노력해서 되는 것이 아니고, 인류 전체가 화합할 때 이루어집니다. 그러나 세계 어디에 가도 인간의 지성은 이런 사실을 비웃으며 인정하려 하지 않지요. 하지만 이런 무서운 고립 상태도 언젠가는 종말을 맺을 것이고, 모든 사람은 인간이 분리되어 떨어져 지내는 것이 얼마나 기이한 일인지 깨닫는 날이 분명이 올 것입니다. 시대의 흐름이 그렇게 변해서, 사람들은 자신이 얼마나 오랫동안 어둠 속에서 빛을 안 보고 살아왔는지 깨닫고 깜짝 놀라게 될 것입니다. 그리고 그때는 천상에 '사람의 아들'의 깃발이 나부낄 것입니다. 그때까지는 신앙의 깃발을 귀중하게 여겨야 합니다. 비록 자신 혼자일지라도, 또 유로지비처럼 보일지라도, 자발적으로 모범을 행하면서 인간의 영혼을 소외로부터 형제애와 화합의 길로 끌어내야 합니다. 그렇게 하는 것이 이 거룩한 사상을 살리는 길입니다."

저녁마다 우리 둘은 열정적이고 감동에 겨운 대화를 하면서 보냈다. 이미 나는 사교계에 나가지 않았고 이웃을 찾는 일도 별로 없었으며, 나에 대한 사람들의 관심도 점점 사라지고 있었다. 나는 그들을 비난하려고 이런 말을 하는 것이 아니다. 그들은 아직 나를 사랑했고, 또 친절하게 대해주었다. 하지만 사교계를 지배하는 것이 유행이라는 것은 부인할 수 없는 사실이다. 결국 나는 이 비밀스러운 방문자를 감동 어린 눈으로 바라보게 되었다. 그의 높은 지성이 나에게 즐거움을 주었고, 그가 마음속에 어떤 계획을 가지고 있고 용감한 행동을 준비하고 있을지도 모른다는 것을 예감했다.

어쩌면 그는 내가 자신의 비밀에 대해 대놓고 호기심을 보이거나 단도직입적으로 묻거나 은연중에 그것을 알아내려고 애쓰지 않는 모습이 마음에 들었는지도 모른다. 그러나 결국 나는 그가 무언가를 나한테 고백하려고 하는데 무척 고통스러워한다는 것을 깨달았다. 그가 나를 찾아오기 시작한 지 한 달 정도 지났을 무렵에는 그 시도는 너무나 확연해졌다.

"당신은 아십니까? 요즘 사람들이 내가 이렇게 자주 당신을 방문하는 것에 대해 이상하게 여기며 호기심을 품기 시작했어요. 그렇지만 그들이 마음껏 생각하게 그냥 둡시다. 곧 모든 것을 알게 될 테니까요."

어느 날 그는 나에게 물었다. 그는 때로 문득 무서운 흥분 상태에 빠지는 경우가 있었는데, 그런 때면 대부분 바로 자리에서 일어나 자신의 집으로 가버리곤 했다. 또 어떤 경우에는 나를 오랫동안 뚫어져라 바라보기도 했다. 그래서 '이제 무슨 말을 하려고 하는군' 하고 내가 이런 생각을 하면 그는 갑자기 마음이 변한 것처럼 평범하고 아무것도 아닌 일상적 이야기를 꺼냈다. 또 그는 자주 머리가 아프다고 했다. 한번은 오랫동안 열을 올리며 이야기하고 나서, 갑자기 안색이 창백해지면서 경련을 일으킨 것처럼 일그러졌다. 그 와중에도 그는 내 얼굴을 뚫어지게 바라보았다.

"왜 그러시나요? 어디가 불편하신가요?"

내가 이렇게 물어본 것은 바로 조금 전 그가 머리가 아프다고 말했기 때문이었다.

"나는…… 실은…… 나는…… 사람을 죽인 적이 있습니다."

그는 이렇게 말한 뒤 미소를 지었지만 얼굴은 창백했다.

'이 사람은 왜 웃는 것일까?'

다른 생각을 하기도 전에 이런 생각이 문득 스쳤다. 나도 얼굴이 창백해지는 것 같았다.

"무슨 말씀이세요?"

나는 그에게 외쳤다.

그는 여전히 미소를 지으며 창백한 얼굴로 말을 이었다.

"이 첫마디를 꺼내기가 정말 힘들었습니다. 그러나 이제 말을 하고 나니, 길이 보이는 것 같군요. 이제는 그냥 앞으로 걷기만 하면 되겠지요."

나는 한동안 그의 말을 믿을 수 없었다. 물론 시간이 흐르고 나도 그가 한 말을 믿게 되었지만, 그렇게 믿게 된 것은 그가 사흘을 내리 찾아와 모든 일을 상세히 얘기하고 난 뒤였다. 나는 처음에 그가 정신 이상이 온 것은 아닐까 생각했지만, 결국 더없는 슬픔과 놀라움을 느끼면서 그 사실을 받아들였다. 그는 14년 전에 어떤 부유한 여인, 젊고 아름다운 지주의 부인에게 무서운 죄를 지었다. 그 여인은 영지에서 도시에 나왔을 때 지낼 만한 집을 한 채 시내에 마련해두었다. 그는 그 여인을 너무나 맹렬하게 사랑해서 마침내 자신의 마음을 고백하고 결혼해달라고 애원했다. 그러나 그 여인은 이미 마음을 준 다른 남자가 있었다. 그 남자는 명문가 출신으로 계급이 높은 군인이었고, 그 당시 일선에서 복무 중이었지만 곧 돌아올 것으로 기대하고 있었다. 그래서 그녀는 그의 청혼을 거절하고 앞으로는 자신을 찾아오지 말라고 부탁했다. 그는 그녀의 집에 찾아가지는 않았지만, 그 집의 구조를 잘 알고 있었기 때문에 어느 날 들킬 위험에도 정원을 통해 그 집 지붕으로 대담하게 기어올라갔다. 그러나 흔하게도, 가장 과감하게 저지른 범죄는 훨씬 더 성공하기 쉬운 법이다. 그는 지붕으로 난 창문을 통해 다락방으로 들어간 뒤, 다시 사다리를 타고 내려가 거실로 들어갔다. 그는 사다리 밑에 있는 쪽문을 하녀들이 깜빡 잊고 가끔 잠그지 않는다는 것을 알고 있었다. 그는 그날도 하녀들이 부주의하기를 바랐고, 과연 그의 예상대로였다. 그는 아래로 내려가서 어둠 속을 더듬어 아직 불이 밝혀진 그 부인의 침실로 다가갔다. 때마침 하녀 둘이 주인의 허락도 없이 이웃집 명명일 파티에 참석한 터였다. 다른 하인들은 아래층 하인방과 부엌에서 잠들어 있었다. 그는 잠든 그 부인을 보는 순간, 마음속에 욕망이 들끓었지만 복수와 질투에서 비롯된 분노에 사로잡혀서 이성을 잃고 술에 취한 사람처럼 그 여인의 심장에 단도를 찔렀다. 여인은 비명도 지르지 못하고 죽었다. 그런 뒤, 그는 악마처럼 무섭고 교활하게 하인들에게 혐의가 가도록 꾸몄다. 우선 그는 여자의 지갑을 훔치고 베개 밑에서 열쇠를 꺼내 장롱을 열고 몇 가지 물건을 훔쳤다. 그리고 귀중한 서류는 내버려두고 현금만 훔쳐서 누가 봐도 무식한 하인이 한 짓처럼 꾸몄다.

또 꽤 부피가 큰 금붙이를 몇 개 훔쳤지만 그것보다 열 배는 비싼 작은 부피의 물건은 그대로 두었다. 그리고 자신이 기념으로 가져갈 물건도 몇 가지 챙겼는데, 이것에 대해서는 뒤에 이야기하겠다. 그는 이렇게 무서운 범죄를 저지른 뒤, 자신이 들어왔던 길을 다시 더듬어서 밖으로 나갔다.

다음 날 큰 소동이 벌어졌을 때뿐만 아니라, 그 뒤 그의 인생에서 그를 범인으로 생각하는 사람은 아무도 없었다. 게다가 그가 그 여인을 좋아했다는 사실을 아는 사람도 없었다. 그는 늘 말수가 적은 편이었고 사교성도 없어서 자신의 마음을 털어놓을 친구가 없었기 때문이다. 그는 살인이 일어나기 전 2주일 간, 그 여자를 방문한 적이 한 번도 없었기 때문에 사람들은 단지 피해자와 그를 조금 알고 지내는 사이로 여겼다.

혐의는 농노 출신인 하인 표트르가 뒤집어썼다. 그리고 뜻하지 않게도 표트르의 혐의를 입증하는 사실들이 계속 밝혀졌다. 죽은 여인은 자신의 영지에서 차출할 신병(新兵)으로 이 하인을 군대에 보내려고 했는데, 그 이유는 이 하인이 혼자였고 행실이 좋지 않았기 때문이다. 여인은 그런 자신의 생각을 숨기지 않았고, 표트르도 물론 그 여인의 생각을 알고 있었다. 그가 이 일로 크게 화가 나서 술집에서 잔뜩 술을 마시고 주인을 죽이겠다고 큰 소리로 외치는 것을 본 사람들도 있었다. 게다가 그는 주인 여자가 죽기 이틀 전에 집에서 도망쳐 시내에 숨어 있었다. 그는 살인 사건이 일어난 다음 날, 교외로 나가는 길에서 만취해서 쓰러진 채 발견되었는데 그의 주머니에는 칼이 들어 있었고 우연인지 오른손에는 피가 묻어 있었다. 그는 코피가 난 것이라고 변명했지만 아무도 그의 말을 믿으려 하지 않았다. 하녀들은 파티에서 돌아올 때까지 현관을 열어두었다고 자백했다. 이외에도 이런 비슷한 증거가 여러 가지 나타났기 때문에 결국 죄 없는 하인은 구속되었다. 그는 곧 재판을 받을 예정이었지만 구속되고 일주일 뒤 열병으로 의식불명이 되어 병원에서 죽어버렸다. 재판관과 검찰, 시민들 모두 병원에서 죽은 하인이 범인이 분명하다고 생각했다.

하지만 그때부터 하느님의 형벌이 시작되었다. 이제는 내 친구가 된 비밀스러운 방문자는 처음 얼마간은 양심의 가책을 느끼지 않았다고 고백했다. 그도 물론 오랫동안 괴로워한 것은 사실이었지만, 양심의 가책 때문이 아니라 단지 자신이 사랑하는 여인을 죽였다는 것, 그 여자가 세상에 없다는 것, 욕정의 불길은 여전히 피를 타고 흐르지만 그 여자를 죽였기 때문에 자신의 사랑마저 죽였다는 절망감에서 괴로워했던 것이었다. 그러나 자신이 아무런 죄도 없는 사람의 피를 흘리게 한 것이나 사람을 죽인 것에 대한 후회는 거의 하지 않았다. 그것보다 자신이 죽인 여자가 만약 그대로 살아남았다면 분명히 다른 사람의 아내가 되었을 것이고 그것은 도저히 참을 수 없는 일이었기 때문에, 그는 오랫동안 자신의 양심을 걸고 생각해볼 때 그렇게 할 수밖에 없었다고 확신했다.

물론 처음 얼마 동안은 그 하인이 붙잡혔다는 것만으로도 마음이 괴로웠지만, 피고의 갑작스러운 질병과 죽음으로 마음이 완전히 편안해졌다. 그가 죽은 건은 체포되거나 그로 인한 공포 때문이 아니라 주인집을 나온 뒤, 술에 취한 채로 밤새 눅눅한 땅바닥에 누워 있어서 감기에 걸렸기 때문이라고 생각해서였다. 물건을 훔치고, 돈을 훔친 것도 그다지 그를 괴롭히지 못했다. 왜냐하면 물건을 가지고 싶어서 훔친 게 아니었고 단지 혐의를 벗기 위한 방법이었기 때문이다. 훔친 돈도 그리 많지 않았기 때문에 그는 그 돈을 모두, 아니 훔친 것보다 더 많은 액수의 돈을 그 도시에 있는 고아원에 기부했다. 그것은 도둑질을 한 것에 대한 양심의 가책을 덜기 위해서 일부러 그렇게 한 것이었지만 얼마 동안 이상하게도, 아니 꽤 오랫동안 그는 진실로 마음이 평안해짐을 느꼈다. 이것은 그가 나에게 직접 한 말이다.

그 뒤로 그는 자신이 맡은 일에 전력을 쏟기로 했다. 그는 앞장서서 어려운 일이나 힘든 일을 맡아서 하며 2년 정도를 보냈다. 그는 원래 성격이 강한 편이어서 과거의 일은 거의 다 잊어버렸고, 가끔 기억이 되살아나도 생각 자체를 하지 않으려고 애썼다. 그는 그 도시에 여러 가지 시설을 세우고 봉사 활동을 하면서 자선 사업에도 힘을 기울였다. 더불어 페테르부르크와 모스크바에서도 많은 일을 하여 두 도시의 자선 단체 임원으로 선출되기도 했다.

그러나 고통스러운 날들은 다시 찾아왔고, 결국 그는 그의 힘만으로는 더 견딜 수 없는 지경에 이르렀다. 바로 그즈음해서 그는 아름답고 똑똑한 아가씨에게 마음이 끌렸고 곧 그 아가씨와 결혼했다. 그 나름대로는 결혼을 하면 외로운 고뇌를 없앨 수 있을 거라고 생각했던 것이다. 인생의 새로운 길에서 아내와 자식을 위해 열심히 맡은 바 임무를 다하면 무서운 기억으로부터 벗어날 수 있을 거라는 기대했다. 그러나 현실은 그의 기대와는 전혀 달랐다. 결혼한 뒤 한 달도 채 되지 않아서 이미 '아, 아내는 나를 이렇게 사랑하는데, 만약 아내가 그 일을 알게 되면 어떡하지?'라는 생각이 계속 그를 괴롭혔다. 아내가 임신했다는 사실을 처음 알렸을 때. 그는 매우 당황했다.

'지금 나는 새로운 생명을 만들었지만, 이미 생명을 뺏은 몸이라니.'

연이어 아이 셋이 태어났다.

'내가 어떻게 감히 그들을 사랑하고, 기르고, 교육할 수 있단 말인가! 내가 어떻게 감히 아이들에게 선행을 논할 수 있는가? 나는 살인자가 아닌가!'

별 탈 없이 자라는 아이들을 보고 쓰다듬어주고 싶은 마음이 생길 때도 '나는 아이들의 순진한 얼굴을 마주 볼 수 없다. 나는 그럴 자격이 없다'라는 생각을 했다.

마침내 그는 자신에게 희생된 자의 피가, 자신이 죽인 젊은 생명의 복수를 울부짖는 그 피가, 무서운 모습으로 마음을 습격해서 도무지 견딜 수가 없었다. 날마다 그는 악몽에 시달렸다. 원래 강한 기질을 타고난 그였기에 오랜 시간 이 고통을 인내했다.

'남모르는 이 고통으로 내 모든 것을 속죄하리라.'

그러나 그 소망은 결국 헛된 것이었다. 시간이 지날수록 고통은 더욱더 심해졌다. 세상 사람들은 그의 엄격하고 어두운 성격을 두려워하면서도 그의 자선 사업 때문에 그를 존경했다. 그러나 사람들의 존경을 받으면 받을수록 더욱 견디기 힘들었다. 그가 나에게 고백하기를 자살할 고민까지 했다는 것이다. 그러나 그의 머릿속에서는 자살 대신 다른 공상이 떠올랐다. 처음에는 도저히 불가능하고 생각도 할 수 없는 일처럼 여겨졌지만, 점점 마음속 깊이 들어와 떨칠 수 없게 되었다. 그 공상은 바로, 용감하게 일어나서 대중 앞에서 자신이 살인자라고 고백하는 것이었다.

이 공상은 3년 동안 여러 가지 모습으로 나타났다가 사라지길 반복했다. 결국 그는 자신의 범죄를 고백하기만 하면 자신의 영혼은 나을 수 있고 영원한 평화를 얻을 것이라도 굳게 믿게 되었다. 하지만 이것을 어떻게 실행할 것인가? 그는 그것을 생각하면 마음속이 순식간에 공포로 가득 찼다. 그때, 나의 결투 사건이 일어났던 것이다.

"나는 당신을 보면서 결심했습니다."

나는 그를 바라보았다.

"아니, 그게 진심입니까? 그런 하찮은 사건이 당신에게 그런 결심을 하게 만들었다는 말인가요?"

나는 박수를 치며 이렇게 외쳤다.

"이렇게 결심을 하는 데 3년이란 시간이 걸린 셈이지요. 당신의 사건은 단지 나를 자극했을 뿐입니다. 나는 당신과 가까워지면서 나를 꾸짖고, 또 당신을 동경했습니다."

그는 엄숙한 표정을 지으며 말했다.

"하지만 당신의 고백을 누구도 믿지 않을 거예요. 벌써 14년이 흘렀으니까요."

"증거가 있어요. 확실한 증거를 가지고 있습니다. 그들에게 증거를 내보이겠습니다."

나는 눈물을 흘리며 그에게 입을 맞추었다.

"그런데 한 가지만, 꼭 한 가지만 당신의 생각을 말씀해주세요. 아내와 아이들을 어떻게 하면 좋을까요? 아내는 슬픔을 견디지 못하고 죽을지도 모릅니다. 그리고 아이들도 신분이나 재산은 유지할 수 있을지 모르지만 살인자의 자식이라는 낙인이 영원히 생길지도 모르잖습니까? 아이들의 마음속에 내가 어떤 기억을 남기게 될지 생각해보세요!"

그는 마치 내 말 한 마디에 전부가 걸린 것처럼 부탁했다.

나는 침묵했다.

"그렇게 그들과 헤어져야만 합니까? 그들을 영원히 버려야만 하나요? 영원히, 당신도 알다시피 영원히 말이에요!"

나는 조용히 마음속으로 기도를 반복했다. 마침내 나는 자리에서 일어났다. 왠지 무서워졌다.

"어떻게 해야 좋을까요?"

그는 나를 바라보았고 나는 대답했다.

"가세요. 모든 사람들에게 고백하세요. 전부 지나가고 오로지 진실만이 남습니다. 아이들도 크면 당신의 결심이 얼마나 훌륭한 것이었는지 깨닫게 될 거예요."

그는 마음을 굳게 먹은 표정으로 돌아갔다. 그러나 그 뒤에도 전처럼 결심을 하지 못하고 2주일 동안 날마다 저녁에 나를 찾아와 항상 마음의 준비만 반복했다. 그런 그의 태도에 나는 정신적으로 완전히 지쳐버렸다. 어떤 때는 단호하게 결심을 한 것처럼 나타나서 감격에 겨워 이런 말을 하기도 했다.

"이제 알았습니다. 나에게 천국이 찾아오려고 하는 것 같아요. 내가 고백하는 것과 동시에 천국이 찾아올 것입니다. 나는 14년 동안 지옥에서 살았지만 이제는 정말 그 고통을 이겨내고 싶어요. 나는 고통을 기꺼이 감수하고 인생을 다시 시작할 것입니다. 인간은 거짓된 모습으로 이 세상을 살 수도 있지만, 그렇게 하면 원래대로 되돌아갈 수 없지요. 지금처럼 이웃은커녕 내 아이들도 사랑할 수 없습니다. 아, 아이들도 내 고통이 어느 정도였는지 이해하고 나를 비판하지는 않겠지요. 하느님께서는 힘과 함께하시는 것이 아니라 진리와 함께하시니까요."

"물론 이해합니다. 모두 당신의 영웅적인 행동을 이해할 것입니다. 지금 이해하지 못하더라도 시간이 흐르면 분명히 이해하게 될 것입니다. 왜냐하면 당신은 진리에 봉사한 것이니까요. 이 속세의 진리가 아닌 훨씬 더 거룩한 진리를 추구한 것입니다."

그는 큰 위로를 받은 것처럼 돌아갔지만, 다음 날 다시 창백하고 고통에 가득 찬 얼굴로 나를 찾아와 조소하듯 말했다.

"내가 이곳에 올 때마다 당신은 '고백을 아직도 하지 않았군!'

하는 것 같은 호기심이 가득한 눈으로 나를 보는군요. 그러나 조금 더 기다려주세요. 그리고 나를 너무 경멸하지 마세요. 당신이 생각하는 것처럼 그렇게 쉽지 않습니다. 어쩌면 영원히 고백하지 못할지도 모릅니다. 그렇게 되면 당신은 나를 고발할 건가요?"

그러나 나는 어리석은 호기심에 차서 그를 보기는커녕 그를 보는 것도 두려워하고 있었다. 나는 심신이 지쳐서 거의 병이 날 정도였고, 마음속에는 눈물이 흐르고 있었다. 밤에는 제대로 잠을 이루지 못할 정도였다. 그가 말을 계속했다.

"지금 나는 아내에게서 오는 길이에요. 과연 당신은 '아내'란 어떤 존재인지 아십니까? 내가 집을 나설 때 아이들은 '아버지, 안녕히 다녀오세요. 빨리 와서 동화책을 읽어주세요, 네?' 이렇게 말했어요. 당신은 아마도 모를 겁니다! 타인의 불행을 진심으로 이해하는 사람은 없으니까요."

그의 눈은 번득였으며 입술은 경련을 일으키는 것처럼 떨렸다. 그러다가 문득 주먹을 쥐고 테이블 위에 놓인 물건들이 흔들릴 정도로 테이블을 쾅 내리쳤다. 평상시에는 매우 점잖았기 때문에 그가 이런 행동을 하는 것은 처음 있는 일이었다.

"정말 그럴 필요가 있는 일일까요?"

그는 고함을 쳤다.

"왜 내가 그래야 할까요? 죄를 뒤집어쓴 사람은 아무도 없고, 나 때문에 누군가 시베리아로 가지도 않았는데 말이지요. 그때 그 하인은 열병으로 죽었잖습니까. 그리고 나는 내가 지은 죄 때문에 그

동안 고통을 겪은 것만으로도 이미 충분히 벌을 받지 않았을까요? 그리고 아무도 내 말을 믿지 않을 것이고, 어떤 증거를 들이대도 믿어주지 않을 거예요. 그런데 왜 꼭 자수를 해야 하는 거지요? 내가 지은 죄 때문이라면 평생 동안 고통을 받겠습니다. 하지만 아내와 아이들에게만은 고통을 주고 싶지 않습니다. 그들까지 나와 함께 파멸시키는 것이 과연 맞는 걸까요? 이런 때에 진리는 어디 있습니까? 세상 사람들은 과연 진리를 제대로 인정할까요? 그것을 올바로 평가하고 존중할까요?"

'이럴 수가 있나! 이 사람은 이 순간에 세상 사람들의 존경 따위를 따지고 있다니!'

나는 마음속으로 탄식했다. 그러자 나는 그가 너무도 불쌍해서, 만일 내가 위로할 수 있다면 그와 운명을 함께해도 좋다고 생각했다. 그는 거의 정신이 나간 것처럼 보였다. 그가 그런 결심을 하기 위해서 어떤 대가를 치러야 하는지, 나는 단지 이성이 아닌 온 마음으로 직감하고 전율을 느꼈다.

"내 운명을 결정해주세요!"

그가 또 외쳤다.

"가서 고백하십시오."

나는 그에게 속삭였다. 나는 숨이 막혀서 목소리가 제대로 나오지 않았지만 그래도 단호하게 속삭였다. 그런 뒤 테이블 위에 놓인 성경을 들고 〈요한복음〉 12장 24절을 읽어주었다.

"내가 진실로 너희에게 말하노니, 밀알 하나가 땅에 떨어져 죽지 않으면 한 알 그대로 남아 있고 죽으면 수많은 열매를 맺느니라."

나는 그가 오기 직전에 읽고 있었던 그 구절을 읽었다.

"맞습니다."

그는 씁쓸한 미소를 지었다.

"하지만 이런 책에는."

그는 잠깐 말을 끊었다가 다시 이었다.

"무어라 형언할 수 없는 무서운 말이 많지요. 다른 사람에게 그것을 들이대는 건 무척 쉽습니다. 하지만 이건 누가 쓴 거죠? 설마 사람이 쓴 건 아니잖아요?"

"성령께서 쓰신 것입니다."

"당신이 그렇게 말하는 것은 아주 쉽겠지요."

그는 다시 한번 씁쓸한 미소를 지었는데, 그 미소는 증오로 가득차 있었다. 나는 다시 책을 들고 다른 곳을 펼쳐서 〈히브리서〉 10장 31절을 보여주었다. 그는 그 부분을 읽었다.

"살아 계신 하느님의 벌하시는 손에 떨어지는 것은 무서운 일입니다."

그는 읽고 난 뒤 그 책을 던졌다. 그는 몸을 덜덜 떨었다.

"무서운 말씀입니다. 더 이상 아무 할 말이 없습니다. 어떻게 이렇게 꼭 맞는 구절만 고르셨습니까."

그는 의자에서 일어났다.

"그럼, 안녕히 계세요. 아마 다시는 못 올지도 모릅니다. 천국에서 다시 만나기로 합시다. '살아 계신 하느님의 벌하시는 손에 떨어진' 지 벌써 14년이 흘렀네요. 지난 14년은 정말 그렇게 불러야 맞겠지요. 내일은 그 손을 향해서 제발 나를 놓아달라고 애원하겠습니다."

나는 그를 안고 작별의 입맞춤을 하려고 했지만 그럴 용기가 생기지 않았다. 그의 얼굴이 일그러져 있었고 고통으로 가득 차 보였기 때문이다. 그는 밖으로 나갔다.

'아, 그는 도대체 어디로 갈까?'

나는 성상 앞에 엎드려서 우리의 부탁을 망설이지 않고 들어주시는 보호자인 동시에 구원자이신 성모 마리아께 그를 위해서 흐느끼며 기도를 올렸다. 내가 눈물을 흘리며 기도를 드리는 동안 30분 정도의 시간이 흘렀다. 밤이 깊어서 거의 자정에 가까운 시간이었다. 그때 갑자기 문이 열리고 그가 다시 왔다. 나는 깜짝 놀랐다.

"어디 다녀오셨습니까?"

"제가…… 뭔가 두고 간 것 같아서…… 아마도 손수건을…… 아니, 두고 간 게 없다고 해도 잠시 앉아 있게 해주십시오."

그는 의자에 앉았고 나는 그 앞에 섰다.

"함께 앉으시지요."

그가 말했고, 나도 앉았다. 그렇게 2분 정도가 지났다. 그는 슬며시 내 얼굴을 바라보다가 문득 쓸쓸하게 웃었다. 지금도 나는 그때 일을 기억하는데, 그가 벌떡 일어서서 나를 힘차게 끌어안고 입을 맞췄던 것이다.

"기억하게. 내가 자네에게 두 번이나 왔었다는 것을. 알겠지, 이것을 꼭 기억해두게나."

그는 말했다. 그가 나를 자네라고 부른 것은 처음 있는 일이었다. 그리고 그는 다시 나갔다.

'틀림없이 내일 하겠군.'

내 예상은 맞았다. 나는 그날 저녁에도 그다음 날이 그의 생일이라는 것을 몰랐다. 나는 지난 며칠 간 외출하지 않아서 그런 말을 들을 기회가 없었다. 그의 생일에는 매년 그의 집에서 성대한 잔치가 벌어졌는데, 그 마을 사람들 대부분이 모였다. 이번에도 역시 그랬다. 그는 식사를 마치고 방 한가운데로 걸어 나갔다. 그는 손에 종이를 한 장 들고 있었다. 그것은 그가 일하는 관청의 장관에게 낼 정식 자백서였다. 때마침 장관도 그 자리에 있어서, 그는 그 자백서를 그곳에서 온 모든 사람들 앞에서 큰 소리로 읽었다. 자백서에는 범행 일체가 소상하게 적혀 있었다.

"저는 극악무도한 범인인 저를 스스로를 인간 사회에서 추방시키려고 합니다. 하느님께서 이렇게 저를 찾아주셨으니 저는 기쁘게 형벌의 고통을 받으려고 합니다."

그의 자백서는 이렇게 끝맺고 있었다. 그리고 그 자리에서 자신의 범죄를 증명하는, 14년 동안 간직한 물건들을 모두 테이블 위에 늘어놓았다. 혐의를 피하기 위해 훔쳤던 금붙이들과 피해자에게서 가져온 큰 목걸이와 십자가—목걸이에는 약혼자의 사진이 들어 있었다—와 수첩 그리고 두 통의 편지도 있었다. 그중 한 통의 편지는 약혼자가 곧 돌아온다는 소식을 전하는 내용이었고, 다른 한 통은 여자가 다음 날 부치려고 테이블 위에 놓아둔 답장이었다. 그는 살인을 한 뒤에 이 편지 두 통을 집으로 가져왔던 것이다. 그러나 그는 무엇 때문에 자신에게 불리한 증거를 없애지 않고 14년 동안이나 간직했던 것일까? 그리고 그 결과는 이랬다.

처음에 사람들은 깜짝 놀라서 공포를 느꼈지만 아무도 믿지 않았다. 모두 호기심을 가지고 경청했지만 병자가 하는 헛소리를 들은 것처럼 며칠이 지난 뒤에는, 어느 집에서나 그 사람은 불쌍하게도 미친 것 같다고 결론을 내렸다. 사법 당국에서는 그 사건을 조사해야 했지만 역시 당분간 조사를 보류하기로 결정했다. 훔친 물건들과 편지는 조사할 만한 가치가 있었지만 그 증거물이 확실하다고 밝혀져도 역시 그것만으로 유죄 선고를 내릴 수는 없다고 결론 내렸다. 게다가 그 증거물도 피살자가 자신의 친구인 그에게 보관해달라고 했을 수도 있는 일이었다. 나중에 들은 얘기는, 피살자의 친구들과 친척이 그 증거물의 출처를 확인해주어서 거기에 대한 의문의 여지는 전혀 없었다고 한다.

어쨌든 이 사건은 다시 미해결인 채로 사라질 운명이었다. 그리고 닷새 정도가 흐른 뒤, 이 불행한 사람이 갑자기 병이 들어서 생명이 위독하다는 것이 알려졌다. 무슨 병인지는 정확하게 알 수 없지만 사람들이 말하기를 심장 부정맥이라고 했다. 그러나 곧 사실이 밝혀졌다. 의사들은 그의 부인의 간곡한 부탁을 받고 환자의 정신 상태를 진찰했는데 정신 착란이라는 진단을 내렸다.

사람들은 내게 앞 다투어 어떻게 된 것인지 물었지만 나는 아무런 대답도 하지 않았다. 그러나 내가 그에게 문병가고 싶다고 말하자 사람들은—특히 그의 아내는—기를 쓰고 말리면서 허락하지 않았다. 그의 아내는 나에게 이렇게 말했다.

"남편이 이렇게 미친 건 당신 때문이에요. 남편은 항상 우울한 편이긴 했지만, 특히 작년부터 이유 없이 흥분하면서 더 이상해졌어요. 그런데 당신이 나타나서 그이를 완전히 망쳐놨어요. 당신이 그이에게 이상한 생각을 불어넣었기 때문이에요. 지난 한 달간 계속 당신 집에 갔었으니까요."

그의 아내뿐만 아니라 그 도시의 모두가 나에게 달려들어 나를 비난했다.

"모두가 당신 때문이오!"

나는 침묵했고, 속으로는 오히려 무척 기뻐했다. 왜냐하면 나는 자신에게 반기를 들고 자신에게 벌을 준 이 불행한 사람에 대한 하느님의 자비를 분명하게 보았기 때문이다. 나는 그가 진짜 정신 이상이라고 생각하지 않았다. 그러는 중에 결국 나는 그와의 면회를 허락받았다. 병자가 나와 작별 인사를 하고 싶다고 간곡하게 부탁했기 때문이었다. 나는 그의 방에 들어선 순간, 그의 목숨이 며칠은커녕 몇 시간도 남지 않았다는 것을 알았다. 그는 몹시 야위어 안색은 누렇고 손을 떨면서 숨을 헐떡이고 있었지만 얼굴은 감동과 기쁨이 가득해 보였다.

"마침내 뜻을 이루었네! 자네가 몹시 보고 싶었는데 왜 오지 않았는가?"

그가 이렇게 말했다. 나는 사람들이 그를 만나지 못하게 했다고 말하지 않았다.

"하느님께서 나를 불쌍히 여기셔서 곁으로 불러주시는 거야. 죽을 때가 멀지 않았다는 걸 나도 알지만, 나는 몇십 년 만에 처음으로 기쁨과 평안을 느끼고 있다네. 내가 해야 할 일을 끝낸 다음부터 내 마음속에는 천국이 생겼다네. 이제는 주저하지 않고 아이들을 사랑할 수 있고 입을 맞출 수도 있어. 그러나 아내나 판사, 그밖의 사람들은 내 말을 믿지 않았네. 그러니 아이들도 믿지 않을 거라네. 이걸 봐도 하느님께서 베푸신 아이들에 대한 자비를 알 수 있네. 비록 내가 지금 죽더라도, 내 이름은 아이들에게 아무런 흠결을 남기지 않을 걸세. 지금 이 순간에도 나는 벌써 하느님 곁에 와 있는 것 같아서, 나는 천국에 있는 것처럼 즐겁다네. 나는 내가 해야 할 일을 하고야 말았어."

그는 끝내 더 말을 이어가지 못했다. 그는 숨을 가쁘게 몰아쉬면서도 내 손을 꼭 잡고 불타는 눈으로 나를 바라보았다. 우리는 길게 얘기할 수가 없었다. 그의 아내가 계속 우리를 살펴보러 들어왔기 때문이었다. 하지만 그는 틈이 생길 때마다 내게 이렇게 속삭였다.

"자네, 내가 그날 밤에 자네를 두 번째 찾아갔던 걸 기억하나? 내가 꼭 기억해두라고 했잖은가. 자네는 내가 왜 다시 돌아갔는지 아는가? 실은 난 자네를 죽이려고 다시 갔었네!"

나는 놀라서 몸을 떨었다.

"나는 그때 자네의 집에서 어둠 속으로 뛰쳐나와서, 거리를 걸으며 나 자신과 싸워야 했네. 갑자기 자네가 미워서 참을 수 없었네. '오로지 나를 구속하는 자는 그자뿐이다'라고 생각했었지. '그자는 나의 심판관이다. 그가 모든 걸 알고 있으니, 나는 내일이라도 형벌을 받아야 할지 모른다.' 하지만 자네가 나를 밀고할까 봐 두려워한 건 아니네. 정말 그런 생각은 하지 않았다네. 단지 '내가 만일 자수하지 않으면, 어떻게 그를 다시 본단 말인가?'라는 생각을 했던 거지. 혹시라도 자네가 이 세상의 끝에 가 있다고 해도, 자네가 살아 있는 동안은 역시 마찬가지가 될 테니 말이야. 자네가 모든 일을 알고 있으니 나를 심판할 거라는 생각이 들어서 나는 도무지 견딜 수 없었네. 나는 자네가 모든 일의 원인이라도 되는 양, 자네에게 모든 죄가 있기라도 한 것처럼 자네를 증오했네. 그래서 자네에게 되돌아갔지. 그때 자네 방의 테이블 위에 칼이 놓여 있던 걸 기억했거든. 나는 의자에 앉아 자네에게도 앉으라고 권했지. 그리고 1분 동안 깊이 생각했네. 내가 만일 자네를 죽였다면, 이전에 지은 죄는 자백하지 않아도 되지만 자네를 죽였기 때문에 분명히 파멸하고 말았을 거야. 그러나 그런 일은 전혀 생각하지 않았고 또 생각하기조차 싫었다네. 나는 단지 자네가 미웠을 뿐이고 모든 일에 대해 자네에게 복수하고 싶었네. 그러나 하느님께서 내 마음속 악마를 없애주셨네. 어쨌든 잘 기억하게나, 자네가 그때처럼 죽음에 다가선 적은 없었다는 것을 말이야."

1주일이 지난 뒤, 그는 죽었다. 그 도시의 사람들 대부분이 묘지까지 관을 따라갔다. 대주교는 감동적인 조사(弔辭)를 했다. 사람들은 그의 생명을 가져간 무서운 병에 대해 탄식했다.

　도시 사람들 전부는 장례식이 끝난 뒤 나에게 적의를 드러내며 나를 손님으로 초대하는 것을 거절했다. 물론 그들 중에는 그의 고백을 믿는 사람도 있었다. 처음에는 극소수였지만 점점 믿는 사람이 늘어났다. 그들은 나에게 종종 찾아와서 호기심과 관심을 보이며 여러 가지를 물었다. 인간에게는 반듯한 사람의 타락과 오욕을 좋아하는 성미가 있기 때문이다. 그러나 나는 끝내 입을 다물었다. 그리고 곧 그 도시를 떠나서 다섯 달 뒤에는 하느님의 은총을 받고 이 거룩하고 확고한 길로 들어서게 되었다. 나는 이토록 확실하게 이 길을 보여주신 '하느님의 눈에 보이지 않는 손'을 축복했다. 그러나 많은 고통을 겪은 하느님의 종 미하일을 기억하고 지금까지 날마다 기도드린다.

3. 조시마 장로의 담화와 설교 중에서

⑸ 러시아의 수도사와 그 의미

신부, 수사 여러분, 대체 수도사란 무엇인가? 요즘 같은 문명사
회에서 이 수도사라는 말에 어떤 이들은 비웃음을 던지고, 또 어떤
이들은 심지어 욕설을 퍼붓기도 한다. 그리고 이런 현상은 날이 갈
수록 더 심해져간다. 슬프게도 수도사들 중에는 무위도식하는 게
으른 자, 난봉꾼, 무뢰한 그리고 파렴치한 부랑자들도 많은 것이
사실이다. 교육을 받은 속세의 사람들은 이런 사실을 지적하면서
다음과 같이 말한다.

"수도사, 너희들은 게으르고, 사회에 아무런 소용도 없는 족속
들이며, 남의 노력에 빌붙어 사는 뻔뻔한 거지들이야."

그러나 수도사 중에도 겸손하고 온화한 자들은 많아서, 그들은

고독과 고요 속에서 열렬하게 기도하기를 원한다. 세상 사람들은 이런 수도사들에게는 관심을 갖지 않고 완전히 무시해버린다. 그러므로 내가 만일 이처럼 고독한 기도를 원하는 겸손한 수도사들 중에서 다시 한번 러시아의 구원자가 나타날 것이라고 말하면 그들은 얼마나 놀랄까! 그런 수도사들은 정적 속에서 '그 해, 그 달, 그 날, 그 시간'을 위해 준비하는 것이 사실이다. 그들은 지금 고독 속에서 먼 옛날의 신부, 사제, 순교자들로부터 전해 내려오는 순수한 신의 진리 그대로 그리스도의 모습을 선하고 아름답게 간직하고 있다. 그리하여 때가 되면 중심을 잃고 흔들리는 세상의 진리 앞에 그들은 그리스도의 모습을 드러낼 것이다. 이것은 진실로 거룩한 사상이다. 언젠가 이 별은 동쪽 하늘에서 찬연히 빛날 것이다.

나는 수도사에 대해 이렇게 생각한다. 내 생각이 정녕 거짓이며 자만일까? 신의 백성 위에 군림하고 있는 속세와 그 안에서 살아가는 인간들을 보라. 하느님의 모습과 하느님의 진리가 왜곡되어 있지는 않는가? 그들은 과학을 말한다. 그러나 그들이 찬양하는 과학이란 인간 오감의 대상일 뿐이다. 인간 존재의 귀중한 축을 이루는 정신세계는 한편으로는 과학이 거둔 하찮은 승리감에 의해, 다른 한편으로는 신에 대한 과학의 혐오에 의해 완벽히 거부당하고 사라졌다. 세상은 자유를 선언했다. 요즘 들어 특히 그렇게 되었다. 과연 그들의 자유에서 우리는 무엇을 발견할 수 있을까? 오직 예속과 자멸뿐인 것이다! 그들은 이렇게 외치고 있다.

'너희도 욕구가 있으면 그것을 만족시켜라. 너희도 귀족이나 부자들과 같은 권리를 가지고 있으니. 욕구를 충족하는 것에 대해 두려움을 갖지 마라. 아니, 더욱 그것을 증대시켜야 한다.'

이것이 바로 현재 그들이 가르치는 것이다. 그들은 여기에 자유가 있다고 여긴다. 그러나 욕구를 증대시키는 권리는 어떤 결과를 가져올까? 부자에게는 고독과 자살이, 가난한 자들에게는 질투와 살인뿐이다. 왜 그럴까? 그들이 단지 욕구 충족의 권리만을 주고 어떻게 그것을 충족시켜야 하는지에 대한 방법을 주지 않았기 때문이다. 그들의 주장은 이렇다. 즉, 인간과 인간 사이의 거리는 좁혀지고 사상은 대기를 통해 전달되니까 인류는 시간이 흐르면서 점점 가까워져서 형제와 같은 관계를 갖게 될 것이라고.

아, 결코 이런 인간들의 결합은 믿으면 안 된다. 세상 사람들은 자유를 욕망의 증대와 빠른 충족으로 이해하면서 그들의 본질을 왜곡한다. 그것은 현명하지 못하고 의미 없는 희망과 습관, 가당치 않은 공상을 수없이 파생시키기 때문이다. 단지 사람들은 서로의 선망이나 욕망, 허영을 위해 살아갈 뿐이다. 그들은 파티, 마차, 말, 관직, 노예 같이 부리는 하인, 이런 것들이 필수적으로 있어야 한다고 여긴다. 그래서 이를 갖추려고 자신의 생활과 품성, 인간애까지 모두 버리려고 한다. 그런 욕구가 충족되지 않으면 자살하기까지 한다. 그렇게 부유하지 못한 사람들에게서도 같은 현상이 나타나지만, 가난한 자들은 술로 욕구불만이나 질투를 달랜다. 그러나 곧 그들은 술 대신 인간의 피를 마실 것이다. 그렇게 될 수밖에 없

370

지 않은가.

　나는 이것이 과연 참된 자유로운 인간인지 묻고 싶다. 나는 '이상을 위해 헌신하는 투사'를 한 명 알고 있는데 그가 나에게 말하길, 감옥에서 담배를 피울 수 있는 권리를 빼앗기자 담배를 피우고 싶은 마음을 참기 힘들어서 담배를 얻을 수 있다면 자신의 '이상'을 팔았으면 좋겠다고 생각했다고 한다. 이런 사람들이 겉으로는 '인류를 위해 싸우겠다'고 큰소리치고 있다. 과연 이런 자들이 어디서 무슨 일을 할 수 있는가? 힘 안 들이고 빠른 시간에 할 수 있는 일이라면 몰라도 힘들고 인내가 필요한 일은 결코 오래 계속할 수는 없을 것이다. 그래서 그들은 자유를 얻는 대신에 예속에 빠지게 되고, 인류의 결합에 기여하는 대신 당연하게도 고립과 고독에 빠지게 되는 것이다. 이런 말은 내가 젊었을 때 내 스승이었던 신비스러운 방문자가 해준 말이다. 그래서 인류에 대한 봉사나 인간의 형제적 결합 같은 사상은 점점 이 세상에서 사라지고, 심지어 이제는 비웃음의 대상이 된 것이다. 아무렇게나 생각한 수많은 욕망을 충족시키는 데만 익숙한 인간이 어떻게 자신의 습관에서 벗어날 수 있는가? 그리고 또 어디로 갈 수 있는가? 그래서 그들은 더 많은 물질을 축적하는 것에는 성공했지만, 세상에서의 기쁨은 점점 잃는 결과에 이른 것이다.

　수도사들이 걷는 길은 이것과는 정반대다. 사람들은 복종과 단식, 더 나아가 기도까지 조롱하지만 오로지 그런 것들에만 진정한 자유에 이를 수 있는 길이 있다. 우리는 필요 없는 욕망을 버리고 자존심에서 우러난 교만한 자신의 의지를 복종으로 억누르면서, 하느님의 힘을 빌려서 정신의 자유를 얻고 정신적인 환희까지 함께 얻는 것이다.

어느 쪽이 위대한 사상을 널리 알리고 봉사할 수 있는 것일까. 고립된 부자인가, 물질의 전횡과 습관으로부터 벗어난 사람인가?

수도사는 고립된 생활을 하기 때문에 종종 비난의 대상이 된다.

"너는 너의 구원을 위해 수도원 안에서 숨어 지내고, 인류에 대한 형제애적 봉사를 잊은 것이 아니냐?"

그러나 어느 쪽이 과연 형제애적인 사랑을 위해 노력하고 있는지 금방 알 수 있다. 왜냐하면 그들은 비록 모르고 있지만 고독에 빠진 것은 우리가 아닌 그들이기 때문이다. 오래전부터 우리 수도사들 중에서 민중의 지도자들이 많이 배출되었다. 그런데 지금이라고 그런 사람이 나타나지 않으리라는 법이 있는가? 온화하고 겸손한 금욕과 침묵의 고행자들이 다시 나타나 거룩한 사업에 헌신할 것이다. 러시아의 구원은 민중에게 달려 있다. 그리고 러시아의 수도원은 옛날부터 민중과 함께했다. 만약 민중이 고립되어 있다면 우리도 고립되어 있는 것이다. 우리처럼 민중도 하느님을 믿는다. 하느님을 믿지 않는 실천가는, 그가 비록 순수한 열정과 비상한 두뇌를 가졌다 해도 러시아에서는 아무것도 이룰 수 없을 것이다. 이것을 잘 기억해두어야 한다! 곧 민중은 무신론자를 상대로 싸우고 그를 물리칠 것이다. 그래서 정교 아래에 결합된 러시아가 될 것이다. 민중을 소중하게 여기고 그들의 마음을 지켜야 한다.

침묵 속에서 민중을 가르쳐라. 수도사로서 여러분이 할 일은 이것이다. 민중이 하느님을 구현할 백성이기 때문이다.

(6) 주인과 하인에 대하여—그들은 정신적으로 형제가 될 수 있는가?

안타깝게도 나는 민중에게도 죄가 있음을 부정하지 않는다. 부패와 타락의 불길은 무서운 속도로 번져 상류층으로부터 아래로 퍼져나가고 있다. 민중에게도 고립이 물들기 시작했다. 고리대금업자와 사회에 해를 입히는 사람들이 늘어나고, 장사꾼들도 지위를 얻고 싶어 했으며, 교양이 없는 자가 교양 있는 신사처럼 굴었다. 그리고 그러기 위해서 오래전부터 내려온 전통을 무시하고 조상이 섬겨온 신앙까지 수치스럽게 여기게 되었다. 그리고 문턱이 닳도록 귀족의 집을 드나들지만, 그들은 언제나 부패한 농민일 뿐이었다. 민중들은 음주로 망가져가면서도 그 습관에서 쉽사리 벗어나지 못한다. 그들은 자신의 아내와 아이들에게까지 잔인한 행동을 서슴지 않는다. 이것은 모두 음주가 불러온 결과이다.

나는 공장에서 바짝 야위고 지쳐서 등까지 구부정한 여남은 살 정도의 아이들을 많이 보았다. 그 아이들은 일찍 악행에 빠져 있었다. 숨 막히는 공장 건물, 요란한 기계 소리, 종일 이어지는 노동, 음담패설 그리고 술, 또 이어지는 술. 정말 이런 것들이 어린아이의 영혼에 어떤 필요가 있을까? 그들에게는 밝은 태양과 아이다운 놀이, 어디에나 있는 밝은 모범, 비록 한 방울일지언정 그들에게 먹일 사랑이 필요하다. 여러분, 이런 나쁜 전통이 없어지도록,

아이들에게 행해지는 학대가 사라지도록 여러분은 서둘러 계몽에 나서야 한다.

하느님께서는 러시아를 구원하실 것이다. 민중은 타락하여 악취로 가득 찬 죄악 속에서 헤어나지 못하더라도 그들은 자신들이 짓는 악취에 찬 죄악이, 하느님의 저주를 받으며 죄를 짓는 자신이 잘못된 것을 충분히 알고 있기 때문이다. 우리나라의 민중은 진리와 하느님을 아직도 열렬하게 믿으며, 하느님을 받아들이고 감동의 눈물을 흘린다. 그러나 상류층은 그렇지 않다. 과학을 따르는 그들은 이성으로만 올바른 사회를 만들려고 한다. 예전처럼 그리스도의 힘에 기대지 않고, 지금은 범죄도, 죄악도 없다고 큰소리친다. 그들의 사고방식에서는 당연한 것처럼 보인다. 하느님이 존재하지 않으면 범죄라는 것이 없기 때문이다.

유럽에서는 이미 민중이 자본가에게 폭력으로 대항하고 있다. 민중의 지도자들은 도처에서 그들을 피 흘리게 하면서, '너희의 분노는 마땅한 것'이라고 가르친다. 그러나 그들의 분노는 잔인하기 때문에 저주받을 것이다. 그러나 하느님께서는 지금까지 여러 차례 구원하신 것처럼 러시아를 분명히 구원하실 것이며, 구원은 민중으로부터, 그들의 신앙과 겸손에서 나올 것이다.

여러분, 민중의 신앙을 지키려고 노력하라. 이것은 절대로 공상이 아니다. 나는 평생 우리나라의 위대한 민중이 지닌 탁월한 자질에 깊이 감동했다. 나는 내가 직접 보았기 때문에 감히 단언할 수 있다. 나는 그것을 볼 때마다 거지나 다름없는 참혹한 모습에도 찬

탄하지 않을 수 없다. 그들은 200년 동안 농노 시대를 거쳤지만 결코 비굴하지 않고, 태도나 거동이 자유롭지만 예의에 어긋나지 않는다. 그리고 복수심이 크지 않고 시기하지도 않는다.

"당신은 훌륭합니다. 부자이고, 머리가 좋고, 재능도 있습니다. 진심으로 좋은 일입니다. 하느님께서 당신을 축복하시길 빕니다. 나는 당신을 존경합니다. 나는 내가 인간임을 알고 있습니다. 그래서 나는 당신을 시기하지 않고 존경합니다. 또 그렇기 때문에 나도 인간으로서의 품격을 당신에게 보여줄 수 있습니다."

이렇게 그들이 말하지 않아도─왜냐하면 아직 그들은 그렇게 말할 줄 모르기 때문이다─실제로 그렇게 행동하고 그렇게 실천한 것을 내가 직접 보아왔다.

여러분은 안 믿을지 모르지만 러시아의 민중은 가난해질수록, 신분이 낮을수록 그 이면에 이런 위대한 진리를 더욱 확실하게 가지고 있다. 왜냐하면 부농이나 착취자 같은 사람들은 이미 대부분 타락했기 때문이다. 이것은 주로 우리가 열정을 잃어버리거나 게을러지는 데서 일어나는 것임을 깨달아야 한다.

하느님께서는 당신의 하인인 인간들을 분명히 구원해주실 것이다. 왜냐하면 러시아는 그 겸손함 덕에 위대하기 때문이다. 나는 우리나라의 미래를 생각하며 그것을 이미 눈으로 본 것처럼 느낀다. 언젠가는 우리나라의 타락한 부자들도 가난한 사람들 앞에서 자신의 부를 부끄럽게 생각할 것이고, 가난한 자들은 그런 겸손한 태도를 보고 그들의 마음을 이해하게 되어서 그들에게 양보하고 기쁨과 사랑으로 그 아름다운 반성에 답할 것이다. 분명히 이런 결과가 올 것이라고 믿어도 좋다. 이런 방향으로 가고 있다.

인간의 정신적인 존엄에서만 평등을 찾을 수 있으므로 러시아 민중들만이 이것을 이해한다. 우리가 만일 서로 형제의 관계라면 동포들의 다정한 결합도 이루어질 수 있지만, 그런 결합이 이루어지기 전에는 결코 분배가 공평해질 수 없다. 우리가 그리스도의 모습을 귀중하게 지키고 그것이 고결한 다이아몬드처럼 전 세계에 아름답게 빛나기를. 이처럼 이루어지이다, 아멘!

여러분, 나는 예전에 감동적인 경험을 한 적이 있었다. 전국을 순례할 때, 예전에 당번병이었던 아파나시를 헤어진 지 8년 만에 K시에서 만났다. 그는 시장에서 우연히 나를 보고 기뻐서 어쩔 줄 모르며 얼싸안을 듯이 손을 잡았다.

"수사님, 혹시 나리가 아니세요? 이런 곳에서 나리를 만나게 되다니!"

그는 나를 자신의 집으로 데리고 갔다. 오래전 제대를 하고 결혼해서 아이가 둘이나 있었고 아내와 함께 시장에서 작은 노점을 하며 푼돈을 벌고 있었다. 방 내부는 소박했지만 정갈했고 기쁨이 넘치고 있었다. 그는 나를 의자에 앉게 하고 사모바르를 내온 뒤, 아내를 부르러 사람을 보내는 등 파티라도 열 것처럼 법석을 떨었다. 그는 아이들을 내게 데려와서 말했다.

"수사님, 아이들에게 축복을 내려주세요."

"내가 감히 축복을 내릴 수 있겠나? 나는 수도승이니까 아이들을 위해 하느님께 기도를 드리겠네. 그런데 아파나시, 나는 그날 이후 날마다 자네를 위해 기도했네. 내가 이렇게 된 것은 전부 자네 덕분이니까."

나는 그때의 일을 그에게 자세히 설명했다. 그는 어쩐 일인지 내 얼굴을 뚫어지게 바라보더니 예전에 자신의 상관이자 장교였던 사람이 지금 이런 모습으로 자신의 앞에 있는 게 잘 이해되지 않는 모양이었다. 그는 결국 눈물을 보였다.

"왜 우는 건가? 나에게 자네는 잊지 못할 사람이네. 나를 위해 기뻐하게나. 내 미래는 빛과 기쁨으로 넘친다네."

그는 말없이 계속 한숨을 쉬면서 감격에 겨워 고개를 끄덕였다.

"그런데 나리의 재산은 어떻게 하셨나요?"

"수도원에 기부했다네. 우리는 공동생활을 하니까."

차를 마신 뒤, 나는 작별 인사를 전했다. 그러자 그는 갑자기 50 코페이카 은화를 꺼내서 내 손에 쥐어주며 서둘러 이렇게 말했다.

"이건 순례하시는 나그네에게 드리는 것입니다. 혹여 필요하실지 모르니까요."

나는 그 은화를 받고 그들에게 인사를 한 뒤, 즐겁게 밖으로 나왔다. 그리고 걸으면서 이런 생각을 했다.

'이제 우리는 전부, 그는 집에서, 나는 길을 걸으면서 하느님께서 우리를 다시 만나게 하신 것에 감사드리며 즐겁게 고개를 끄덕이며 한숨을 쉬기도 하고, 기쁘게 웃기도 할 것이다.'

그렇게 만난 이후로 나는 그를 만나지 못했다. 나는 그의 주인이었고 그는 내게 하인이었지만, 지금 이렇게 두 사람이 큰 감동에 겨워 다정한 입맞춤을 주고받은 순간 우리 사이에는 거룩한 인간적인 결합이 이루어졌다.

나는 이에 대해 여러 생각을 했고 이런 결론을 내렸다.

'이렇게 위대하고 순수한 결합이, 마침내 도처에서 러시아 사람들 사이에 실현되리라는 생각은 상상조차 할 수 없는 일인 걸까? 나는 믿는다. 그것은 이루어질 것이고 머지않아 그 시기가 올 것이라고.'

나는 하인들에 대해 좀 더 덧붙여 말하고 싶다. 내가 청년이었을 때는 하인들에게 종종 화를 냈다. 요리사가 지나치게 뜨거운 요리를 가져오거나 당번병이 옷에 솔질을 하지 않았다는 등의 이유였다. 그러나 그때 어린 시절에 들었던 그리운 형의 사상이 갑자기 내 마음에게 이런 속삭임을 들려주었다.

'다른 사람이 나의 시중을 들고 있다는 이유로, 또 가난하고 무식하다는 것 때문에 내가 다른 사람들을 막 부릴 자격이 과연 있단 말인가?'

나는 그때 이렇게 간단하고 명확한 생각이 나의 머릿속에 이렇게 늦게 떠오른 것이 스스로도 놀라울 정도였다. 하인 없이 사는 것이 속세에서는 불가능하겠지만, 자신의 하인들에게는 비록 그들이 하인이 아닐 때보다 정신적인 자유를 주어야 한다. 주인 스스로, 하인들을 위해서 하인의 하인이 되어서는 안 되는 것이냐고 하인들에게도 이해를 시켜야 한다. 주인이 자신이 주인이라는 자만심을 갖지 않고 하인들에게 불신을 갖지 않도록 하는 것이 왜 불가능할까? 하인들을 피붙이처럼 여기고, 가족의 일부분으로 받아들이면서 즐거움을 함께 나누는 것이 왜 불가능한 것일까? 그것은 가능하며, 앞으로 있을 위대한 인류 결합의 기반이 될 것이다. 인간은 그때가 되면 지금처럼 자신을 위해 하인을 데리고 있지 않게 될 것이고, 자신과 대등한 인간을 하인으로 삼으려 하지 않고 오히려 복음서의 가르침을 따라서 진실로 모든 사람의 하인이 되기를 소망하게 될 것이다. 종국에 이르러서는 인간은 오늘날처럼 잔인한 쾌락-탐욕, 음욕, 허영, 자만, 시기가 넘치는 서로의 경쟁이 아닌, 교화와 자비의 행위 안에서만 오직 기쁨을 느낄 수 있을 것이다. 이것이 공상에 불과한 것일까? 나는 결코 이것이 공상이 아니며 이미 그때가 다가왔음을 확신하고 있다.

사람들은 웃으면서 이렇게 물을 것이다.

"그런 때가 정말 올까요? 도대체 언제 그때가 온다는 거죠?"

그러나 나는 그리스도와 함께 그것을 이룰 수 있을 것이라고 굳게 믿는다. 인류의 역사를 살펴보면, 10년 전만 해도 불가능하다고 생각했던 사상이 얼마나 많았는가? 신비로운 시기가 찾아오고 갑자기 나타나 전 세계를 휩쓸어버린 예는 수없이 많다. 이런 일이 우리나라에서도 일어나서 러시아 민중이 전 세계에 빛나고, '장인'이 필요 없다고 버린 돌이 이제는 중요한 주춧돌이 되었다고 모든 사람이 경탄하며 말할 것이다. 우리를 비웃는 사람들에게 나는 이렇게 묻는다.

"만약 우리의 소망이 한낱 공상에 지나지 않는다면, 당신들이 그리스도에게 기대지 않고 자신의 머리로만 세우려는 건물은 언제 완공될 수 있습니까? 그 평등한 사회는 언제 실현되는 거지요?"

그들이 만약 자신들이 인류의 결합을 위해서 노력한다고 단언할지언정, 그것을 진심으로 믿는 사람은 그들 중에서도 가장 단순한 사람에 지나지 않을 것이다. 하지만 그렇게 두뇌가 단순할 수 있는 것일까? 사실 그들에게는 공상적 경향이 우리보다 더 많은 게 사실이다. 그들은 공평한 사회를 만들려고 하지만 그리스도를 부정하면 결국 전 세계를 피바다로 만드는 결과만을 얻을 것이다. 왜냐하면 피는 피를 부르게 되고, 칼을 쓴 자는 칼로 망할 것이기 때문이다. 그러므로 만약 그리스도의 위대한 약속이 없었다면 인간은 이 땅에서 단 두 사람만 남을 때까지 서로 살인을 저지를 것이다. 그리고 마지막 두 사람까지 잘난 척하다가 서로를 돕지 않고, 그중의 한 사람이 상대를 죽이고 결국 자신까지 파멸하게 될 것이다. 온순하고 겸손한 자들 덕분에 언젠가는 이런 일이 끝날 것이라는 그리스도의 약속이 없었더라면 정말 그대로 되었을 것이다.

지금도 기억하는 속세에서의 그 결투 사건이 있은 뒤, 아직 군복을 입고 있을 때, 내가 하인에 대한 이러한 문제를 얘기하자 모두 깜짝 놀라며 내게 이렇게 물었다.

"네? 그럼, 우리가 하인을 안락의자에 앉히고 그들에게 차 시중을 들어야 한다는 말인가요?"

그래서 나는 그들에게 이렇게 말했다.

"그렇게 못할 것도 없지 않습니까? 가끔이라면 말이지요."

그러나 그들은 내 말을 모두 무시했다. 그들의 질문도 즉흥적이고 나의 대답도 정확하지는 않았지만, 그래도 나는 어떤 진리가 담겨 있었다고 생각한다.

(7) 기도와 사랑 그리고 다른 세계와의 접촉에 대하여

청년이여, 기도하는 것을 잊지 마라. 그대들이 기도할 때마다, 그 기도가 진심이라면 분명히 새 감정이 샘솟을 것이다. 그리고 그 감정 안에 지금껏 알지 못했던 새 사상이, 그대에게 새로운 용기를 심어줄 사상이 들어 있다. 그래서 그대는 기도가 수양의 일종이라는 것을 깨닫게 될 것이다.

또 기억해야 할 한 가지는, 날마다 시간이 생기는 대로 마음속으로 기도하는 것이다.

'주여, 오늘 주님 앞에 나타난 모든 사람들을 불쌍히 여기소서.'

왜냐하면 매시간, 아니 매순간 수천 명에 이르는 사람들이 이 지상의 삶을 등지고 하느님 앞에 영혼이 불리고, 그들 중의 대부분은 슬픔과 고뇌를 가진 채 이 세상을 떠나기 때문이다. 하지만 누구도 그것을 슬퍼하지 않고 또 그들이 이 세상에 살았는지에 대해서도 모른다. 그때 그런 사람의 명복을 비는 그대의 기도가, 지구 반대편 끝에서 출발하여 하느님에게 닿을 것이다. 비록 그대가 그들을 잘 모르고, 그들이 그대를 모른다고 해도 말이다.

하느님 앞에 공포를 느끼며 서 있는 그 누군가의 영혼에게, 자신과 같은 인간을 위해서도 기도를 해주는 사람이 있으며, 자신 같은 인간을 사랑해주는 누군가가 이 땅 어딘가에 있다고 느끼는 것만큼 커다란 위안은 없다. 또 하느님께서도 두 사람을 더 자애롭게 바라보실 것이다. 그대가 그를 불쌍히 여긴다면, 끝없이 자비로운 사랑을 지닌 하느님께서는 그를 얼마나 가엾이 여기실 것인가. 그대를 봐서라도 그를 용서하실 것이다.

형제들이여, 인간이 짓는 죄를 두려워하지 마라. 죄 지은 자라도 사랑하라. 그것은 이미 하느님의 사랑에 가깝고 이 지상에서 가장 위대한 사랑이다. 또한 하느님의 모든 창조물을, 그 모두와 작은 부분까지 사랑하라. 잎사귀 하나, 햇살 한 줄기까지도 사랑하라. 동물을 사랑하고, 식물을 사랑하고, 모든 사물을 사랑하라. 만일 그대가 모든 사물을 사랑하게 되면 그때 그 사물에서 하느님의 신비를 깨달을 수 있다. 그것을 발견하기만 하면, 그 이후에는 날마다 더 깊이, 더 많이 깨달을 수 있다. 그리고 마침내 모든 것을 감싸는 우주적 사랑으로 전 세계를 애정으로 안을 수 있게 된다.

동물을 사랑하라. 하느님께서는 그들에게 기본적인 사고력과 온유한 기쁨을 주셨다. 동물을 괴롭히고 학대해서 그들에게 기쁨을 빼앗고 하느님의 뜻을 거스르면 안 된다. 인간이여, 결코 동물 위에 군림하려고 하지 마라. 동물에게는 아무런 죄가 없지만 인간은 큰 힘을 가졌으면서도, 지상에 나타났기 때문에 땅을 오염시키고 그곳에 더러운 발자국을 남긴다. 슬프지만 우리 모두가 그렇다!

특히 아이들을 사랑하라. 그들은 천사처럼 순진하고 우리의 마음을 감동시켜서 순결하게 정화시키기 위해 사는 존재이며, 우리를 이끄는 지표이다. 아이들을 모욕하는 것은 슬픈 일이다. 나에게 아이를 사랑하도록 가르친 것은 안핌 신부이다. 말이 별로 없고 다정한 그는 나와 함께 순례를 할 때도 우리가 받은 동전으로 과자나 사탕을 사서 아이들에게 나누어주었다. 그는 아이들 곁을 지날 때면 영혼의 떨림을 느꼈다.

우리는 우리와 다른 생각을 대하면 때때로 의혹을 느낀다. 특히 남이 저지른 나쁜 짓을 보면 그런 사람을 강압으로 붙잡아가둘 것인지, 또는 겸손한 사랑으로 보듬어야 할 것인지에 망설이게 된다. 그러나 어떤 경우에도 겸손한 사랑으로 사로잡겠다고 결심하라. 일단 그렇게 결심하면 전 세계를 포용할 수 있을 것이다. 겸손한 사랑은 모든 힘 중에서도 가장 강력하고 가장 무서운 힘이다. 날마다, 매시간, 매순간, 부지런히 반성하고 자신이 아름답도록 마음을 써야 한다.

예를 들어 아이들 곁을 지날 때, 화를 풀기 위해 험한 말을 하고 분노에 가득 차서 지나간다면 비록 화를 낸 쪽에서는 그 아이를 알아볼 수 없더라도, 아이는 이쪽을 분명히 보고 있을지도 모른다. 그러면 아이의 순수한 마음에 그 추악한 모습이 영원히 새겨질 수도 있다. 즉, 이쪽에서는 모르고 있는 사이에 아이의 마음에 나쁜 씨앗을 뿌리게 되는 것이다. 그래서 그 씨는 점점 자랄 것이다. 이런 모든 원인은 그대들이 아이에 대해서 세심하게 주의를 기울이지 않아서이고, 실천적인 사랑을 그대들의 마음속에서 애지중지 기르지 않아서이다.

형제들이여, 사랑은 스승과 같다. 그러나 일단 이것을 얻으려면 방법을 배우는 것이 우선이다. 사랑을 얻는 것은 매우 어렵기 때문에 값비싼 대가를 치러야 하고 오랜 시간 동안 노력을 해야 얻을 수 있다. 또 우리가 얻은 사랑은 즉흥적인 것이 아니고 영원히 이어지는 것이다. 즉흥적인 사랑은 누구나 할 수 있고 심지어 악당도 할 수 있다.

나의 형은 새들에게 용서를 구했는데 그것은 전혀 쓸모없는 행동 같아 보이지만 실은 필요한 일이었다. 세상 모든 것은 바다처럼 모든 것이 흘러가서 합해지기 때문에, 한쪽을 건드리면 세상의 다른 한쪽까지 그것이 메아리로 돌아온다.

비록 새들에게 용서를 비는 일이 우스워 보일지는 모르지만, 만일 사람들이 지금보다 조금 더 훌륭하고 아름다워진다면, 새들도, 아이들도 그 밖의 다른 동물도 더 행복해질 수 있다. 다시 반복하면 세상 모든 것은 바다와 같다. 이것을 깨달으면 인간도 완전한 사랑을 자각하고 양심의 가책을 느껴 말로 표현할 수 없는 기쁨을 느끼면서 새들에게 자신의 죄를 용서해달라는 기도를 하게 될 것이다. 다른 사람들이 보기에는 그것이 무의미할지 모르지만 우리는 이런 기쁨을 귀하게 여겨야 한다.

내 친구들이여, 하느님께 기쁨과 즐거움을 바라고 구하라. 아이처럼, 하늘을 나는 새들처럼 즐거운 마음을 가져라. 그러면 다른 사람의 죄가 당신의 일을 방해하지 않을 것이다. 그러므로 다른 사람이 당신의 할 일을 방해하고, 완성을 방해할지 몰라서 두려워하지 않아도 된다. '죄와 모독이 너무 강력하다. 나쁜 환경이 너무 강력하다. 그런데 우리는 지나치게 약하고 의지할 데가 없으며 나쁜 환경의 방해를 받아서 우리의 이 훌륭한 사업을 도무지 이룰 수 없다'고 낙심하면 안 된다. 그대들은 이런 굳세지 못한 마음을 물리칠 수 있도록 노력하라! 이럴 때 구원의 단 한 가지 방법은, 스스로 인간의 모든 죄를 자신의 책임으로 떠맡는 것이다. 친구들이여, 진리란 이런 것이다. 모든 죄와 모든 사람에 대해 진심으로 책임을 인정하면 그것이 진실이고 모든 사람에 대해 자신에게 죄가 있음을 알게 된다. 그러나 자신의 게으름과 나태함을 다른 사람에게 전가하면 결국 사탄의 교만에 물들어 하느님께 불평하게 될 것이다.

나는 사탄의 교만에 대해 이렇게 생각한다. 교만은 지상의 우리가 이해하기 어렵기 때문에 자칫 잘못을 저지르고 거기에 물들기 쉽고, 그런 와중에도 거룩하고 훌륭한 일을 하는 것처럼 생각하기 쉬운 것이다. 더불어 우리 인간 본성의 강력한 감정이나 행동 속에도, 이 지상에서는 우리가 이해하기 어려운 것이 많기 때문에, 이 사실을 자신의 잘못을 정당화하는 명분으로 삼으면 안 된다. 하느님은 영원한 심판자이기에 인간이 이해할 수 있는 것을 물으실 뿐, 이해하지 못하는 것을 묻지 않으신다. 이제 그대들이 이것을 이해하면 모든 것을 바르게 볼 수 있고 싸움을 하지 않을 것이다.

이 땅의 우리는 방향을 잡지 못한 채 방황하고 있다. 만약 고귀한 그리스도가 우리에게 없었다면, 우리도 대홍수가 나기 전의 인류처럼 길을 잃은 채, 결국 파멸했을 것이다.

수많은 것들이 이 지상에서 우리 인간으로부터 숨어 있지만, 우리에게는 다른 세계, 고귀한 천상의 세계와 진실로 소통할 수 있는 소중한 감각을 부여받았다. 그리고 우리의 생각과 감정의 바탕은 이 지상에 있는 것이 아니고 다른 세계에 있다. 이런 이유 때문에 철학자들이 이 세상에서 사물의 본질을 이해할 수 없다고 말하는 것이다. 하느님은 다른 세계에서 씨를 받아서 이 지상에 뿌리고, 자신의 화원을 만들었다. 그래서 싹이 틀 수 있는 것은 모두 싹이 트고 자라서 지금도 삶을 이어가지만, 그것은 오직 신비한 저세상과 접촉의 감각을 지녀서이다. 인간 내부의 이 감각이 만약 약해지거나 사라진다면 그 사람의 내부에서 자란 것도 역시 죽게 될 것이다. 그렇게 되면 인간은 생명에 대한 관심을 잃게 되고, 결국 그것을 증오할 것이다. 나는 그렇게 생각한다.

⑻ 사람은 사람을 심판할 수 있는가? 마지막까지 믿음을 지키는 것에 대하여

인간은 그 어떤 것에도 심판자가 될 수 없다는 것을 특히 유념하라. 왜냐하면 심판자 스스로, 자신도 지금 눈앞에 있는 사람과 같은 죄인, 자신이야말로 이 사람의 범죄에 대해 누구보다 책임이 있다는 것을 자각하지 않으면 이 지상에 죄인의 심판자라는 것은 있을 수 없기 때문이다. 이 사실을 깨닫게 되면 마침내 심판자가 될 수 있다. 언뜻 생각하면 이치에 올바르지 않게 느껴지지만, 이것은 불변의 진리이다. 만일 내가 올바른 사람이었다면 지금 내 앞의 죄인은 아예 존재하지 않았을지 모른다. 그대 앞에서, 그대의 뜻대로 심판받게 될 죄인의 죄를 스스로 책임질 수 있다면 주저하지 말고 실천하여 그를 위해 고통 받을 것이며, 죄인에게는 아무런 원망도 하지 말고 용서하라. 비록 법에 따라 심판을 받게 된다고 해도 사정이 허락하면 이런 정신을 가지고 행동하라. 그러면 죄인은 심판대에서 내려온 뒤, 그대의 심판보다 더 가혹하게 스스로를 심판하게 될 것이다.

만약 죄인이 그대의 입맞춤을 아무렇지도 않게 생각하고 오히려 그것을 조롱하며 물러나더라도, 그것에 마음이 흔들리면 안 된다. 그것은 그에게 아직 때가 되지 않은 것일 뿐, 그런 때는 언젠가 분명히 온다. 또 오지 않는다고 하더라도 마찬가지다. 만약 그가 깨닫지 못하면, 다른 사람이 대신 깨닫고 괴로워하며 자신을 심판하고 꾸짖을 것이고 그렇게 진리는 이루어질 것이다. 우리는 이것을 믿어야 한다. 옛 성인들의 모든 기대와 모든 신앙이 바로 이 점에 있는 것을 깨달아야 한다.

쉬지 않고 실천하라. 밤에 잠들기 전, '내 할 일을 다 하지 못했다'는 생각이 들면 곧바로 일어나서 그 일을 끝내야 한다. 그리고 주변의 사람들이 모두 나쁘고 잔혹하기만 해서 그대의 말을 듣지 않으면 그들 앞에 엎드려 용서를 구해야 한다. 왜냐하면 그대의 말을 듣지 않는 것은 그대에게도 책임이 있기 때문이다. 만약 상대가 화를 내서 도저히 설득하지 못할 때에는 조용하게 견디며 그들에게 봉사해야 한다. 그러나 결코 희망을 잃지 말아야 한다.

그리고 모든 사람이 자신을 버리거나 강제로 내쫓으면 혼자 땅에 엎드려 흙에 입을 맞추고 눈물로 땅을 적셔라. 그렇게 하면 비록 고립된 그대를 누구도 듣지도 못하고, 보지도 못한다 해도, 땅은 그 눈물로 열매를 맺게 해줄 것이다. 끝까지 믿음을 가져야 한다. 가령 이 지상의 모든 사람이 타락하여 믿음을 가진 자가 오직 그대 혼자뿐이라도 혼자인 그대가 하느님을 찬양하고 예배하면 된다. 만일 그런 사람을 한 명 더 만나서 두 사람이 되면, 그때는 이미 생명 있는 사랑의 세계가 나타난 것이니, 서로 감동해서 얼싸안고 하느님을 찬양할 것이다. 비록 두 사람에게나마 하느님의 진리가 실현되었기 때문이다.

또 만약 그대가 죄를 저질러서—비록 수많은 죄가 쌓였든, 의도치 않았는데 우발적으로 저지른 단 하나의 죄이든 간에—뼛속까지 뉘우치며 슬퍼할 때는 자신 이외의 다른 사람을 위해 기뻐하고 올바른 사람을 위해 기뻐하라. 자신은 죄를 저질렀지만, 정직하고 올바른 사람은 죄를 짓지 않은 것에 대해 기뻐하라.

만약 다른 사람의 악행이 복수를 하고 싶을 정도로 참을 수 없는 분노와 슬픔을 느끼게 해도, 그러한 감정을 두려워하지 말고 피해야 한다. 그런 때는 그 사람의 악행에 대한 책임이 자신에게도 있음을 떠올리고, 자신을 위해 곧 고통을 찾아나서야 한다. 그 고통을 견디고 끝까지 참으면 그때는 분노도 사라지고 자신에게도 잘못이 있다는 것을 진실로 깨닫게 된다.

왜냐하면 그대는 죄가 없는 오직 하나뿐인 인간으로, 나쁜 사람들에게 골고루 빛을 비출 수 있는데도 나태했기 때문이다. 만약 그대의 빛으로 다른 사람들의 앞길을 환하게 비추었다면 악행을 저지른 자도 그 빛에 이끌려 죄를 저지르지 않았을 테니까. 그리고 만일 그대가 빛을 비추었지만 사람들이 죄악에서 구원을 받지 못한다 하더라도, 끝까지 마음을 굳게 먹고 하늘이 주신 빛의 힘을 의심하지 마라. 지금 구원을 받지 못해도 곧 구원을 받을 수 있다고 믿어야 한다. 만약 끝까지 구원을 받지 못하면 그의 자손이 구원을 받게 될 것이다. 사람은 죽지만 그 진리는 사라지지 않을 것이고 올바른 사람은 죽어도 그 빛은 뒤에 남는다.

　구원자가 죽고 난 뒤에, 마침내 사람은 구원을 받을 수 있다. 인류는 예언자를 거부하거나 박해하지만, 다른 한편으로는 자신들이 괴롭힌 순교자를 사랑하고 존경한다. 그렇게 한 만큼 그대들은 전체를 위해서 일하고, 미래를 위해서 더욱 노력하라. 하지만 결코 대가를 바라서는 안 된다. 그대들이 굳이 대가를 바라지 않아도 이미 이 세상에서 거룩한 대가를 주고 있다. 올바른 사람만이 가질 수 있는 마음의 즐거움이 바로 그것이다. 지위가 높은 사람이나 권력이 있는 사람을 두려워하지 말고 항상 지혜롭고 강하고 아름답게 행동하라. 모든 일에서 그 경계와 때를 아는 절도를 보여라. 특히 이것을 배워라. 고립 속에서 혼자 있을지언정 기도하라. 즐겁게 땅에 엎드려 땅에 입을 맞추는 행동을 사랑하라. 모든 사람과 모든 사물을 사랑하라. 거기에서 감동과 환희를 느껴라. 기쁨에 가득 찬 눈물로 땅을 적시고 그 눈물을 사랑하라. 또 그 환희를 부끄러워하지 말고 소중하게 생각하라. 그것은 하느님의 거룩한 선물이자 극소수의 선택받은 인간에게만 주어지는 것이기 때문이다.

⑼ 지옥과 지옥불에 대한 신비적 고찰

사랑하는 여러분, '지옥이란 무엇인가?'에 대해 생각할 때, 나는 그것이 '사랑할 수 있는 힘을 잃어버린 데서 오는 괴로움'이라고 풀이한다. 시간적, 공간적으로 셀 수 없는 무한한 세계에서 어떤 정신적인 존재가 이 지상에 출현했을 때, 그는 '나는 존재한다, 고로 사랑한다'라는 말을 자신에게 할 수 있는 능력이 생겼다. 그에게는 생명 있는 존재를 사랑할 수 있는 실천적인 기회가 한번 생기는데, 그것을 위해 이 땅에서의 생활이 한정적으로 생긴 것이다.

그런데 이 행복한 존재는 한없이 귀중한 하느님의 그 선물을 받아들이지 않고, 사랑도 하지 않고, 인정하지도 않은 채 비웃는 듯 힐끗 쳐다보고 결국 감동을 느끼지 않았다. 이런 인간이지만 일단 이 지상을 떠나게 되면 부자와 나사로에 대한 비유에서 나타난 것처럼 아브라함의 가슴을 보고 아브라함과 이야기도 할 것이고, 또 천국을 숭배하며 하느님에게 갈 수도 있다. 그러나 누구도 사랑한 적이 없는 사람이 하느님 앞에서, 자신이 남들의 사랑을 무시하는 동안 사랑을 실천해온 사람들과 나란히 서는 것은 그 자체만으로 큰 고통이다. 왜냐하면 그는 그제야 마침내 눈을 뜨고 마음속으로 이런 생각을 할 것이기 때문이다.

'이제 알겠어. 내가 그렇게 사랑하고 싶어 했지만, 내 지상에서의 삶은 이미 끝나서 나의 사랑에는 이미 위업을 이룰 힘도 희생을 할 여력이 없다는 것을 말이야. 지금 내 마음에는 지상에서 내가 멸시했던 정신적인 사랑에 대한 욕망이 불처럼 타오르지만, 아브라함은 그것을 끄기 위한 생명수(능동적인 지상 생활이라는 선물)를 단 한 방울도 주지 않아. 이제 나에게는 지상에서의 생활도 없고, 그것을 위해 쓸 시간도 없다! 내가 빌고 다른 사람을 위해 내 목숨을 내놓을 준비가 되어 있어도 이제 그것은 불가능하다. 사랑을 위해 희생할 수 있는 생활은 이미 끝났고 그 생활과 이곳의 생활은 이제 끝없는 심연만이 존재할 뿐이다.'

사람들은 대개 지옥의 불은 물질적이라고 말한다. 나는 이런 신비를 파헤칠 생각도 하지 않지만 그것을 파고드는 것은 무서운 일이다. 그러나 내 생각에는 그것이 물질적인 불이라면, 그곳에 떨어진 사람들은 기뻐할 것이다. 왜냐하면 물질적인 고통 때문에 일시적으로 더 큰 정신적 고통을 잊을 수 있기 때문이다. 게다가 정신적인 고통은 외부에 있지 않고 내면에 있기 때문에 그것을 없애는 것은 불가능하다. 그리고 그것을 없앨 수 있다고 해도, 그 때문에 사람들은 더욱 큰 불행을 느낄 것이다. 천국의 의로운 자들이 그들의 고통을 보고 그들을 용서하고, 끝없는 사랑으로 자신의 곁으로 부른다고 해도, 오히려 그 때문에 그들의 고통은 더욱 커지기 때문이다. 그들의 마음속에, 그 뜻에 보답하려는 능동적인 사랑을 갈망하는 불이 더 크게 타오를 것이기 때문이다. 그러나 이미 그것은 불가능하지 않은가. 하지만 나는 마음속으로 그것이 불가능하다는 인식 그것이야말로 결국 그 고통을 어느 정도 덜어내는 데 도움이 될 것이라고 조심스럽게 생각해본다. 보답할 가능성이 없으면서도 의로운 사람들의 사랑을 받아들일 때, 이 순종과 겸손함 속에서, 자신이 지상에서 경멸했던 능동적인 사랑의 이면을 발견할수 있기 때문이다. 여러분, 나는 이것을 더 구체적으로 설명하지못하는 것이 매우 유감이다.

그러나 불쌍한 인간들은 지상에서 자신의 목숨을 스스로 끊어버리는 자들이다! 나는 그들이 가장 불쌍하다고 생각한다. 하느님께 그들을 위해 기도하는 것은 죄악이라고들 하고, 교회도 겉으로는 등을 돌리고 있다. 하지만 나는 마음속으로 그들을 위해 기도해도 괜찮다고 생각한다. 그리스도께서도 이런 사랑에 대해 화를 내시지는 않을 것이다. 이제 와 고백하면 나는 평생 그런 사람들을위해 기도했고 지금도 날마다 기도한다.

아, 그러나 지옥에서도 거만하고 난폭한 태도를 여전히 가진 자들이 있다! 재론의 여지가 없는 지식과 확고한 진실을 보고도 악마와 그 오만한 정신에 완전히 잠식당한 무서운 인간들도 있다. 지옥은 이런 인간들에게 그들 자신의 의지로 만들어진 것이지만, 그들은 만족하지 않는다. 그들은 스스로 자청한 수난자들이다. 그들은 하느님과 생명을 저주하고 스스로를 저주한다. 가령 사막에서 굶주린 사람이 자신의 피를 빨아먹는 것과 마찬가지로 그들은 악의에 차서 자신의 오만을 먹는 것이다. 그러나 만족을 모르는 그들은 용서를 거부하고 자신을 부르는 하느님을 저주한다. 그들은 증오에 찬 시선으로 살아 계신 하느님을 보며, 살아 있는 하느님이 사라지기를 바란다. 그리고 신이 자신과 자신의 창조물을 아주 없애버리길 요구한다. 그래서 그들은 영원히 자신의 분노 속에서 불타며 죽음과 허무를 원한다. 그러나 그들에게는 죽음조차 허용되지 않는다.

알렉세이 카라마조프의 수기는 여기까지가 끝이다. 다시 반복하면, 이 수기는 미완성이고 파편적이다. 예를 들어 전기적 자료는 장로의 청춘 시대의 초기에 한정되어 있다. 그의 설교나 의견 중에는 이전에 여러 곳에서 설파된 것들이 하나로 묶여 있는 것을 알 수 있다. 장로가 죽기 직전, 몇 시간 동안에 한 말들은 정확하게 나뉘어 있지 않지만 알렉세이 표도로비치가 이전의 설교 중에서 뽑아서 이 수기에 함께 실은 것과 비교해보면 그때의 담화의 정신과 성격을 이해할 수 있다.

장로의 임종은 갑자기 일어났다. 그날 밤, 장로의 방에 모인 사람들은 그의 임종이 임박했다는 것을 잘 알았지만 그래도 그렇게 갑자기 찾아올 것이라고는 전혀 짐작하지 못했다. 아니, 그와는 달리 앞에서도 말했듯이 친구들은 그날 밤 장로가 생기 있어 보이고 말이 많은 것을 보고, 오래 이어지지는 못하겠지만 건강이 많이 좋아졌다고 생각했다. 나중에 사람들이 의아해하며 전하기를, 임종하기 5분 전까지도 전혀 예상하지 못했다고 한다.

장로는 갑자기 극렬한 가슴의 통증을 느끼는 것처럼 얼굴이 창백해지며 두 손으로 심장을 움켜쥐었다. 사람들은 모두 일어나서 그에게 달려갔다. 그러나 그는 고통스러워하면서도 여전히 미소를 지은 채 모두를 바라보며 가만히 안락의자에서 내려와서 무릎을 꿇었다. 그리고 엎드려서 얼굴을 땅에 대고, 두 팔을 벌리고 기쁨이 넘치는 몸짓으로 자신이 가르친 것처럼 대지에 입을 맞추고 기도를 드리며, 조용하고 기쁘게 하느님께 영혼을 바쳤다.

장로의 죽음은 곧 암자에 퍼졌고 수도원도 알게 되었다. 고인과 가까운 사람들은 직책상 참관할 의무가 있는 사람들이었고, 옛 의식에 따라서 유해를 관에 넣을 준비를 시작했다. 나머지 수도사들은 전부 대성당에 모였다. 훗날 전해지는 얘기에 따르면, 장로의 죽음은 날이 밝기 전에 읍내에 퍼져서, 날이 밝은 후에는 읍내 사람의 대부분이 이 사건에 대한 이야기를 했다고 한다. 거리에서 수많은 사람들이 수도원으로 몰려왔다. 그러나 이 이야기는 다음 편에서 하기로 하고, 지금은 그로부터 하루가 지나기 전에 모든 사람에게 예상치 못한 일이 일어났다는 것을 미리 말해두려고 한다. 그 사건은 수도원과 읍내 사람들에게 몹시 기이하고 불안함을 주는 애매한 사건이었기 때문에, 오랜 세월이 흐른 지금까지 많은 사람의 마음을 불안하게 한 그날이 생생하게 기억되고 있는 것이다.

(3권 계속)

옮긴이 장한

한국외국어대학교에서 체호프 연구로 문학 석사, 박사 학위를 받았다. 현재 한국외국어대학교에서
러시아어와 러시아 문학을 강의하며 초빙 연구원으로 활동 중이다. 주요 논문으로 〈안톤 체홉의 '초
원' 연구〉(1994) 〈체호프의 심리묘사 연구〉(1999) 〈체홉 산문에 나오는 깨달음의 테마〉(2000) 〈체
홉의 문학과 생태공경 사상〉(2000) 〈체홉 소설에 나타난 자연과 자연관 연구〉(2000) 〈체홉의 롯실
드의 바이얼린 연구〉(2001) 〈불가코프의 거장과 마르가리타: 풍자와 알레고리의 환상소설〉(2006)
이 있다. 번역서로는 《톨스토이의 세 가지 질문》《신의 입맞춤, 도스토옙스키 소설 번역집》《초원,
체홉 소설 번역 선집》, 저서로는 《러시아문학사》《러시아어, 이제 동사로 표현하자》가 있다.

카라마조프가의 형제들 2

초판 1쇄 펴낸 날 2018년 10월 10일
초판 2쇄 펴낸 날 2021년 1월 10일

지 은 이   표도르 도스토옙스키
옮 긴 이   장한
펴 낸 이   장영재
펴 낸 곳   (주)미르북컴퍼니
자 회 사   더클래식
전   화   02)3141-4421
팩   스   02)3141-4428
등   록   2012년 3월 16일(제313-2012-81호)
주   소   서울시 마포구 성미산로32길 12, 2층 (우 03983)
E-mail   sanhonjinju@naver.com
카   페   cafe.naver.com/mirbookcompany

* (주)미르북컴퍼니는 독자 여러분의 의견에 항상 귀 기울이고 있습니다.
* 파본은 책을 구입하신 서점에서 교환해 드립니다.

더클래식
—
세계문학
컬렉션

*더클래식 세계문학 컬렉션은 계속 출간될 예정입니다.